U0598899

我写我心

散文集

宋林科 著

馬士琦署

陕西新华出版

太白文艺出版社·西安

图书在版编目（CIP）数据

我写我心 / 宋林科著. -- 西安 : 太白文艺出版社,
2024.4
ISBN 978-7-5513-2595-0

Ⅰ. ①我… Ⅱ. ①宋… Ⅲ. ①散文集－中国－当代
Ⅳ. ①I267

中国国家版本馆CIP数据核字(2024)第065448号

我写我心
WOXIE WOXIN

作　　者　　宋林科
责任编辑　　葛晓帅
封面设计　　风信子
插　　图　　支晓梅
版式设计　　新纪元文化
出版发行　　太白文艺出版社
经　　销　　新华书店
印　　刷　　西安市建明工贸有限责任公司
开　　本　　787mm×1230mm　1/16
字　　数　　420千字
印　　张　　23.5
版　　次　　2024年4月第1版
印　　次　　2024年4月第1次印刷
书　　号　　ISBN 978-7-5513-2595-0
定　　价　　89.00元

版权所有　翻印必究
如有印装质量问题，可寄出版社印制部调换
联系电话：029-81206800
出版社地址：西安市曲江新区登高路1388号（邮编：710061）
营销中心电话：029-87277748　029-87217872

我有话要说

朴　实

　　宋林科要出书，这是意料中的事。

　　我有他的微信，经常在网上看到他写的小说、散文、诗歌等。虽然年龄在增长，但他的写作激情毫不减退，这几年更是如岩浆喷涌，几乎每周都能看到他的新作。他曾经告诉我，他每天都能写一千字左右的文章，有激情就写，有灵感就写，有故事就写。有时候半夜睡不着，想起一个故事，爬起来就写，停不下来嘛！我理解他的心情，这是每个文学爱好者的"通病"，也是一个作家应该具备的素养。集腋成裘，几年下来，他已经写了三百多万字的文章了。前几日，他将散文集《我写我心》初稿寄给我。好家伙，将近四百页，七十多篇！我知道，这些都是他从这些年所写的散文中精选出来的，许多文章在报刊上发表过。如今编辑出版，算是厚积薄发。他让我为此书写几句话，我欣然允诺，因为我有话要说。

　　宋林科和我同岁，在耀中读书时高我一级。20世纪70年代末，我们又同在耀县工交局工作，成了同事。我是办公室秘书，他是地方道路管理站的技术员。现在，耀州区几条主要地方道路都是他参与设计和组织建设的，如石瑶公路（石柱—瑶曲）、稠照公路（稠桑—照金）、柳照公路（柳林—照金），等等。耀州属于半山半塬区，沟壑纵横，20世纪70年代，交通条件极差，在当年勘察设计、筑路设备极其落后的情况下，要建成一条等级公路绝非易事。夏天酷暑难熬、蚊虫叮咬，冬天顶风冒雪、风餐露宿，披荆斩棘踏勘线路，喝凉水啃干馍是他们的日常。如今这些道路经过多次改造，已经由当初颠簸的砂石路，变成了平坦舒适的柏油路或水泥路，但基本线型没有改变。每当行驶在这些道路上时，我都会想起当年地方道路管理站同事们的艰辛付出，这里面当然有宋林科的功劳。

　　宋林科是地地道道的耀州人。耀州，可是个千百年来贤者能人辈出的地方，比如历史上的孙思邈、柳公权、傅玄、令狐德棻和范宽等。现代这里有老一辈革命家创建的西北第一个根据地——照金革命根据地。这片神奇的土地，孕育了无数哲人先贤。先贤的光辉思想、辉煌业绩无不时刻激励着耀州人的斗志。宋林科出身农家，种过地，当过兵，经过商，当过工人，干过企业，现在是高级律师，算是个有丰富阅历的人。经历就是财富，这财富不仅仅是指物质方面，我以为更多的是指精神层面。有丰富经历的人，才有可能写出卓尔不凡的文章。文章不一定文采飞扬，但一定要有思想、有深度。读了《我写我心》，可以看出这本书是一部展现个人情感和人生哲思的精选集。宋林科以自己对文学的热爱和坚持，抒写了一系列感人至深的散文作品。这些作品饱含着他的真情实感，通过平凡而真实的生活经历和智慧的细心观察，描绘了一名律师的内心世界和对人生的思考。在这本书中，我们能够感受到作者对文学的敬畏之情。他相信文学是一种神圣的艺术，具有独特的力量和影响。他的文字流淌着对文学的执着追求，坦率地表达了自己对文学天赋的渴望；他用幽默风趣的语言，向读者传递了对作家和作品的敬佩之情。

　　《我写我心》一书的每一篇作品都独具特色，作者用细腻的笔触和深入的思考展现了人生百态；用优美的语言描绘了家乡的山川、田野、河流，绘制出一幅幅鲜活而真实的画卷，让读者仿佛身临其境，感受到了耀州的美丽和宁静。他还通过讲述自己的成长经历，反映了家乡的发展和变化——真实地记录了一段历史——这正是作家的责任和使命。他爱家乡，也爱家乡的人，他怀念家乡的学校，也感恩培育他的老师。他笔下的人物大多数也是我熟悉并认可的。在本书中，我们不仅能够品味到文字的美妙，还能够感受到作者的社会责任和人文关怀。宋林科作为一名律师，他的作品中流露出对法律正义、社会公平的强烈追求。他用文字为弱者发声，为被冤枉和受委屈的人寻求公道。他的作品中流露出对社会现实的关切和对人性的思考。他以律师身份为切入点，将法律的冷峻与文学的温暖相结合，以律师的眼光审视人性的善恶，以文学的笔触描绘出法律背后触目惊心的故事。他在文字间探索着正义和道德的边界，引领读者思考法律与人的关系，让我们看到法律的温度，感受到正义的力量。他在律师界执业多年，赢得了广泛的声誉和尊重，他的职业经历和成就使他成为陕西省律师界的标杆人物。他将自己的律师身份与作家身份完美结合在了一起。读他的文章，轻松愉悦，既没有枝枝蔓蔓的刻意雕琢，也没有居高临下的刻板说教。

读这本书，不仅是一次文学之旅，更是一次心灵的启迪。作者以细腻的笔触和深入的思考，将读者引入他的内心世界，与他一同感受人生的沉浮、苦涩、温情与欢乐。在作者的文字中，我们能够感受到他对亲情、友情、爱情的思索与呼唤。本书的深刻之处在于，它展现了一个普通人内心真实的声音和追求。作者毫不掩饰地讲述了自己的成长历程和人生经历，赤忱之心跃然如见。他将自己置身于读者之中，像拉家常般，以亲和的语言娓娓道来，把自己对某一件事或某一种社会现象的看法和盘托出。他描写在军营的生活，不抱怨所受的辛苦和委屈，只说："比起家里经常吃了上顿愁下顿，在部队吃得算很好了，天天都吃宁夏产的大米……"他带妻子到部队举办婚礼，本来是件喜庆的事，但在那个年月贫穷压得他喘不过气来，一对新人为省钱在火车站候车室过夜。对村里人谎称在部队举行了婚礼，在部队对战友们谎称已在家乡举办过了婚礼。以至于造成妻子心中的隐痛，至今不愿意参加任何婚礼，这件事也成了他们一生无法弥补的遗憾。这样的描写，是多么的坦荡和真实。在《房子啊房子》一文里，他说自己盖了七次房，参与买了四次房，如今却没有一套称心如意的房，他感叹道："回首往事，感慨万千，多么羡慕一辈子不和建房买房打交道的人。如果把省下来的财力、物力和精力投入到别的事情上，是不是更有意义呢？"这种发自内心的感叹，何尝不是众多房奴的共同心声？

　　这本书分六辑，涵盖了多个主题。每一辑都独特而精彩，带给读者不同的情感波澜和思考角度。例如，在"他山之玉"一辑中，作者表达了对文学的崇敬和信仰。他认为文学不仅仅是艺术创作，更是一种精神的追求和内心的表达。特别在《再读〈白鹿原〉》系列篇章中，他用自己独特的视角，详细解读了"茅奖"作品《白鹿原》一书的艺术成就和对时代的贡献，揭示了文学对人类情感和智慧的深刻影响。

　　值得一提的是，这本书还非常适合年轻人阅读，因为它可以给年轻人带来许多有益的启示。年轻人正处于人生探索和成长的阶段，在这个过程中，他们会面临很多的挑战和困惑。而这本书告诉年轻人，无论面对什么样的困境，都要坚持不懈地努力，不放弃、不抛弃，才能够获得自身的成长和成功。

　　简而言之，在这个浮华而又浮躁的世界里，《我写我心》为我们带来了一丝清新和愉悦，向读者传递了一种深情和温暖，让我们在喧嚣中寻觅到精神的宁静和心灵的共鸣。因此，完全可以说，这本书不仅是一本优秀的散文集，也可以理解为一部解析人间百态的学术作品。当然，此书也有一些不足之处。比如，有些章节的描述可能会显得有些单调，有些句式像小说的叙述方式，让人读起来有突兀之感。但是，这些问题并不影响此集的整体魅力，不会影响读者的阅读体验。相反，这正能说明他不循规，亦不蹈矩，不受制于文体的捆绑，不因循某些僵化的套路。

总之，我非常喜欢宋林科的这本散文集。它在讲述一个普通人成长的过程中，也从侧面反映出中国社会的变迁和进步，同时也给读者输送精神的营养。我相信，这本书一定会受到很多读者的欢迎，它是一本可以放在枕边随时翻阅的书，不论翻阅到哪一页，都会"开卷有益"，受益匪浅。据说他下一步还将结集出版诗歌集和小说集，这是我非常期盼的事情，相信他的诗歌集和小说集将更加光彩夺目。

2023 年 7 月 18 日

作者：朴实，本名蒲力民，中国作家协会会员，陕西省作家协会会员；第三届陕西省文艺评论家协会副主席，陕西省交通作家协会副主席。

序 二

盘点岁月

赵建铜

浅吟低唱黄土地，安得著书慰平生。

律师宋林科要出书，甚为欣喜。我们交往已久，很佩服他的为人处世，"行大道，重原则。乐善好施，君子情怀"。因此，他嘱我作序，虽然诚惶诚恐，却也欣然接受。

在秋蝉吟哦、蝈蝈清唱的日子里欣赏此散文集，将君心路历程细细拜读，篇篇章章，其平日工作生活以及情趣跃然纸上，如诉如歌。字里行间，我看到一位情感丰沛、阅历丰富的老兵，一位憨厚的庄稼人，一位精明干练的律师，一位俯首甘为孺子牛的父亲。他生肖马，1955年生，奔七十之人，依旧劳作在律师岗位，依旧信心满满，激情豪迈。钟情于本职工作，不离不弃，精力充沛，活力四射。而且，他每日不厌其烦地投入"文学创作"，在同龄人看来，他"精力充沛，颇为不凡"，羡慕不已，暗自称赞。后生们说起他，个个竖大拇指，对他佩服得五体投地，都赞叹其有毅力，称赞他的事业心。这使我想起了荀子《劝学》里的话："青，取之于蓝，而青于蓝；冰，水为之，而寒于水。木直中绳，輮以为轮，其曲中规。虽有槁暴，不复挺者，輮使之然也。故木受绳则直，金就砺则利，君子博学而日参省乎己，则知明而行无过矣。"

我兄宋林科，铜川市耀州区阿姑社村人，陕西宋林科律师事务所高级律师，陕西省诗词学会会员。我常想，其平素注重修养，在做人、做事、读书方面自觉。数十年社会磨砺，与时俱进，初心不改，意气风发，尤为难得。在家里，教育子女，时常自省，谦虚谨慎，与人为善。平日他打理自己的律师事务所，也是年年岁岁赢得好评，获得"优秀""先进"诸多称号。他崇尚传统，有一颗仁义之心。遇到生活拮据之客户，会减免费用。为众多符合条件的当事人提供法律援助，其事迹受到全国总工会、司法部通报表彰。

他一颗丹心，呼唤良知；坦坦荡荡，面朝桑梓；有喜有乐有情怀。他喜欢唱歌，算得上多才多艺。闲暇时，高唱一曲，聊抒情怀；寂寥时，读书写作。我称他是律师、文人、歌手。他为人大气，爱憎分明，疾恶如仇，乐善好施，因此相熟的人，工、农、兵、学、商都有，朋友多不胜数。他喜欢文化人，有诗书情怀。或许是自己喜爱文学的缘故，总觉得作家们都很了不起，对他们充满敬慕之情。他喜欢购书，除了法律业务方面的书籍，还购买了许多中外名著。六旬以后，他把主要精力逐渐转移到文学学习和创作领域。别的不说，仅《再读〈白鹿原〉》，他每章写一篇读后感，竟写下了五万多字的心得感悟，令人刮目相看。

由于他人生坎坷，阅历丰富，加之对文学的热爱和向往，总有把人生感悟变成文字的冲动。他曾给自己定下每日一千字"作业"的目标，并付诸实施。日积月累，这才有了这本散文集。他说，人这一辈子，不须有八千里路云和月，有万水千山路漫漫，自然就会有许多苦辣酸甜、五味杂陈之感受。曾听他讲过许多亲历的故事，诸如一女收留几个弃婴，受苦受难；一人为蝇头小利，丧失人性，报复和他熟悉的人，危害社会；等等。有时，他会绘声绘色地讲述案例，发出感慨以及嗟叹。他的所见所闻、耳闻目睹，不可能不给他留下许多难以忘怀的记忆。这些经历激发着他那颗悲悯之心，一定会迸发涟漪抑或浪花，是不熄的火光，是永不枯竭的源泉。虽然他已不年轻，但记忆力尚可，激情不减，创作的动力自然激荡不衰。见他常常昂然高歌，豪情满满，谁又能联想到他的年龄和身份呢？这是他的情怀、情结和世界观的反映。看看他的诗歌就知道了。

其一

入冬不畏日趋晚，
乌发添白又一年。
护法心犹豪气在，
维权哪敢意阑珊。
何虞履职担风险，
尽责唯恐失两全。
忙碌无忧茶做伴，
闲暇有乐品诗篇。

其二

此生不屑享清闲，

六旬过五再登攀。

律坛未曾少战将，

文苑却把新兵添。

丹心只肯化雨露，

贱骨宁愿撒江天。

万般辛苦何足道，

字里行间是乐园。

　　他说："就文学而言，咱是笨人，就得笨鸟先飞；咱专业知识欠缺，没有写作基础，就得向大家学习，尤其得向身边的高手学习。"持之以恒，坚持不懈，数年下来，成绩斐然，他创作了三百多万字的散文、诗歌、短篇小说。但他自认为文学水平较低，语言平庸，仍然是文学殿堂门外的窥探者。我倒是觉得他很有天赋，虽起步较晚，但颇具慧根，"不鸣则已，一鸣冲天"也不是不可能。我打趣他："你准备取个啥笔名？"他自信地说："就是宋林科，行不更名，坐不改姓！"见他写了厚厚一沓稿子，我便说："你写了这么多，为何不出版？"他答道："都不成熟，不敢造次行事呀。不学习不知道文化的深浅，我佩服海明威那句话，两年学说话，一生学闭嘴。所以，目前还把握不了，以后再说吧。"他倒是谨慎起来了。我鼓励他出版散文集，增加自信，今后出更好的作品。

　　我觉得他的这些散文，值得大家一读。他回顾以往，重温岁月。他回忆故乡幽梦、军营豪情、职场打拼，在斜风细雨里前行，在茫茫人海中奋斗、沉醉与释怀，奋斗和陶冶。他的篇篇文章都倾注了心血和情感，有大小不等的思想火花在闪烁。他自认为摆脱不了传统的人文情怀。他说："每当拿起笔时，历历往事电影一般在脑海闪过，却无从下笔。似乎无法检索，分不清孰轻孰重，只能一股脑地'先写出来'再说，权当备忘录。"他先后写有散文《当兵的岁月》《我在照金的日子》等一百余篇，是步履也是生活的喜怒哀乐，有顺风顺水也有困苦焦虑。诸如《当兵的岁月》："送走妻子的次日，我就得到了岳父去世的确切消息。家里发那封加急电报的时候，其实不是病危而是已经病逝，只是担心这个刚刚结婚的三女儿突然之间无法接受，撒了个谎而已。至于为什么不多隐瞒一些时日呢？家里人可能怕她没回去送葬留下终生遗憾吧。岳父一生为人可谓知书达理、贤德忠厚，在家乡阿姑社声誉极高，广受尊崇，也是我最敬仰的父辈。可惜我军务在身，无法祭拜于灵前，只能遥望故乡，在心中默默祈祷岳父一路走好了。"这是他亲历的事情，故颇有感慨。他说道："通过练手，确实知道了'梨子之味道'，啥都不容易！我越发佩服那些作家啦！"

可以说，作者从学习写作到沉迷著书，来源于心中孕育已久的文学情怀，也是在艰苦生活中蓄意已久而迸发的创作信念。在实力积蓄到一定程度的时候，就会像火山喷发一般一发而不可收。读书阅览时，蕴藏在心里的力量会激荡爆发出来，巨大能量形成的激情势不可当。由陶冶到陶醉，再由陶醉到痴迷于宣泄，可谓乐在其中了。由于加大了学习读书写作的力度，他便觉得"理想很丰满，现实很骨感"，愈加感到自己短板太多，缺少足够的文化支撑，认识到单凭"自家想象"是完全不可能完成所愿的，于是就不断买书，读书，给自己"充电"。或许是爱屋及乌，他便自然而然地和身边的文化人打成了一片，其间有意无意地接触到了不少文学爱好者或是有知名度的作家、学者，应了"物以类聚，人以群分"那句话。像王冕学画那样，无师自通地浸淫其中了。这也是臧克家《老黄牛》之所云："老牛亦解韶光贵，不待扬鞭自奋蹄。"

作为一位知名律师，宋林科业务繁忙，接访、取证、调查、研究、出差、出庭等等诸如此类的事情自然很多。这也给他提供了更多了解社会了解芸芸众生的机会，使他能够更加接地气，给他提供了更多写作素材，这可是众多文学爱好者所不具备的条件。家庭析产、民事纠纷、刑事辩护以及诸多看似简单实际棘手的案例，更激发了他的创作热情，使其爱好与工作"双赢"，优哉游哉。当然，这种高涨的学习热情和主动性是相得益彰的，也促发了他更加努力学习的积极性和主动性。从外在表现看他不会孤独，也不会形单影只，但他心田总有寂寥的时刻，许多琐事使他心生惆怅，静静地想着他的过往以及当下，看着院子里的花木抑或坐在阳台上眺望远方。这时，他或许筹谋着一篇文章、一个案子，孜孜不倦地经营着他的心绪。行走在路上，他也在盘算着写作题材的选择，推敲着最为合理的切入点。阅历使他思路更为宽阔，他会想起乡下的往事，想起那寂寥又安静的田间地头，想起那奔波在北山工地上的日子，想起那第一次挣"大钱"的感觉，想到许多生命里的第一次。踌躇着，激动着，嗟叹着，昂扬着，自然也有沮丧的时候，有感慨不已的时候。人生有许多得与失，是迈步向前的痕迹。任何目标都不是一蹴而就，而是一朝立志，终生奋进，一刻也不能停歇。他说："人的一生很短，一个人的能力很有限，能把个人区区有限的精力付诸想做的事业上已属不易，再无他求。我喜欢劳动，喜欢遐想，也喜欢做美梦，即使理智提醒我有些是想当然，我还是常常会心不由己。"

读他的文章，写的大多是与他有关的事，自然也有百姓常挂在嘴边的俗语，很自然，不做作，觉得很有几分亲切感。我想，没有豪言壮语，不花里胡哨，而是来源于生活阅历和社会实践的文章，或许这就是接地气吧。因为我们之间很熟悉，也就没有太多设防，也是"一眼见底"的清澈，说话并无些许遮拦，交往坦荡自然。常听他讲自己的经历，基本是以朴实的语言讲述他的阅历看法，以及世界观。说起他的抱负和情怀，他由衷地说，"我佩服文化人，尤其是作家。"此语可见其心智之一斑。从他身上，从他的言语里，可以看到一位华原（耀州）人的情怀和心智，自然便会联想到许多有关华原人的传说。我们知道，华原人杰地灵，先贤辈出，一圣四杰的故事世代传颂。这块土地上，有耀州瓷，有大香山，有红色革命根据地照金，有许许多多人间胜景，可谓一个神奇的地方。人杰地灵，自不必说。可以想象，每当他沉浸在香山晨钟里，登临薛家寨，漫步锦阳川时，一定会有感悟之更新，不一样的诗情画意。

祝愿宋林科兄有更好的作品问世！

2023 年 7 月 18 日

作者：赵建铜，铜川人。创作作品有长篇小说《紫陌红尘》《华原春梦》及剧本《照金》《窑火情》，还有散文、诗歌等，约计 350 万字。

目 录

第一辑
岁月痕迹

当兵的岁月

2017年的建军节，我第一次真正为曾经是一名军人而感到自豪。个中原因说来话长，那日写下了两首诗，或许能表明一二心迹。

一

早年入伍为脱贫，保家卫国情亦真。
营建伤筋安谓苦，训操动骨岂能呻。
袭亭风劲撕唇去，破屋沙柔在腹屯。
三载戍边时有尽，归来依旧泪沾巾。

二

此生有幸是军人，抱憾当时未觉珍。
犹忆定西冰雹急，难忘古浪靶场辛。
清淤大荔寻常汗，执笔兰州翰墨尘。
四十五年终不悔，雄魂长伴铸吾身！

父命如山　走进军营

虽然我这一辈子也曾违心地说过不少假话，但说真话、说实话却是我最大的心愿。六旬之后，愈发童心不泯，喜欢实话实说了，关于当兵这件事也不例外。

1972年秋，我从当时的耀县中学高中毕业。当时没有高考一说，身为农民子弟的我便铺盖一卷，回到广阔天地准备安心打牛的后半截子。无论怎样无奈，也只能是这样了。

可是老父亲却十分灰心丧气。鉴于当时我们生产队的情况，父亲认为我养活自己都困难，更别说盖房娶媳妇了。父亲有一句口头禅让我遗憾了大半生。他说："宁可给公家扫厕所，也不要当农民！"

我深深地理解父亲的期盼是什么，但这是后话。幸运的是，还没当几天农民，桃曲坡水库灌溉工程指挥部办公室广播站需要一名编辑和一名播音员，耀县中学推荐了我和另一个女同学。我就幸运地找到了人生第一份心仪的工作。

虽然还是地道的农民身份，但干的是文字活，每月不但有三十个劳动日的全劳工分，最令人兴奋的是还有十五元的水钱（实为生活补助费）。要知道，那些年村里生产队的劳动日值也不过几毛钱，有一年只有一角二分五厘钱。这些说给儿孙们听，他们疑惑得不得了，生产队的日月那么艰难，父辈们究竟是怎样一路走来的？

在当时那种情况下，我一人所挣的收入相当于两个人所挣，心里别提有多高兴了。可是好景不长，随着那一年的冬季征兵工作开始，我的第一份工作就画上了句号。

有一天放工回家，父亲告诉我，他替我报名参军了。我当时惊讶地望着他，半晌说不出话来。

也许是我的眼神表达了我的疑惑：为什么呀？亲爱的老父亲！难道您舍得您的长子去当兵？难道您不知道这样一来家里重担您就得一个人扛？我还没有年满十八周岁，而且四个妹妹和一个弟弟年龄尚小，您如何养活他们？

再说，参军入伍是人生大事，您得提前和我商量一下呀！我还有个已经领了结婚证但还未办婚礼的妻子，我去当兵了她怎么办？您这样做，究竟为了啥？现在农村适龄青年那么多，参军也不缺我一个呀！

老父亲似乎知道我在想什么，但还是斩钉截铁地说："咱是贫农家庭出身，你有文化，就应该参军入伍，保家卫国做贡献！"当时父亲的话就像圣旨，我不敢违抗，再加上接兵的领导们仔细了解了我的家庭和个人状况，对我十分满意，我想打退堂鼓也不敢了。甭说那年月政治挂帅，作为一个优秀青年，为国效力在什么时候也都是应该的。但私下里我没有少埋怨父亲，我知道父亲除了冠冕堂皇的人前说辞外，心里打的是什么主意。

父亲曾担任村上的贫协干部，自然应该带头送子当兵，这也很正常。他当然知道刚开始挣全劳工分的儿子对这个家庭的重要，对减轻他负担的重要。但他认为儿子的前途更重要，他首先想让儿子每天吃得饱饱的，穿得暖暖的。其次是他不愿儿子和他一样一辈子与黄土地打交道，他希望他儿子在部队好好锻炼，然后顺利提干当个军官。那样的话，不说满门生辉，至少儿子会成为"公家人"，端上铁饭碗，家里也就跟着把光沾了。至于媳妇嘛，以后当个随军家属多好！

但父亲有点高估自己的儿子了，他怎么也没料到，他的儿子并没有他想得那样有出息。

风光出门　丧气而归

参军的消息传出之后，我的妻子别提有多难过了。她背着我到底流了多少泪水，受了多大的委屈，随着岁月的流逝我已渐渐忘记。但可以确定的是，在电影电视剧里，或者在新闻报道里看到的那些妻子送郎上前线时的感人场景绝对没有在我们身上发生。尽管那一年我曾代表全县三百五十二名新兵在县剧院新兵欢送大会上讲了话，临上闷罐车前还被接兵的首长任命当了个新兵排的啥小官，也算出了风头。但我内心深处却如打翻的五味瓶一般，啥味都有。我当时到底用了些什么法子去安慰妻子，现在已经想不起来了。

体检时，我问过主检医生，说我的右胳膊骨折过，阴雨天经常疼，还能操炮吗？因为那年征的是高炮兵。没想到医生说这个无关紧要。我的小九九也就彻底没戏了。而送行人群中两个女同学的一句"你不想上大学了吗？"，更让我沮丧了整整三个春秋。

当闷罐车缓缓出发的时候，静静的军营正在准备迎接我们这些生龙活虎的年轻人。我只能暂时把家人和所有的不愉快抛到脑后，心无牵挂地踏上新的旅途。

我服役的高炮营位于宁夏回族自治区中宁县。新兵训练一个月过后，我被分到高炮营二连五班。当兵的第一个年头，我正好遇上了部队营房建设时期。

每天起床洗漱吃饭后，我们就开始了装卸沙石、搬运水泥砖块、和泥脱土坯、挖地基砌墙等繁重的体力劳动，一直忙到吃晚饭，有时还要站夜岗。

不过比起家里经常吃了上顿愁下顿，在部队吃得算很好了，天天都吃宁夏产的大米，尽管里面的细沙不少，但加了蔬菜和食油，还是蛮香的。就是缺面条和白面馒头，生病的时候才可以吃上一碗酸汤面条。穿的军装是时兴的的确良料子，十分挺括。

虽然能吃饱喝足，但是军事训练很少，艰苦的体力劳动还是让人有点受不了。部队提倡"一不怕苦、二不怕死"的革命精神，每个班、排、连天天都在讲评，都在争先创优，这令身子骨单薄的城里娃叫苦不迭。请一天病假比登天还难，除非医生让你歇歇，但身体稍有好转就得接着苦干。当兵第一个年头，要不是偶尔排着队、唱着歌去师部看电影，我已经忘记了自己是军人。

第二个年头，军事训练逐渐增加，我曾经到古浪县参加实弹演习，不久又当上了连文书，还获得了两次连里的嘉奖，终于可以给家里发喜报了。

到了当兵的第三年，我所在的连队不知什么原因，被调到了现在的宝鸡市天王镇。除了日常军事训练，我们又开始了营建，还被分配到大荔县搞黄河清淤工程。除了辛苦，就是苦辛。这时随着支左、支边、支工干部归队，连队干部严重超编。眼见提干无望，"工农兵上大学"的诱惑让我产生了复员还乡的念头。于是我便请求探亲，为后面离开部队做准备。

那年月部队士兵的津贴很低，第一年每月六元，第二年每月七元，第三年每月八元。国家对军属家庭也没有任何补贴。

我在部队终日惦记父母怎么养活一大家子人。部队发的津贴，我除了一年买一次牙膏牙刷，买十几张邮票以外，一分钱也舍不得花，全都通过战友换成全国通用粮票寄回去接济家里。

最可叹的是，当临复员前探家时，我的所有积蓄只够买一条粉红色的纱巾。这便是我给近三年没见面的妻子唯一的珍贵礼物。

在正式复员前两个月，我获准回家探亲。我的家与三年前相比没有任何变化，到家后，快要倒塌的土围墙和破烂不堪的小门楼首先映入眼帘。泪水顿时打湿了我的眼睛。

我已记不清母亲的热情，只记得父亲的冷若冰霜。父亲已经知道了我决定复员回乡的消息，他失望至极。他说了很多话："科呀，你咋这么没有出息呢！你得是牵心你媳妇，一天不在部队好好干？""为什么不争取留在部队，为什么要复员？""你咋不听话，不争口气呢！""我还是那句话，就凭你这样子，回来连你自己都养不活！"看着父亲生气的样子，我难过得差点背过气去，却没有勇气辩解，因为我明白父亲心里比我更苦。贫穷已经让父亲疲惫不堪，而我复员又扯断了他最寄予厚望的那根稻草。

后来复员后的实际情况的确证明了父亲说的话并不过分。

探家不假　"骗"婚属实

生气归生气，但毕竟离家快三年的儿子回到了身边，父亲仔细打量着一身戎装的我，还是换上了笑脸，催促母亲："快给娃做饭！看娃想吃啥就做啥。"

母亲面露难色地问我："科儿，你想吃啥？"

我赶紧说："妈，不用做了，我在县城里吃了一碗汤饸饹，吃得饱饱的。"

母亲说："那我给你做玉米面去，刚好前几天稠桑你姨给咱拿来了一碗黄豆……"

我说："好，好。"这大约是家里招待贵客的好饭了。

母亲去做饭的当口，我一边和放学回家的几个妹妹闲聊、陪小妹小弟玩耍，一边看着父亲的脸色回话。父亲问："你既然准备复员回家，为啥还回来探亲？你是咋打算的？"

我有点语塞，沉默半晌，轻声说："还没有啥打算。"说完之后，又露出不太甘心之状，父亲看在了眼里。

实际上我回家探亲，是依据当时部队的规定，义务兵服役满三年可以享受探亲假。这是义务兵的最大福利，连队根据实际情况安排时间。

在部队思念父母和弟弟妹妹们，真有望眼欲穿之感，探亲假怎能舍得放弃！但我的假期被排在了冰天雪地的腊月天，而且离我春季复员的日子只剩两个来月了，好像意义不是很大。

但我复员回家前最想做的就是想完成个人婚事，并且最好在探亲期间完成。这个事情我在心里面已经盘算好久了：一来妻子比我大两岁半，当时在村上算是不多的几个未出阁的老姑娘之一了，同龄人大多嫁人了，不能让人家老是待字闺中，我应该早日迎娶才是；二来我家贫如洗，如果在家办仪式，连婚礼都办不起，肯定让亲戚朋友邻居笑话，唯有假借接妻子到部队去完婚，才能掩众亲友之口，达到既不花多少钱又风风光光结婚的目的。

我终于还是向父亲袒露了自己的心思。父亲犹豫不决，神情有点凄惨。一连三天，父亲都在和我商量这件事。他觉得我的想法在当时的家庭背景下是可行的，可是有点亏欠长子和长媳。

在农村，除了葬埋老人，长子结婚可算作父母的头等大事。这样岂不是敷衍了事吗？加之早年我叔父也是因为家贫不得不去部队结婚，这本就让作为兄长的父亲遗憾不已，如今儿子又走这条路，让他脸面何存？

可是如果在家结婚，家里穷得连个柜子都做不起，更别说采办婚宴吃的喝的东西了。而且现在筹备时间也来不及了，我拢共只有十来天探亲假。怎么办？父母几个夜晚都难以入眠，想不出更好的办法，只有依我了。

接下来最大的难题，就是说服岳父岳母同意他们女儿跟我去部队结婚了。

主意虽然定了，但提请女方去部队完婚的事没有人愿意去说，都担心女方父母不同意伤了脸面。想来想去，还是我亲自去求亲。好在岳父岳母好说话，尤其是当教师的妻哥从中劝说，我们才算把去部队完婚的事情定下，那时已经是腊月二十了。

稍做准备后，我们拿着外婆外爷的礼金十元、姑父姑母的礼金五元，以及其他亲戚的礼金五元，总共二十元人民币，作为去部队结婚的盘缠。两个妹妹和妻子的一个闺密送我们到县城汽车站，这就算把家里的事情办完了。

后来才知道，在我们走后，父亲把奶奶曾经用过的旧板柜重新打磨油漆了一遍，又做了一张小灯桌和一张两斗桌，作为我们新房的家具，土炕上还为我们铺了一条羊毛旧毯子……而我们坐长途汽车到西安，然后乘火车前往宝鸡，喜气洋洋地去部队完婚了。

前往部队的路上，看着妻子高兴的神情，我心里有说不出的愧疚。我知道我的鬼把戏迟早会被戳穿的。

我自己何尝不知一个女人对结婚大喜日子的期盼是什么，然而我什么也给不了她。从家里把她哄出来了，没有聘礼、花轿、婚纱、结婚照，没有抬柜子的、吹喇叭的，也没有送行的队伍，更不用说婚礼上的热闹宴席了。只有一个我，穿着军装，里面的衬衣还是脏的。

在汽车站，闺密悄悄告诉妻子，她看见我的衣领上趴着一只虱子。这应该是在家这段时间惹上的，我赶紧去没人的地方把它消灭掉了。这真是挺丢人的事，但这毕竟只是一件小事，更离谱的事还在后头呢！

一路上我时不时心不在焉地和妻子聊天，我发愁的是在部队时没告诉连队首长带妻子去部队完婚的事，这样先斩后奏能行吗？我虽然没打算办婚礼，也没有能力办婚礼，但还是担心首长们会拒绝给我安排一个单独的房间。那该如何是好？我们可是住不起旅馆的。

从西安开往宝鸡的慢车晚上两点多到达，夜里没有去天王镇的班车，我和妻子舍不得花钱住旅馆，只能在候车室坐到天亮了。

那个夜晚贼冷，好在我带着军大衣。二人依偎在一件大衣里面相互取暖，渐渐迷糊起来。还没有进入梦乡，我突然听到一声呼喊："你们这是干什么？

大庭广众之下成何体统？还是军人！"

一个戴红袖章的铁路警务人员站在我们面前。这是个五十多岁的麻子脸男人，因为他的声音太大太刺耳，不光惊醒了我们二人，整个候车室的人都投来异样的目光。

我赶紧站起身解释道："我俩是两口子，前往部队完婚。没有班车了，我们在这儿休息等早班车。我们有结婚证。"

说话间，我忙从黄挎包里掏出证件让他看。谁知人家也不正眼瞧，又来一句："是军人，就请注意军容风纪！你们这样像个啥？"

我有点难以接受，正想和他争辩几句，却被妻子拦住了："我们注意就是了，端坐着总行了吧！"

那个戴着红袖章的麻子脸铁路警察才慢慢地离开了。

他或许并不知道，我一直都记着他，尽管不知道他的名字，也记不清他的模样。倒不是他令人难忘，而是这件事刻骨铭心。

喜中有悲　坎坷相随

终于带着妻子来到了连队。我先向连长销假，并告诉他我把媳妇接部队来了。连长说："知道了。我听通讯员说了，让他给你们马上安排住宿。不过你还是去向指导员请示一下，他同意了才行。"

我心里马上犯起了嘀咕：这下子麻烦了。前一段时间指导员让几个班长耐心给我做工作，希望我能留下来安心服役，我没有答应。而且我几个相好的老乡为了能达到复员的目的，故意和指导员对着干，在组织生活会上、连队征求意见的大会上给指导员提意见，就连指导员的私事也给抖搂出来了。

指导员怀疑是我提供了情报，因为我是连文书，我和通讯员两个人接触领导和随军家属的机会比较多。这让我百口莫辩。

连长让我找指导员去，似乎有故意给我难堪之意。没办法，我还是得硬着头皮去见指导员。指导员听我报告完毕后和颜悦色地说："好着呢，我同意连长的意见。让通讯员去收拾房子。"这有点出乎我的意料，心想指导员真是大人有大量，看来我有点以小人之心度君子之腹了。可是还没等我转过身，指导员却故作平静地说："别着急，把你们的结婚证拿过来我看看，咱当兵的人可不能违法。"

我去时身上就揣着结婚证，便掏出来递给他。心想这个是真的，我不用怕。可没有想到的是，指导员看了几秒钟，突然把桌子一拍，像换了个人一样，神情严肃地说："分明是假证！还胆大得不行。你今年多大了我不知道？什么时候领的假结婚证？老实给我说！看我咋给你处分！事情没有弄清楚之前，你们不得同住一室！"

我大吃一惊，原来在这儿等着我呢。这下麻达了！

我只能实话实说了：我还在读高一的时候，已经有传言说国家可能要实施计划生育政策和晚婚晚育政策了。父母和岳父岳母听到这个消息都有点担心，由于妻子大我两岁多，如果等我到法定结婚年龄的话，女方年龄必然更大。当时规定是男二十岁、女十八岁可以结婚，如果实施晚婚政策的话可能提倡男二十五岁、女二十三岁，至少是男二十二岁、女二十岁。所以得想办法及早把结婚证领了，至于什么时候办仪式则是另一回事。

父辈们当时不知找了谁，反正我在十七岁的时候就跟妻子去乡政府领了结婚证。这结婚证绝对是真的！何况我们现在已经到法定结婚年龄了，木已成舟。指导员何必这样呢！

为了避免指导员节外生枝，我只能直言："我们在家里都结过婚了，你挡也挡不住了。"然后再变成哀求的语气说："如今我也是该复员的人了，跟着您两年来也是鞍前马后的，您就睁一只眼闭一只眼吧！这个证哪怕有问题，也是地方政府的事，不归咱部队管呀！"

没想到指导员突然扑哧一笑，说："我就想吓唬你一下，看你是不是色胆包天。你不是很懂计划生育政策吗，《婚姻法》就不懂了吗？到你这里又可以变通了？"

我赶紧赔着笑脸说："谢谢指导员！你把人都吓死了。你的私事不是我说的。我也不多解释了，天地良心，真的与我无关。谢谢！"随后便冲出了他的房子。

数九寒天，我的衬衣都湿透了，不过收获也蛮大。我绘声绘色地对妻子把刚才发生的事情叙述了一遍，着重强调，指导员命令，既然已经在家结完婚了，在部队就一切从简：连部为我们这几天安排好吃住就行了，不再为我们举行别的活动；允许我相好的战友老乡在一起小聚庆祝一下；还有，最近团放映队正好要在连队放几个晚上电影，允许我带上媳妇一起去观看。

妻子先是惊讶，后是担心，最后才松了一口气，连说只要一切顺利就好。我这时才彻底把心放进了肚子。

我和妻子的婚礼哟，在村里说是在部队举行的，在部队说是在村里举行的。而两场婚礼全都是无中生有，应了个名。

以至于直到今天，妻子仍然不喜欢参加任何婚礼，那是她一生的遗憾和痛。

战友别离　慨叹不已

如果以现在流行的说法，我和妻子在部队待的那些时光，应该称为度蜜月。

可谁能料到好日子也就过了三天，我便收到了妻哥给妻子发来的加急电报，当我看到"父病危，速回！"五个字时，几乎震惊得难以站稳。

妻子知道后更是哭得死去活来，痛苦得几次晕厥过去。我们心里明白，岳父患偏瘫、失语已经多年，家里既然发这封电报，岳父肯定是病情很危急了。

不容思虑，妻子得争分夺秒往家里赶了，只盼能见上老人最后一面！我向连队请假，想陪妻子回家看望岳父，连队不准，只允许我把妻子送到火车站后就立即归队。我只能遵从。

当列车徐徐开动，我挥手与泣不成声的妻子告别时，已经预想到了她回家乡后可能经历的悲伤场景。但后来得知，事实远比我预想得更为凄惨。

我当时久久地站在月台上，望着远去的列车，怅然若失。我知道我们的蜜月算是浸泡在黄连池中了，蜜月伴随着的不是欢乐和甜蜜，而是流不尽的泪水和悲伤。

送走妻子的次日，我就得到了岳父去世的确切消息。家里发那封加急电报的时候，岳父其实不是病危而是已经病逝，只是担心这个刚刚结婚的三女儿突然之间无法接受，撒了个谎而已。至于为什么不多隐瞒一些时日呢？家里人可能怕她没回去送葬留下终生遗憾吧。岳父一生为人可谓知书达理、贤德忠厚，在家乡阿姑社声誉极高，广受尊崇，也是我最敬仰的父辈。可惜我军务在身，无法祭拜于灵前，只能遥望故乡，在心中默默祈祷岳父一路走好了。

面对岳父突然去世、妻子中途离去的惨境，作为军人的我只能将一腔悲痛强忍于心中。虽然此时离复员的日子越来越近，但作为一名军人，我还得抖擞精神，服从命令、听从指挥，站好最后一班岗。连长、指导员分配给我的所有任务，我都不折不扣地认真完成。在即将离开军营的时候，我反倒有点恋恋不舍了。我希望自己更加具备军人的气质，无愧于头上鲜红的帽徽。

终于，在1976年3月初，我和一部分战友接到了复员的命令。返乡的车

第
一
辑

岁
月
痕
迹

票连队已经订好，我们各自收拾好东西，完成最后一次聚餐，连队组织欢送仪式并送我们前往火车站。我告别了当兵的岁月。

气氛显然没有入伍时那么热烈，但这次乘坐的却不是闷罐车，而是硬座车。我们复员回家的这些人，向车窗外月台上的首长和留队的战友们不停地挥手挥帽致意，直到汽笛一声长鸣，他们退出了我的视线。

别了，我的军营！别了，我的天王镇！可惜那时候没有现在这样的条件，我没有留下一张关于军营的照片。

在阔别中宁四十三年后的去年，我因办理一起民事案件去了一趟中宁县，只可惜没有找到当年的高炮营，也没有找到任何我熟悉的场景，只好在已经面目全非的师部门前留下一张照片，聊作纪念。

列车沿着两条银光闪闪的铁轨在飞速向前，车厢里欢声笑语。

邻近坐着的几名战友觉得列车跑得太慢，恨不得一下子就飞到西安，然后回到家里，与久别的亲人相见。

那种焦急、那种期盼，和我两个月前探亲时一样。王某兴奋得红光满面，他说他就像一只久困笼中的鸟儿，现在飞翔在蓝天。

结果王某被其他战友批评了个灰头土脸。难道我们不感激部队？难道我们不怀念在军中这三年？！这几句话一出口，大家都瞬间安静了下来，沉默、哀伤的气氛逐渐蔓延。

我不知道战友们各自在心里想什么、思考什么，而我，第一次完整地开始回顾这三年当兵的岁月。三年间许多的往事一幕一幕涌上心头……

军民情深　不胜荣光

回忆虽然时断时续，有的清晰有的模糊，但印象深刻的总是自己认为最难忘的那些经历。

稍微把思绪整理一下，还是觉得应该有个小标题，要不就成流水账了。三年的军营生活怎么可能完整记录？我可不想浪费朋友们宝贵的时间，也不想让朋友们伤眼睛。

但我没有把握能让大家看了感到有价值。不管三七二十一，先跟着我高兴一回。

那年我们穿上军装走进新兵队列，虽然还没有领章和帽徽，但人人胸前都佩戴着一朵大红花，被送行的亲友们簇拥着，甚是光荣。

满街都是"踊跃参军 保家卫国"和"一人当兵 全家光荣"等字样的红色大横幅。各人民公社的领导、武装部干部率领自己的欢送队伍，陆续向武装部和政府广场聚集，送行队伍最前面的人高擎着红旗，紧跟着的是敲锣打鼓、举着横幅的人，后面是戴着鲜艳红领巾的少先队员，再后面还有衣着整齐的中学生、民兵和送行的亲友。

当时在县剧院举行的隆重的欢送仪式上，首先是县领导和各有关部门的代表发表了热情洋溢的讲话，然后是专题文艺节目、秦腔样板戏名家清唱和折子戏演出。

我作为全县新兵代表上台讲话，向各部门领导表达了衷心的感谢，又向全县人民许下了"投身军营，报效祖国"的钢铁誓言，最后向部队接兵的首长们表明了当好兵、服好役的坚定决心。

我们这一批新兵乘坐闷罐车经过两天一夜的长途行进才到达终点站吴忠。因中宁县不通火车，我们只能在吴忠下车转乘汽车。记得部队安排我们那日在吴忠中学宿营。

当地政府高度重视，早就精心做好了各项接待准备工作。大街小巷红旗招展，欢迎人民子弟兵的标语横幅随处可见。吴忠中学的道路、教室、操场、灶房和厕所全都打扫得干干净净。初高中的同学们自发前来慰问宿营的新兵。他们又是端茶倒水，又是帮忙洗衣服，又是唱歌跳舞、表演各种文艺节目。他们代表吴忠人民表达了对人民子弟兵的无限关爱，给我这个刚入伍的新兵留下了十分美好的印象。

到达军营后，营部、师部还陆续举行了各种形式的迎新活动，这让我感到兴奋和自豪。我暗下决心，要在部队干出一番事业。

虽非英雄　死亦悲壮

我当兵的三年都是和平时期，没有经历血与火的战争洗礼。但这并不意味着没有牺牲。刚到部队没几天，我就碰上了终生难忘的痛心事情。

那天新兵连正在训练，我们班接到连长的命令，立即跑步赶往师直医院待命。十几名战友气喘吁吁地赶到医院，看到医院急诊室、手术室医护人员神情紧张地进进出出。排长安排大家在化验室门外排队验血并准备献血，以应手术急需。

大家交头接耳地议论着发生了什么。排长严肃地叮嘱大家不要询问，也不准议论。随后，符合献血条件的六个人留下，其余人立刻归队。我是 O 型血，符合献血条件，就留在医院准备随时献血。时间一分一秒过去，前面五名战友都献过血了，他们告诉我连里一名老兵负伤了，因失血过多正在抢救。

轮到我献血了。我挽起袖子走进手术室外间，采血的护士开始给我擦酒精消毒。正待采血时，手术室里间走出一个医生轻声对护士说："不用了，人没救了。"护士一紧张，差点把手中的盘子掉地上，我也有点不知所措了。好几个医生面色凝重地走出了手术室，护士见状便挥手让我离开了。

我心情沉重地一个人回到了连队。第二天早上看到一个老兵被关在禁闭室。

我问排长到底发生了什么事，他吞吞吐吐地告诉我：在送复员老兵回家的路上，一辆军车发动机熄火后打不着火，小高（遇难老兵）摇摇把发动车子。不知坐在驾驶室的小柳咋搞的没拉手刹，车发动后快速前行，把小高夹在了前后两车之间，摇把戳在了小高上腹部。小高受了重伤，失血过多，抢救无效不幸去世了。

听罢排长的话，我惊诧得半天说不出话来。过了几天，连队举行了一场简单的追悼会，并决定将小高安葬在中宁县公墓。

小高下葬那天，连队让我作为新兵代表参加了安葬仪式。我看见墓碑上镌刻着"高 ×× 烈士之墓"几个字。那日天低云暗，朔风怒号，公墓里一片肃穆，让我觉得无限哀痛。

弹射冰雹　终生难忘

部队是一座大熔炉。前文写了咽不下的"回锅饭"，这一节再来个忘不了的定西县（现定西市安定区）。按理说，这个甘肃省乃至全国都有名的贫困县，既与我原来的军营中宁县距离遥远，又与后来的宝鸡没有关联，本应与我的当兵生涯无关。谁料一道军令，我们的连队就被派遣到了定西县。

定西县没有敌情，但有灾情。这里十年九旱，常年缺少雨水的滋润，山是光秃秃的山，地是黄沙飞扬的地，老百姓生活十分凄苦。我们的任务是人工增雨，将防雹炮弹（简称人雨弹）发射到冰雹云中，达到除雹降雨的目的。

后来通过专家讲解我们才知道，定西县奇特的自然环境造就了它的特殊气候，乌云到这里全部变成了冰雹云，不光是不降雨，而且见云就下冰雹。冰雹经常让这里的夏秋作物绝收，人民群众叫苦连天。

"狗日的冰雹真可恨，简直就是日本鬼子！打，狠狠地打，必须打得它们粉身碎骨！"战士们没等专家们讲完，就挽起袖子想大干一场。

防雹专家笑着说："你们都是好儿男，一定会给定西人民造福的。但你们还要认真学习理论并充分实践，只有完全掌握辨别冰雹云的技巧，明白高炮人工防灾降雨的科学道理，才能胜任这一光荣而艰巨的工作。"

经过近半个月的理论学习和实践，我们可以操炮上阵了。6、7、8三个月，尤其是三伏天的午后，是打冰雹的最佳时机。当震耳的雷声隆隆响起，天边带金边的乌云滚滚而来。当老人、孩子、妇女纷纷从田野向家里奔跑的时候，我们连队正迎着呼啸的狂风和铜钱般的雨滴向前疾行，瞅准沿途适宜落炮的地点，迅速做好战斗准备，及时发射内装化学物品的炮弹。

当时听专家说那种炮弹，一发就值十八元，射上天空时尾部自带绿色的曳光，因此也叫曳光弹，操炮人员可以根据炮弹轨迹继续调整炮管。

当一发发炮弹射向冰雹云层，我和战友们别提有多兴奋和开心了，即便被冰雹砸得头破血流，被暴雨将全身浇透，也没有一个人叫苦叫累。

每当我和一炮手（我是二炮手，负责调节上下高低垂直方向，一炮手负责左右前后水平向）瞄准冰雹云时，觉得那就是敌人，那就是日本鬼子。

开炮！射击！为了定西人民不遭灾，吃饱饭，我们拼了！作为一名军人，在暴风雨中与自然灾害英勇搏斗，我们浑身都是力量，满腔都是热血与豪情！

沙场一炮　欣喜若狂

我的三年军旅生涯，一多半是在营房建设和支援地方灾区建设中艰辛度过的。

剩下的一小半时间才是军事训练。那是部队生活的重中之重，是军队建设的重要组成部分。由于其他繁重工作影响了军事训练的进度，故军事训练艰苦和紧张的程度可想而知。因为我怀揣着当一名职业军人的梦想，所以在训练场上就格外努力。不光参加训练时争分夺秒，还牺牲许多假日和休息时间苦练基本功，学习本兵种各项技能。功夫不负有心人，我为此流下的鲜血与汗水都有了收获。别的不说,我的手枪、步枪多次实弹射击成绩均为优秀档次,这个成绩当时在全连屈指可数。作为高炮兵的二炮手,我不仅单兵专业考核成绩为优秀,而且一、三、四、五、六、七、八、九炮手的单兵技能考核亦为优秀,考核成绩在全连名列前茅。每公布一次考核成绩,我心里就乐滋滋一阵子,然后立即给父亲写信汇报情况。

我天真地以为,在连队我这般努力,我的专业技能成绩如此优异,一定会离提干越来越近的。

我甚至还大言不惭地向父母写信表决心:请二老放心,儿子一定不会辜负你们的期望,一定会努力实现自己的理想!但当复员回家再看到自己那些"杰作"的时候,我简直羞愧得无地自容,一把火就让父亲珍藏的那些宝贝灰飞烟灭了。

但在当时,我的热情还在不断高涨,因为军旅生涯中最激动人心的时刻就快到来了。

那应该是兰州军区组织开展的一次大规模防空作战演习。我的连队在几天前已经千里奔波赶赴靶场。靶场是一望无际的黄河滩,真像一处古战场。

习武之人,喜欢炫耀武功;当兵的人,自然想获得战绩。和平年代没有战事,当兵的哪来的战绩?故参加实弹演习,就算难得的机遇了。这个机遇让我赶上了,才觉得这三年高炮兵没有白当。确切的时间我已经无法记起,但记得地点是在甘肃省古浪县的黄河滩靶场。

据说参加演习的有第二十一军的三个师,还有五十五师等部队,许多高炮(含高射机枪)部队顺着蜿蜒的黄河,一条龙似的排开。红旗招展,军歌嘹亮,各个连队都拿出自己的绝活,比军纪、比气势、比声威,当然最终还是等待着比拼沙场一炮。看哪支部队、哪个师、哪个团、哪个营连排班的哪门炮能击落高空的拖靶。

所谓拖靶,是指"敌机"后面所拖着的那个靶子。为不误伤拖靶子的飞机,飞机会用大约千米长的缆绳牵引着靶子飞行。那靶子是由直径一米多的钢丝笼子上套着近百米长的白袋子做的,但飞上天后,肉眼观看几千米高空的靶子,就像一只小虫子那样微小。

我们高炮兵,就是要在靶机经过射程区域时将拖靶击中或者击落,也就等同于实战时将敌机击毁击落,这是高射炮兵的真正绝活。

所有参加实弹演习的官兵都在暗暗较劲,期待这一刻的到来。上午十一时许,军情急报一级级下传,"敌机"正从东南沿海方向飞来,距离部队所在位置一千公里、八百公里、六百公里、五百公里……此时我们早已各就各位，战友们一个个做好了战斗准备，大家紧张得只能听到自己的呼吸声，只待连长的号令。"敌机"不断靠近，我们右排友军部队已经响起"搜索到目标"的报告声，报告声刚落，一团团燃烧的火焰随着隆隆炮声飞上天空。

炮声由远而近，越来越近。此时连指挥班班长向连长报告，靶机进入射界，靶子仍在！连长兴奋地命令道："各班搜索目标，瞄准目标后立即报告！"在收到各班的回复后，连长下达了射击命令。这时我和一炮手早已锁定了拖靶，在连长下达命令后立即踩下发射踏板，带着曳光的二十发炮弹咆哮着飞向高空，射向拖靶。当最后一发炮弹出膛后，我还机械地瞄着已经烟火弥漫的天空，但已经双手发麻、两耳欲聋了。到底打中拖靶没有？到底是个什么情况？为什么左邻部队还在射击呢？

正当全连官兵都有点失望时，突然整个阵地上的炮声戛然而止，师部紧急通报，高二连击中拖靶尾部！营部通报，高二连五班命中拖靶！整个高二连顿时一片欢呼，大家沉浸在兴奋之中。

正是我们营，我们连，我们排，我们班，我们这门炮击中了拖靶。作为直接踩下射击踏板的那个炮手，我激动地跳跃着，和班长以及战友们相拥而泣。我很自豪，我这个高炮兵没有白当！至于立功受奖呀，提干呀，这些在我的当兵生涯里已经不重要了。

白卷一张　黯然神伤

既然是野战部队，野营拉练自然是常规训练了。我们走到哪里，就可能在哪里宿营。许多时候我们会暂住在农村。虽然是和平年代，但老百姓对子弟兵的热爱和关怀丝毫不逊色于战争年代。

有感于连队在甘肃古浪、陕西大荔受到的当地群众的热情欢迎和无微不至的关怀，我曾执笔写下了一个相声小剧本，名曰《温暖的家》，通过士兵千方百计为百姓做好事、老百姓想方设法关爱子弟兵的一系列温馨情节，十分形象地再现了军民之间的鱼水深情。

这个相声作品被师宣传部选中，并组织士兵编排成剧，在六十二师初演，后在第二十一军会演后夺得自编自演类文艺节目一等奖，受到上级宣传部门领导的关注。

在当兵第三个年头的春天，作为被第二十一军推荐的士兵写作爱好者，我有幸来到军区司令部所在地兰州，参加了兰州军区政治部、宣传部共同举办的为期一个月的短篇小说创作班。

我们住在大军区招待所，吃和住都是干部级别待遇，组织方聘请了西北地区著名的作家学者为创作班学员授课，每天晚上不是看电影，就是看一些样板戏。这般舒适安逸的生活和丰富多彩的文化活动，真是让我这个来自基层连队的士兵有种一步登天的感觉。

再加上自己为连队争了光，替首长们长了脸，他们有意无意地议论，说我如果发展得好，肯定不是提干不提干的问题，而是极有可能被师直机关或更高一级的部门调走。当得知这些消息时，我更有点飘飘然。

开头几天里，我觉得兰州的天咋这么蓝，街道两旁的中国槐怎么那么香，当然更不要说招待所院子里的那一株株蜡梅怎么那么娇艳欲滴了。原来当兵的岁月可以如此美好，我有些陶醉了。

然而，又一个好景不长正默默地到来。不过从现在看，那时也不能说是时运不济，只能说咱天生就不是那块料，不是那张犁上的铧。

前面说了，这是兰州军区政治部和宣传部共同组织的短篇小说创作班，既是一次文艺创作培训，又有政治任务。让学员们吃好住好是应该的，但各种培训也安排得很满，而且来这里不是让你休闲、疗养，是要你出作品、出成果。最后二十三个人的作品要编辑加工，结集出版为红五月献厚礼呢！

这对我虽然有点压力，但初生牛犊不怕虎，我还不太怯火。虽然创作班二十多个人里面，有好多已经是部队的成名作家，还有的本身就是宣传干事，宣传工作经验丰富，我也没感到自卑。

但当首长和老师们把创作原则和作品的具体要求公布以后，我就愁得想上吊了。晚上觉睡不好，饭吃着也不香了，兰州这座城市好像也开始变得丑陋不堪。

那年头是文化旗手风头正盛的时候，整个文化艺术界推崇"三突出"原则，即在所有人物中突出正面人物；在正面人物中突出英雄人物；在英雄人物中突出主要英雄人物。

这显然是过分地拔高和神化每一部作品中的主要角色，但也不至于让我望而却步。最要命的是，创作的主题必须与走资派有关，或者更宽泛一点，可以写军队内部的阶级斗争。这样的作品才能入选。

这样一来，我能不发愁吗？以我的当兵经历，我就没发现军内还有什么

阶级斗争，更没有发现军队内部的走资派。我到哪儿去找这些灵感呢？这分明就是让人胡编乱造嘛！其他年长的学长悄悄拉住我的手说："小宋呀，写不出来就别强求了，千万不敢乱说乱讲！"

我虽然年龄小，但是是有经历的人，所以他这一句提醒吓出我一身冷汗。接着晚上我又做了个噩梦，浑身发冷发热，患上了重感冒。后来我让军医开了药，但越着急就越是难好，病情持续了半个多月。

这半个多月里，我也没闲着，把张三瞅瞅，找李四问问，到王五那讨教讨教，在稿纸上刚写下两行字，就撕了；换一张接着写，又接着撕。直到学习班培训结束，我也没有一个成熟的构思，白纸上也没落下个黑墨点点。

我向兰州军区短篇小说创作班交了白卷。真可谓白卷一张，黯然神伤。后来的结局大家就不难想象了。

复员回乡　历尽沧桑

哐当哐当的列车终于到达西安站。下火车后几个战友归心似箭，连饭也没顾上吃，买几个面包带着便转乘了长途汽车。长途汽车不是现在的客车，是解放牌的大货车，车厢两边装着连椅，上面装着篷子。摇摇晃晃近三个半小时，我才回到了家乡耀县。

然后几个战友挥手告别各自回家。我先去看望了住在县城东沟里的外爷外婆，之后还有点时间，便去县人民武装部报到。

我把自己的档案袋和介绍信交给武装部的一个工作人员，他办好复员证后交给我，然后轻声说："好了，回去吧。"

见我没有离开的意思，他就大声说："你可以回家了！"我有点不甘心地问："没有安置政策吗？"工作人员不假思索地回答："农村户口的一律不安置，回乡务农。你走吧！"我这才悻悻地走出了武装部大门。

行走在广场上的那一瞬间，几年前敲锣打鼓欢送新兵的情景浮现在我眼前。我沮丧地疾走几步，然后一路向北。

走过北街，走过塔坡，走过杨家河、阴家河、寺沟，走进了我的家乡阿姑社。迎接我的，除了亲人，依旧是贫穷和悲苦。

当我冲着"工农兵推荐上大学"的政策复员回家后，谁料国家改变了政策，决定恢复高考，停止推荐工农兵上大学。如果当初我认为的当兵经历是个优势的话，现在这优势突然又荡然无存。

恢复高考的具体方案定下来以后，比我低一级的马士琦同学骑着、推着自行车，不顾山高坡陡，冒雨来到我干副业工的照金镇玉坪坡村，带着考试资料鼓励我参加高考，令我十分感动。

后来我一边工作一边抓紧时间复习功课，参加公社初试时取得了前三名的成绩，随后在九百余人参加的复试中取得了前十五名的好成绩。上大学的梦想似乎就要实现了，但谁能料到我的体检会不合格呢？当主检大夫因检查出我属心脏三级杂音，在体检表上写下"不合格"三个字后，我知道录取已经无望，命运又一次跟我开了个大玩笑，让我欲哭无泪。

那时候我沮丧地认为，我这辈子与公家是彻底没有缘分了。

但事实证明后来其实有多次机会进入公家门，只是我跑得太快了，因而一次次把机会抛在了身后。

此后十余年，我都是在为家庭脱贫而奋战。我将《田中角荣传》中的一段话作为座右铭，写成条幅挂在墙上，刻在我的心里，用以鞭策自己。这段话的内容是："贫困是一种必须从现实里消除的罪恶。那些致力于克服贫困的人的信心和勇气，是让人们成长起来的一种伟大的动力。"

三年的军旅生涯，已经把我锻造成了一个不畏艰难险阻的人。我越挫越勇，决不认输！

我觉得命运似乎在不停地捉弄我、折磨我，但又在不停地眷顾我、成全我。

幸亏遇到了改革开放的好政策，遇到了冯普忠战友，我才有了脱贫的机会，说他是我的恩人一点也不过分；又有幸遇到了蒲力民学友，我才有了走进律师队伍的可能，他是我的良师益友。

虽然平生未做公家人，但已经没有什么遗憾了。

光荣牌匾　慰我心房

在我复员四十四年后的 2019 年 4 月 10 日下午，下高堎社区几个工作人员非常郑重地把光荣匾送到我家。感谢党和政府对我们退役军人的关心，祖国不会忘记我们、人民不会忘记我们，我们当过兵的人应该感到欣慰。

其实我知道，党和国家不只是给了我们荣誉，还给了我们很多的实惠。我当兵三年是视同正常缴纳社保的，我现在每月一千八百元的退休金里面有它的贡献。

按理说，我1972年12月入伍当兵，复员后开始工作，直到2015年元月退休，一直都在为社会做贡献。我在耀县工交局、交通局当副业工五年，在寺沟公社（后为寺沟镇）当水管员、企业办副主任、经委副主任四年，然后在红旗水泥三厂基建科、耀县建筑公司生产科工作四年，直到1989年才开始干个体户。可是从退伍到自主创业的这十三年，却没有计算工龄。

我的退休证赫然载明，我是1993年参加工作的。从1972年到1993年这中间二十余年，只有当兵视同缴社保算了工龄，其他十七年等于无业。那年办理养老统筹时，我愿意个人缴纳这十七年的费用，但是却无疾而终。

但我并不感到委屈，我知道我的一些一直生活在农村的战友也无法与我相比，我是个比上不足比下有余的人，还有什么可抱怨的呢。

好多了解我情况的战友挖苦我说："你还在乎那么点退休金吗？"我只能一笑了之。我确实不在乎退休金的多少，但我不能不联想到我的当兵岁月，不能不有所感触。

去年看到的公示信息：正在服兵役的家庭，国家每年补贴一万多元，而且部队给每名士兵的每月津贴达到千元甚至数千元，是我们当初津贴的二百多甚至五百多倍。剔除物价上涨因素，仍然算非常丰厚。现在国家富裕了，优抚安置政策越来越好、越来越实在，我为此感到欣慰，毕竟我是当过兵的人。

更令人欣喜的是，2023年4月9日，在韩世民、袁树英、乔星、杨文保等多名战友的组织下，六十二师1973年兵入伍五十周年联谊会在耀州宾馆顺利举行。联谊会盛况空前，尽管大部分战友都已在七旬上下，但古稀之年豪气不减，战友们深情依依仍似当年。

袁树英战友"我希望在座的战友以及未能到会的每一位战友都明白，活着就是胜利。要幸福地活着，快乐地活着，健康地活着，优雅地活着。珍惜活着的每一天，慢慢地变老，慢慢地回归广袤的大地"的结束语，也是战友们的共同心愿。

当兵的岁月虽然短暂，但五十年过去了，依旧令人难以忘怀。就我个人而言，在部队或许没有什么建树和辉煌，但却是我一生的牵念和自豪！

回了一趟故乡

一

赵建铜老师说："你老家是红区，可不可以带我去你的故乡——阿姑社村看看？"

"没问题。"我说。

终于，我在秋天的一个下午抽出时间，兑现了承诺。

赵老师说他当年写长篇巨著《华原春梦》时，曾经走马观花地顺着沮河在锦阳川里转悠过一趟，但记不准村名，印象也不深刻。最近他对我这个老学生摊了底，要亲眼看看烟雾渠，看看阿姑社的山山水水，看看生我长我的地方。我亦有此意，遂欣然开车前往。

从铜川新区到阿姑社不过十四五分钟的车程。我在车上给赵老师介绍："这路两边所有房屋先前都是水浇地，以种蔬菜为主。"他问："人均多少地？"我回答："粮食主要是小麦和夏季回茬的玉米。蔬菜过去大多是线辣椒，后来葱、蒜、洋葱、韭菜、芹菜啥都种。就是人均只有几厘地，而且面积越来越小。"

说话间，我们就到了上南坡的十字路口，我驾车左转后开了一百多米，便在靠连襟家北墙的地方停下车。我俩先去了我家在巷子里建的第一处房子。这房子后来被弟弟卖给了沾亲的张家。张家业已把先前的几间瓦房和三间平房全拆了，建了新的两层小楼。那家女主人十分热情，再三让进门喝茶，都被我谢绝了。在巷道南端，是我1990年盖的两层楼房，南向，不靠邻居，占地面积为规定面积的一点五倍。这处宅基地既比邻居们的宽三米多，又比邻居们的长了四米多。那是我把高低不平、三不靠的一处炭渣壕填起来建的房。这处房子三面临路，视野开阔，光照充足。这处房子当时的设计比较超前，是村上最早的单元式小楼。热心的邻居帮我打开院门，我进去待了几分钟就退了出来，这院房在建成后的第六个年头就被卖给了我同一生产队的发小。三十年过去了，我仍然有不舍心情。个中情由暂不细表。

开车继续向南坡前行，在坡底不远的路宽处，我停了下来。不管赵老师是否愿意，我顺着一条又窄又陡、长满杂草的山路走了上去。曲折的羊肠小径两边，构桃树丛上结满了红艳鲜嫩的构桃，这简直是意想不到的收获。如果是在大路边，这些果子也许早已不见踪影，可在这里却挂满了枝头，静待坠落。我一边采摘一边往嘴里塞。给赵老师几颗，他还警惕地问："这是啥野果，能不能吃啊，你就吃上了？"我说："你放心，这叫构桃，我小时候经常吃，熟透之后可甜啦！"他尝了两颗，说真甜。可惜我没带什么盛果子的家什，只有望着鲜红的构桃兴叹了。

当然，我不是带赵老师来吃构桃的，而是让他去参观一下生养我的左家疙瘩，看一下我家的窑洞，还有我儿时的大院子。可惜我们好不容易到了左家疙瘩，2021年还在的那孔窑洞现在却彻底塌了。院子里长满了花椒树和一人高的蒿草，过人都困难。终了我们两个人还是艰难地到了我儿时门前的场院边上，我指点着下面不远处的破败院落向赵老师介绍："那些院落有左家的，有宋家的。那个叫庙台子的地方曾有一座神庙，现在已经随着山崖的坍塌不复存在。唯有上宋家、老左家门前一南一北两棵大槐树历经百年沧桑，依旧生机勃勃。往下看，北头很显眼的建筑是阿姑社小学的教学大楼，这栋楼傲然矗立，整座校园与我当年上小学时已经完全不同了。山底是梅（家坪）七（里镇）铁路，铁路沿线如今已被绿色的防护网拦住，行人不能随意跨越。东边的山塬有村上当年建的延河水泥厂，后来归个人所有，如今已因环保问题彻底关闭。山底的那条公路就是沿河公路，最早通往苏家店的二号信箱，二号信箱又叫623所，是研制飞机的军工企业，后来搬迁了。"

"好了不说了，一会儿下到河畔再细说。"我知道后面还有许多地方需要细看，所以扭头往回走，再次路过老陈家的窑院时，随手拍了一段视频，留作纪念。

二

开始上南坡了，我把车子开得很慢。面对2022年上半年才修好的水泥路面,我思绪翻涌。这条路是 20 世纪 70 年代末我亲自测绘的。那时我在耀县工业交通局地方道路管理站当副业工(说穿了就是临时雇工)。利用公家的测绘设备和自己学来的本事,我想为家乡父老的生产生活便利出一份力。那时候大队支书就一句话:"林科,听说你现在是县上的公路工程师,劳你大驾,给咱队上在南沟畔测量设计一条公路,你看得行?"记得我当时不假思索就答应了。利用两个周末,我带着几个年轻小伙攀爬在沟壑间、草丛里,打木桩、撒灰线,很快完成了测量任务。然后我用了一周多时间晚上在单位加班,按照四级公路的标准完成路基设计,随即在假日亲自到南沟里放线,给每个木桩标记好挖填的准确尺寸。给负责修路的村干部详细交代了注意事项,这才算完成了一桩心愿。村干部就一声"好了,这下就好弄了"。我没有得到任何报酬,连"谢谢"两个字都没听到。在场的乡邻觉得我出了那么大的力,耽误了许多自己的事,私下里为我鸣不平。而我却毫不在意,尽管那时一贫如洗,但我知道这条公路的意义有多重大,而自己作为设计者,能为乡亲做点事,长远来说也算造福一方百姓,还有什么比这更令人兴奋和自豪的呢?及今思之,仍觉欢欣。可是这条公路在修建过程中由于没有专业技术人员指导,故路面的宽度、平整度,多个转弯处的倾斜度都不尽如人意。而且道路没有排水系统,秋季暴雨过后,路中间的深坑从塬上能一直蔓延至坡底。因此路面坑坑洼洼,凹凸不平。但还是比没有路强多了,比之前走不了车辆的小路方便得多。近年来乡亲们一直盼望着土路变成水泥路,且国家有乡村公路修建的优惠扶持政策,更让人觉得道路硬化有望。可是由于工程承揽的利益之争,这个事情几次泡汤。没想到 2022 年春天这个梦终于圆了,我的车子因为动力充沛,加上路面平整,上陡坡好似平地一般,几句话没说完,就到了前塬顶上。

我指着整个前塬和后塬的大块梯田,告诉赵老师我们阿姑社人百分之九十的耕地都是这些旱地。无论收时种时、犁锄施肥,都要从村里上南坡或北坡到塬上才行。他惊叹不已,说空人上来一趟都不容易,再带着工具干体力活怎么受得了!我笑着说,千百年来大约都是如此。我村上的人,前些年家家户户都是拉架子车上来,装一车麦子或玉米下去,没人说苦说累,说了也是白说。现在机械化程度很高,已经不用人扛架子车拉了,收割时节往地头一站,打电话叫台收割机就把问题解决了。赵老师说这敢情好,要是还靠人干,这家伙,还不把人挣死。接过他这个话茬,我说是呀,所以你就知道阿姑社的庄稼人当时有多么辛苦。住在锦阳川,涉水又跋山;辛苦如牛马,少吃还缺穿。这应该是改革开放前这里人们生活的真实写照。

车子在塬顶上驶过，虽然还是梯田，但坡度变得平缓。在一个大转弯处，我停下车，要赵老师和我一块去看看塬畔。穿过村上公墓所在的小柏树林，沿着一条长满野草和酸枣灌木丛的崎岖道路，往前走二三百米，便是我家祖坟。既然回一次故乡，我一定要前去拜祭一下父母。我顾不上考虑赵老师的感受，让他在周围转悠。这里可以俯瞰阿姑社南塬，还有南部村落以及沮河两岸；也可以远眺东南方向的耀州城、药王山，还有正南及西南部新区的高大建筑物。我在父母的墓碑前行跪拜大礼，祭奠双亲。我告诉赵老师，墓碑上的祭文当初写好后曾让他过目。他说记得。《祭父母文》内容为：

父亲生于阿姑社村左家疙瘩宋氏寒窑，在娘腹便遭丧父厄运，七岁离家给人放羊以求温饱，稍长即在外拉长工维持生计。母亲原系稠桑东堡杨家亲生，自幼由居住于耀县城里的稠桑西堡焦姓姨父姨母抚养成人。

父亲二十岁时与母亲结为夫妻，从此患难相依，同舟共济。

父母一生养育两儿四女，含辛茹苦，直到汗干力尽。父母年轻时把青春献给生产队，穷而弥坚，不知怨悔。壮年时沐浴改革开放春风，勤俭持家，终得脱贫。六旬之后有幸迁徙于铜川新区，虽体弱多病仍牵心膝下儿孙，为帮助他们竭尽全力。

父亲一生聪明睿智、刚正无畏，尤其崇尚自力更生、自强不息。母亲勤劳俭朴、善良贤惠，特别注重修心养性、知书达礼。

严父慈母，共为子孙后代把榜样树立。今阴阳两隔，音容难觅，万千思念，泪下如雨。

特立此碑，子孙铭记！

祭文共三百余字，是对父母一生的概括和赞美，也表达了我们子女对二老的挚爱之情。如今在故乡阿姑社，除了几亩承包田让其他乡邻耕种着，就只有父母和先祖们所在的这块土地时常让我牵心，不光年年清明非来不可，而且只要有机会上南坡，就无论如何也要走到近前祭扫。让人舒心的是，不仅在村东的沿河公路上可以仰望到坟茔旁的几棵柏树，就是在新区的北环路边，也能清晰地看到它。怀念故乡和怀念逝去的双亲始终缠绕在一起，无法分离。

三

　　车第三次发动，沿着南坡继续曲折而行，道路坡度越来越平缓，农田越来越开阔。我们村民小组土地的最高处到了，再往上便是其他组的土地。我们的地与关庄镇的东村、西村、麻子村接壤。我指着十字路口西南角一块刚播种过小麦的土地，告诉赵老师那曾经是我家的承包地。不过现在每户分的地块面积大了许多，不是当初的三分、五分地了。当初村里把土地划分给每家每户时，担心地块的大小、离家远近、贫瘠肥沃、宽窄长短、是否临路、有无遮阴等因素导致不公平，我家总共三亩多旱地，竟然分到了十八块地方。公平是公平了，耕种的困难可想而知。还有更让人不可思议的事情，那就是地畔了。

　　过去总说土地是农民的命根子，现在也许有人会觉得可笑，但在那个年月这个说法一点也不过分。农民没有其他来钱的路，一家男女老少的吃穿用度、上学就医、婚丧嫁娶的花费，全靠那几亩地。我所在的阿姑社第十生产队是全村条件最差、年底分红最少的有名烂队，有一年队里的劳动日值仅为一角二分五厘。后来与第九生产队合二为一，成了第五生产队，仍然是阿姑社最穷困的队。待到改革开放，开始包产到户之后，每户紧盯那些分地的干部、社员代表，生怕别人多分自己少分，或者是别人分的上等地多，自己分的差等地多。因此，每个地头的木桩桩，还有后来分隔两家地块的地畔便成了地里最醒目的东西。

　　有人半夜里偷偷挪木桩，有人光天化日之下把地畔往人家地里挪。我家当时在塬上分到的面积最大最平整耕种最方便的那块地也不过半亩大，长宽尺寸队上有土地清册登记。可是才过了一年，我们就感觉地的宽度明显窄了不少。我们觉察到西邻整地畔时老动手脚，但没有真凭实据，拿他毫无办法。那年秋季种麦时我家私下里用卷尺一量，发现地窄了将近五十厘米，由于是长条形地块，乘以长度得知，我们的地少了近一分。不知不觉中，我家最好的一块承包地让西邻占去了五分之一。一年西邻种地时，因浇地时注水时间太长，要翻沿了。那地头下又是高埝畔，如果继续流肯定会冲毁地头，形成个大的缺口，要修复就要大费周折。他便把地畔戳开个缺口，让多余的水从我家的地头泄了下去，结果把我家地头冲出个大窟窿。我家两个人收拾了三天。问他为什么要以邻为壑，他说："你咋不把地种到南塬上去？！" 我一时愕然，满腹的道理竟不知对谁讲，心想还是不要吵嘴，吵架或许还吵不过人家。我只好把队长、会计还有双方当事人叫到地头，当场丈量，当面评判是非并确定地畔。结果那年有一分地的麦子是邻家播种施肥，后来我家收割的。尽管如此，仍然不觉得欣喜。

有趣的是，自 1993 年清明节举家离开阿姑社后，我家那三亩多土地一直无偿给邻家去种，到现在连几块地在哪都忘了。人生就是这样，此一时彼一时。当初当命根子去争抢，而今却拱手相送。地还是那些地，生产队种时，一亩一二百斤的产量，年年不够吃；但后来一实行包产到户，一年打的粮三年都吃不了。而且除了收时种时，年轻人全在外打工做生意，还挣了不少钱。据我所知，故乡的年轻后生们，穷则思富、思变，百分之九十以上都在城里做生意打工，有的还在一线城市有了一席之地。他们的下一代正在城市接受良好的教育。故乡的老一辈虽坚守在土地上，但已不再靠苦力去完成收种，虽然机械到不了的地方还有个别要强的人在出力流汗，但心境与当年已完全不同。

故乡村子大，人口多，党政班子精明能干，把号称"红军窝子"的红色阿姑社建设得整洁美丽，百姓的生活一天比一天富裕。

四

两个人在车上谝着谝着就到了与北坡交会的十字路口。我告诉赵老师这是我们村里人上塬耕作的第二条通道，而且是堡子另外四个村民小组由南向北的主要通道。除此之外，还有一个第六村民小组与我们虽属一个村委会，但那是一个独立的自然村，我们自幼称之为北塬上，它和著名作家安黎的故乡麻子村有较大面积接壤，道路相通，连畔种地。听说近几年地方政府实行合村并校，把原来的苏家店、白莲两个村并入了阿姑社，我们村越来越大，人口接近四千。不过在我的印象中，阿姑社三十年前就是一个三千多人的大村了，如今合并了两个村，人数仍然没上四千，除了少部分人因为种种原因迁移到了外地外，还在一定程度上受了计划生育政策的影响。但阿姑社毕竟是锦阳川上游的大村落，故乡到现在仍不显凋敝，这便是我最大的欣慰。赵老师微笑着表示赞同。

北坡也是较为宽阔的水泥路，只是坡太陡。当初怕多占地多花钱，又不

第一辑 ❧ 岁月痕迹

27

是专业人员设计，少了迂回缓冲，肯定不如南坡平缓舒适。多少年来这里出的交通事故不少，这便是因此付出的代价。我一边说话，一边谨慎驾驶。转几个小弯之后，就到了北坡最宽阔的转弯处，一条大土坝横在南北沟壑之间，土坝上面有一条与大坝同样长度的长方形钢筋混凝土箱体，细看才能看出它是条大水渠，从北山半山腰穿出，又从南山的腰间穿进。我指着大坝和水渠给赵老师介绍，说这就是桃曲坡水库的主干渠，经过我的村子一直向下流去，除了隧道，还有倒虹吸。水流流经下高垲，还有富平以南，浇灌了大片的土地。这个大坝是我们村的父老乡亲当年流血流汗建成的，我老伴当年还是"铁姑娘排"的主力队员，用架子车从沮河往上运沙石，在北边的石山上打炮眼，在南山腰里挖隧道……不管双手磨下多少血泡，浑身上下脱多少层皮，每天也就八工分。终了由于本村的地势太高，不仅旱地无法实现自流灌溉，就连河滩地也因为沮河断流变成了旱地，不得不自打机井灌溉。

那年代全国一盘棋。尽管桃曲坡水库的修建对阿姑社村来说只有巨大的付出和牺牲而无回报，可是没有人提意见，没有人消极怠工。父老乡亲服从指挥、听从召唤。工地上红旗招展，歌声嘹亮，大家干劲冲天，洒血流汗毫无怨言。站在大坝前，我似乎回到了当年，五十年哪！弹指一挥间就过去了。人生能有几个五十年？也许赵老师根本意识不到我的慨叹，他从两块打开的水泥板向下看，发现还有浅浅的水在哗哗流淌，说水还不小呢。我告诉他这只是尾流，水库的水闸应该已关闭，如果是正常开闸放水，水流比这个大得多，箱体差不多快满了。当初敞开的渠道，因为屡屡发生人畜落水遇难事故，后面才陆续覆盖上了。

别了大坝，我的车在烟雾渠的十字路口一角停下。当年供川道西边几个村子人畜饮水，并浇灌锦阳川西岸几千亩地的烟雾渠就在脚下。曾经宽约四五米、深约两三米的水渠现在已经被泥沙和垃圾淤积，堵塞了一多半，留下的上半部分杂草丛生，少不了烂鞋、破袜子、塑料袋、西瓜皮散落在上面。它虽然还有一点泄洪和浇灌的功能，但能看得出，烟雾渠早已不是当年的模样。或许这一切都是社会发展和进步的结果，但沮河断流应该是最直接的原因。有得必有失，这便是失。我不想再浪费时间，于是拉着赵老师走向邻近的马家砭。那里有我的第二个家，与梅七铁路只相距一米多。

我十一二岁时，大队规划宅基地的原则是不占用耕地，也不知什么原因，就把我家的宅基地划在了这个叫马家砭的地方。父母省吃俭用，好不容易在这儿建了三间没骨头（指只有大梁没有木柱）的厦房后便从左家疙瘩搬了下来。

房屋挨着的西家崖高达数百米，但它们之间有个二十来米的缓坡，还算比较安全。谁料20世纪70年代末，新修的梅七铁路从屋后经过，铁路路基边的排水渠离我家围墙仅有不到一米的距离。从早到晚火车往返从这里经过时，由于正好有个大转弯，视线受阻，前面不远处又是寺沟火车站，所以每趟下行的客货列车在我家墙背后就开始刹车。在刹车影响下，我们家像在经历二级地震，而且那一声汽笛长鸣更是震耳欲聋。铁路部门多次让我家拆迁却不给拆迁费，只让大队给另划了一处宅基地。由于家里实在太穷，无力去建新房，我们只能将就着住，不得不忍受铁路带来的莫大影响。

无法预料的是，除了这些困扰外，一个巨大的危险当时正在悄然靠近。铁路修建时，虽然在临山崖一侧做了护坡，但因为山崖太高，还有一处是供全村人修厕所、猪羊圈取土的窝子，春夏秋冬挖土不止，致使窝子上部的悬空面越来越大。村上没人管得住，铁路部门也没法管。终于，在1971年秋季的一天夜里，这里发生了山体大滑坡事件。西家崖垮塌了，不光掩埋了百十米的铁路线，还把我家的猪圈、灶房全部掩埋，土流冲破西边那间房子的窗户把土炕掩埋了一大半。庆幸的是，当晚大队姚生玉主任串门子回家正好路过我家门前，是他第一个发现了险情，一边敲门一边大声呼叫，硬是把我父母和弟弟妹妹们从睡梦中叫醒，并不顾一切地把他们拉出院门。仅仅一分钟之后，山体就大规模地塌了下来。灾难发生后的第二个早晨，母亲再到现场时感叹："如果不是你生玉叔果断，你父亲和三妹肯定没命了！因为他们睡觉的那盘土炕上滚下来一米多厚的黄土。"

这场飞来横祸发生时，我还在耀县中学的学生宿舍里安眠。第二天早上姚生玉叔来学校找我，说西家崖塌了。见我一副痛不欲生的样子，他忙说一家人都没事，就是猪被压死了，灶房被土掩埋了。这时，我才缓过神来，给老师请假后跟随姚生玉叔一起回家。一路上，我反复地问生玉叔说的是不是实话。他都有些烦了："这娃咋是这！叔是说假话的人吗？"我那颗悬着的心才放进了肚里。回家之后，我见弟弟妹妹们都安好，就是父母正躺在隔壁三爷家偏院小黑屋的炕上唉声叹气，似大病了一场，一下子瘫软不起。我虽然只有十六岁，但还是打起精神劝慰父母，说虽然碰上这么大的灾难，但咱家遇到了生玉叔这位大救星。还有支家我三爷二话不说接咱一家人住进他家，对咱家关怀备至、情深义重。有这么好的乡里乡亲的帮助，还有啥过不去的坎？父亲见长子这么一说，精神开始好转，但还是一声长叹："猪压死了，今年的年咋过？还有，眼下连个做饭的地方都没有，咋吃饭？"我说这些都不怕，只要人都安全，啥难关都能想方法渡过。

后来我的几个学友得知我家遭此大难，前来慰问。一个同学拿来了两盒"三门峡"香烟，这在当时可能比如今的"荷花"还要值钱。同学们出主意让我去找铁路部门的领导索赔，我同意了。铁路上自知理屈，派了一个姓黄的干部专门调查处理这件事。我和姓黄的干部多次洽谈，并把那两盒"三门峡"当成礼品送给了他。最后铁路部门决定给我家二百六十元钱，作为所有的赔偿费用。但是要求我家做出郑重承诺，两年内自行搬迁完毕。否则今后再发生类似事件自己负责，铁路部门一分都不赔。父亲犹豫了一天一夜，第二天还是给人家铁路部门签了字。后来直到1990年，我把村南的两层楼房盖好，才好不容易说服父母和弟弟从马家砭搬迁到我和连襟斜对面的那院五间厦房里。嫌不够宽敞，我又在后面建了三间平房。而马家砭紧靠铁路的那院房以一千五百元的价格卖给了乡邻。乡邻近两年另盖了新房，就把我曾经的那处院落给荒废了。

和赵老师走进这处没有人烟的旧宅，门窗尚且完好，北边中间屋那盘八尺宽的小土炕还在。四十五年前，这里曾经是我的婚房呀。还有对面的三间厦房，是我分家后千辛万苦盖的，房屋用的椽檩全是我在照金修筑公路时收获的。在那厦房里，我仅仅住了一年多，就在父亲的鼓励之下，在外租房，开始筹备另建住处了。

五

离开了马家砭，沿着北坡继续向下几十米远，向北有一个比较宽阔的短巷，正对着阿姑社小学的大门。刚才在左家疙瘩上已经远眺过了阿姑社小学的教学楼和操场。我向赵老师介绍说，现在的学校与我当初上小学时候已经完全不同，显得格外排场，所有的旧建筑已荡然无存。

再继续前行几十米，北边就是现在的村委会了，向南就是阿姑社早年真正的堡子中心。我知道赵老师并不关心这些，只在车里自顾自地说着。赵老师问我，你们村不是"红军窝子"吗，有什么历史遗迹？我说好像没有。我其实不是很清楚，但我知道已故老红军陈学鼎的旧居还在。我在1978年最困苦的岁月，曾经借用他家的厦房暂住，他前妻既是我的房东又是我的邻居。那时的厦房已经年久失修，破烂不堪，是老鼠横行的地方。老鼠一晚上在柜子底下打洞刨出来的土都能把鞋子掩埋。

按辈分我得管老夫人叫婆，她瘦高个子，三寸金莲。她经常把自己比作祥林嫂，最喜欢给我倾诉的就是那么几句话："那一年冬天我正坐月子呢，你爷说出去买两只鸡杀了炖鸡汤给我补补身子，然后就当红军闹革命去了，几十年再没见。等再回来时，人家官当大了，婆娘娃也有了。"我耳朵都听出茧来了，想安慰她却不知该说些什么。如今他们都已离开了人世，可老房子依旧挺立在那里，任由风吹雨打。

穿过村子，走上沮河桥，只见"红色阿姑社"几个大字的标牌竖立在大桥桥头的醒目位置。我把车停在路边，和赵老师仔细地端详着眼前的沮河。

在桥的北侧，一台大型挖掘机正在作业。河东岸有一段护坡被洪水冲垮了，需要重新修整加固。整个沮河从苏家店的石头山谷中进入真正有村落有土地的川道，直到在耀州城的南岔口与漆河汇聚变成石川河，估计也就十公里左右。前两年有关部门耗资数亿元治理沮河，修建了史无前例的景观工程。建好后，沮河两岸红花绿叶、亭阁水榭，好繁华好美丽。不少市民游览其中，感受诗情画意。但一场暴雨挟着山洪，还有桃曲坡水库大坝泄洪的影响，把景观设施冲击得面目全非。没想到我当初的忧虑只一个秋冬就变成了现实。

多少年来，人们不断加高加固沮河河堤，原来年年改道的河水现在终于乖乖顺着人们规划的河道流淌，两岸的土地随之增加了不少。但想和当年一样下河洗衣洗澡，摸鱼抓螃蟹，在浅水滩上戏耍，却是万万不能了。而且，待水库放水时，除非用抽水机抽水，否则想自流灌溉也是难上加难。沮河，实际上已经变成了一条既宽又深、时续时断的大水渠。整个锦阳川虽仍是一派生机勃勃欣欣向荣的景象，但好像与沮河的关系已经不是太大。每年九月底至国庆节这段时间，正是收割回茬玉米、翻地播种小麦的大忙时节。夕阳西下时分，橘红色的云朵与川道里半枯了的灰黄色庄稼互相映衬，让人沉醉也让人遐想。这个锦阳川早已不是我儿时的锦阳川了，多少年以后，它又会是怎样的一个锦阳川？

我在照金的日子

大概是命里注定与照金有缘吧，自从第一次步入离家乡阿姑社约五十公里的照金，我就改变了以后的人生走向。

许多年以后，我会向亲戚朋友表露那种似乎带着秘密的暗示，故作神秘地说：那是我事业起步的地方！细想一下，和照金的缘分应是从20世纪70年代后期，我去那里修乡村公路时开始的。

很长一段时间，我都生活、工作在那一带的山岭沟壑之间。时间长了，就对子午岭了解得更多了。就是在那时，我知道了那座由南向北的山岭就是"子午岭"，也听人说秦始皇修筑的秦直道遗迹还在；知道了《诗经》里《豳风》中的"豳"，就是指这里。

慢慢地，我感到自己学识太浅，走向社会几乎啥都不知道、不清楚，故而暗自惭愧。或许也是从那个时候起，我萌生了自学的想法，于是千方百计地搜集和阅读书籍，尤其是一些文学方面的书籍。可以说，我真正用心读书就是由那个时间开始的，至今几乎从未间断，算来也有四十载有余了。

那个时候，我大多数时间劳动量很大，也过得充实。在艰苦的野外环境中，我学到了很多以前不曾接触过的知识和技术，开阔了眼界，自然也完善了自己的世界观和对自我的认识。在闲暇时，我读了浩然的《艳阳天》《金光大道》，以及罗曼·罗兰的《约翰·克利斯朵夫》，还有不少当时能搜集到的小说。由此我对世界、对人生有了新的认识，思想也有了潜移默化的改变，做起事来实事求是，对生活以及工作态度认真，没有丝毫马虎。

那时的工地机械很少，干活大多靠人力。很明显，工作效率跟现今是不可同日而语的。当时的照金小镇也是破败不堪，用不了十分钟便可把照金镇转一圈。当时镇上除了我曾经流血流汗参与建设的楼房之外，再没有什么像样的建筑物。面对当时的艰苦条件，我从心底涌上一股热流，从心里敬佩那些先驱，感叹他们当年闹革命时的艰辛和伟大。

三十多年后，我再来故地，照金已是旧貌换新颜。那天，我因工作需要，跟随所里一群人冒雨上照金，进行革命传统教育活动。归来后，我以《风雨照金行》为标题写了一篇文章并配发了几张照片，结合我对照金面貌的改变做了叙述，之后还写了一首诗，聊表情怀。

古人说得好，人生如梦。屈指算来，如果除去当兵三年，我离家在外的日子要数在照金的时日最多，收获也最大。照金，不仅是我二十多岁以后生活、工作时间最长的地方，是我最感快乐的地方，也是我快四十岁时劳作最久、收入最多、对身体损耗最大的地方。照金还是我六旬之后，特别感慨并难以忘怀的地方。

无论照金如今多么喧闹繁华，我心中的照金一直是1989年到1990年的模样。

20世纪70年代末，我在耀县工业交通局直属的地方道路管理站当副业工。工作就是跟着我师傅刘站长，带着一帮农村来的小年轻穿梭在崇山峻岭、溪流草丛之间，测量、设计、修建稠照公路和柳照公路。在几乎原生态的山野中工作，我们吃的是沿线村庄农户的百家饭。

山里核桃多，很多生长在崖畔，农民也懒得去摘。故而，这里松鼠很多。到了核桃成熟季节，很多自然掉落的核桃就成了松鼠们的美食。记得在玉坪坡那段时间，我们一个月能吃出一架子车的核桃皮。两只手乌黑乌黑的，直到几个月后才能恢复本色。那时山里野生动物很多，野猪、黄羊、野兔、獾、野鸡、野鸭四处可见，还有令人惊恐的毒蛇，看见了就会做噩梦。

在山梁沟壑间施工，四个季节里最难熬的是冬季。有时大雪纷飞，雪花真的"大如席"，飘飘洒洒，很快就能把山路淹没。倘若你喜欢诗情画意，或许这个时候就该露一手。工友中有豪情者，会背诵毛主席的《沁园春·雪》，背时抑扬顿挫，异常豪迈。而我也会联想到古人的诗句，默默地在心里背一首辛弃疾的词，道："天上飞琼，毕竟向、人间情薄。还又跨、玉龙归去，万花摇落。云破林梢添远岫，月临屋角分层阁。记少年、骏马走韩卢，掀东郭……"

那时，因为汽车不能通行，就得连日住在山里。当然，对我来说，躲在工棚里看书也是不错的选择。因此，在雨雪天里我读了不少书，也算是"有所得"吧。

曾在窄沟子一片不大的地方，我们无数次被毒蛇吓得两腿打战。那些青黑色的蛇（我们称之为"长虫"），据说它们很有灵性，大概知道有人要在这地方动土，几乎同时爬出，一个个吐着芯子，发出微弱的"嗞嗞"声，而后很快地游走，消失在草丛之中。在大崖子、小崖子的河里我们抓过几脸盆螃蟹，带回家后，满屋子乱跑，几个月过去了，还有活蟹从柜子底下爬出来。

那时节的我正值年轻力壮，攀岩爬坡如履平地，从不怕枣刺扎，也不曾因为野猪、麂鹿突然从草丛里钻出而惊慌失措。

柳照公路、稠照公路快完工的时候，我辞去了交通局副业工的工作，去寺沟人民公社当社务干部。但每当路过照金的时候，我都会忆起与公路有关的往事。虽然柳照公路后来多次重修，已经今非昔比，但路基工程还是先前的，并无多大变化。我的自豪感油然而生，只可惜同行中无论老幼无人能懂。

连我自己都没有想到，1989年我会再次奔赴照金，以阿姑社建筑队的名义承揽了照金粮站办公楼、粮食储备库以及照金镇政府大楼屋顶改造工程和照金镇敬老院修缮工程。作为负责人，我在照金一待便是一年多。在那段时间里，我把自己的青春赌在了照金。一年半时间的奋战，让我一举实现了日夜期盼的脱贫梦想。

但从当时的照片上可以看出，那一年多时间的风吹日晒、日夜操劳，让我一下子苍老了十岁。后来的身体疾病，亦是那时不健康的生活习惯所导致。但我还是觉得值，因为如果没有在照金辛苦奠定的基础，我也许无缘走进律师队伍。

如今的照金已经成为全国数得上的明星小镇、美丽小镇，而且还是红色教育基地。照金小镇原来的所有建筑物已经不复存在，包括我参与过的工程。后来我再去照金的时候，只能在当年的大致位置回忆着已经拆除了的两层办公楼和粮库，怀念过去的喜怒哀乐……

粮票啊粮票！

粮票，对于 40 后、50 后包括一些 60 后的人来说，应该都有较深的记忆。如今那些很难看到的小纸片，已经具备了收藏价值。

每每提起"粮票"两个字的时候，我都会潸然泪下。我并非怪怨那个年代，当然也谈不上怀念那个年代，只是与粮票有关的两段往事，让我终生难忘。

20 世纪 70 年代初，我在耀县中学上高一。我当时是贫农的孩子，虽然也经历了考试，但家庭成分好是能上学的主要因素。贫农家庭真是一贫如洗，一学期十块钱的报名费也凑不齐，有一半是借的；晚上就睡在光床板上，没有褥子，因父亲是席匠，我就铺了一张芦苇小席。母亲叮咛我晚上把脚那头的被子用腰带一捆，寒冬腊月就不会冻出毛病。这些问题都解决了，唯一解决不了的就是"吃"这个大问题。

生产队一年分到的粮食，包括麦子、玉米、豆类，还有红苕、萝卜，加上自留地的那点收成，只够吃半年。如果家里供我吃饱了，父母和四个妹妹一个弟弟就要饿肚子。所以每个月家里以粗粮为主，也只能给我二十斤吃的。我那时正是十五六岁的小子，根本吃不饱。我有时去外婆家混几顿，周五下午就跑十几里路回家吃，周六周日在家里凑合，但这仍然经常填不饱肚子。班里要好的任增茂同学（后来我一直叫他哥）有时候会接济我一顿。我有时候半夜会饿醒，又不敢活动，害怕越折腾肚子越饥，只能去喝杯开水转移注意力。

如此窘境被同班已转至另一所中学就读的女同学知晓后，她自己每天只吃个半饱，每月寄给我十斤粮票，一直持续了近一个半学期。那时候所有的人都缺吃的，收到她寄来的粮票时，我那份感激之情难以言表。直至五十年以后的今天，想起此事我仍然会热泪盈眶。感觉老同学的帮助不只是雪中送炭那么简单，而是一种救命的恩情。

改革开放以后，大家都过上了好日子，我一直不知怎样报答她。唯有将这件事始终铭记于心，在适当的时间适当的场合，告诉应该告诉的人。

20世纪70年代的第三个年头，我高中毕业应征入伍，在宁夏中宁县某部队服役。

我一个硬劳力为国效力，自然无法顾家。家中由于人多负担重，生产队一个劳动日分红不到两毛钱，家人衣不温食不饱，仍然处于极度贫困之中。我每月的生活津贴仅仅六元，除去买牙膏、牙刷、邮票、纸张之外，所有剩余的钱都在战友那里换成了全国通用粮票寄给父亲，以帮助家里渡过生存大关。以至于我在部队三年，最后的积蓄连一件衣服也买不起，只够给妻子买一条丝巾。当她埋怨我的时候，我无言以对。我只知我在三年里寄给家中的几百斤粮票，足以让父母和弟弟妹妹们不至于饿肚子了。

"粮票"这两个字，这张小小的纸片，本来是计划经济的产物，是允许持票人合法购买粮食的许可证。在我当时的印象里，它是活下去的支撑物、必需品，它渗透着我的屈辱和辛酸，偶尔它又代表着愉悦和幸福。它是特殊的纸片，是一种希冀，是关爱的给予。

粮票啊粮票，关于这两段粮票的记忆，我会铭记一生！

红薯情愫

　　我这辈子就喜欢吃甜食，各种糖果、甜点、含糖分高的水果我都喜欢吃。

　　当然，我最喜欢吃的还是红薯。烤红薯、蒸红薯、煮红薯、红薯稀饭，我都喜欢吃。这个饮食习惯是自幼形成的，一直持续到现在。

　　家乡人管红薯叫红苕，我小的时候并不知道它的学名叫红薯，更不了解它的营养价值，只知道它甜、好吃，而且吃了顶饱。

　　上小学六年级的时候，暑假里我还曾替爷爷担负过为生产队看护红苕地的任务。那时节农业社的社员们分到的粮食总是不够吃，大概是因为红苕的产量比较高，所以在河滩的沙土地上，各个生产队都种上了红苕，弥补秋粮的不足。红苕快成熟的季节，惦记的人比较多，经常有偷红苕的，哪怕红苕半生不熟，也有人想先填饱自己或家人的肚子，生产队不得不安排人昼夜看护。爷爷那时不分昼夜地看护，我暑假里白天可以帮忙照看，让他老人家适当休息。十一二岁的孩子能看住红苕，是因为在白天，再穷的人毕竟也要顾及点颜面，即使再眼馋也不敢轻举妄动。但到了晚上，还是会有人忍耐不住去试探的。爷爷看护了一季红苕，没抓住一个人，倒是吓跑了好几拨做贼的。队长每次问是哪些人，爷爷都说天黑没看清楚。反正没多大损失，事情也就不了了之了。

　　1966年的国庆节假期，不到十二岁的我和村上的大人们骑着自行车，后座上驮着自留地里种的辣椒，前往泾阳、三原一带的村庄去换红苕。我天不明就起身，经过一天的走村串户、讨价还价，半麻袋辣椒慢慢地变成了一长口袋红苕。

　　然后我骑着自行车，沿咸榆公路一路向北，经过淡村、南岔口，汗流浃背的，实在蹬不动了，就推着走，总算到了东大街口。

　　没想到刚上东门坡，就被戴红袖章的市管会人员给拦住了。他们是打击投机倒把办公室的人，认为用辣椒换红苕的行为就是投机倒把，不仅将我辛辛苦苦换来的红苕全部没收，还要没收我的"作案"工具——那辆借来的自行车。

我不知道我前面的那些大人都是怎么回家的，为什么没有人告诉我还有这道关口。我觉得市管会那些人就像是敌人，他们正在要我的性命。说理我是说不过他们的，我只有哭喊，不顾一切地求他们把自行车还给我，如果借邻居的自行车也被没收了，我家可穷得没办法给人家赔，这可叫人咋活？

我哭喊了将近半个小时，死死拽住自行车就是不放手。后来终于等到一个领导模样的人，他对扣车扣红苕的那个人说："把红苕没收了就行了，把自行车还给他。看娃这么小，挺可怜的。"

我一听他的话，不敢再纠缠红苕的事，赶紧骑车回家。父母见我空车子回来，问明原委后叹息不已。父亲说："权当把辣椒扔沟里去了，只要我娃没受啥罪，就算烧高香了！"

今天去附近的农贸市场买红苕，每斤四元五角。买了十来斤，一共五十八元。回来的路上有点惊叹，五十多年前，一斤红苕也就五分钱，如今的价格是当年的九十倍。记得红苕的产量很高，一亩地很容易上万斤。这样算下来，一亩红苕地的收入减去流转的费用，应该有两三万吧！我不禁和妻子开玩笑："咱回家种红薯去吧，三四亩地一年挣十几万哩！"

这个玩笑又引起了我的另外一个联想，常言道：当官不为民做主，不如回家种红薯。这是为什么呢？为什么不是种高粱、种玉米、种麦子呢？

看来这红薯还真是个好东西。据说它是防癌抗癌的最佳食品，而且能防治便秘。红薯如此好吃且营养丰富，吃它的人多了，价格贵似乎也能理解了。

房子啊房子

每次提到"房子"两个字，我都会产生无限的感慨。我这辈子为房子所花费的时间，仔细计算一下，几乎可以占到人生的二分之一。我先后十三次搬家、七次建房，建房累计面积上千平方米；四次参与买房，买房的总面积达数百平方米。在衣食住行、赡养老人、养育子女的总投入里，住房的花费高居榜首，比其他支出的总和还要多。关于房子的故事是那么多，那样令人印象深刻。

血汗和泪水筑成的厦房

1976年3月，我从部队复员回乡时，一家八口人只有三间旧厦房。那时的每间厦房实用面积不足九平方米，三盘土炕一占，两三个人在里面转个身都难。我夫妻占一间之后，两个最小的双胞胎弟妹和父母住在一起，还有三个妹妹占一间，每间房子都十分拥挤。盖不起灶房，只能利用厦房的出檐搭个接檐凑合。除此之外，全家连个存放粮食和农具的地方都没有。不得已，我只能在外租房，而此时妻子已经生下女儿、怀着儿子。眼看人口还要增加，尽管那时还吃不饱穿不暖，勒紧裤腰带度日，但我还是产生了必须建房的念头，并为建房做着各种准备。

我利用在柳照公路指挥部办公室当技术员的便利，早起晚睡，在空闲时间到山坡上去割梢子，为编荆笆网（替代椽和瓦之间的芦苇帘子）做准备。还和生产队讨价还价，把修路过程中砍伐下来的树木买下来，以备做椽做檩之用。所谓人穷志短，为了省几块钱，只有低眉顺眼求人拜佛，好在山里面不缺这些东西，备起来还容易些。可是在崇山峻岭间割梢子却不是那么容易的事情，要挑选直溜、有一定长度的荆条才行。我顾不上被枣刺划破脸，也不怕一脚踩空滚下山坡，那时候只有一个信念：要弄够三间厦房屋顶需要的材料，流血流汗不要紧，只要能省下钱，省下一分是一分。至于后来还要历经几十里山路，用架子车把这些东西运回家乡阿姑社，山高坡陡，费了多大劲才完成这项工作，已经不足挂齿。

要说最难忘最伤心的还是为建房打胡基的那些事儿。那一年农历十月之前，我开始往打麦场拉土、泡土，准备好了打胡基的土源，又借了几副打胡基的模子，求助亲友帮忙拉来几块打胡基要用的大青石底座。进入农历十月后我便叫来村里能打胡基的人，开始了这项盖房之前最浩大的工程。头两天艳阳高照，匠工小工近十个人打了十摞胡基，五千余块胡基整齐地排列在打麦场上，好不喜人。谁料第三日老天竟下起了中雨，而且一下就是两天。开始家里人还想办法用各种器具为胡基遮挡风雨，但到后来就不得不放弃了。天上的雨水再遮挡它也得流到地上，地上的积水在场上积聚起来，一摞摞的胡基被浸湿之后逐渐倒塌，直到全部浸泡在雨水之中。一家人望着好不容易换来的劳动成果变成一堆烂泥，仿佛万箭穿心，别提有多么焦虑和难过了。每一块胡基都是用血汗钱换来的，却被雨水毁于一旦，恨老天怎么不长眼呢？难道看不到穷苦人的艰难？农历十月就算入冬了，怎么会下连阴雨呢？但那一年就罕见地下了，你能把老天怎么样？所有的苦楚只能自己承受，真是欲哭无泪啊！

后来终于在经历千辛万苦之后，我和父亲才把三间厦房建成。由于此时家中人口众多，分家另过后各种原因导致新房没有住上一两年，又不得不另租房寄人篱下。第二次建房的规划便很快提上了日程。

终于有了自己的房子

再一次任性地离开父母在外面租房子居住的时候，我们这个小家已是一家四口。那时女儿不满四岁，儿子不足两岁，我们先在生产队的仓房里艰难度日，后来又租住了邻居未粉刷的毛坯平房暂求栖身。

当炎夏的酷暑把房顶晒透，热得一家人不能进屋；当数九寒冬的西北风穿透墙缝，室内气温接近零摄氏度，冻得孩子瑟瑟发抖时，我心中所有的期盼都凝成了"房子"两个字。我要盖房子，盖房子！拼了命也要建成自己的房子，我要我的儿女们有自己的房间。

暗下决心之后，接下来就是付诸实施。一边等待宅基地的批复，一边拼命地去赚钱。赚钱攒钱首先是用于买椽买檩买门窗木料，买砖买瓦和其他辅助材料。然后是准备挖地基、打胡基，攒建房时的匠工小工工资，还有管饭的各种花费。

当时计划连门楼开间和灶房在内，一共建五间穿靴戴帽土木结构的厦房，因为贫穷，不敢奢望砖木结构的厦房。就这算下来至少也需要五千元的费用。那时候我每月的工资只有四十多元，还要负担一家人的生活，大致算了一下，至少需要十年时间的积蓄才够盖房。那如何等得及？只有借贷、求亲告友请他们帮忙了。

有关系不睦但知根知底的同龄人背地里嘲讽我们两口子一辈子都盖不起一院房。这令人在愤怒之余更想争一口气。三年太久，为了孩子们，至迟在两年之内，我必须把新房建起来！

为了多赚点钱，我也算是拼了，在自留地里改种洋葱等经济作物以增加收入，在下班后和假日去车站装车卸车额外挣一点钱，通过人脉关系能借就借、能贷就贷。费尽千辛万苦，终于在不到两年的时间里把五间厦房建成了。

记忆里宅基地的划拨几乎没费什么劲，原因不光是我家完全符合申请条件，更主要的是有当公社主任的杨伯帮忙，不到一个月时间就拿到了批复文件。最艰难的还是打胡基，吸取上次教训，我这回把打胡基的时间选到了农历正月十五之后，心想这次一定不会受到天气的影响。

谁知那年又遇奇事怪事，刚把十几摞胡基打好还没晾干，天又下起了小雨，然后转中雨。哎哟妈呀，把人能急疯，恨不得用塑料布把天给遮住，把所有的胡基一摞一摞给包裹起来，可是两摞胡基中间的雨水又怎么能排出呢？不是说春雨贵如油吗，怎么到了自己头上，跟泔水一样令人厌恶？庆幸的是，中雨只下了几十分钟，损失并不惨重。但那时留下的心理阴影至今都无法驱除干净。为借钱发愁，实在向朋友张不开口，为借粮在亲戚家门口长时间地转悠，一辆架子车还是从麻子村的连襟家借来的……三年之后我才把外债还清。

这些小事似乎都不值一提。反正我终于有了自己的房子，那种愉悦的心情，比我后来建起六层框架结构的楼房还要高兴。

豪情满怀第三次建房

这辈子第三次建房，是在 1989 年的深秋开始的，那年我三十四岁。

那时候我一边在照金承揽工程，一边在家乡开始给自己另建新房。此时在改革开放政策的影响下，我家不仅已经丰衣足食，而且有了余粮和余钱。原来的五间土木结构厦房已无法满足我膨胀的心和长远规划。

考虑到父母和弟弟妹妹们还住在临近铁路的马家砭，属搬迁户，我就和父母商量，把自己的房屋给他们，换一院宅基地，我另建新房。父亲同意后便向村上、镇上申请宅基地。

我瞄上了组里一块三不靠且高低不平的炭渣壕，找村组干部让把这块地划给我。当时他们就满口答应，心想那是村里没人要的地皮，这下可好，还落个人情，何乐而不为呢！

但等到我在不影响道路畅通的情况下开始夯筑地基的时候，他们便发现了端倪，明白了我花别人盖多半院房的代价填地基是图什么。

那个管宅基地的远房表哥偷偷丈量了一下，对我说："你这样填上去，这院宅基地将近三分半呢，比别人多出近一分地呀！怪不得你要这个炭渣壕，原来贪的是面积大。"我笑着说："好表哥哩，没想到处理地基代价这么大，光白灰水泥石头的花费能盖人家一院房。"

表哥说："你对啦，鬼大得不行！好在对村上的规划没有任何影响，炭渣壕闲在那儿成了垃圾场，你占了还有利于村容村貌。"

不用我教，有个别心生妒忌的人给村上反映时，他就那样解释。

后来地基筑填好时，所有的乡邻和朋友皆为之惊叹。这院房基在村南最高的位置，三面临路，光线特别好，向南向东视野开阔，通风更是独一无二，而且占地面积大，房屋建好后肯定比哪一家都宽敞。

不仅如此，这次建房我请了在建大进修过建筑设计的刘志刚老同学来做设计，告诉他设计成单元房与传统民宅有机结合的房屋，要有客厅、书房、大阳台，还要有院落小花园，分前后院，还得有块小晒场。由于地基较大，他的设计几乎满足了我的全部需求。我们一拍即合，说就这么建！

如今三十多年过去了，每次回故乡，我都要去看看我曾经倾注过无数心血的那处院落。尽管它已经显得破旧，但仍然别具一格。

后来村上增添的无数座楼房，都不具备它的位置优势和设计魅力。遗憾的是，它的所有权早在建成后的第六年就转到了别人的名下，从此不再姓宋。

第三次建房时，资金充足，设计遂心，所以不仅是砖混结构，带地梁圈梁和抗震柱，而且所有的门窗原材料都是上好的松木、核桃木。铁大门可以通过小车，厕所排泄物直通地下，至今仍然可以与村上的新建筑媲美。

可惜的是，此房建成后我们一家人仅仅住了不足三年，因为我当了律师，我们于1993年4月5日举家迁居至耀县县城里。

不久后，为了在耀县县城里买商品房，我便将此房卖给了同村组的左家，当时别提有多么不舍，心疼了好些年。

那个心病仍旧是房子

在计划处置故乡那院房屋的同时，我在耀县县城里或者城乡接合部另建房屋的念头已经产生，随后又有了在城里买商品房的打算。

当时我和妻子都暂时居住在律师事务所。所里除一间办公室之外，还临时配有一间房做卧室，另有一间灶房可以共享。那时女儿和儿子还没一同进城，城里可以凑合着住。但这毕竟不是长久之计。

从1990年到1999年这九年里，我先是在老家帮弟弟在我原来的厦房后院建了三间砖混结构的平房。投资不大，用自己的设备和施工队，速度也快，没费什么劲，但也算得上是此生第四次建房。

第五次建房耗时最短、花费不大，但历程却最为曲折。先是把我的户口迁到耀县城西的新城村，在那里申请了一处收费一万元的宅基地，但直到1999年我在新区购地建房时还没有实际划拨。后把妻子的户口转至耀县城关镇东街村，同样划拨了一处宅基地，但村上让建房时，我却主动放弃了。在此期间，我曾因多次租房居住烦恼不已，便在耀县供销合作社集资自建的供销大厦综合楼上购买了一套商品房，毛墙毛地，价值六万余元。为了早日入住，我们多次到西安买洁具和地砖等材料，雇匠工刷涂料铺地砖安装门窗、灯具、吊顶，这算是第五次建房吧。刚刚收拾好，还没来得及住进去，又把那套房子转手了，因为要在新区购地建房花费巨大，不卖不行了。这套房子是唯一费了许多心血却没住过一天的房子，背后曲折的故事如果展开说，估计三天三夜也说不完。

在1999年艳阳高照的春季，我这辈子第六次建房正式拉开了帷幕。现在

第一辑 ❦ 岁月痕迹

的新区金谟西路商住一条街当时只是一条水泥路而已，两边全是庄稼地。

我永远都忘不了，父亲在听说我要上新区购地建房的消息后，骑着自行车转遍了新区的旮旮旯旯，然后到我的办公室语重心长地对我说："好娃哩，你放着城里、新城村的地方不用，跑到新区干啥呀。那地方现在荒凉得跟啥一样，狼跑过去都没人撵！还是不要去。"

可此时的我早已深思熟虑过了。当时热热闹闹的耀州路对我没有诱惑力，我第一个考虑的是得有个像样的大院子，我要住得宽敞、住得舒心。如果有商业价值当然更好，暂时没有也无所谓。我相信从长远角度来看，新区一定会发展起来的，这只是时间问题。

我主意已定，八头牛也拉不回来。父亲见我态度坚决，便不再规劝，却告诉我必须把弟弟也带过去，一起盖房好照应弟弟。我说我肯定愿意跟弟弟在一起，让他赶紧催弟弟准备购地款，待开盘售地时，最好一起购买。但临到交款签土地使用权合同时，他们仍没能下定决心。耽误了一天，他们最后只拿到了九米宽的那类宅基地。多年以后，这件事仍让父亲遗憾不已。

在城市中心有了自建的房子

尽管用了六万三千元就在距新区管委会不远处的地方买到了九分地七十年的土地使用权，但那可是二十二年前的事，这个钱在当时正好是一套三室一厅商品房的价格。除了摊的前后道路面积，个人宅基地的实用面积为六分三厘地，长三十五米、宽十二米，共计四百二十平方米，比家乡的宅基地大了两倍还多。我当时和老陈说，这回是在未来的闹市里实实在在地当了一回地主。可想当时是多么自豪。

人生在世，好机遇并不是很多，碰上了也可能由于种种原因错过。但这回我不光是有迫切的愿望，也对未来充满了信心，最关键的是在机遇面前做好了资金准备，有能力去购买土地使用权。不少人知道这是大好事，机会难得，可是手头太紧，只能望而却步。还有人有经济实力，却对新区的发展不看好，从而失去了机遇。当时新区管委会为了迅速形成吸引力，在购地合同中还严格要求，如果不及时按照规划建房，要收回土地使用权，这也在一定程度上阻碍了资金不充裕的人进入购买行列。

新区管委会当时对商住一条街的统一标准是：临街必须建设三层楼房，

一层门面房的高度不得低于四点二米，二、三层的高度不得低于三点九米。至于进深多少，没有限制。再三权衡之后，鉴于囊中羞涩，我和老陈把设计图进行了修改，进深由十二米左右减少为八点四四米，把临街三层楼的面积压缩了三分之一，变成三百平方米。考虑到围墙以及后院还需建三间平房，总面积近四百平方米，以当时的市场价估算，建筑费至少还需要二十余万元，自有资金连一半都不够。但必须硬着头皮上，用继续挣着花、先借再还的办法向前挪。

2000年，金谟西路的房子全面进入粉刷装修、安装卷闸门铁大门、院落地面硬化、收拾院中花园等工程的阶段。尽管匠工们揽的活多，三天两头地辍工，但此时已无"天降大雨"的忧虑，也无着急入住的急切，因而心境平和，时刻享受着新房带来的自豪和喜悦。

由于把前楼的进深压缩了三米，所以院落与邻居家相比就显得特别宽敞，院中花园也是金谟西路最大的一个。记得有一次去人力市场上找民工整修花园，说好两个小时的工。两个民工当时以为我傻，心想一个院子里的花园能费多大事？就是翻地也不过一半个小时。可是一看到花园他们就觉得失算了，他们没有想到这花园几乎和农村的一处宅基地一样大。尽管当时我就提醒他俩花园很大，他们还是想象力不够，认为毕竟是个院中花园嘛，能有多大？

实际上将近三分地大呢！我把花园的四个角落按春夏秋冬四季划分，种植了牡丹、月季、海棠、蜡梅，保持四季有花开，中间是一丛石榴，开花时红红火火的，很喜庆。此外，我还种植了多种蔬菜。我当时认为，这辈子再也不会建房了，这样的住宅已经心满意足。

大动干戈第七次建房

既有客观原因，又有主观因素，2011年的后半年，我这辈子第七次建房的事情又提上了日程。与以往不同的是，这次要拆除后院原有的三间平房，新建一栋五层或者六层的框架结构楼房，面积在八百至一千平方米，用"大动干戈"来形容尤为贴切。

原本以为，2000年的第六次建房是我这辈子最后一次建房了。此生为建房所花费的时间精力和金钱实在是太多太多了，何况当时我已年近六旬，怎么能受得了如此劳心劳力的折磨呢！但最终还是顶不住压力，禁不住各种诱惑。从坚决不干转变到可以考虑，再到最后下定决心大动干戈，这个过程前后经历了将近半年时间，搞得我那段时间一提这个话题便彻夜难眠。

建这栋楼的起因缘于东邻。头一年的春天，东邻乔哥专门通知说他要在后院建五层楼房。由于地基开挖深达四米，场地又狭窄，有可能危及我后院平房的安全，施工队也施展不开，难度很大。如果我有意愿建房的话，最好一同开建，这样办理相关手续、购买材料、寻找施工队伍时都会更加方便还节约成本，而且施工面扩大后地基容易压实，更能保证工程质量。乔哥的话句句在理，但一开始我并没有答应他。给妻儿说了这个情况后，儿子同意建，妻子坚决不同意。

妻子知道建房所面临的巨大艰辛，她不愿再受那个罪，这个事情便暂时搁置在那里。我以没有经济能力为由婉拒了乔哥的提议，他无奈地笑了。

等到农历十月过了，东邻开始拆除后院房屋的时候，我还是压不下借机一块处理地基建房的冲动，担心今后自己想盖房子的时候地方狭小困难重重，何不现在一块摆开战场互相有个照应呢？儿子也坚决支持一块盖。我便耐心说服妻子后决定开建。只两天工夫，就把后院的房子拆了，把院子里的果树花木也一并清除。东邻等了我两天，然后两家一起处理地基。在二十四米宽的基坑里，挖掘机、压路机、电夯机轰鸣，一辆辆拉土车把旧土运走，把新土和白灰运进来，施工现场好不热闹。

由于打算建设五层以上的楼房，地基要挖四米，两米素土夯实，一米五厚的灰土层夯压至设计所需的强度，这才开始浇筑混凝土基础、地梁圈梁以及砖基础和排水沟，直到正负零。

这次建房正儿八经地和包工头签了合同，对质量和工期都有严格规定，目的就是宁可钱吃亏，也不让人吃亏。但操心的事情一件也没少，譬如支模，他们弄得不端正规范；砖要用水浸透，可他们总是弄得半干半湿的，我只有自己利用他们下班的时间去完成这项工作；还有工期，不管是基础、主体、还是外粉，每个环节都拖延推迟，一点守约的精神都没有。工程完工后长达数月不清理垃圾不拆除脚手架龙门吊，气得人眼里滴血，又无可奈何。前年他们贴的面砖大面积起鼓脱落，为确保安全，我不得不下决心把整个面墙的瓷砖全部铲除另用水泥砂浆抹光……

房子从建成到如今已经八年多时间过去了，我想起来还是怒气难消。但这个包工头也不在意，还来我所里请律师为他打别的官司。

西安城里有了第一套房子

2000 年在新区第六次建房之后，虽然说面积近四百平方米，但此时在西安工作的儿子仍在租房住。他最早住在陕师大一个单身老师的家里，他占一间卧室，灶房和厕所共用，凑合了一两年。后来又到学院的宿舍里将就。家里的房子再多，只能供回来度假使用，远水解不了近渴。所以在西安给儿子一家买房已经迫在眉睫。

记得那是 2005 年，家里建房的外债已经还清，稍微有了点积蓄，我询问儿子是给他们买房还是买车？年轻人还是有点喜欢张扬，说还是先买车吧。于是买了一辆伊兰特小轿车，一家三口在那一年的假期里都去学车拿了驾照。但当孩子出生以后，他们突然觉得这房子还是得马上买。我们在某小区看好了一套房子，八十六平方米，两室一厅。当时这个小区里卖得也就剩两三套房子了——真是老天眷顾。

这套房子与儿子单位相隔一条马路，儿子上下班只需步行五分钟，这在西安城里算特别便捷了。一家人看了房子后真是喜出望外，当即决定购买。可是一想到首付至少需要十二万元，又都愁眉不展了。准备好的钱已经买了车坐在了屁股底下，到哪里去凑这么多钱呢？只有去借钱了。小两口说他们刚工作不久，年轻的同学同事一个比一个手头紧张，无处告借，这首付的难题只有老爸去解决了。

我想到了大连襟的儿子，他是转业的军官，只有他有这个能力，就是不知人家给不给这个面子，帮不帮这个忙。一下子借十万元，可不是小数目。如果人家不肯借，估计买房的事就得泡汤。

值得庆幸的是，外甥给了姨父大面子，一口应承，第二天就凑齐十万元让过去取。我给打了借条，而且特意加上"按银行一年期存款支付利息"，意思是不让外甥受损失。外甥两口子再三推辞，说还本就行了，亲戚之间还要什么利息，那不生分了吗？我说这是应该的，能借这么多钱就是很大的支持了，仅仅付个利息不算什么，真的不算什么。

首付一交，开发商当即便交了房。儿子找人简单装修了一下，三四个月后便住了进去。那时的房价每平方米仅三千三百元，还有一点优惠。小区的环境和物业管理都是一流的，一家人甚是开心。从此以后，我们在西安城里有了属于自己的房子。最满意的是儿子他们上班方便，孙女上幼儿园就在小区里。还有什么比这更令人高兴的呢!

由于有了车也有了房子,那些年,我每周或是隔一周都会开车到西安看儿女、孙子们。去时车后备厢装得满满的,有米、面、油、土特产和水果等,回来时后备厢也装得满满的,是孩子们不用的东西,还有他们孝敬父母的各种礼品。

每提及此事,我都告诫孩子们不要忘记他们姨哥和嫂子的情义,那年月能借十万元助你买房,实在是难能可贵。

没完没了的还是房子

2005 年在西安城里买了第一套房子,原本想这下可以安生好多年了,没承想这仅仅是个开始。在此后的十五六年里,我又陆续买了三次房,卖了一套,如今还占用着三套。倒不是想靠炒房子牟利,而是形势所迫,一步一步被逼出来的。

2008 年,房地产市场进入低谷。考虑到将来和儿女们两代人住在一起还是很不方便,如果要到西安给他们带孩子或者养老,最好给自己买套房子。我这回选在了女儿女婿所在的小区。这里属西安北郊,离铜川比较近,过来也就一个小时。最主要的是和女儿家在同一小区,互相有个照应。

当时只筹凑了二十来万的首付款,开发商优惠几个点之后每平方米四千六百二十元。售楼大厅冷清异常,没费什么口舌讨价还价,很快便办完了买房及按揭贷款手续。家里商议的结果是儿女谁交以后的月供,房子最后归谁所有。儿媳和女婿都说他们暂无能力承受,还是由老爸交首付并继续交月供。但房子是以女儿的名义购买的,法律上应该属女儿所有。不管将来如何,这算第二次在西安买房,这个房子是我在西安的家。

第三次参与买房是儿子所任教的学校内部购房,算是给职工的福利,但必须分三次交付全款,买房的人享有百分之百的所有权,房子质量上乘而价格低廉。2014 年的时候那房子每平方米不到三千元,儿子选好的房子在三楼,面积一百三十多平方米,三室一厅。房子的地理位置和环境都非常好,岂有不买之理?我便主动拿钱帮他交首付,然后又帮他一次性交完了尾款。从开建到交房,我曾多次去看这套房子。可是这套房子因为难以言说的原因,后来不得已原价卖给了儿子学院的同事。前前后后的奔忙、劳心劳力以及花费都没有什么回报，只是没有亏损而已。

到了2019年初，根据儿子的意愿和实际需求，我第四次在西安参与买房不仅提上日程，而且必须尽快付诸行动。我们到一环以内、二环以内、二环以外的众多楼盘都去察看了，儿子只倾心碧桂园在北郊开发的凤凰城。我们看了样板间后就再也挪不动脚步了。那时西安的房价已经涨至每平方米一万四千余元，总价优惠五十万元之后，每平方米还要一万三千余元。最后我们购买了一套二百多平方米的大平层。父子俩还有女儿三人想方设法交了百分之五十的首付，如今的月供还要一万三千元左右，压得儿子气喘吁吁。房子交付一年多了，还没有能力去装修，一直空置在那里。

更让人遗憾的是，我盖了七次房，参与了四次买房，到如今竟然没有一套称心如意的住房。书房很大，用不上；客厅也好大，仍然使用不上。唯有小院接地气，真正属于自己，烦恼或者兴奋的时候，可以肆意地在那儿踱步，感叹房子，感叹人生！

关于本文的事情，不是我虚构，而是真实记录。之所以感叹房子呀房子，是因为这辈子为房子真是操尽了心、出尽了力、劳尽了神、花足了钱。不知道这世上还有没有人和我一样，有这样的经历。回首往事，感慨万千，多么羡慕一辈子不和建房买房打交道的人。如果把省下来的财力、物力和精力投入到别的事情上，是不是更有意义呢？

豆腐来自宜君

中午家里吃米饭，前来帮忙整理杂物的外甥媳妇阿敏匆匆下厨做了两道菜，一盘炒土鸡蛋，一盘豆腐白菜炒粉条。

家里人平时都喜欢吃炒鸡蛋，何况阿敏把那个炒土鸡蛋的菜油量拿捏得合适，鸡蛋的焦嫩掌握得当，不光颜色好看，儿子尝了一口时的那个神态，不用说就知道很香。他不好意思光吃炒鸡蛋，又把豆腐白菜炒粉条往碗里加了一勺。连续下咽两口后，他突然停下了筷子，表现得有点诧异。他说他怎么吃出了年少时记忆中那种过年的味道，说这道菜比外面大酒店里的红烧肉还要香。他不由得赞叹道："这豆腐咋这么好吃呀！"一块儿吃饭的几个人也是齐声称赞，都说这道菜的味道绝了，尤其是里面的豆腐片，好吃得不得了。

我这才告诉他们，这豆腐来自宜君，是我昨天去宜君看守所会见当事人时专门买回来的。几个人议论这豆腐果然是宜君一绝，良好的品质能保持多少年不变实在不易。这到底是宜君的黄豆好呢，还是宜君那的水特别适合做老豆腐，或是曾家人做豆腐的技艺高超？我们没有仔细研究过这里面的道道，只知道它特别好吃。是美食自然就让人惦记，我只要有机会去宜君就忘不了带回几斤解解馋。

宜君虽是铜川市辖县，但从新区到那里，比去西安的路程还要远。宜君豆腐虽好，但若要吃上新鲜的还是有困难。春夏秋季豆腐不易储存，故只能有机会时偶尔美餐几顿。冬季，尤其是腊月时则另当别论。朋友王总是宜君人，每年腊月二十几时，总会为我送来一二十斤家乡的豆腐。我将这些豆腐留在春节前后炖着煮着炒着吃，还将多一半油炸后慢慢地享用。十几斤豆腐虽然值不了多少钱，但王总的那份深情厚谊却令人感念。

有一次我去宜君办案，事后匆匆往回赶，快到收费站时，有人打电话让我捎点豆腐回去。简单一句话，我折返十几里，买了带回新区。怎奈要豆腐

的人有急事不能脱身，我又专程送至他所在单位的门房。尽管豆腐值不了几个钱，但那份心意岂是金钱能够衡量的？

从那以后，我每次去宜君都忘不了捎点豆腐回家，或分给同事，或赠予亲友。希望更多的人品尝到这人间美味。

宜君豆腐称老豆腐，跟现在的嫩豆腐比，外面更有弹性，但它的心也是柔软的，仍然是"豆腐心"。俗话说"刀子嘴，豆腐心"，说的是有的人嘴硬心软，表面上看态度严厉、脾气暴躁，但内心深处却十分善良。那么喜欢吃豆腐的人，喜欢吃宜君老豆腐的人，是不是都有一颗"豆腐心"呢？我是不是有点跑题了呢？

老豆腐来自宜君，是宜君人的骄傲，是所有能够吃到宜君豆腐的人的幸福和甜蜜。我与曾家人并不相熟，无意为其做宣传，只是信笔写下随感而已。

湿地不能失　珍爱须更加

　　说实话，土生土长于渭北高原上的我，过去对湿地的概念十分陌生。

　　我心目中，湿地要么在江南水乡，要么在新疆、内蒙古的草原上，黄土高原历来缺水，哪有什么湿地可寻呢！我对湿地的印象也不是很好，认为就是些沼泽地，是有水但无鱼，占地却不长庄稼的地带，如果谁一不小心走进去，还会陷入泥沼不能自拔，甚至有生命危险。

　　由于这种肤浅且错误的认识，我这辈子都没有靠近过湿地，更不用说把湿地当公园去欣赏去游玩，还把保护它当作一项公民的法定义务去履行了。

　　但随着我国首部专门保护湿地的法律在 2022 年 6 月 1 日起正式施行，经过各大媒体和政府有关部门的大力宣传，我才对什么是湿地、为什么要保护湿地、怎样保护湿地有了大致的了解。再不会像有些人那样把"湿地"和"失地"混淆了。这些年在城市化进程中，有关失地和失地农民的新闻太多，已经成为我日常生活中经常碰到的词了。看来，而今湿地和保护湿地的风头盖过失地和失地农民了！

　　在五一节前夕，我受到铜川新区文联主席，也是铜川赵氏河国家湿地公园管理处主任的何文朝老师邀请，去参加以"珍爱湿地　守护未来"为主题的采风宣传活动。

　　我有幸和各位老师进入湿地察看，了解湿地保护情况，并参与了捡拾垃圾、开展清洁行动。随后我们又到湿地保育区、恢复重建区、合理利用区，实地观察了解了各功能分区的现状及管理要求。最后还前往铜川新区文艺创作学习交流活动基地德荣文学展览馆观赏了《天赐神奇，地蕴大美——铜川赵氏河国家湿地公园》宣传片。

　　了解到组织本次采风宣传活动的目的是要进一步增强新区市民珍爱湿地、保护野生动植物、保护山水林田湖的意识，切实提高建设国家森林城市的知晓率、支持率、参与率。活动结束后还将推出专刊，为建设国家森林城市、建设"现代产业新城，幸福美丽铜川"增光添彩，营造浓厚氛围。

这一圈转下来，我才知道原来湿地就在身边，就在眼前。其实几年前我就到过赵氏河、申河这些地方，只是当时并没有意识到它就是湿地的一部分，没有意识到它作为"地球之肾"的重要作用，更没有提升到应该珍爱湿地、守护未来的高度。

由此想到我们阿姑社村当年在沮河边上的那上百亩芦竹园应该就是上好的湿地，可惜早已毁掉了，实在令人遗憾。

好在我们现在有了《中华人民共和国湿地保护法》，习近平总书记还强调："我们既要绿水青山，也要金山银山。宁要绿水青山，不要金山银山，而且绿水青山就是金山银山。""我们要像保护自己的眼睛一样保护生态环境，像对待生命一样对待生态环境，同筑生态文明之基，同走绿色发展之路！"

就湿地保护，陕西省林业局曾向社会各界发出倡议，号召大家做保护湿地的先行者，做文明的传播者、法律的捍卫者、生态的守护者、湿地的宣传者。

所有这一切，都说明了湿地生态环境保护的重要性和紧迫性。

铜川赵氏河国家湿地公园管理处正在积极推进各项保护、建设、宣传管理措施的实施。一个物种丰富、鸟语花香、山色青翠、流水潺潺、景色秀丽的湿地公园正在装扮之中。

我知道，这里游人如织的那个时刻不久就会来临。但观赏始终是第二位的，保护好它才是第一位的。

这次采风活动的最深感受，理应归结为湿地标志牌上那醒目的八个大字：珍爱湿地，守护未来！

煤油灯的往事

那天在朋友圈看了安黎老师的散文《煤油灯的熄灭》。说实话，我还没来得及逐字逐句地认真看，只是走马观花地过了一遍，就想发表一番评论。可是隐约记得评论不能超过二百字，恐不尽兴，于是又进了简书，权当今天超额完成写作任务。

我最喜欢安黎老师的散文了，但只会用"好！""非常好！"来形容。如果让我仔细用文字、用文学语言来表达，我就傻眼了。这就像我去逛黄山、游龙门石窟之后，人家问我观感一样，我还是上面几个字。

今天突然有个冲动，想着就安黎老师的文章写几句评论，会是什么呢？

安黎老师在文章里对煤油、煤油灯这种过时不再用的东西的描写，将当时既反感又无奈，见不得又离不得的心态写得淋漓尽致。当时人们离不开煤油和煤油灯，"显示的不是它的先进，而是人的无奈"。而且把这个物品形象地比喻为恋爱中的一方："可供选择的异性仅有一个，且其相貌丑陋，装束邋遢。但无论钟情与否，都得将其捧在手里娶回家。郁闷之时，不妨自我安慰：有糟糠之妻，总比打光棍要好一些！"实在精妙！至于年少时对煤油灯的嫌弃与反感，以及那时对煤油灯得来不易的矛盾心情更是与我完全相同。但我却没有功底把它描述出来，不能不感到遗憾。

我想说的是，安黎老师的文章让我想起了一件与煤油灯有关的往事，虽然过去了五十多年，但仍然记忆犹新。

那一年我十一岁，因为我总是爱在夜里看书做作业，家里看起来有点肮脏的油壶突然空净了。父亲去寺沟供销社买煤油，因为缺少供应没买到；去了城里找外公外婆帮忙，还是没有买到。家里好几个晚上不得不临时用麻秆做火把照明，漫漫长夜只能在黑灯瞎火中度过。这样下去肯定不行，父母经过多方打听，得知庄里镇那边可能还能买到煤油，父亲便想办法在邻居家借了一辆破旧的自行车，让我骑着去富平县觅子公社西上官村的姑妈家，求助姑父姑妈，灌一壶煤油回来。

从家乡到西上官村，单程大约四十里地。我天一大亮就骑车出发，先到耀县城里，穿过街道，出了南岔口，沿西干渠旁的公路一直向南，过了觅子镇，然后骑行四五里路才到了姑妈家。姑妈一见我先心疼得不得了，大声埋怨父亲不该让我一个小孩子骑车跑这么远的路，太让人操心了！我连忙解释说是我自己要来的，家里的活太忙了，大人脱不开身。

姑父一见煤油壶，心里啥都明白了，忙说给我做饭，他到庄里镇去买煤油。但第一天不知什么原因，姑父提着空壶垂头丧气地回来了。第二天等到他把煤油买回来的时候，太阳已经快要落山了。姑妈不让我走，让我再住一晚，天亮回去。我知道，不光太晚了回不去，还有一个原因是我那个顽皮的表弟下午让我在麦场上教他骑自行车，我给他做示范时他急着把我拉下车，没承想我的右裤腿被夹进了车链子里，把裤腿扯了条半尺长的口子。我就哭鼻子抹泪地去找姑妈，说这可咋回去？姑妈这时还没把裤子帮我缝好呢！

至今我还清楚地记得，我当时愁眉苦脸，却有些夸张地对表姐表弟他们说："一壶油灌了三天，一条裤扯成了两片。回去说不定还要挨尻板，你俩说悲惨不悲惨？！"

表姐和表弟一听哈哈大笑，说："你还会说快板，看把你能的！"我们三个人又打闹在了一起。

煤油灯，让人感慨万千！

第二辑

思想火花

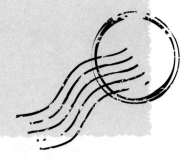

鄙人忧地记

杞人忧天　鄙人忧地

　　那晚在屋顶来回踱步时，我突然心血来潮，"鄙人忧地记"的题目在脑海里形成。至于后面都啰唆些什么，打算慢慢细说。既然是鄙人忧地，我想聪明的读者一定会首先想到"杞人忧天"那个古代的寓言。那个杞国人因为忧天（其实也包含了忧地），被人们嘲笑了几千年。我如今忧地，应该与他的下场差不了多少，明知会被众人嘲笑讽刺，但还是想把这通话给说出来，要不然憋得好难受。

　　没承想这样一个微小的思想火花，竟然很快就招惹了杞人这个不速之客的来访。我不知杞人是如何穿越时空进入我书房的。只见他蓬头垢面、衣衫褴褛，神色凝重的那张脸看上去与俺的脸一样黝黑，一样憔悴。唯有那双眼睛炯炯有神。他打量了一下我，开门见山地说道：吾当年才疏学浅，上不知天文，下不晓地理，曾忧天地崩坠，身亡所寄，以至废寝忘食。后经高人指点迷津，已舍然大喜，晓之者亦舍然大喜。尔非愚钝之辈，当知杞人忧天乃庸人一时自扰，却遭百代讥笑、千载嘲讽。为何甘愿步吾之后尘，不惧讥讽乎？故前来阻挡，望悬崖勒马，回头是岸。杞人言罢，遂拂袖而去，我追赶不及，一头撞在南墙上，始醒。此时只见皓月当空，万籁俱寂，我仍坐于屋顶一侧，但已是次日凌晨。

　　尽管有了上述插曲，但我这个不知进退的人，仍无歇工罢手之心。窃以为一个年近七旬，既无缘仕途，也不贪钱财，更看淡声名的人无非想实话实说，或许还夹杂忧国忧民之意，何惧之有，何羞之有？

　　想那杞人，当初虽然既忧天亦忧地，但存世寓言却赐名"杞人忧天"，

第二辑　思想火花

而我写"鄙人忧地",首先是名称相异,尽管它是我的灵感之来源,亦有模仿之实,但绝无抄袭之嫌。其次是"杞人忧天"重在规劝杞人别没来由地胡思乱想,庸人自扰,并以此教导和警示世人。而我是有根有据、真真切切地对脚下之地,对人类赖以生息的地球感到了可能损毁的深深恐惧,因而忧虑并且忧伤不已。再次是杞人已去数千载,那时的天和如今的天并无多少差异,而那时的地与如今的地却已迥然不同。如果杞人忧天似乎还有点可笑的话,那鄙人忧地就只剩下了可悲。

我是个上不通天文、下不精地理的小小百姓,即便自幼学了点关于大自然的知识,仍然比杞人强不到哪里。但关心脚下的土地,关注自己和人类共同的命运这一点,似乎有相通之处。倒不是有"天下兴亡,匹夫有责"的高度责任感,也不具"位卑未敢忘忧国"的壮志豪情,只是喜欢探究人活着究竟为了什么,有史以来,人类到底进步了多少,人类现在所面临着哪些巨大风险。

天不足虑　地实堪忧

在几千年的封建传统观念里,无论佛家、道家、儒家还是法家,无论是官方还是民间,无论是正统的史书记载还是民间流传的神话传说,都认为天地是相互对立、相互依存、相互对应的。天和地指古代神话中,盘古用开山斧劈成两半的东西,浮上去的是天,沉下去的是地。中华文化信仰体系的一个核心,狭义仅指地及与地相对的天。故曰乾坤,亦叫圆方,乃正负两极,系阴阳泛指。遇人世间最美好的事情才会"欢天喜地",特重大的事件才称"惊天动地",最美好的爱情才配"天长地久",那些罪大恶极者均该"天诛地灭"。唯圣哲伟人方有"经天纬地之才",盖英雄豪杰始具"顶天立地之志"。换句话来表示,古人认为天有多么浩瀚,地就有多么辽阔;天有多么高大,地便有多么深厚……

然而,人类在近现代对自然科学的探索成果表明,所谓的天要比所谓的地大多了,大到数亿倍都不止。天实际上就是人们看到的地球以外的整个宇宙空间。如果人较之地球是一粒尘埃的话,那么地与"天"这个宇宙相比,亦不过是其中的一粒尘埃。这不仅是当初的杞国人没有想到的,后来的唐宗宋祖也不会想到。即便是现在的国人想到了,也很少有人注意到。只是传统文化中的"天"，概念比较模糊，虽然狭义上与"地"相对应，但广义上又泛指整个自然界，甚至囊括了地。而人们在现实生活中，在通俗的文化交流过程中，一般只涉及狭义的"天"和"地"。杞人所忧的那个"天"是狭义的，鄙人如今所忧的"地"更是狭义的，就是人类赖以生息的地球。如此一来，在天这个无边无际无限大的宇宙面前，地还是太过渺小。"地"与"天"就无法相比，难以相提并论了。

不仅如此，我们看到和感觉到的"天"其实离我们非常非常遥远，相对于地来说影响也极其微小。天的存在以亿万年计算，自人类有文字记载的几千年几乎没有什么变化，而且根本不可能塌下来，故杞人忧天是毫无理由和必要的。可是地球却是另外一种状况，由于生息在这个星球上的高级动物——人类的生存和发展，致使地球已经问题频出。

莫言大师十分悲观地预告人类的好日子不多了，其中一个原因便是人类正在疯狂地向地球索取。我们把地球钻得千疮百孔，我们污染了河流、海洋和空气。我们拥挤在一起，用钢筋和水泥筑起稀奇古怪的建筑，将这样的场所美其名曰城市，我们在这样的场所放纵着自己的欲望，制造着难以降解的垃圾。与当初杞国人所生息的大地相比，冰山在加速融化，沙漠在不停地扩大，大量的地下矿藏被开采被掏空。故鄙人能不忧心忡忡，能不为我们子孙后代繁衍生息的地球忧思伤神吗？

俯视与仰视

　　如果因为个子的高矮而导致俯视或仰视，其实不算什么。记得五十年前在耀县中学上高中的时候，我们时常能看到班主任韩老师和教俄语的袁老师对话时的趣态。由于韩老师的个子特别高，而袁老师的个子特别低，故韩老师不得不低下头俯视袁老师，而袁老师得仰起头，二人才能顺畅地交流。恰巧韩老师本身性格温和、谦逊低调，袁老师性格开朗、热情大方，同学们喜欢仔细看他们二人对话时的神态，感觉好像一位慈祥的兄长正给一个泼辣的小妹出谋划策。此刻的俯视与仰视，和不尊重、下眼瞧、不敬仰丝毫关系都扯不上，俯视之人与仰视之人仍然是平等地对话。与笔者今天想要聊的这个话题不是一回事。

　　笔者想要说的俯视和仰视，不是这两个词的字面意思。而是专指人际关系，包括同事朋友之间、亲人夫妻之间的相处状态、心理状态。有文友认为，良好的夫妻关系必须建立在互相仰视的基础上，我表示赞同，并就此发表一下自己的看法。

　　夫妻中有一方是仰视对方的，那么他（她）对另一方的爱就会有恒久的内在动力，会因为崇敬、敬慕而甘愿竭尽所能去爱对方，为对方付出血汗甚至自己的生命。这种爱不设条件、不求回报，可以卑微到尘埃里而毫无怨言。而另一方对仰视自己、爱慕自己的人不只心存感激，同样也是仰视的，充满了敬重与爱慕之情。相互仰视的人会毫不犹豫地相向而行，对共同的目标充满信心和激情。

　　仰视还意味着双方的绝对信任，在任何艰难险阻面前，不会怀疑对方的真诚和忠诚。仰视还意味着善于不断发现对方的优点优势以及潜在能力和优良品质，被仰视的人不一定是天下最优秀最完美最有才华的人，但一定是彼此眼中和心里最佩服最爱戴的人，而且在潜意识里不会因为他人的优秀而见异思迁。

当然，在仰视与俯视之间，还有平视。平视就是平等地看待对方，双方之间既不存在敬慕和爱戴，也不存在下眼瞧的情况。双方必须努力去维系一种相对的公平与平衡，你对我好我也对你好，你对我差我便对你差，互不相让也互不相欠。这种关系不仅没有仰视所具有的激情与无私付出，而且具有不稳定性。

双方关系中若有一方一开始就俯视对方，或者由仰视转化为平视再转为俯视，这便意味着对另一方下眼瞧，没有真正的爱。即便另一方竭尽全力，双方之间的关系也是非正常的，破裂或破碎只是时间问题，或者只是为了某种目的而迫于无奈地虚伪应付。一方对另一方俯视所导致的后果，是情侣难免做出分手的抉择，是夫妻必然走到离婚的境地。

似梦非梦喜重生

人生就是一次次归零，一次次重新开始——这是别人说的，但说出了我的心声。

昨夜独自在步行街以及最喜欢转悠的路段蹀步，凉风习习，思绪翻飞。仰望乌云笼罩的天空，明月时隐时现。远眺城市四周的夜景，彩灯耀眼，繁华而又宁静。近想自己当下的心事及与此相关的种种，心头突然刮过一阵飓风，豁然开朗。

我要的不就是人生的既往彻底归零，一切重新开始吗？没有任何负担，没有任何枷锁，没有任何怨恨，也没有任何遗憾。更无须为昨天牵扯，为那些过往煎熬。我愿自己如婴儿般重新降生，天真烂漫地面对今天和明天，微笑着面对人生。感恩一切，感恩生养我的父母，感恩爱我的和我爱的人，感恩一切与我相遇、相识、相知、相惜、相守，甚至现在还怨我恨我的人。

以上的话，可以算作我给《似梦非梦喜重生》(附文末)这首短诗做的注释，也是我创作时的心境描述。算不算是诗呢？我自己并不太确定，只是直抒胸臆罢了。别人也许怀疑我是抽风，或是害了什么病。管他呢，我是一个新生的"孩童"。傻傻地笑，不会给别人惹什么事情。如果广而告之，对这人世而言，也许增添的只是些许的愉悦。

为什么要一次次地归零呢？人能够真正地归零吗？毕竟没有重新投胎——如果真的重新投胎也算不上归零，而是丧生。人来到这个世间，无论怎样度过，或长或短、或好或孬，从生到死只能有一次。故所谓的归零，所谓的重新开始，都是约束自己的誓言和理由。

对于那些犯罪的人来说，"重新做人"往往是牢狱的大幅标语、管教人员的口头禅。重新做人，只具有某种象征意义，是社会和亲人的一种热切期盼而已。过去危害了社会，现在正受到惩罚，努力改造自己，尽早回归社会，重新开始新的生活，做有利于社会的人，只此之谓也。

对于那些成功人士而言，他们也提对过往的归零，在一个崭新的起点上重新开始，再创辉煌。如获奖的运动员在领奖台上的讲话，如升迁的年轻干部表决心，如企业家转战新的领域等，这些人希望自己丢掉已经获得的成功包袱，轻装上阵，对自己提出新的目标和更高的要求，期冀继续攀登新的高峰。虽然都提归零，但起点显然是不一样的。

对于普通人来说，很少提什么归零。因为生活还需要在现有条件下不断积累和改善，工作还需要在已有的基础上学习和提高。这些都自然而然、顺理成章，又何谈归零呢？除非遭遇什么重大挫折和打击需要吸取教训，除非偶有什么意想不到的收获和惊喜，才需要隔断过往，重新开始，才偶有对既往的归零之念。

而我想归零的原因似乎不是以上这些，我的归零纯属性情中人的自觉。我也是再普通不过的人，但有与世俗既不同流也不合污之愿，我就是我，故而有此决心。

附原诗：

似梦非梦喜重生

当许多的过往
自愿清零
当无数的昨天
甘心牺牲
我知道，这是日积月累的沉淀
我没有想到，这般突如其来的涌动
不是在脚下的原野和崇山峻岭
更不在遥远的太平洋上空
而是在我的心田
掀起一阵飓风
我于失忆的淡定之中
准备获得重生
我将以婴儿般的笑容
以傻瓜般的真诚
迎接晨曦舞动的风
进入晚霞辉映的梦

鸡和蛋的关系

　　到底是鸡生蛋还是蛋生鸡？这个看似简单的问题，无论从哲学，还是从生物进化论的角度来讲，都一直困扰着人们，认为先有鸡而后才有蛋和主张有了蛋才有后来的鸡这两种认识的人，均无法说服对方。但这并不影响人们养鸡下蛋，而且既吃鸡又吃鸡下的蛋。

　　最有意思的是，这种鸡生蛋在先还是蛋生鸡在先的不确定性常被善于诡辩者在现实生活中广泛使用。不仅运用到处理日常生活的纠纷中，还搬到了法庭之上。尤其在发生合同纠纷的时候，处于不利地位的当事人以及代理人常把这个理论作为自己的挡箭牌、遮羞布，甚至救命稻草来使用。有时候他们还振振有词，把歪理讲得头头是道，甚至咄咄逼人，令正直和善良的人感到既好气又好笑。

　　到底鸡生蛋在先，还是蛋生鸡在先，的确不容易一句话说清，这里没必要赘述。但日常生活中发生争议的因果关系并不难判定，尤其是有根有据的合同纠纷，并非鸡和蛋的关系那样纠缠不清。只是有人故意混淆因果关系颠倒履行合同义务的先后顺序，企图利用鸡和蛋谁先谁后之争掩盖自己一方违约在先或过错在先的不利局面，企图逃避应该承担的过错后果和违约责任。但在铁的事实和法律面前，在公正且心明眼亮的法官面前，其得逞的概率并不高。即便如此，仍然挡不住许多人不撞南墙不回头，在现实生活中演绎鸡和蛋谁在先的故事。

　　譬如去商店里买东西，价格问好了，买方先付钱，卖方才能给东西，这个应该没有争议吧？即便在超市购物，你可以先挑选商品，但离开超市的最后一道程序还是要先付款，商品的所有权才能归属于顾客，才可以带着商品离开。可与此相类似的道理有人就是不懂。去医院看病，你先得付钱挂号，然后医生才会给你诊治吧？你付了相应费用才可以取到药品，或者享受相关医疗服务，总不能反着来吧？

日常生活中，双方平等自愿签订的合法合同里所约定的条款，即具有约束力，而且履行合同义务肯定也有一个先后顺序。以商品房买卖合同为例，签订了合同就得先交首付款，即便这房子连个影子都看不到，你也必须交款呀。总不能最后自己违约了来一句你房子都没交付给我，我凭啥给你首付款呢！可眼前就是有许多人是这种思维，经常倒果为因，明明是自己违约在先，导致纠纷发生，合同无法履行，还厉害得不行、凶得不行，一句话能噎死人。

对于那些缺乏诚信的个人和企业来说，因为欠债和连续违约，经常处于被对方当事人追讨，被诉诸法院或者被法院强制执行，查封冻结财产，进入失信黑名单的境地。造成这样的后果，除了客观原因之外，还有一个原因就是在一开始与他人打交道时便有鸡与蛋谁在先的模糊概念在作祟，老是强调自己的理由，忽视客观真理。

前几天有个老板发了一份外地来的律师函给我，函上督促这个老板履行买卖合同，立即支付拖欠的二百余万元货款。我问老板什么意思，他说对方真不够意思，竟然弄这事，开始求爷爷告奶奶把货卖给咱，转过脸就让律师催款。我问欠款属实不，他说属实。我问货的质量有问题没有，他说没有。我再问合同付款期限过了没有，他说过了两个月，但已经付了七八十万了，还差二百万。他问我有什么好办法可以拒付，还说对方太可憎了！我说办法只有一个，就是想办法给人家货款，一时给不了的话先给一部分，给人家好好说，是咱缺理，不是人家可憎！

可是老板却说，是对方软缠硬磨卖给咱的，为什么必须按合同付款？迟三慢五算个啥！难道就没有什么好办法拒付吗？

我没好气地说，那你当初就不要买人家的货，别签合同，或者签合同时把付款条件约定成有能力了再付款不就行了？现在有点晚了，既然签了合同，就要按照约定履行义务，咱不能……

那个老板知道我接下来会说什么，便打断了我的话，安排一旁的会计立即给那个公司打款。

昨日谷雨

如今这日子过得不光飞快，还昏昏沉沉，经常忘记今天是星期几，更莫说农历几月几号了。倒是因为微信好友喜欢在朋友圈发有关时令节气的小文章，知道昨日已是谷雨。

谷雨是二十四节气中的第六个节气，也是春季的最后一个节气，此后气温回暖，降水增加。这时田中的秧苗初插、作物新种，最需要雨水的滋润，如降雨量充足且及时，谷类作物便能茁壮成长。

但今年谷雨时节的现实情况却是雾霾遮天蔽日，城市乡村都笼罩于灰色之中。天气预报不断发出沙尘暴黄色预警、大幅度降温预警和雷雨大风预警。

我早上去牡丹园参加铜川市新区第十四届牡丹诗会，原本还蛮担心天气状况不好会导致诗会难以进行，后来发现影响不是太大，自己虽因当事人的催促不得不半道返回，但还是很欣慰的。

下午，我在家观看一部名叫《幸福到万家》的电视连续剧。由于该剧的主要内容涉及年轻律师创业之路的艰辛历程，又涉及女主人公何幸福夫妻俩从农村到城市打拼过程的喜怒哀乐的故事，因而我感慨良多。

在电视剧的首尾间隙，我不由自主地站在窗前，凝视着眼前被雾霾浮尘笼罩的城市，回想自己三十年来在城市打拼的诸多往事。与剧中人物和情节相比照相联系，我时而痛苦，时而愤怒，时而兴奋，时而欢欣，但更多的是慨叹和泪目。

也许这一天的这些原因，我对这个癸卯年的"谷雨"印象极为深刻。本想在昨夜就写下自己的感悟，但观剧已至夜深，只能今早来完成了。

既然谷雨是春季的最后一个节气，就意味着夏季快要到来，气温大概率是向暖的。可是自然界也有意外不断地发生，不光有倒春寒一说，即使到了夏季，也有极端的天气，短时间降温。这个现象与人生的偶然遭遇又何其相像，一帆风顺、如意称心的日子里，总会夹杂风霜雨雪的侵袭。

何幸福夫妻和妹妹何幸运，还有关律师和他的伙伴们，他们一方面遭遇着坎坷和挫折，一方面又不断地通过努力拼搏取得成功。

风调雨顺、国泰民安，在任何时候都是一种幸运。既然是幸运，就存在偶然性，不是谁都能自然而然地享有。

但幸福既包括了幸运，也包括了必然的坎坷与艰辛。披荆斩棘、攻坚克难，勇敢地去面对困境，在艰难困苦中通过自己的不懈努力和拼搏获得成绩和成功，不光结局是幸福的，过程也是一种幸福。叫苦中有乐也罢，乐在其中也罢，回首前尘往事，都会觉得幸福。

值得一提的是，现实生活中总有一些人喜欢把奋斗过程中遭受的苦难或者羞辱铭记在心，反复咀嚼当时的痛苦，以至于对已经取得的成果和幸福视而不见，令人感到十分惋惜和遗憾。这种灰色和阴暗的心理，不光影响自己的情绪，也会影响周围的家人和亲友，实谓负能量累累，又难以改变。

谷雨终归是带来了雨水，对于黄土高原来说，这是丰收的预兆。偶尔的寒冷和短暂的不便很快就会过去，祥瑞一定会降临三秦大地！

清明时节欲断魂

清明节转眼就要到了。虽然往年这个时候我总会思绪翻飞，有写点东西的欲望，但终归没有留下什么像样的文字，故而甚感遗憾。

近日看到杨五贵老师在"沮水微澜"上发表的《清明满纸皆诗意》这篇文章，还有一个同学转发的《清明》，我突然产生了一种难抑的冲动，也想写一些与清明有关的所思所想。挑来选去，还是用"清明时节欲断魂"做题目最为贴切。

虽然这个题目很容易被认为取自杜牧那首脍炙人口的诗，但我却没办法规避它。因为我所有的感想和慨叹，皆与清明节有关，所以准确的时间只能用清明时节。而且除了用"欲断魂"来形容此刻的心情，已经找不到更加恰当的词汇。

杨老师笔下的清明时节，满纸皆是诗意。春和景明，万物复苏，百卉争艳，到处是一派生机勃勃欣欣向荣的美好景象。杨老师在文中已经尽述，这方面的感受自不必说。

接下来是清明节的传统习俗和它的意义，杨老师简略地概括为：清明时节的踏青、荡秋千、扫墓，都是人类寄情的一种活动，但心境截然相反。这足以反映生活内涵的复杂与多元，说透了，也只是人生的一种游戏。

为什么人类进行这种寄情活动时心境截然相反呢？为什么"说透了，这只是人生的一种游戏"呢？杨老师没有细说。估计杨老师嫌那样的话文章太长，读者未必喜欢。而我却对杨老师言而未尽的那些事特别感兴趣。

同学转发的那篇《清明》，言简意赅，作者认为：认知了清明，就懂得了人生！

作者认为清明扫墓就是后辈人在追根溯源，清明节就是中国的感恩节。还认为"清明时节，教我做人。清洁、清廉、清净，无非一个清白；明事、明理、明法，无非一个明白！清白明白之人，自有清风拂面涤心，自有明月般皎洁的真善美"。结束语是："清明是责任，是感恩，是哀思，是心静，是思接千载、神游万仞，是传承，是教育。清明，更像一种精神。认知了清明，就懂得了人生！"

我觉得清明节扫墓祭祖的确有缅怀先祖、铭记传统、敬畏生命、尊重历史的作用，自然也发挥了它独特的传承和教育作用，但未必能达到《清明》一文那样理想化的高度。

事实上，清明节的确是那个时代的伟大创举。在所有的传统节日里，我个人认为唯有清明节最为重要，也最有意义。

就连人们最看重的春节亦不能与之相提并论。因为春节在乎和重视的仅仅是阖家团聚，而不关乎"一个人从哪儿来，到哪儿去"这个人生主题，也没有像清明节一样能够在祖坟前最为认真地思虑，最为郑重地承诺或回复是不是对得起父母或者先辈先烈，自己如今或者以后是个什么样子的人，以怎样的姿态、怎样的面貌、怎样的结局走完这一生等诸多问题。

在日常生活中，人们总是夸赞某人给先人争了光，讥讽某人羞了先人。这些都是外人在不经意间把某个后人与先人相联系，或者进行比较。而当每一个具有正常思维能力的人跪倒在先辈坟头的时候，是不是更容易也更应该，哪怕是在一瞬间去思考一下自己所处的位置呢？

有道是人生自古谁无死。有的人的一生重于泰山，有的人则轻于鸿毛。但绝大多数人可能并不十分在意绝对的轻与重，但要说人一辈子一点欣慰或者一点遗憾的事都没有，显然也不太可能。尤其是进入暮年，在清明时节，在祭祖的那一刻，自然而然地会掂量或者提醒一下自己。

故而清明节从某种意义上来说是严肃的，也是沉重的。我不晓得杜牧前辈那句"路上行人欲断魂"当时指什么场景。我的理解是游子怀念新逝不久的父母或者其他长辈，遗憾深恩未报，心中无比悲伤，肝肠寸断、魂飞魄散，这是第一层。其次是想到人生短暂，看到曾经健康的亲人说走就走，几年后，坟头杂草丛生，一副凄凉的景象。谁知道明天和意外哪个会先到来？没有人敢说永远不会走进那个地方。因此感叹人生无常，万千愁绪涌上心头。即便眼前春色如许，仍难免黯然神伤，如果正巧遇上了纷纷细雨，自然更是惆怅不已。这其中自然也包含着人生该如何负重前行，才能不负韶华，有所作为，无愧于心。

写完我对诗中"欲断魂"的理解之后，我百度了古今诸多名著名人的见解，不禁哑然失笑，觉得"诗人因思乡心切又路途遇雨行路艰难，所以烦恼、心绪不宁"等观点简直有点荒唐滑稽。如果按照他们的逻辑，这首诗几乎与清明这个特殊的节日没有多大关系，也就不值得千古流传了。何况路上行人难道仅指诗人一个人，或是旅途中的人吗？不知读者朋友们如何理解。

他们也是最可爱的人

那天夜晚想到家里六楼电梯设备间的事情，越想越发愁，愁得半夜睡不着觉。

听小刘说他将这个活承包给了专门高空上料的人，包括四千多块砖还有半吨水泥和沙子，一共三千元。他已经谈妥了，第二天一大早开工，估计需要五天时间。

我担心的是高空作业的安全，提前给两个工人买了保险。但这仍不能让我放心，仍然担心施工安全没有绝对保障。

六楼楼顶距地面二十来米，即使安装电葫芦，在巷道里直接上这些材料时的摇摆幅度将近两米，上面得多大的重量压着才能使电葫芦不晃悠？下面上料的人还算安全，上面接料的人真让人担心。不能安装栏杆，也不能用安全带，安全性如何保障？有恐高症的人只是站在那里都心惊胆战的，何况还要往返操作设备，还要干重体力活。

没办法，我早上起来又打电话给小刘，说了自己的担心。没料到小刘说干活的师傅已经上了楼顶，准备工作就绪后就开始上料了。他让我过去看看，或许这样就放心了。

我一听立马就跑到了后门，那场景像看一场表演赛。

上料的人就两个，一个在楼顶既操作又指挥，还要搬运；另一个人在下面搬运捆绑材料，还要拉着一根绳控制吊起的物品从地面倾斜着通过邻居的一层平房顶然后垂直向上。

二人的这一系列操作配合得是那样默契。眼看着三袋水泥大约四分钟就顺利地运至楼顶上方，上面的那个师傅轻轻一拉旋转的臂杆就放在了屋顶。上面的师傅去挪运水泥，那根吊绳和吊钩迅速地下落，下面的师傅开始装砖。他用砖卡子装了四十块砖，然后往吊钩上一挂，冲楼上的师傅打一声"起"

的招呼，这些砖便迅速地升上高空。我看得出神，惊叹不已，自己一晚上发愁的上料难题，对两个师傅来讲易如反掌。我一边叮嘱他们一定注意安全（没告诉他们我已偷偷为他俩买了保险），一边赞叹他们是能人。我递给下面的师傅一根烟，对他说茶水在前面接待室。见我佩服得不行，他显得很自豪，主动介绍说这个小机械是他自己在实践中研制的，在这么高的楼顶上使用还是第一次。

我看了十几分钟，和楼下的师傅聊了一会儿，据他说最多需要两天时间就可以上完料，比预估的时间能提前三天。我不禁感叹不论啥行业都有能人，两天上完料的话，每人每天七百五十元的收入，已相当可观。但这份工作需要的不只是能和巧，还要承担高空作业的巨大风险。

我在内心深处敬佩他们，他们是真正的劳动者。他们正在不起眼的角落里为城市建设添砖加瓦、增光添彩。

他们今天为我的幸福美好生活辛苦劳作，明天又可能为另一家奔忙劳累。同时也为自己的家庭带来收入，或为儿女的幸福付出，或为赡养父母早做积累。和人民解放军一样，这些劳动者同样是最可爱的人！

干活强过吃药

昨天嗓子疼稍微缓解了一些，也不发烧了，但鼻涕流得不受控制，又是抽纸、又是手帕的，还是擦不及就掉衣服上了，自己笑自己怎么跟两三岁的小孩一样。

更受不了的是浑身上下哪里都不得劲，站着坐着躺着睡着啥姿势都不舒服。吃饭不香，喝茶不爽，看书一页未完竟眼水流淌，头昏脑涨，勉强在院子里转悠了两圈，感觉不但腰疼腿酸，而且气短心慌。

怎奈家里没有治疗感冒的药，我又实在不愿去医院求医购药，就只能硬撑了。告诉自己既然能撑一天，何不再撑一晚？实在不想吃药打针，无非是难受嘛，难受就难受！

谁知今早起来，似乎有了点精神，尽管还流鼻涕打喷嚏，但有了食欲，吃了一个鸡蛋、喝了一袋牛奶之后，还有了干活的欲望。

说干就干，我拿了小铲子、钢丝球、扫帚、簸箕、垃圾桶一应家什就上了后六楼。这六间房除了一间做库房未装修外，其他几间刚雇匠工师傅刷完乳胶漆，地面、踢脚线都需要认真清理，原计划找家政公司，现在我打算自己干！

这也不怨刷漆的匠人们，刷漆免不了在地上滴上白点。我先用湿拖把将地拖了两遍，对掉在地上的白点几乎没有效果。我明白除了用小铲子一点一点地往下铲，没有别的好法子了。于是蹲下身子，一块瓷砖一块瓷砖地进行清理。这乳胶漆真的没白叫，滴落在瓷砖地面上，纵然铁铲子的刃锋利，还要用足力气，否则根本没办法铲下。还有那沾在黑色踢脚线上的白色斑块，更是难以铲下来，得用湿拖把湿润几次，用铲子铲得差不多的时候，还要用钢丝球使劲地来回擦，才能出效果。

不过这个活儿干得很得锤，浑身上下都得使劲，干了没多大一会儿，我就开始冒汗。望着身后清理干净的地面，我心里有说不出的高兴，故而越干越有劲，越干越能掌握窍道。上午清理了一间，下午清理了一间还有整个走廊，捎带着还把二十平方米的南阳台清扫了两遍。

挥汗如雨的劳动让我开心，好像还把感冒给治愈了，忍不住在一家人群里发个小视频，让儿女们看看老爸干活的样子。女儿看了心疼，马上回复："怎么不叫家政呢？老爸骨关节容易疼，别劳累得犯了！"我没说什么，心里有数。这活儿虽然也费劲，但不算什么重活。还有一个原因是，就算咱愿意出钱，家政公司的人如今也不能出门干活呀！我不干就得等这波疫情得到有效控制之后才能雇人打扫。

这也算是响应上面的号召，待在家里，做一些力所能及的事情，总比吃了睡睡了吃强。这个不仅与节约开支有关，更重要的是还可以治病。哈哈，这么一想，我至少一周之内都有正经事可干，日子会过得充实一些。

没成色和不改色

　　"没成色"是陕西方言。我的理解就是有点傻，不够成熟。小时候，家里的低桌子上偶尔摆了好吃的水果或者白蒸馍准备招待客人，当我壮着胆子伸出的手被母亲拍打着缩回时，会同时听到一声呵斥："多大了，还没个成色！"于是我便牢牢地记住了这个词。后来弟弟妹妹们有类似行为时，不等妈动手动口，我就代劳了。

　　陕西还有个方言词汇叫"不改色"，我的理解就是屡教不改。需要注意的是，这个词，纯粹是贬义词，一点褒义都没有，千万不要和面不改色的大义凛然状相联系。

　　后来长大成人了，我发现这两个词不光被用于小孩子身上，许多成年人一样会被人认为没成色或者不改色。

　　记得在耀县律师事务所学习时，我已经三十八岁了，还被老师认为不成熟，性格过于直率纯真。该说不该说的话，很少掂量轻重就说了出来；许多可写可不写的文字，很少顾及别人看到之后的效果，也就写出来了，因此受到老师指责。但这里的不成熟与没成色还是有点区别的。

　　我成年以后乃至六旬过后，被人说不改色，是因为屡次戒烟屡次失败，到现在还没戒掉。这个行为最能体现什么叫不改色了。明知吸烟有害，是个坏毛病，可就是不改。或者说非常想改，无奈自制力太差，已经变成了"惯犯"了！

　　被批评死不改色的人，在改正坏毛病这方面脸皮比城墙都厚，他会找种种借口，用各式各样的理由来为自己辩解辩护。或者你说你的，我依旧干我的，直到批评的人再不好意思说他，关爱的人连一丝劝告的兴趣都没有了，他还是外甥打灯笼——照舅（旧）。

　　没成色到有成色是一种进步，不改色是死猪不怕开水烫的路数。愿我们每个人都能由"没成色"成长为"有成色"。

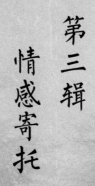

第三辑

情感寄托

为甚不回家

　　《为甚不回家》这是一首陕北民歌，通俗一点理解，歌名的意思应该是"你为什么还不回家"。

　　昨晚刚听到这首歌时，我一下子就被它那哀伤凄婉、缠绵悱恻的曲调所吸引，再仔细体味歌词内容，更是忍不住击节称赞，马上就开始学唱。

　　陕北民歌我一度不甚喜欢，主要是觉得个别带有方言的地方难唱。虽然小时候经常唱《山丹丹开花红艳艳》，但在印象深处，它属于革命歌曲，所以才不十分在意它的陕北民歌属性。可是后来连续学唱了几首，包括《我想你》《泪蛋蛋掉在酒杯杯里》等歌曲之后，对陕北民歌的喜爱与日俱增。这首《为甚不回家》是在今日头条里偶然听到的，它的唢呐伴奏一下子吸引了我。

　　这首歌歌词的内容简单明了，给人的画面感特别强。随着一句一句的学唱，我眼前不断闪现一个勤劳善良、纯朴美丽的陕北农妇形象。为了养家糊口，她的丈夫去遥远的地方打工，她无时无刻不在思念丈夫，可是从"正月里盼到冬，腊月里盼到春"，丈夫还是没有回来。妻子每日倚门盼望，在村口的老榆树下幻想，会不会有个惊喜，他能从天而降……可是一次次的失望难免让她的思念变成忧伤。她禁不住埋怨他，不是说好的，不管挣多挣少都要早早地回家吗？你看你走时柳树正在发芽，现在所有的树叶都落尽了，你怎么还漂泊在异乡？你知道我有多么想你吗？孩子他爹，我的郎！我天天都在等你，夜夜都在幻想，你呀你，为什么还不赶快回到家乡？

　　歌曲一唱三叹，充满无限的柔情。如果仔细品味、仔细体会，你会觉得这首歌的曲调是那么动听，让人如痴如醉；你会觉得这首歌的歌词是那样简洁明了，虽然只有几句话，却把一个妻子对外出打工丈夫的万千思念表达得淋漓尽致。

　　唱这首歌的刘妍，我虽缺乏了解，但能感觉到她对歌曲的深透理解，她的嗓音高亢明亮而且甜润，感情充沛，极富艺术感染力，为歌曲情感的传递起到了极大的推动作用。

我非常非常喜欢这首歌，自以为对它有百分之一千的理解。尽管这首歌不易学唱，但因为太过喜爱，我还是在一个小时之内达到了及格水平。哪怕唱得别扭，但我的情感还是饱满的，至于有没有韵味是另一回事。不惧流言和耻笑，我发到朋友圈去了。

兴之所至，如此而已。

站在孟姜女雕像前

　　不管当年的孟姜到底长什么样，我眼前这座雕像完全符合大多数现代人的期许。创作者把她塑造得如此端庄美丽，如此栩栩如生，如此惹人怜爱，既符合故事设定，又符合现代东方人的审美，也为《孟姜女哭长城》这个民间故事注入了灵魂。我站在雕像前首先想到的是为她赋予神韵的艺术家，我非常崇拜他们以及他们背后辛劳的工匠，由衷地对他们表示深深的敬意。

　　粗略地仰视，孟姜女体态丰腴，整尊雕像端庄秀丽、大气得体。孟姜女的大脸盘方阔而圆润，一双大眼睛目视远方，散发出深情的光芒。她的嘴角似乎还有一丝不易察觉的微笑，流露出安葬完丈夫后的欣慰。这就是那个深爱着丈夫范喜良、千里送寒衣的孟姜女，这就是传说中曾经哭倒一段长城的孟姜女，这就是施巧计安葬丈夫、怒骂秦始皇，然后跳江身亡追随丈夫而去的孟姜女。

　　如果在近处仔细察看孟姜女的面部，可以看到她面部的更多细节，进而产生一连串的联想。首先是孟姜女双目垂泪，面部遗留着清晰的泪痕。孟姜女曾经为了自己挚爱且新婚只有三天的丈夫范喜良哭得撕心裂肺、肝肠寸断。那泪水如泉水一般喷涌，滔滔不绝，绵绵不尽，故此感天地泣鬼神有了哭泉这个地方。而今哭泉已存在千年，但孟姜女的泪痕却赫然残留，无法擦干。或许这就是孟姜女，她是一个悲苦的女人，一个为了心爱的男人伤心欲绝、视死如归的女人！再仔细观察，只见孟姜女的嘴角上扬，透露出的却是坚毅果敢，而且表现出一种难以消弭的怨愤和仇恨。此时再审视孟姜女的眼神和整个面部表情，她冷峻严厉、不屈不挠的气势顿然显现，与在稍远处所看到的端庄优雅、温柔得体判若两人。孟姜女身上对丈夫的爱、对美好生活的向往，与对封建统治阶级暴虐行为的愤恨与控诉形成强烈对比。一尊雕像能够有如此效果，实在令人不可思议。朋友们如果有机会到宜君哭泉，一定要注意观看，这绝非笔者夸大其词，而是艺术家确实技艺高超。

如何才能通过一尊雕塑把孟姜女的真实面貌最理想化地展现，怎样才能把她最具代表性的内心世界集中体现？如何才能让观看者通过雕塑感受到孟姜女的悲愤、机智、决然，让观者发出无限的感慨和赞叹，并且向往宜君，惦记哭泉？这真是难上加难！

然而艺术家做到了，一尊孟姜女的雕像巍然耸立在哭泉边，成为一座丰碑，把民间故事继续传扬！

但愿悲苦的故事不再上演，但愿我们的宜君、我们的铜川有越来越好的明天，我们的人民幸福快乐到永远！

猫爪挠心

二楼窗外的挑檐上，一只瘦小的流浪猫从天而降。之所以说它是从天而降，是因为我怀疑它是从高空不慎坠落的。因为除此之外，它没有别的路。

估计是又冷又饿的原因，前天晚上它一个劲地叫唤。隔着双层玻璃，我仍然能听到它的哀嚎。凄惨的声音让我半夜就想起来看看是咋回事。

天刚亮，我打开窗子四处寻找它，开始时没有找到，便"喵，喵"地招呼它，它才回应了两声。它衰弱的躯体从一堆落叶之中挣扎着钻了出来，惊恐万状地望着我。它的态度很不友好，似乎我就是那个让它陷入困境的人。我继续招呼它，并用手示意它到跟前来。可是我招呼得越急迫，它反倒越惊恐，到处找藏身之地，最后把自己困在一个扣板的夹缝里，几乎动弹不得。我只好暂时作罢。

关闭窗子后，我想还是给它弄点吃的喝的要紧。一时找不到什么肉食和蒸馍，便把正准备吃的饺子拿了七八个放在一个纸盒盖上，又找了个装月饼的小塑料盒盛满水放在空调主机上，猜想它一定会闻香而来，大吃大喝一顿。

果然不出我所料，大约半个小时之后，我隔窗看见它正在狼吞虎咽。到了下午我又给它添了水，把吃过的排骨放了许多。不知它是何时进餐的，当我再次开窗看的时候，骨头已被啃得干干净净，水也被喝得一滴不剩。此刻它懒洋洋地躺在一块棉布上，任你再呼唤也不理睬。昨天一个晚上，也没有听见它叫唤。

流浪的猫，不知道它是否知道，我希望它从窗户里爬进来，也好悉心给予照料。

流浪的猫，你可曾知道，你让我回想起了我家的那只黑猫，你那小爪子可是挠到我的心了！

那是 20 世纪 80 年代初的故事了。

三十几年前，我们一家还住在土木结构的厦房里。那时候受利好政策的影响，家里开始有了存粮，还养了几头猪。

但这前所未有的好日子也让老鼠多得成了灾，到处都有它们的窝，到处都可见它们的影子和足迹。最令人心烦的是它们喜欢在屋里纸糊的顶棚上撒欢，一到夜里，它们就开始肆无忌惮地在上面窜来窜去，嬉戏作乐。你恨得咬牙切齿，但就是拿它们没有办法。

投鼠药，放置夹板，甚至用现代化的电猫，都无法把它们彻底消灭。因为即便你家的老鼠被斩草除根，别人家的又会陆续迁移至此。万般无奈之下，我们想到了老鼠的天敌——猫。

那时候的猫是稀罕之物，得去集市上买。我没工夫又不爱去集市，便托对门的连襟给买一只。没过几天，他赶集回来给我买了一只黑猫。我一看那只黑猫骨瘦如柴，走起路来左右摇晃，风都能吹倒似的，便大失所望。心想连襟是不是为了省钱，怎么买了个病猫回来？他似乎看出了我的心思，不客气地说："就这货，还是我抢到手的，你别弹嫌！"我不好再说什么，心想养着看吧。

黑猫刚到家时，一天一夜躺在墙角不吃也不喝。我有点着急，问母亲怎么办？她说要把馍嚼碎了，带着唾液喂才行。我照着母亲说的，把白蒸馍在口里反复地咀嚼后喂给黑猫，它有了食欲，头一天吃了一小块馍，第二天便吃了小半个馍。我还往嚼好的馍里添加了些羊奶，黑猫的食量便逐渐增加，也知道去喝水了。它用舌头去舔水，那声音听起来像音乐一样美。

当时我还在寺沟乡政府工作，每天上班之前和下班之后都忙着照看黑猫。半个多月过后，小黑猫已经变得精神十足，原来干枯暗淡的皮毛变得一天比一天有光泽。到了晚上关上大门之后，我解开拴它的绳索，让它在家里自由自在地活动。随着黑猫开始巡营瞭哨，家里安静了许多，每当半夜三更偶然听到几声凄厉的老鼠惨叫声时，我就知道黑猫又立了一功。

自从黑猫开始捕捉老鼠，我喂它的食物越来越少，只是每天给它饮水，然后白天拴起来，下午下班回来以后同它玩一会儿，到晚上解开绳索让它自由活动。

黑猫越长越漂亮，皮毛像黑色的缎子一样光滑柔顺，个头越来越大，那双亮晶晶的眼睛和撒欢时的憨态令人喜爱不已。孩子们更是爱和它玩耍，有时候抱着，有时候牵着，怕它跑得找不见。我每天给它套着长长的绳索，而且在绳索的末端绑了一块在铁道上捡来的铁闸皮，重约两公斤。它虽然很不习惯，但不得不忍受着。

黑猫很讲卫生，每次大小便都要去厕所。那时候的农家都是旱厕，厕所里堆放着许多黄土，黑猫无论小便还是大便，都要拖着那重重的铁块，在那堆黄土里完成，大便过后一定要用爪子把它拉的埋得严严实实。女儿看到了，非常惊讶，告诉我她拉臭臭后也要像黑猫一样，惹得我哈哈大笑。

后来黑猫和我的感情越来越深，每天只要我下班回家，提着自行车从门槛越过的声音一响，它就会伸伸懒腰，第一时间迎上来，亲昵地叫着问候我。

因为黑猫知道，它自由活动的时间很快就要到了。随着黑猫捕鼠的能力越来越强，不光我家没有了老鼠，再不用担心囤里的粮食被糟践，不用熬煎老鼠在顶棚上乱窜影响大家休息，而且左邻右舍都跟着沾了光。

附近的老鼠消灭得差不多了，黑猫就去更远的地方执行任务。每当天色渐渐暗下来，我给黑猫饮水之后就会解开它的绳索。它会纵身攀上门口接檐下的柱子，从房顶出发，轻盈地越过一家又一家人，向可能有老鼠的地方奔去。整个夜晚，它都在辛勤地工作。没有人知晓，有多少害人的老鼠命丧它的利爪和锐牙之下。黎明时分，它会准时返回家中，伏卧在开间的一角，等待我给它套上锁链，然后安静地睡去。

不知不觉间，黑猫在我家度过了三年时光，它从一只病恹恹的小猫长成了一只体格健硕的大黑猫，附近的邻居们都认识它、喜欢它，感激它给大家带来的宁静。但没有人能够像我一样亲手捉住它、抚摸它。

突然有一日，黑猫在黎明时分归来时，头上身上都是血，一只眼眶凹陷，没有了眼球。

它在外面到底遭遇了什么，我无从知晓，也无处打问。我怀疑有人想捉住它，它受尽了磨难。我当时别提有多么心疼了，一连几天给它涂抹消炎药水，给它喂各种好吃的，到了晚上不解绳索，禁止它出门去捕鼠。我心里对它说，家里养得起你，你只顾在家玩耍、享福就行了。但黑猫不那么想，它似乎觉得捕捉老鼠就是它的使命。在一个寒风呼啸的夜里，它终于挣脱绳索跃上屋顶，奔向了它久违的战场。那只缺了一只眼睛的黑猫，从此再也没有回来……

我想补充的是，当我写这篇短文的时候，我求助无所不能的网络，希望能找到一只和我家黑猫相似的猫。但遗憾的是，网上那么多只猫里面竟没有一只和我家黑猫长得像的。要么没有它壮硕，要么没有它英武，要么没有它俊美，要么没有它机灵，反正没有一只让我觉得可以和我的黑猫一样可爱可亲。当年如果有手机的话，相信镜头下的黑猫一定是天底下最漂亮的一只！

可惜世上没有如果，黑猫只能在我的脑海、我的心中撒欢了。望着窗外，我想我以后会照顾好这只瘦弱的流浪猫的。

水晶饼

首先声明，我可不是给德懋恭做广告。

人家是中华老字号、陕西非物质文化遗产，无须我来推销和操劳。

这种糕点价格是有点贵，记得前年好像是一盒二十元，今年已经涨到了三十元，但物有所值。跑了好几家超市还没有卖的，最后是在鼎尚找到的。谁让咱喜欢吃这东西呢，顾不上计较价格。

早晨起来，泡一壶龙井酽茶，然后慢悠悠地把那个硬纸盒打开，里面还有两层纸包装哩。那是德懋恭特有的纸，我年幼的时候就见过，几十年了，依然是那种纸。但我直到现在也不清楚那纸是什么材料做的，又光滑又柔软，细腻而有韧性。德懋恭的包装比起很多糕点要简单得多，但在我眼里却是最好的、最合适的。如果糕点一类食品的包装都能向德懋恭学习，那不知会节省多少资源，我们的清洁工不知会省下多少精力和汗水。

说得有点远了，闻着水晶饼特有的那种香味，我喉头耸动。开吃！开吃！不过不能多吃，早上只能吃一块。如果肆无忌惮地吃，我一顿就可以把一盒吃完。但这东西是甜品，吃多伤胃。老辈人之所以把它叫点心，一是说它珍贵，二是说它只能吃一点。所以既然是吃点心，还是文雅一点好，不能说没有糖尿病就敞开吃。

我先把水晶饼取出一块放在茶几上，然后把剩余的一层一层包好后放在固定的地方，再把沏好的酽茶倒上一杯凉着，这才开始享受那块水晶饼。小心翼翼地咬上一口，绵甜、甘甜、脆甜交织在一起，爽口而不粘牙，甜而不腻，甜得恰到好处。

还有那醇香、芳香、清香，混合在一起，真是令人回味无穷。此时此刻，我想知道莫言、贾平凹是否喜欢吃甜食，不知他们有没有糖尿病，如果能和他俩一同享用这美味，由他们来写吃这水晶饼的感受该有多好。他们的妙笔会不会让人口水直流呢？

　　记得我第一次吃水晶饼，还是小时候有一年过年时在稠桑东堡子大舅家。外公把我们一帮小孙儿招呼到一起，打开旧板柜铁锁，从里面拿出半盒珍藏的水晶饼，数了数我们的人头，又看看盒子里的糕点，发现每人一块还分不过来，便把五块水晶饼中的四块用小刀对半切开，分给八个外孙。孩子里面我是最大的，便分得一块完整的。外公还嘱咐我别让弟弟妹妹们看见。我高兴地应允着，藏在一边偷偷地吃，那时觉得那水晶饼可能是天下最好吃的东西了。

　　长大以后，每年过年的时候，我才能偶尔吃上一块水晶饼，感觉那才是过年的味道。再后来日子富裕起来了，才有了什么时候想吃就去买的自由。父亲在世时也非常喜欢吃水晶饼，我只要看到了就一定不忘给他买上一盒，或是给钱让父母自己去买。如今当我享受这口福时便自然而然地想起了父母，想起了外公……

　　吃着香甜酥脆的水晶饼，我心里充满了感激之情。感激生活，感激这个世界上应该感激的一切。

生日感言

一块陨石从天空划过，或迟或早，或远或近，总会掉落，在海上能掀起波澜，在地上会砸个大坑，有时还会燃起大火，余下的残骸还具有极其珍贵的科研价值。而一个普通的人离开尘世，就像风儿扬起尘土一般无足轻重。唯有自己的亲人终生牵念了。

一大早的，怎么发出了这样的感慨呢？也许是今天是我六十五岁生日的缘故。

提起生日，我就不由自主地怀念母亲、想念父亲。1955年的1月7日（农历腊月十四），我出生在耀县寺沟镇阿姑社村一户宋姓人家的破窑洞里。当时父亲二十一岁，母亲不满十八岁。我的出生让父母欣喜若狂。虽然母亲一辈子还生养了三儿四女（两个弟弟一个因病一个因横祸夭亡），但我作为宋家长子，幼年少年时一直备受宠爱。父亲在我周岁时专门抱我去照相馆照了张照片，而今已过去整整六十四年了。那年月，农家困苦不堪，父亲舍得掏钱去照相馆照这个相，足以说明对我的疼爱。他和母亲当时的喜悦之情、爱子之情跃然于照片之上。

如今，母亲去世已近三载，父亲去世也近两载。当儿孙们、亲友同事们为我庆贺生日时，我越发地怀念母亲和父亲。二老含辛茹苦把我养大，对我的恩情比天高比地厚。在他们年老的时候，我也曾尽了一些孝道，但总觉寸草春晖，遗憾不尽。

六十五载岁月弹指一挥间，如今我也已是儿孙绕膝之人。回首过去的时光，回忆值得怀念的前尘往事，我感慨万千。整个少年时代，我生活在爱的怀抱中，虽然家中一贫如洗，艰难度日，但母亲竭尽全力地呵护着我。不谙世事的傻孩子最喜欢母亲坐月子的那些日子，因为母亲会把给她准备的两个白蒸馍分给我一个，夹上猪油辣子，真是香得叫人没法说。我在家里舍不得吃，要留着在上学的路上才吃。后来日子更苦，白蒸馍变成了白面和玉米面混合的两搅馍。再后来，吃两搅馍间隔的时间也由一年多变成了两三年，我分到的馍也从一个变成了半个。但所有这一切都不影响我少年时代的美好记忆。

母亲爱我，我爱母亲。但我历来害怕父亲，其实除了小弟外，弟弟妹妹没有不害怕父亲的。父亲是正儿八经的严父，他年轻时脾气暴躁，教育孩子的主要手段就是打骂。当我完全懂事以后，才明白了父亲的良苦用心。父亲六十岁以后像变了一个人，对儿孙们和颜悦色起来，很少再发脾气。我想，当年他的暴躁是生活困苦艰难、无依无靠所导致的。他一生最主要的人生信条就是自强自立，在家族中没有人做官为宦的情况下，在没有任何丰厚家底可依的情况下，父亲全靠自力更生艰苦奋斗过日子培养下一代。这个优良的品质和家风深深影响着家中的几代人。

安息吧，我亲爱的父母！儿子在六十五岁生日之际想念你们，感恩你们！

泪如雨下忆兄弟

万民兄弟走了。他应该是带着巨大的遗憾和无限的惆怅走的。他正是年富力强的时候，正是大有作为的时候。不光家里的妻儿老小离不开他，他所在的公司舍不得他，更有诸多亲朋好友舍不得他。但可恨的疾病却无视这一切，硬生生把他拉到另一个世界去了。

万民兄弟所在的靳家村昨天哀乐低回，村里所有可以停车的地方都停满了车辆。那个我曾经多次去过的农家大院人头攒动。从大路往家去的路口开始，五道以黑白为主色调的祭祀拱门迎接着前来吊唁的人们。万民兄弟的遗像挂于每一道拱门的正中，每一位来客只要望上一眼，便会泪眼模糊、心痛如绞。

悼念大厅庄严肃穆，包括座椅在内都是素净的白色。大院内外，数不清的花圈叠放，寄托着亲朋好友的无限哀思⋯⋯

那天，我正在市法律援助中心，刘律师的一个电话让我十分震惊。别人委托他告诉我，万民兄弟病危，如果今天不去看望他，明天可能就见不上了。这个消息令我惊诧不已，此前我多次联系他，所有的联系方式都联系不上，以为他有什么重要的事情，过一段时间就能相见，怎么突然就病危了呢？春节前后我们还通过电话，他的声音还是那么铿锵有力呀！这中间只有四五个月时间，他怎么就坠入了深渊？尽管他的脾气不好，我们在这二十多年的交往中偶尔也有过争争吵吵，但终究还是好兄弟。我心里实在不是滋味。我正说早点离开法援中心去看望他，谁知又一个电话打来，说病情恶化的速度太快，人已经去世了。太遗憾了，他才五十多岁啊！那会儿雨越下越大，仿佛老天也在为他落泪。

万民兄弟短暂的一生确实算是有价值。他从一个开大车的司机，一直奋斗为一家年产值达数亿元大企业的总经理，可见他是有本事的。虽然连高中都没上过，但在社会这所大学里，他是出色的、不用文凭证明的"研究生"。一家又一家的大型水泥企业在他的指挥管理下很快变得井井有条，要利润有利润，产品要质量有质量。生产调度会上，他对各个车间、工种的安排布局合理细致；年终总结大会上，他可以不用讲稿，把成绩、问题、下年度工作安排讲得头头是道。外行内行都不得不服，他会用铁的事实说服你。如今他走了，他任职的那家大型水泥企业失去了一个顶梁柱，社会上也许再难找到一个像他那样自学成才的卓越的水泥企业管理者了。

终于同万民的儿子联系上了，他在微信里说："从年后到一个月前，我爸一直保密治疗。我爸要强了一辈子，不愿意让任何人跟着操心。"又说："我一直陪伴他，现在他走了也不受罪了。"孩子的话与我的推测完全一致，兄弟的要强令人无奈而又敬重。如今再也见不到那个要强的他了，想和他顶一下牛、拌几句嘴也只能在梦里了。

记得那一年我在律师事务所执业不久，小刘兄弟带万民来律所，我作为他的代理律师为他办理了相关代理事宜，从此开始了我们的兄弟之情。二十六年来我们情谊不减。此后他承包小水泥厂，我又做他的企业法律顾问，为他解答法律问题。后来他被聘为某建材有限公司总经理，在他的力荐之下我的律所担任了该公司的法律顾问。当他被现在的某水泥有限公司聘为总经理时，我的律所又担任了这家公司的法律顾问。

作为兄弟，他始终信任自己的兄长，我们近三十年相知相伴，情谊不变。为了这个兄弟事业的发展，作为兄长，我亦是竭尽全力扶持与帮助他，从不真正计较他的"傲慢"。

朋友里面，就数万民贤弟请大家吃饭的次数多。在铜川、在西安、在外地其他地方，记不清多少回。有一次在西安南郊电视塔附近的一个餐馆里，我们吃了几个菜感觉不错，尤其是那个九转肥肠和醋熘西葫芦十分好吃。中途又把两个菜倒在一起，名曰"九转肥肠西葫芦"，那个味道真是绝佳。

几年之后的餐桌之上，我们仍然记得那个"九转肥肠西葫芦"，直觉得回味无穷……

及今思之，泪如雨下。再也不能和贤弟在一起了，脑海里都是他的音容笑貌。一切记忆显得格外珍贵、格外值得怀念。

万民吾弟，一路走好！兄长会永远记着你自信的神态和勇往直前的模样。你是靳家村人的骄傲，是贺家的骄傲，也是兄长所佩服之至的好兄弟。

患病期间，你拒绝一切联络，或许是不想让朋友们看见你憔悴的面容，或许是不想给大家增添麻烦。可惜没来得及表达诚挚的关怀，这可能是我终生的遗憾。

　　灵堂前的一炷香，寄托了我的全部哀思。贤弟你太累了，愿你在九泉之下，能够安心地好好地休息！

小院春秋

一

"小院春秋"，当我拟下这个题目的时候，心里有点犯怵。

自家的小院能有什么春秋？况且真这样说的话，应该还有冬夏，还有白天和黑夜呢！不就是想写一下自己的小院和自己嘛，找不到一个中意的名字，就拿"春秋"开心。好像春秋二字比较朦胧，带点历史的沧桑感，也有点诗意。

我的祖辈都是农民。我也是生在农村长在农村的农家子弟。但我写的这个家庭小院却不在乡村，而是位于铜川新区的商住一条街。小院在我家前楼与后楼之间，面积有百十平方米。小院落既是前后楼的连接通道，又是我锻炼身体、晾晒衣物、饮茶闲聊、观花赏月、习文作句的理想之地。我在这个院子里已经度过了整整二十个春秋。小院虽然无语，但最晓得我喜欢它的程度。我对小院的喜爱和眷恋，超越尘世山水、胜过人间仙境，哪怕落个"井里的蛤蟆爱井里"之名，我也毫不在意。

二

二十多年前，铜川市政府为了进一步加快新区城市化进程，吸引民间资本投入城市商住建设，当时的市长决定将国有土地七十年的使用权一次性有偿出让给企业和个人，鼓励受让人在金谟西路等处按照规划建设商住一条街。

记得开始酝酿规划时，我曾和出让办的陈主任一同商讨过，请他向市长建议，每一个单户的占地面积尽可能大一些，加上代征的前后道路面积，最好每户占地能够达到一亩地。前来投资建设的个人肯定喜欢做大一点的"地主"。如果像农村的宅基地那样小，投资者的热情不会太高。市长最后拍板定下了这个方案。感谢这个有魄力的决策，让我有机会在铜川市繁华地段拥有了做梦也想不到的宽敞土地和新家园。

当时因为资金紧张，又要保证临街建筑高度达到三层，只能把前楼的进深缩短到八米多一点。这样一来，我家的院子就显得特别宽敞，面积达到二百多平方米。院子中间的花园占地近农村一院宅基地大小。

记得有一次到劳务市场雇佣两个民工拾掇花园，说好两个工五十元钱，二人高兴不已，答应半天完工。

等到家中一看二人便有点傻眼："我的妈呀，这是个花园？怎么这么大！"我笑着说："房子盖得小，院子留得大，所以花园也就大了。"两个民工为自己开始的小聪明感到懊恼："还以为家里的花园嘛，三榔两榔子就干完了。还想着今遇上了个好买卖呢！你也没说花园这么大啊。"我说："我当时说了，花园有点大。你二人就没往心里去，说没事没事，大就大，不怕！"说着三个人都忍不住大笑起来。

三

铜川市政府南迁后所占用的土地都是原来耀县下高埝乡的好土地，曾被耀县人认为是粮仓，是白菜心。当这些土地被城市建设大面积占用时，有许多人为之担心——没有了这么好的耕地，粮食问题怎么解决，这么多农民如何谋生云云。现在我的小院就占用着这上好的耕地，我岂能不珍惜？

我在院子两侧只留了一米多宽的通道，其余全留作花园用地，一则为了接地气，二则为了多种花种菜，让地尽其用。二十多年来，我在这块土地上种过黄瓜、豇豆、茄子、辣椒，栽过桃树、杏树、葡萄树、石榴树、柳树，还有木槿、七叶树。为了小园里四季花开不断，我种过牡丹、月季、紫薇、蜡梅，其他的花草更是不计其数。

我为小院流过许多的汗水，小院带给我绵绵不断的欢欣。小院里长出的黄瓜、西红柿、草莓、黑枣、葡萄都是真正的绿色有机蔬菜和水果。瓜果青涩未熟时，令人垂涎欲滴；待到成熟后随吃随摘，味道香甜至极。菜市场或超市购回的产品根本不能与之相比。每当享受这些亲自劳动得来的果实时，我别提有多么开心了。

四

2012 年，因为在后院建新楼房，小院面积缩小，花园也小了许多。遗憾再不能种植蔬菜水果，只够栽花种草了。但我还是想办法通过栽植凌霄花等植物，使绿植向空中和花园以外的空间延伸，美化院落。花园春夏秋三季几乎每天都有鲜花烂漫地开放，或芳香或清新，让人赏心悦目。但对我来说，最大的收获却远不止这些。

每天的早中晚，甚至是深夜、凌晨，只要在家，只要有些许精神，我都会在小院里独自漫步转圈子。想自己的心事，思考各种各样的问题，或兴高采烈、或愁眉紧锁；或百无聊赖，或兴致盎然。有时沉默、有时吟唱，有时拨弄花草、有时凝神看鸟蝶。总之，一切喜怒哀乐都会在小院回味或者释放。

近月来，在原先小院散步的基础上，我给自己定下明确的目标，一是每天必须完成万步走；二是每天至少完成一千字的随笔写作任务。走累了，还要每天唱歌一首。并且这些任务不能因正常的律师工作而打折扣。

开始目标定得过高，是每天写三千字，发现眼睛难以承受，不得不减少到一千。这些文字或是散文，或是诗歌，或是类别不明的随笔，大多在小院完成万步走时便思考酝酿得八九不离十。故此在小院散步时一般会一举三得：欣赏花草、锻炼身体、斟词酌句。我在小院一圈又一圈地漫步，小院静静地陪着我。我已经深深地爱上了小院，喜欢与它共呼吸、共沉醉。我曾为院中盛开的草花写下：

咏院中草花

小院草花，盛开初夏。姹紫嫣红，灿若云霞。
烂漫开放，天真无瑕。竞相撒娇，百态绽发。
月季黯然，紫薇羞夸。月映垂泪，日照生华。
不厌贫瘠，坚韧挺拔。毋费劳作，生根发芽。
不畏渺小，一样潇洒。不羡富贵，落地安家。
美哉草花，养眼奇葩。艳哉草花，舒心珍佳。
朝夕探看，惦念有加。埋怨秋风，落败有涯。
平民百姓，一如草花。朴实平淡，难掩风华！

也曾写下：

咏院中牡丹

小院栽成花中王，一朝绽放笑洛阳。

芳香已使心儿醉，艳丽直教意欲狂！

还曾写下：

花园漫步偶得

牡丹凋谢月季开，小小花园亦合拍。

书写春秋添彩绘，照看早晚释情怀。

忧愁与你尽倾诉，喜爱由咱适意栽。

方寸之中天下有，悠悠诗意自然来。

　　还有许多的诗歌、散文的创作，与小院密切相关。但愿小院就这样陪着我，继续度过一个个充实丰富的日子，从春到夏，由秋到冬。

妻子住院

妻子做了急性阑尾炎手术才一个月时间，慢性鼻窦炎又日渐严重，不得不再次住院。

她的鼻窦炎是春节后不久因感冒患上的。咳嗽、气堵，有浓痰持续地堵在鼻腔和喉咙交界处，老是咳不净，头很疼，没有味觉。以前她的鼻子很灵敏，周围稍有点异味她都能闻到，现在什么也闻不到。妻子很难受，我带她看过好几次医生都不顶用，女儿带她到西安的大医院也看了，吃了上千元的药，吊瓶挂了不少，病还是不见好。

我多方打听到铜川市医院常有西安的教授坐诊，手术治疗鼻窦炎效果很好，但还没来得及带妻子去看，她那日却突然腹痛得厉害。我立即送她到新区医院，确诊是急性阑尾炎后便匆匆做了手术。还好，医生说有点化脓，但手术及时，无大碍。

住院那几天，铜川正逢高温天气，病房无空调，只有一个吊扇不停地转。还不能将吊扇调到高速挡，怕妻子术后身体虚弱落下毛病。妻子伤痛在身，难受得大汗淋漓，我用湿毛巾不断为她擦去额头和脸上的汗珠。

我久久凝视她那张熟悉的面孔。再过两个春秋她就是六十岁的人了，她虽不显老，但岁月的沧桑、病痛的折磨已全写在脸上。我在记忆深处搜寻她年轻时的容颜，已经有些模糊不清，但她此前几次住院的情景却一幕幕在我眼前闪现。

1977 年元月上旬，为迎接女儿的出生，妻子住进了县医院。本应是欢天喜地的事，但我们更多的感受却是苦难。家贫凑不齐几十元的医疗费，母乳不足，孩子饿得哇哇直哭也买不起一袋奶粉等酸楚都不值一提。刻骨铭心的是那个待产的夜晚，外面寒风呼啸，手术室里冰冷彻骨。医院没有暖气，炉子也灭了。绝情的妇产科大夫竟让妻子赤身躺在产床上。傻瓜一样的我怕弄脏医院的棉被，竟不敢给妻子盖在身上，只顾着生那冰冷的炉子。我到处找都找不到生炉子的柴火，好不容易找了些旧报纸、废纸箱生着了火，但烟筒却堵了，房间里都是烟。我只得清理了烟筒，再生火时，纸屑又不够了。反复多次，炉子没生着，我弄得满脸污黑，浑身是灰。妻子在产床上冻得直打冷战，我束手无策。妻子让我把一张一张备用的麻纸盖在她身上，然后她说暖和多了……可直到现在我依然感觉冰寒彻骨。那个夜晚太冷了，每当想起那个夜晚，我心里就涌起对妻子的无限愧疚，妻子会不会是那天落下的病根呢？虽然妻子并不怪怨我，但我无法原谅当年的自己。

　　又过了两年，妻子为做绝育手术住进了陕西纺织职工医院（现西安医学院第二附属医院）。那时女儿两岁多，儿子不满周岁。一为响应计划生育政策，二为能在村上报销三十多元的医疗费。妻子听我的劝告，决定做结扎手术。医院检查时，发现妻子患有卵巢囊肿，说可以与绝育手术一次完成，这真是求之不得。在与病友的闲谝中，妻子听说做手术时"局麻"比"全麻"身体恢复得更快，能早一点回到儿女身边。一进手术室，她便向医生要求"局麻"。据说所有的医护人员都向眼前瘦小的女子投来敬佩的目光。妻子为自己的勇敢感到自豪。谁知原本预计半个钟头的手术，竟然做了三个多小时。我在手术室门口焦急万分地来回走动，差点把水泥地面踩出深沟。可手术室的门一直紧闭，墙壁时钟那细长的指针一秒一秒地戳着我的心窝，直到昏迷不醒的妻子被推出手术室。我不知道那次手术时究竟发生了什么，只记得妻子苏醒后，说手术进行到一半时，麻醉药劲过去了，她是被捆绑着由医生进行手术的。但那时毕竟年轻，在病床上躺了四五天，还没有拆线，愚蠢的我便想拉着妻子去逛公园，她为了不扫我的兴，便硬撑着去了。走了没几步，她便痛苦地弯着腰，呻吟不止。拆线后仅住了一天院，妻子见可以搭乘一位亲戚的便车，便要求立即出院回家。我知道她是太想念一双儿女了，而且搭便车能省下好几元钱，就依了她。

　　回家后第二天我就上班了。我那时是单位的副业工，请假不仅要扣工资，还随时担心丢了饭碗。我在离家十五里的县城上班，每天早出晚归。妻子白天没有人陪护，硬撑着做家务。到了晚上睡觉时，妻子左臂搂着女儿，右臂搂着儿子。幼小的儿子不懂事，小脚丫子不时蹬在妈妈的伤口上，后来她疼得喊出了声，我才惊醒。现在想起来，我骂自己不是人，我怎么就没有多为妻子分担一些辛苦，多呵护一下她呢！

　　妻子身患好多种病，高血压、颈椎病、心脏预激综合征、慢性咽炎、滑囊炎，还有其他病。卵巢囊肿住院做了手术，急性阑尾炎住院做了手术。现在的鼻窦炎、咽喉炎让她痛不欲生。可以说，她身上不是那儿疼，就是这儿疼。除了头发不疼，全身哪儿都不消停。但自结婚以来的三十四年间，她没有因病痛耽搁过一件事情。她是要强的人，凡是家庭妇女应当做好的事，她样样比人强。小学读书时，她不仅聪明、漂亮，钢笔字写得也是班里数一数二的，每学期都是班干部、"三好学生"或者"五好学生"，后来在生产队劳动又是有名的铁姑娘。她性格开朗，爱读书，会刺绣，待人极和善，白皙的脸蛋上总是洋溢着灿烂的笑容。究竟有多少同龄的男青年暗自爱慕过她，很难说得清。我小她两岁半，爱她也敬她，后来牵手引她回家。这并非调侃，我和妻子订有婚约，虽经合法登记，但不敢厚颜说迎娶。妻子与我结婚时无嫁衣，无婚礼仪式，无宾客，无宴席。我们没有拜天地，没有拜高堂，也没有夫妻对拜然后入洞房。一对可怜的人为了可怜的尊严，对乡亲们说我们去部队结婚；对战友们说我们已在家乡结了婚。我们确实已经结婚，因为我俩的心灵和肉体已经交融。那是1976年2月的一天，已经记不清准确的日子，在西安一家又脏又黑的旅馆，连床单也是又脏又黑，床下还堆满了块煤，我俩就是在那间房子的那张床上结合在一起的。尽管我们两情相悦，但结婚时没有喜庆的气氛，只有驱不散的悲愁让人铭记。新婚次日，我俩乘坐火车到达宝鸡火车站时正是凌晨两点，但兜里缺钱，已经住不起旅馆了，二人依偎在火车站大厅的座椅上。怕妻子太冷，我将军大衣盖在我俩身上等待天明。怎料被车站工作人员发现，他对我们一番斥责："大庭广众之下，请注意军容风纪。"我欲哭无泪，我有愧于妻。前路茫茫，我不知该将妻子带向哪里。但我的妻无怨无悔。那些年，为拔穷根，为过日子，为抚养一双儿女，她默默付出。在乡邻眼中，她是公认的"劳动模范"，是"挑不出毛病的女人"。一双儿女成器，主要受她的影响和教育。对于我这个不时让她生气的丈夫，妻子爱之切、依恋之深，难以用语言尽述。如今日子好了，儿女们均已成家立业，各有成就，家里也算过上了小康生活，但妻子又住院了。唉！

妻子刚做完鼻窦炎手术回到病床上。为了消炎止血，她的两个鼻孔塞满了纱布条和药棉，鼻子肿得像青柿子。她只能用口呼吸。不到半分钟，她就咳出一口带血的黏液。我和英娟不停地撕扯着卫生纸也擦不及。她非常地痛苦，两眼有泪花涌出。我不忍看着她痛苦的神情，一次次躲在病室外。老天哪，为何给我的妻这么多的磨难？！我怎么样才能给她安慰？！如果可以，我愿自己来承受病痛，让她健康、让她愉悦。

妻子无力说话，默默地忍受着痛苦。我默默地想：你想儿女吗？他们一个比一个忙，都为工作所累，不能陪伴在你身边。你不让他们请假，你怕影响他们工作，怕他们开车的路上不安全，还怕影响他们照顾儿女。你心里总装着家人，独不怕苦着自己。你让我左右为难，我虽然心里盼儿女能陪伴在你身边，但拿起电话总是说让他们不要操心，不用回来。

妻子仍然不愿说话，默然忍受着。你会埋怨我吗？我不能一直陪伴在你身边。作为律师，我不能耽误当事人的事。昨日法律援助的公益宣传活动我必须去，今天的这个被告人一定得见。没有办法，只好让侄女、三妹来陪你。我今天一共打了六次电话，但心里还是放心不下你。

妻呀，我默默地为你祈祷，愿你早日康复！待你出院后，我会加倍呵护你、珍惜你！

父母的心愿

　　父母去世三年多了，他们的音容笑貌依然是那么清晰和亲切，经常在我眼前萦绕。当 2021 年 7 月 1 日这个特别的日子即将到来的时候，我想起父母生前的一个心愿，对二老的崇敬油然而生，对二老的思念愈加强烈。

　　父母都是地道的农民，一辈子和黄土地打交道。母亲上过小学，父亲从未上过一天正规的学校。三周年忌日刻石立碑时我为父母撰写的碑文是："父亲生于阿姑社村左家疙瘩宋氏寒窑，在娘腹便遭丧父厄运，七岁离家给人放羊以求温饱，稍长即在外拉长工维持生计。母亲原系稠桑东堡杨家亲生，自幼由居住于耀县城里的稠桑西堡焦姓姨父姨母抚养成人。父亲二十岁时与母亲结为夫妻，从此患难相依，同舟共济。父母一生养育两儿四女，含辛茹苦，直到汗干力尽。父母年轻时把青春献给生产队，穷而弥坚，不知怨悔。壮年时沐浴改革开放春风，勤俭持家，终得脱贫。六旬之后有幸迁徙于铜川新区，虽体弱多病仍牵心膝下儿孙，为帮助他们竭尽全力。父亲一生聪明睿智、刚正无畏，尤其崇尚自力更生、自强不息。母亲勤劳俭朴、善良贤惠，特别注重修心养性、知书达礼。严父慈母，共为子孙后代把榜样树立。今阴阳两隔，音容难觅，万千思念，泪下如雨。特立此碑，子孙铭记！"用三百余字概括了父母的一生。由于篇幅所限，碑文并没有提及父母的心愿。

　　记得父亲八十岁寿辰的时候，我作为长子，率领弟弟妹妹们还有孙子辈为父亲在正阳酒店正阳厅举行隆重的庆祝仪式。父母在欣喜之余，再一次对子孙后代说出了他们的心愿："希望孩子们能够积极申请，加入中国共产党，成为党的人！"我当时附和道："听爸妈的话，符合条件的都要积极行动起来，早日加入党组织。"这不是父母第一次说这种话了。他们在最幸福最快乐的时刻，表达着对党的感激之情。他们要非常庄重地向子孙后代表达自己朴素真诚的心愿。

这使我不能不回想起父母自六十岁以后的老年生活，以及他们更加关心国家大事和国计民生的趣事，也明白他们的这个心愿是怎么一天天形成的。

父亲六十岁的时候，考虑到大半辈子的艰苦生活和过度劳累已经使他的身体透支到了难以维系农村力气活的地步，我和在城里打工的弟弟商量，干脆把村里的地一点不剩地交给有能力的乡邻去耕种打理，让父母也享受退休待遇。虽然没有退休金，但他们现在已经完全可以不再受风吹日晒的田间劳作之辛苦。这样一来，父母除了在家里干些力所能及的活儿之外，就可以过上颐养天年的日子了。父母只得勉强接受了这个现实，随后他们很快就搬到了铜川新区，成了真正的城里人，再想栽花种菜就只有弟弟院子里那屁股大的一块田地了。

父母有了大量的空闲时间，但人却闲不住，每天早晚中央电视台的《朝闻天下》《新闻联播》是必须准时观看的。当然，他们也喜欢看秦腔戏剧，看《动物世界》，还看一些电视连续剧。父亲虽然没正式上过一天学校，但在20世纪50年代接受过扫盲教育，加之自学能力强，许多日常用字他都认识也能听明白，母亲上过高小，所以两个人通过长期收看收听电视、收音机，对国家的大政方针无所不知，有些关乎国计民生的最新政策总是比孩子们还要知道得早。有时候他们还通过子孙们反馈的社会各方面发展动态，感受到党带领全国人民奔小康的历史性突破和日新月异的巨大变化。父母对中国共产党的爱戴之情、感激之情与日俱增。当然，这也与他们早年的苦难经历有关，与父亲曾经担任村上的贫协主席有关。

每年春节拜年的那几天，我们一大家子欢聚在一起，祝父母春节快乐健康长寿的时候，父母高兴得合不拢嘴。二老只要张口讲话，少不了会叮嘱一句："今天的好日子多亏党的正确领导，你们在单位要争取早日入党，做党的人，把咱们的国家建设得更好。没有入党的，要爱党爱国，跟党走。"有一次我故意逗老父亲说："你和我妈现在能安享晚年，享受天伦之乐，恐怕与儿女孝顺也有关吧？"没想到父亲一下子就严肃起来，厉声喝道："你现在能有一点成绩，你们的小日子能过得好，难道还不是靠党的正确领导吗？还不是沾了改革开放的光吗？娃呀，永远都不敢忘记共产党的恩情！不是政策好，你娃能有今天？你们孝顺我知道，但要是没有党的好领导，没有国家的好政策，你能有今天吗？"吓得我赶紧回话："大说得对，我记下了！"

父母和一个妗子年龄相仿，他们在拉家常的时候总会反反复复地强调一句话：舍不得离开人世，不是舍不得儿女们，而是舍不得这个社会！他们阐述不出更多的大道理，但他们生在 20 世纪 30 年代，自出生以来，他们经历了中国历史上的巨大变革。他们从吃不饱穿不暖，从饱受"三座大山"的压迫，到过上现代化的幸福生活。看到自己的儿孙们蜜糖般甜蜜的生活，他们从内心深处充满对党的感激之情。他们最了解党所经历的艰难曲折，最明白党的丰功伟绩，最希望子孙们成为党的人，为党的事业继续蓬勃发展做贡献！

　　面对父母的热切期盼，我的弟媳、侄子、侄媳、儿子、儿媳相继成为中共党员。几个妹妹和外甥、外甥媳妇、外甥女里面一半以上成了党的人，立志为党的事业奋斗终生。我发起创办的律师事务所几年前也成立了党支部。父母生前已闻听这些喜讯，感到无比欣慰。二老之所以皆安详离去，大概也有这个原因吧！

学兄学弟 似海情深

耀州中学（原耀县中学）校庆之际，士琦弟在朋友圈发了几张去母校参加校庆活动的照片。他作为受邀校友，还为校庆题了"耀中千秋"四个字，被载入校庆纪念文集的扉页。他在朋友圈配文："2020年9月6日，为母校耀中八秩华诞庆典敬献拙书，以表学子对母校绵薄心意！诚请同窗赐教！"我评论："知名校友是也！"

事实上耀州中学校友数以万计，士琦能受邀，充分说明在校庆筹委会眼里，他是耀中的骄傲。他的头衔很多，是著名书法家、作家、评论家。更重要的是他热衷于公益事业，舍得花费时间和精力为之呼吁为之奔波为之奉献。2015年10月7日，他为母校撰书联"耀中文脉育百代；役衬精髓传千秋"；2017年5月25日，他为母校捐赠图书二百六十册后又两次捐赠图书；2022年7月，他看到《耀州中学高考成绩再创佳绩》的报道后，即撰书"名校培脊檩，高师育精英"。他对母校的深情可见一斑！他十分尊敬老师，1974年1月12日毕业以来，每见老师必郑重地行礼，每年春节和以后的教师节必向老师们致以祝福，四五十年来一直坚持。仅此，一般人很难做到。就同窗情谊而言，士琦也是最看重和最珍惜的。记得前几年，每逢春节、中秋节等节日，我总是会收到他的来信或明信片，还有杂志、剪报和毛笔书写的兄长称谓的祝福寄语，落款均为士琦弟敬上，有时还写上同是学妹的弟媳琪瑛的名字。深情款款自不消说，仅那份惦念也足以让当学兄的我既感动又羞愧。基于同窗情谊建立起来的兄弟之情，我从来都是被动的。或许是不擅长表达，很少回复，偶尔才主动打个电话，表示一下关心，心里老是觉得亏欠学弟和弟媳。

自打学弟退休之后，士琦回故乡来我家里的次数略有增多，但是由于我工作太忙，虽有接待但仍是招呼不周。好在现在网络方便至极，他的书法作品、文章，以及别人为他作品写的评论我可以及时看到，心中甚觉欣慰。他在书法艺术领域所取得的成绩日渐辉煌，令人赞叹。他和许多作家、诗人、艺术家的友谊更是超过了所有学友。大家对他的评价出奇一致：士琦是一个重情义、热心肠的人，一个见贤思齐的人，一个学养深厚的人，一个正直、善良、乐于助人的人，一个很仁义的人，而且是一个知名的书法家、作家、评论家。在耀中校史馆我看到"群英荟萃·桃李竞放·英才荟萃"和"群英荟萃·状元风采"栏中就有士琦和其弟马士谦的照片和简介，学校书画室还悬挂着士琦和其弟马士琳的书法作品，真可谓"马门三杰"！

其实我对书法艺术一窍不通，但略微有些审美常识，虽然不会从专业角度对士琦弟的大作进行评价，但觉得他的作品非常有艺术魅力。在我家里的办公室，在我律所的办公室，首先映入眼帘的都是士琦弟的书法作品。他的书法作品用笔稳健，大气磅礴。他既擅长行书草书，隶书也别具一格。细细品味，余韵悠长。

我不由得想起在耀中求学的难忘时光，那时低我一级的士琦弟品学兼优、书法出众，他是其所在班的文体委员和语文课代表。我和士琦弟及他同年级的马桂琴、宋胭脂、刘增社同学在语文教研组尚汉华、吕家珍、曹永斌、毕子钧老师的指导下，在校中心的教室的山墙上编办《语文学习》黑板报，每月一期。每次编稿、书写，士琦弟都很认真，我们设计好报头、栏头、标题后，他再用尺子铅笔打暗格，写前还将粉笔头磨尖。他的板书规范流畅，美观耐看，一下课总有不少同学围观。这一经历加深了我对士琦学弟的了解和我们之间的情谊。他还为班上和校大队部、团委书写墙报、专栏，为学校书写标语。在全校文艺会演中，他担任过朗诵和领唱，并自编自演相声《战炉前》（与他同班同学王湘庭合演）；在音乐老师田云波组织的校文艺宣传队下乡演出时，他担任故事员……士琦弟在耀中就读时就显出了在文学艺术上的天赋。我还曾听他同班同学、陕西省交通作协公路分会主席蒲力民说过："物理老师车伯强出试题，让学生画一个四管半导体收音机安装图，结果士琦在四管收音机的基础上加了两个三极管，变成了扩大机。车老师当堂表扬士琦有创造性，给他打了120分。"由此可见，士琦在学生时期就有创新意识。

记得那一年我正在稠照公路指挥部办公室所在地玉坪坡村驻守，士琦弟知晓国家恢复高考制度、允许往届毕业生参加高考的消息后，骑着自行车冒雨走了几十里山路找到我，告知这个喜讯，还带了几本他找寻的复习资料。他鼓励我珍惜千载难逢的机会，抓紧时间复习，一定要参加高考。此后我虽然由于体检不合格而与大学失之交臂，但这辈子都忘记不了士琦弟的一片深情！

行文至此，附2011年3月6日旧作，以作结语。

赠士琦弟

鸿雁传书，墨香扑鼻，欢喜难抑。观士琦来信，如痴如醉。横竖多情，撇捺传神。凤舞龙飞，大气磅礴，数载苦辛终成器。好兄弟，柳公权故里，又树一帜。

当年语文园地，因志同道合结友谊。任风霜雪雨，天南地北，相勉互励，无时无刻。不论悲喜，心存家国，万千感念一支笔。勤耕耘，为人生画卷，添彩增辉。

絮语牡丹

花园里的两株牡丹生机勃勃，核桃般大的花蕾正待怒放。我禁不住数了数，一株十几颗花蕾，另一株二十几颗，与往年相比，今年是花朵最稀的一年，但也是花朵最大的一年。

午后那会儿，我把花园的空地又耙了一遍，使出庄稼人耙地的浑身解数将空地规整得细腻而又平整，方才罢休。接下来便给两株牡丹浇足了水，其间小心翼翼地生怕碰撞到一朵朵花蕾，真像是给小仙女梳妆打扮似的一丝不苟。临了又心满意足地站在一旁仔细地观看了一番，还拍照一张留作纪念。

其实这张照片一点也不好看，与往年拍下的那些牡丹盛开时的丽姿倩影简直不能相比。但没有此时的生涩，哪会有彼时的美丽？留下它，只是为了记录牡丹生长发育的过程，以及护花人的劳作而已。好想问一问牡丹仙子，我记得你的生辰八字，记得你的国色天香，记得你的花残叶落。而你，是否会记得我的殷勤以及我的欢欣？你是否记得我或早或晚、或阳光明媚或阴雨连绵，多少次走近你，深情地凝望你？你不回答也不要紧，我只是在问自己。仅仅是因为看见你，就不由自主地把往事勾起……

为你写下了不少诗篇，为你留下了许多记忆。从你花蕾半遮半掩地透出一线粉红色开始，直到你盛开的花朵绽放到极致的那一刻，几乎每一天都给你留下过美丽的印痕。多少次鼻尖凑近你的花蕊，竭尽全力吸吮你的香味，让芳香沁入肺腑；多少次聚精会神凝视你艳丽的琼态仙姿，不忍将眼闭，不愿把步移！你如果有知，自然知道我的情和意，自然知道我的心。

你是不是还记得，二十年前的初春，大地刚刚解冻，你还没有完全苏醒，无精打采地龟缩在塔坡脚下苗圃的姊妹群里。是我以每株五十元的价格，把你们一行五株连根带土迁移到这个花园里。

那时你们的栖身之地比如今更宽阔，在花园"春""夏""秋""冬"

四个角落里，你们占据"春"的一片领域。与蜡梅、海棠、月季各占一角。此前已有蜡梅那黄色的小花飘香绽放，接下来才是你们展露仙姿的时刻。

2012年新建后楼时，我曾忍痛割爱，除把你们之中的三个姐妹赠予兰园主人照料外，还让你们剩余的两姐妹落户西邻花园。

而后到2014年，西邻将院落改换用途，你们才又回到自己的家园。而此时，你们已经在金谟西路这边生息了整整二十年。可叹那时与你们相守相伴的蜡梅、海棠、月季均已丧命于兰园，此间幸存的唯有你们两姐妹。虽然花园四面被高楼大厦遮挡，远不如田野阳光充足，但你们每年却比新区牡丹园的花早开一个礼拜，花朵大而颜色鲜艳。那一片浓浓的馨香更是扑鼻沁肺，让人惊艳不已。我为小小花园里有你们而深感自豪和欣慰。每当你们盛开之时，我总觉小花园胜过千亩的牡丹园。有你们的美丽绽放，何须去那洛阳！只是遗憾那国色天香开不久长，恨不能朝夕相伴，直到地老天荒！

始终记得几年前写的《咏院中牡丹》：

> 小院栽成花中王，一朝绽放笑洛阳。
>
> 芳香已使心儿醉，艳丽直教意欲狂！

沮河随想

最近发文章是不是有点频繁呢？又是简书，又是美篇的，既发旧作又发新作，朋友圈和微信群里轮番抛头露脸，估计亲友们都来不及看。

昨晚又看到公众号"沮水微澜"的征稿展示活动，我很想写一篇关于沮河的作品，或散文或诗歌。我自然希望作品大气、别具一格，希望能够抒发对沮河的挚爱和感慨之情。但是从哪里落笔，分几个段落，写什么主题……想着想着就睡不着了，光一个名字就折磨得我在床上翻来覆去了一个多小时，还是没有定下来，更别说正文了。

当一个作品完成之后，读者觉得并没有什么，可是谁会了解作者的艰辛呢？一篇好文章的诞生，就作者而言，不知要花费多少精力。尤其是初入文坛的人，写一篇文章有时候几乎达到了呕心沥血的地步。

我从小在沮河岸边长大，无数次在沮河里玩耍，在沮河边走过。目睹了沮河以及两岸六十余载的变迁，沮河就是我家乡的代名词，沮河的现在、过往、变迁、未来，都与我的家乡和我的命运息息相关。我喜欢沮河，热爱沮河，却不知沮河的具体源头，在网络上查寻之后，恨不得再穿越到一千年前，仔仔细细认认真真瞧它的模样，如果能俯瞰更好。

小时候沮河上没有一座像样的桥梁，记得在耀中上学时我每周都要蹚水过两次河，周六下午回家，周天下午去县城。那时最理想的地点是在杨家河过河，河面最窄，河里还有好心人搭的蹰石，枯水季节不用脱去鞋袜就可以过去。每当雨季来临，就必须把裤腿挽得高高的才可以过河。发洪水的时候，也只能望着浊浪滚滚的河流迟疑不决，估摸过不过得去。

有一年秋天沮河发洪水，河流改道，队上的许多土地都成了河滩。谁料儿子发高烧需要去县城就医，我又不在家，妻子抱着两岁大的儿子被洪水拦住了去路，在河岸上干着急，愁得泪如泉涌。多亏一个好心的邻居大叔挺身相助，抱起我儿子，拉着孩子他妈，蹚着齐腰深的汹涌山洪过了河，这才没耽误给孩子看病。

还有一次是一个星期天的傍晚，也是遇上了沮河发大水，浊浪滔天，河面漂浮着各种杂草庄稼，还有房屋的橼檩等杂物，而河底下滚动着大小不一的鹅卵石。正巧这天我骑着自行车回家走到了村庄对岸，车后座上还捎着外婆给的大冬瓜。不光人要过河，还要扛着自行车带着冬瓜。同村的年轻兄弟自告奋勇帮我扛起自行车就蹚水过河，我空手跟在后头还撵不上。谁知差一步就要上岸时，由于自行车在肩上倾斜度过大，一不小心使车后座的大冬瓜跌落河中。他把自行车扛到对岸后，反身扑入水中去捞冬瓜时被一个浪头掀倒，然后就被洪水卷入河心的激流之中，一瞬间就被冲走几丈远，一直挣扎也无法站立，就这样被洪水裹挟着冲向下游。我来不及穿上布鞋，便赤脚在河堤上没命地追赶呼救，追了将近两公里，最终惊动了当时正在师医院训练的解放军战士，是他们把我这个同村兄弟救上岸并直接送到了当时的部队医院，同村兄弟才算捡回了一条命。后来我才知道他是石柱人，是入赘我村北赵家的女婿。从此以后我二人便成为异姓兄弟，这个暂且不提。

但让人感到哀伤的是：沮河水流大的时候，从苏家店到南岔口竟然没有一座像样的桥；而当沮河上一座又一座桥梁建成时，沮河水流却小了很多。尽管后来修了河堤，申建了沮河国家湿地公园，还修了一些景观，但它终归已不是我心中期盼的模样，不是我印象中的沮河。

坟茔与凉棚

去父母坟茔搭凉棚，这好像是我才听说的事，也是第一次认真地把坟茔与凉棚联系在一起。或许是我比较健忘，前两年已经知晓了，却从没往心里去。

明天是己亥年农历六月初六。今晚几个妹妹、妹夫聚在弟弟家中，身穿素服，带着水果祭品，焚香叩拜父母遗像，准备明日黎明时分去父母坟前搭凉棚。也有人说应该叫奠灵堂，去时提一壶凉水，绕着父母的坟头泼洒一圈。时间必须在日出之前，不能让日头把洒的水马上晒干。

这个习俗到底出自何处、有何讲究，我一无所知。听大妹讲，铜川下高埝塬这一带一直有这样的风俗。他们几个每逢农历六月初六都会去父母坟上搭凉棚的。我无意去深究这个习俗，顾名思义，应该是儿女怕父母在阴间遭受盛夏三伏炎热之苦，才有此风俗的逐渐形成。搭了凉棚，就了却了做女儿的一桩心愿。而且儿子不必去，只有女儿女婿去履行这个义务。

为什么会定这样的规矩，我也无从得知。会不会是儿子在赡养、埋葬二老时尽的义务多，定规矩的那个先人有意让做女儿的也分担一些呢？可是如果逝去的二老没有生养下女儿又咋办呢？现如今大多又是独生子女，那该如何是好呢？我想，定规矩的先人针对这些情况应该也有变通之法吧。如果没有，后人中的聪明人大概也是有能力去变通着理解的。

既然有这个习俗，大家自然是要遵循的。谁家的女儿如果违背了，肯定会遭亲邻戳脊梁骨的。何况这个凉棚，又不是真正去挖地基、砌墙、搭遮阳的棚，只是大概做个样子而已，所以女儿女婿们还是会认真走这个形式的，谁也不想担一个不孝之女之婿的骂名。

我虽然明白这习俗有它的合理性，但也有讲不通的地方。譬如这个义务只履行三载，那以后的夏季如何避暑呢？三伏天搭凉棚是为避暑，那三九严寒怎么取暖呢，要不要安暖气？何况即便搭了所谓的凉棚，也并不能真正

遮挡炎炎似火烧的骄阳呀！但作为长子、作为长兄，这些话我自然是不能说出来的。看望一下妹妹妹夫们，聊表谢意，更盼望这凉棚真能起到为二老遮阳防晒的作用，也算欣慰。

提起给父母的坟茔搭凉棚，我不由得想起二老生前的岁月。有一年，父母住进了刚刚建好的新房。盛夏酷暑来临，我担心天气太热二老难熬，考虑到房子面积较大，便给弟弟一万元，嘱咐他一定要给父母的房间安装一台功率较大的柜式空调，保障制冷效果。后来弟弟安装了一台功率较小的挂式空调，言说父母嫌柜式空调价格贵还费电，就装了挂式的。好在空调的制冷效果还不错，父母使用空调时身体毫无不适，我心里也十分欢喜。此后十余年直到二老去世，这台空调一直勤勤恳恳地在炎夏三伏天工作，让二老免受了酷热之苦。二老去世之后，几个妹妹还买了纸糊的空调，作为祭品献在了坟头。我想，九泉之下本就阴冷，父母在阴间大概不会再惧怕酷暑。在坟头献纸糊的空调和搭凉棚一样，似乎意义并不大。

可是搭凉棚习俗的积极意义其实是引导、规劝后人奉行孝道。即便父母到了阴曹地府，仍然要操心他们的冷暖。由此推论，当父母在世的时候，就更应该尽心侍候了。

"子欲养而亲不待"是人生最大的遗憾，子孙后代们一定要牢记行孝宜早不宜迟的忠告；一定要明白生前悉心赡养老人尽孝道要比死后痛哭流涕、大做文章强过千倍万倍。

对于普通老百姓而言，厚养薄葬才是正理，而薄养厚葬实不足取。基于此言论，去不去二老的坟茔搭凉棚并不重要。有好多地方并无此习俗，难道他们就不担心阴间的父母遭受酷热之苦吗？显然不是。而且如果父母生前从不信鬼神，是坚定的唯物主义者，儿女们遵从不遵从这样的风俗二老肯定都不会见怪。

然而还是要去的，且势在必行。因为不遵守习俗会有消极的心理暗示和影响。

我想最好是带着孙子辈去感受一下，才更具有教育意义。可惜他们都是成年人了，各忙各的工作，各过各的日子，谁会在意这样的风俗呢？但无论采用哪种方式，孝敬老人都是必须且应该抓紧时间的。

夏日的愧疚

近来大致已有一旬的时间都是高温天气，热得人们叫苦连天。即使许多单位和家庭都安装了空调，仍然比不上自然风的凉爽舒适和惬意。酷暑难耐，心绪不宁，也不知怎么我就想起了三十多年前的那个夏日，随之无限的感慨、消失不了的愧疚也涌上心头。

由于记忆力太差，我只大概记得那是 20 世纪刚入 90 年代的一个夏日。此前经过 1989 年后半年和 1990 年春夏在照金的艰辛奋战，家里的穷根已经被拔掉。我除了在故乡修建了一座一百多平方米的两层小楼之外，还创纪录地在信用社有了五位数的存款。村里人艳羡咱是"万元户"，我亦不愿去遮掩。

拔掉穷根之后，生活一如既往，大约只是有了些许安全感，还可以迅速转行干自己喜欢的职业。于是反复研判，我决定自学法律专业知识，然后想方设法进入耀县律师事务所学习开展律师业务。因为那时候的农民身份决定了我不管做什么工作都会受到限制，唯有律师职业考试一旦过关就能立即从业。

1991 年 7 月初的一天，我要去省城购买几本律考（现在叫司考）辅导资料，考虑到女儿儿子都已放暑假，便决定一家四口一块前往。一来给自己和孩子们购买添置一些书籍和衣物；二来嘛，一家人在西安的名胜古迹逛逛，让儿女们见见世面。

一家人早早起身，先到耀县汽车站，再坐长途汽车到西安。到西安时，已经快中午十二点了。刚入伏的天气，热浪扑面袭来，我们草草吃完饭，一家人就开始在大雁塔、省博物馆、兴庆公园游玩。最后一站从钟楼新华书店出来时，已经是夜晚时分，东西南北大街灯火通明，钟楼上彩灯四射，红旗飞扬，显得分外辉煌。

此时一家人已经累得精疲力竭，又饥又渴。在东大街一家小吃店凑合着吃过晚饭之后，我们才想到当天是回不了家了。一家人该去何处安歇？虽然说西安有好几家亲戚，但一家比一家住处窄狭，一两个人还好凑合，这一家四口无论如何是住不下的。更何况没提前打招呼，也没准备什么礼物，怎好意思突然造访？看来亲戚家是不能去了，只有去住旅馆一条路。

　　一家人在附近的大街小巷转悠着找了半天，宾馆旅馆倒是不少，但没有一个我能接受的。最便宜的一家住一晚也要五六十元，开两间房子就得一百多元。我犹豫再三，实在舍不得掏那么多钱在旅馆住一宿。儿和女只能无奈地看着父母。

　　那怎么办呢？难道像乞丐一样露宿街头不成？我突然觉得这是个好办法。天气如此炎热，和衣而卧也不会感冒；况且身在异乡，应该不会有熟人看到，也不丢人。可是总不能直接睡在水泥地上吧？哪怕是彩色的水磨石地面，也不干净呀！我让他们三个人在一家大商场门前占了块地方不要离开，然后去买了两条塑料床单。我兴高采烈地对家人说："今晚铺一下，明天带回家还是个好物件。你看这个床单的质地和花色都挺好的，真漂亮！"然后顺手往水泥地上一铺，招呼一家人席地而卧。儿子当时十三岁，挺乖的，我说啥就是啥，也不管什么大街道旁，说睡就睡了。可是十五岁的女儿却不依了，噘嘴吊脸的，坐在一旁偷偷地流眼泪。

　　我劝了女儿几次，人家一句话也没说，就是不睡。到黎明时分时，我突然发现女儿不见了。我心里好紧张，但安慰自己，她或许去了厕所，或许在哪洗漱，或许在不远处逛呢。但直到天大亮，也没见她回来。我这时才意识到事态的严重，吓得不轻。那时节打电话还不方便，一时间三个人不知所措。儿子说："我姐可能一个人先回家了。"妻子对我说："娃又不知道路，想坐车身上又没钱，咋回去？这回苦了女儿了。若有个差池，咱俩的罪孽就大了！"她的声音分明带着哭腔。我说那还是赶紧回吧，找娃要紧。于是三个人直奔汽车站返回耀县。

　　后来知道女儿确实是一个人回家了。不过至今我都没有问过她当时是咋想的，又是如何回的家。

　　也许女儿早已原谅了自己的父亲，但做父亲的至今仍心存愧疚！以至于每逢炎炎夏日，我就不由自主地想起了这件往事。

女儿回娘家

听妻子说，女儿终于同意回家了。预计这个周末让她弟开车送她回来，在娘家住一段时间。

这消息把我这个当爸的老家伙高兴得泪花在眼里转圈圈，连声说："这就好，这就好！"

本来女儿回娘家是天经地义的，有什么稀奇和令老爸激动的呢？何况又不是期待女儿左手一只鸡、右手一只鸭的那种喜悦。看官有所不知，女儿这次回家不是探望老爸老妈，而是因病休养。起初我们再三劝说，她都一口拒绝了。她不想给父母增加思想负担和身体上的劳累。她知道老妈刚做完膝关节置换术，不光是疼痛难忍，行动也不方便，生活还不能完全自理，怎么还能让两个年迈的双亲照料自己呢！

这个小棉袄，遇事从来都是替别人着想，更何况爹娘呢！得知她的顾虑和担心之后，包括她弟在内的三个至亲都反复地劝说她回家，尤其是当妈的态度殷切，她的口气才有点松动了。但到时候她会不会中途变卦，我心里还是没数。

小棉袄如今四十来岁了。在医院工作已经二十五年，工作之余她自学考试取得本科学历，还取得了副主任医师职称。外孙女萌萌去年也上了大学。如果按时兴的话说，她这四十多岁的年纪，家里没有什么负担，夫妻二人可以开始享受"第二个青春期"了。可是也不知是遗传因素，还是积劳成疾，女儿的身体健康状况似乎与年龄不甚相符。

她酷爱自己的本职工作，工作二十多年，近两年她才可以在家过春节，之前那么多年她的春节全是在岗位上度过的。她把全部的时间和精力都奉献给了自己热爱的医疗事业。

尤其当西安抗击疫情吃紧时，她和同事们一起奋战在第一线。最严峻的那些天，吃住在单位，一个多月不能回家，二十四小时随时待命出征。在寒风凛冽的广场上，一桌一椅，穿着纸尿裤，连续工作十几个小时。那些天她的腰椎间盘突出症已经有些显现，有时候疼得她泪水和着汗水流淌，但她仍然咬着牙关工作。多个医生都认为她耽误了病情，以至于后来到了非手术治疗不可的地步。她在住院期间，还是那个只报喜从不报忧的倔脾气，对父母封锁消息，所有的疼痛艰辛一个人默默承受。这件事还是后来和她同事闲聊时，她同事说漏了嘴家里才知道的。当父母的自然心疼不已。

女儿坚持选择了保守治疗，医生建议她必须较长时间地躺在硬床上休息，不能劳累。但女婿除了工作繁忙，还是个不会做饭的主儿。亲友和同事偶尔帮个忙可以，时间久了肯定不行。这便是我们劝她回家休养的动因。我们盼着她回家，让她享受到父母的那份特殊的关爱。虽然有可能让我们比平时更劳累，但只要女儿能很快恢复过来，我们就会无比开心。

这不，为了迎接女儿回家，可把我忙坏了。知道女儿有点洁癖，我把前二楼的卫生再细细地打扫了两遍。尤其是梳妆台上的那个洗面盆，生怕女儿看到觉得不卫生，用各种办法反复地擦拭，直到能照下人影影才罢休。还有楼梯间，木扶手抹了两三遍不说，楼梯踏步用拖把一连拖了三遍。边边角角的灰尘用小毛刷从二楼一直清理到一楼地面，比起此前雇的家政嫂可要用心多了。

让女儿住哪里呢？前二楼两间卧室，老爸老妈平时一人一间住惯了，估计让她住她都可能不习惯。后三楼倒是地方宽敞，住哪间都干净整洁，可是后楼没有集中供暖，有点冷怎么办？一直开空调行不行？还有就是后三楼一个人住是不是有点孤寂呢？我们要不要全都搬到后楼去？

女儿铺的盖的收拾好了吗？她妈说那都是现成的，包括被子、褥子、床单、床罩、枕头套都是崭新的。就这她还不放心，把被套、床单、枕套全洗了一遍。还有女儿此前自己准备的洗漱用品、餐具一应东西都清洗干净了。

至于吃的喝的，昨天已经去超市准备了一些。不行了今天再去买些熟食和水果之类的食物。但关键是，得劳累当妈的亲手做些女儿爱吃的家常饭，譬如搅团、手擀凉调面，不知她还能上阵不？做的东西还能拿得出手不？

我还得约束自己，不能只顾着忙工作，一天到晚不见人，得抽出时间来陪女儿说说心里话，这回坚决不能言而无信……

看看手机上显示的时间，已经是周六下午三时二十二分了，咋还不见小棉袄回来呢？

喜看梅花又盛开

离家也就一百来米的步行街的几处地方栽植了好多株美人梅，它们形态各异，每年三月中旬便陆续开始绽放。这时候美人梅的特点是看不到一星半点的黄芽绿叶，全是粉红色的花，挤满了枝头。什么叫花团锦簇，天下唯有这梅花吧！虽然我最喜欢的还是桃花，颜色娇艳无比，但桃花不像梅花花瓣那样大且有云霞一般的气势，单株尚且如此，那成行成园的就更无法比拟了。梅花若形成花海，足以让所有的观赏者沉醉其中，流连忘返。

也正因为如此，每年梅花盛开的时候，我都有先睹为快的强烈欲望。我前几天去看它的时候，还是一株株裸树，上面连花蕾也看不见。但再一次去看的时候，就已经花满枝头。太美了，太惊艳了！不愧是美人梅。我徘徊在梅花树下，实在不愿意离开，拿着手机不停地调整位置和角度，反复地拍照，恨不得把整株梅花树装进手机里，刻在心底里。

徜徉在梅花树下，我不光沉浸在欣赏美景的状态之中，而且产生了无尽的遐想。

几株美人梅自从在这里落地生根，就像一团团美丽的云霞停留于此。年年岁岁枝繁叶茂，迎着早春的暖阳，亦可能是蒙蒙细雨，还有可能是凛冽的寒风，总之要肆意地绽放一回。用它那红中带粉、粉里透红的花朵为这三月里的清晨、正午、黄昏以及夜晚装点艳丽，增添芬芳。梅花盛开的季节，会有无数的老人孩子、夫妻情侣在树旁来回走动，尽情地观赏并记录下美好的瞬间。

假若美人梅有知，它是否能够记得在它身旁的一幕幕场景，是否能回忆起发生在它周围许许多多动人的故事呢？在夕阳下，有对观赏梅花的小年轻在繁花的掩映下拥抱着，热吻了将近三分钟，是一个小孩绊倒在木桥上的哭声打断了两个人的甜蜜。还有一个人在那株最高最大的梅树下接打电话，一步一歇地绕着树转了三十多圈才缓缓地离开。他和电话那头的人曾一起在梅花树下徘徊，他还为那个人留下了数十张倩照，盛开的梅花也当了一回见证人。当然还有更多精彩的故事，只是梅花树不便言说而已。

梅花再美丽再繁盛，毕竟也是花，一年只能开放一次。从含苞待放到落红遍地也不过那么几天，此后要等待一年才能再次与人们相见。除了自然规律不可抗拒，是不是还有上帝的意思，刻意让所有美好的事物都不持久呢？如果梅花、桃花，甚至牡丹、月季都四季不败，是不是就没意思了，至少人们会失去急着观赏的兴趣……我怎么越想越离谱……

不过我还是希望美好的事物能够天天有，我喜爱的花儿能够常开不败。你不要笑我，估计有此可能性的话，你也是这么希望的，是不是？

惬意清晨

出于对夜晚的厌恶，我变得喜欢人生的每一个清晨，特别在六旬以后，这种感觉越来越强烈。

清晨，指的是日出前后，一般为早上五点到六点半这段时间。

我之所以喜欢清晨，一方面是因为"一年之计在于春，一日之计在于晨"；另一方面是清晨这段时间真正属于自己，它渗透了很多人生乐趣。

清晨本身对世间所有人是不偏不倚的，不会厚此薄彼。但每一个人却因为自身地位、遭遇、环境和心态的不同，感受完全不一样。

对现在的我而言，无论是朝霞满天，还是阴云密布，无论是寒风凛冽，还是春光明媚，凡是清晨我似乎都喜欢。要么临窗沐风，浮想联翩；要么院内踱步，触景生情；要么登楼远眺，心旷神怡。可以细听喜鹊和燕子在高处鸣叫，可以近瞧麻雀与鸽子在地上蹦跳。可以喝着酽茶，伴着满嘴的清香开始思考某个人生话题；可以一边采摘草莓，一边欣赏身旁盛开的牡丹，轻声吟唱一首刚学会的略带忧伤的民歌……

家里、所里、院子里的清晨都是我的。无须跨出大门花费时间和精力外出寻觅，也无须经过任何人的批准，我可以尽情呼吸一日之内最清新洁净的空气，可以尽享一天之中最具创造力时段的分分秒秒。

如果回首青葱岁月，怎能忘记上初高中那段时节，一个个清晨伴随着早操的轻快脚步和早自习琅琅的读书声。当兵的三年里，一个个清晨在步伐雄健、军歌嘹亮的练兵场上度过。

到了回乡务农种庄稼的那个年代，犹记得夏收日子的那些清晨，待到日上三竿时，半亩麦子已经收割完毕，装满一架子车从南塬下坡返回。

及至中年做了律师，我总是喜欢在清晨对一个个疑难案件定下应对之策，对重大事项做出正确的抉择。我曾经在 1997 年 1 月 7 日清晨下了做律师的决心；曾经在 1998 年 9 月 20 日清晨决意在新区购地迁居；曾经在 2011 年 12 月 5 日清晨决定建设后楼。

但亦有数不清的清晨，操无用之心、劳无用之神、耗无用之功、动无用之情，自谓虽可叹而不可悲，虽可笑而无悔。平凡之人，平凡生活，平凡度过，没有大的风波，似乎也不错。

但愿往后的清晨，仍旧一如过往，伴我走过春秋冬夏，留下一串串踏实的足迹和一段段深刻的记忆。

师恩情难忘意缠绵

虽然很早就从朋友圈知悉耀中要举办八十周年校庆的消息，但校庆的具体时间和环节，我是从士琦弟那里得知的。

他收到了校庆筹委会的邀请函，昨天下午就提前到耀州了。我招呼他和同来的何文朝老师、杨朝祥兄弟吃了顿晚饭。几个人在一块畅谝当年在耀中的情形，分享各自记忆里关于母校、校长、老师、同学们的逸闻趣事，谝得既热闹又开心，欢笑声不断。

母校是学子们追逐梦想的起航之地，学子们对母校自然充满依依之感。觉得有愧的是，五十年过去了，我并未成为国家的栋梁之材，并没有为母校增添什么光彩。所以就是否去参加校庆活动，我心里犹豫不决。

我总是在内心深处自问，我能献给母校什么？我为母校写下了些什么？因为睡得较晚，苦思冥想了许久，竟然一无所获，却进入了梦乡。

其实二妹宋文写的《致敬耀中，致敬逝去的青春岁月》已经把我想说的话都说出来了。她去耀中的次数多，对耀中这些年来的发展变化也比我了解得多。她写得情真意切，充满对母校的感念。此文已入选校庆纪念文集。作为大哥，我好高兴好自豪。如果我早点准备，下足功夫，或许也会为耀中写下点什么，可惜错过了。

不过经朝祥和士琦两弟催促，我最后还是赶到了校庆现场。先在报到处签了到，在留言板上签了名，然后领取了母校所赠的金灿灿的校徽。

校庆活动开始不久，我突然接到所里的紧急电话，不得不中途离席。好在来母校后没忘记先仔细看看耀中的崭新面貌，拍了一些照片和视频，也算留作纪念。

耀中八十华诞校庆激起了许多校友内心的波澜。我昨日收到老同学刘志刚的微信："今天是母校建校八十周年，心中五味杂陈，那里有我们美好的青春岁月，那里有我们的兄弟姐妹。不管我们的人生是精彩还是平凡，心中的怀念将永远无法抹去，愿母校砥砺奋进，再创辉煌！值此重要时刻，让我们共庆共勉。"他这段话表达了众多同学的心声。是的，不管我们的人生是精彩还是平凡，心中的怀念将永远无法抹去！

　　五十年前，我踏进耀中。从 1970 年秋入学到 1972 年夏末离开，我在那里度过了一段充实的时光。虽然现在的耀中除了特意留下的一段古墙外，早已不见当年建筑物的踪影，但曾经给我带课的韩守诚、尚汉华、孙友生、吕家珍、车伯强、袁赛梅、王文瑞等老师的音容笑貌依然在我脑海中闪现，他们是那样亲切，那样令人怀念。怀念母校、感恩母校，最最重要的还是应该感谢老师。正是一代一代优秀教师的辛苦付出，耀中才会树树结硕果，桃李满天下。

　　记得参加韩守诚老师葬礼那天，清理他遗物时，我见到他在耀中和渭南师范学院任教时的教案，是钢笔手书，字迹清晰、整洁、秀丽，简直如同一幅工笔画那样令人赏心悦目。那一本本多年前的教案，让学生感受到了自己老师的敬业精神。而他关爱学生、甘为人梯的奉献精神，更是令人感动。

　　那一年耀中团委正准备研究我加入共青团的事，却收到某个同学举报，说我暗地里偷看清朝末代皇帝溥仪所著的《我的前半生》，有封资修倾向，不该吸纳为共青团员。这在当时的政治环境下可算是件大事，入不了团事小，弄个政治上的污点一辈子都洗不掉了。韩老师知道此消息后，第一时间把我叫到办公室，让我连夜在日记本上以批判的语气写一篇较长的读后感，把时间提前几日，后面再补几篇日记。写好后马上交给他，他要拿给团委书记和其他委员看，借以消除我被举报的负面影响，给举报的同学一个交代。

　　我自然对老师的安排心领神会，当晚一宿未睡，做好了"作业"清晨便交给韩老师。不久以后，我在激烈的竞争中顺利加入了共青团组织，成为耀中高七二级较早入团的学生之一。这件事更加深了我与韩老师之间的师生之情。我在部队服役的三年里，仍然和韩老师保持着书信来往。他勤恳工作、爱护学生的品质至今仍影响着我。

　　当然，值得尊敬的除了韩守诚老师，还有尚汉华、吕家珍老师，她们都曾是我的语文老师，我能成为班上的学习委员、《语文学习》园地的编辑，都与她们的悉心教导、鼎力支持有关。多年以后，我抱着女儿去见尚老师，尚老师特意给孩子买了一顶周边是白绒毛，有精美刺绣图案，装饰有眼睛、耳朵、小铃铛的虎头棉帽。这对农村出身的孩子来说是顶级的奢侈品。如此贵重的礼物，令人终生难忘。

让人遗憾和愧疚的是，从1976年复员回乡，为改变家里穷困的光景，为了一家人能吃饱穿暖，我足足奋斗了十三年。在此期间，知悉几位老师退休并身患重病，我竟然没有经济能力实现去探望一下的夙愿。如今想弥补这一缺憾，怎奈其中敬爱的几位老师都已撒手人寰。每当想起此事，我都感到撕心裂肺般痛苦！

敬爱的韩老师、尚老师，你们若泉下有知，请接受学生的跪拜大礼！在欢庆耀中八十华诞之际，学生思念你们！老师们当年的谆谆教导、殷切希望，学生没有忘记。学生依然在竭尽全力地做好自己的事，为老师和母校争气争光，为社会发光发热。请老师和母校放心！

往事并不随风

偶尔翻看了近年来的一些照片和视频，许多美好的时光和影像无形中串成了精彩而又伤感的电视连续剧，令人心潮澎湃、泪水盈眶。

尽管这些场景、这些主人公已经离去并可能永不复返，但那段时光、那些往事却不会如烟随风飘散，它们永远都会留驻在我的心间。

昔日的艰辛也罢，辉煌也罢，它都是属于我的，都与我密切相关。当年是同事也罢，是师生也罢，虽然大家陆续各奔前程，但那些过往依旧历历在目，是那样的亲切和温暖。也许有人已不在意我，甚或忘记了我，还有人怨恨我，但我却只记得他们的好，只记得他们的风采和奉献。有很多时候，我多么想再与他们一起吃饭喝茶聊天，多么想和他们一起游山玩水、打闹嬉戏。

不论是喜欢我的同事和学生，还是敬慕我的同事和学生，我都牵念他们，希望他们工作顺利、生活幸福。我甚至想盲目地向他们道歉，想和他们再一次遇见，再有一次共事的机会，我一定会把自己所有的关爱和温暖都留给他们。我不需要任何回报，而只想给予。孩子们，我爱你们！无论何时何地我都不会忘记你们！

想起你们，不断有暖流涌上我的心头。想起你们，那种愉悦的感觉让我兴奋不已。

我这三十年来做的最重要的事就是作为合伙人、发起人，先后创办了三家律师事务所，如今都是铜川地区名列前茅的律所。我当年离所的原因与现在很多年轻同事相似。所以对每一个决定另选职业或是投奔、开创他所的同事、实习生，我都没有阻拦，而是持开放态度，甚至是全力支持。他们每个人都有自己离开的理由，也有权选择自己的去留。当田局通过其他同事转达对我的忧虑和关怀时，我爽朗地回复：不用担心我。我虽然有不舍之心，但不遗憾不悲伤，而是很开心，同意孩子们的自主选择。我把很多年轻同事、学生称孩子，是因为他们都比我的儿女还要小很多。我亲眼看着他们在所里成长起来，而且一个比一个优秀，还有什么比这个更让人开心的呢！虽然他们也有各自的缺点和不足，但整体来说，他们无一不是佼佼者。他们有的走进国家干部队伍，有的考入国家事业单位，还有的组建新所，或者是凭借一技之长开办公司并迅速发展壮大。相信我的关心关爱会对他们产生深远影响。当然，我的缺点他们也一定会引以为戒，从而在工作和生活中少走弯路，大步向前。

人生苦短，一转眼有的孩子已经结婚生子，有的在事业上已经有了不小的成就。我为他们感到骄傲和欣慰，会时刻关注他们，若有机会和能力，更愿意帮助和支持他们。也许是我太重感情，才会如此强烈地牵念他们，以至于到了凌晨，仍无睡意……

话最多的一顿饭

昨天中午十二时许，我本来已经坐在餐桌上拿起筷子准备吃饭，不料接到了文联何文朝主席的电话，让马上到隔壁老吕家饭庄205房间去，几个人一块聚聚。他特意提醒，参与聚会的有铜川市新区作协主席程亚平，还有高明和铜川市朗诵艺术协会的秘书长小赵。我原本就有向他们汇报创作情况的强烈意愿，没想到机会这么快就来了。那还等啥？我放下筷子，立马起身。

老伴不高兴地嘟囔着："哪有这时候叫人吃饭的，前面都弄啥去了。"我知道她最反感辛苦一番，精心做好的饭没人吃，就像一幅得意的画作无人欣赏一样令她沮丧。但我顾不了那么多，赶紧下楼，下了楼又返回三楼，在储物柜里拿了一瓶五粮春后又匆匆下楼。后来这瓶酒饭后还是原封不动地提了回来，程老师他们说下午都有事，不能喝。我也勉强不得，偷偷溜出去买单，也被赵秘书长发现，没有得逞。故只能在分手时对几位老师说，改天我做东，咱们一醉方休。

这顿便饭吃的时间并不是很长，但大家说的话估计是最多的一次。开始自然是我说得最多，我从为什么突然会有出本书的念头，到请赵老师为我写序，包括我创作的心路历程绘声绘色地说了一遍。总归一个意思，就是表明自己作为新区作协的新人，理当用高质量的作品为新区作协、增色添彩，应当多倾听各位老师的意见和建议，才能少走弯路，较快地发展。何老师虽没喝酒，但显得十分兴奋。他非常仔细地解释了他那天发给我的微信："置之死地而后生，何况本身有异禀？！建议取名'骑虎录'，不辞常做白日梦。"虽是针对我说自己写文章骑虎难下而作答，但有两层意思，一是鼓励我在写作之路上坚持下去，不要半途而废；二是文学创作本身难度很大，有如骑虎。故而他建议我的散文集使用这个名字，寓意深刻。他还开玩笑说这是他深思熟虑选定的，肯定罕有人使用，不会重名；如果我不用，他将来退休了如果出书，他自己用。

第三辑　情感寄托

我当时便有些心动。但在座的其他三个人却不认可。年轻的朗协秘书长小赵直言，别什么"录"了，大多数读者一看这个录字就知道又是哪个老人的作品，连翻书的欲望都没有。何老师不免争辩几句，我感觉他还是没说服几个年轻人。

晚上在阳台上踱步时我还在思考，如果"骑虎录"的"录"不招人待见，那骑虎后面用其他的文字行不行？关键是何老师说的第二个意思让我感觉这"骑虎"二字还真是有点意思，很少有人用作书名，何不试试？总之把文学创作比作像骑虎一样艰难而又有成就感的行为我还是第一次听说。

程老师在饭桌上说的那些话，与她在微信里给我说的几乎完全一样。她叮嘱我认真打磨作品，也不枉在书上的花费。但她又笑着说："估计宋老师不是很在乎花钱吧！"我笑着说："我一张口，儿和女的赞助估计都用不完。这些都不是个事，关键是作品的质量堪忧，故而忐忑。"各位老师又是一番鼓励，然后聊路遥还有铜川的各位名家，谈他们创作之艰辛，还特意谝了谝许多文学爱好者沦为贫困户、精神病的文坛现状，席间的气氛一时间热烈到了争抢着发言的程度，几个人的话匣子同时打开。

这顿便饭吃得好高兴，但四个菜和饺子的味道我一点都没尝出来。

临分手时，何老师又叮嘱一遍，说："后天的新区荷花诗会你要按时参加，你那首《荷花的告白》被列为朗诵会第一个节目。"我应声："一定去，再忙也要去！"

忘不了的"黑豹"

屈指一算，黑豹离开家换主人已经三十多年过去了。

三十年哪！不知我那黑豹已经沧桑成了什么样子，它还在这世间吗？如果它有灵性，能否感受到我，还有儿和女至今还没有忘记它，时不时地还会提起它的名字，以一种异常思念的情感念叨它吗？

黑豹，黑豹！它有一个响亮威武的名字，那是我当年给起的。一提起黑豹两个字，它的雄姿和憨态就会闪现在我的眼前。

黑豹，黑豹！我在轻声地呼唤黑豹，并和黑豹一同回到了三十多年前……

那一年，托改革开放的福，借在外地承揽建设工程的机会，我捎带着在村上申请了一块宅基地准备建新房。预计填地基、建房、粉刷、收拾墙院和附属设施等工作需要较长的时间，从当年的入冬开始到次年秋后才能完成。除了安排一个看门的昼夜看护工地，亲友们出主意说最好再有一只狗作为帮手。这大约便是我和黑豹缘分的开始了。

为此我专程在城里的牲畜集上转了半天，最后用五十五元钱买到了出生不到两个月的黑豹。

那天从卖主手中牵它回到家，我抚摸着它黝黑发亮的背，望着它黄中带红的眼睛，看着它吐着长长的舌头在院子里呼哧呼哧地转圈子，觉得一定得起个拉风的名字才能配得上它。思虑再三，我想到了黑豹两个字，无论发音和寓意都不错。

于是我在喂吃喂喝的时候故意大声地叫它黑豹，这家伙似乎也通人性，第二天儿女们喊黑豹的时候，它一下子就做出回应了。

开始两天，孩子们还不敢靠近它，但黑豹很快就明白了主人家都有谁，除了看工地的叔父和它亲近之外，它还能辨认出其他的家人。

那时候女儿上初中，儿子上小学五年级，他俩每天回家之后的第一件事情便是和黑豹玩。

黑豹在姐弟俩那里温顺得胜过猫咪。它用头蹭他们的腰和腿，用舌头舔他们的手和脚。如果放开了绳索，它会追赶他们、吓唬他们，然后伏在地上任他们摆布和抚摸。

黑豹天生就有看家护院的本领，那是人类无法比拟的。

它不光眼光锐利，辨人识物很厉害，而且它的听觉和嗅觉十分灵敏，百米开外，黑豹就可以辨析主人家所有人的声音和气味。这种时候它要么不叫唤，即使叫唤也能听出是一种盼望的惊喜和欢迎的愉悦。

黑豹有一项本领，时不时来串门的邻居或者亲戚从门前经过时，它的叫声似乎是对主人的通知和同路过者打招呼，声音是轻缓的。

而当陌生人路过时，它的叫声会很响，打老远就能听出它的警告之意。而当那些不速之客试图靠近家时，它的叫声会充满敌意，音量倍增，达到声嘶力竭的程度。那声音充满攻击性，会令歹人毛骨悚然，不敢轻举妄动。黑豹在一天天长大的过程中，这项本领越来越强。

说实在的，我从没有想过给黑豹制订什么规章制度和职责，更没有对它进行过什么忠诚教育。

但没料到，黑豹自从到了我家，就把看家护院作为了自己的天职。不论白天黑夜，不论春夏秋冬，无论是饥是饱，无论晴天雨天，无论主人在不在家，它都会始终如一地履行自己的职责，从不懈怠，从不偷懒。即使它在病痛缠身的时候，也要挣扎着干它该干的活。

黑豹不光对看家护院勤勉尽责、不打折扣，对主人更是忠心耿耿！

吃得好赖、住得好赖，从不影响它的忠心。那时节家里已经不缺粮食，给它的食物不是残羹剩饭，而是专门蒸的馒头，但肉食方面还比较匮乏，偶尔赴一次宴席，才能带回几块吃剩的骨头给它。每当这时，黑豹眼中的那份惊喜让我和孩子们既高兴，又有一丝酸楚。

有时候因为种种原因，一两天忘了喂它吃喝，它也忍受着，毫无怨言。即使在没有拴绳索的情况下，它也没有离家出走的意思。偶尔呵斥它时，它会立马耷拉下脑袋，一双明亮的眼睛瞬间失去光彩。如果孩子们此刻走近它，它又顿时来了精神，兴奋起来。

随着时光的流逝，黑豹看家护院的职责变得无足轻重。但它在一家人心中的分量却在加重，尤其是儿子，每天放学回家第一件事情就是和黑豹玩耍。

冬季来临时，儿子怕黑豹受冻，把黑豹的窝遮得严严实实的，又垫了厚厚的麦草，还嫌不暖和，非要找旧褥子或破棉衣盖在上面。

到了夏季的傍晚，他又隔三岔五带黑豹去河里洗澡。那是他最快乐的时刻，也是黑豹最张狂的时刻。黑豹会箭一般冲到前面，跑出百十米之后，又蹦蹦跳跳地跑回来迎接小主人，围着小主人转上一两圈之后，又猛地冲到前头去。来回几次后，它会在河边来回奔跑戏耍着等待小主人为它洗浴……

最有趣的是，儿子还训练黑豹，幻想它像警犬一样具备多种能力。他开始时教黑豹叼东西，先学着叼牢了不能轻易掉下来，然后教它从前院叼到后院指定的地方。每天训练几次，第三天黑豹就掌握这项技能了。

但没料到的是，黑豹此后每天晚上钻到几间卧室里，把全家人的鞋子都叼到后院的库房门口摞成一堆。待到第二天，一家人起床时全找不见鞋子。我和儿子赤脚四处寻找，才弄清楚是黑豹捣的鬼。把它臭骂了一顿，但到了晚上，黑豹仍坚持表演它的绝技，逼得一家人后来每天晚上睡觉前都要关上卧室的房门。

儿子并没有因此灰心，他的想法还多着呢！他教黑豹游泳，教它去麦田里追兔子，教它捉螃蟹捉鱼甚至捉老鼠，还教它做各种各样逗人开心的动作。以至于十多年以后，儿子给他的女儿和外甥女讲得最多最精彩的故事便是跟黑豹有关的，有许多是我都不知道的事。故而，孙儿们虽从未见过黑豹，但她们的心中都有一只威武霸气而又温顺可爱的黑豹存在。

当然，黑豹也不是完美无缺的，它也犯错误。在一家人都认为黑豹虽然有狼一般凶残的长相、豹一般威风凛凛的外表，但从没见它撕咬过人，似乎不会实打实地对人下口后，便渐渐放松了这方面的警惕性。有时候大门紧闭时就不拴它，任由它在院子里玩耍、晒太阳。

怎料，一天一个穿着邋遢、走路一瘸一拐的邻居婶婶来家借东西出门时，被黑豹猛地追上去咬住了后腿，吓得婶婶呼爹唤娘惊慌不已。待我急切地唤住黑豹时已经晚了，婶婶的腿上渗出了血，还有几个发红的齿痕。拴住黑豹之后，我赶紧带邻居婶婶去卫生院打疫苗并做了伤口处理。事后免不了向邻居婶婶赔礼道歉，买了营养品再三探望。黑豹惹下了祸自然不能轻易饶恕，挨打受骂自然免不了，从此以后也不再那么自由了。

此后不久，由于我要在律所工作，需要举家迁往县城。不论有多么不舍，与黑豹相处的日子已经无法继续。我心想，一定要把它托付给喜欢它珍爱它的人家。

思虑再三，我觉得送给亲戚朋友都不妥当，怕他们养不好，还是应该到牲畜集上去找寻人家，肯出价的人也许才会珍爱它。结果如我所愿，城里东新巷一位老哥哥径直走来，看见黑豹喜欢不已，拉住不丢手。我说一百元，他丝毫不嫌贵，立马掏钱。

但万万没有想到的是，将黑豹送到新主人家门口以后，同去的儿子哭得鼻涕一把眼泪一把，死活不肯松手；黑豹也是连拉带推都拽不进门，眼里似有泪水流出。那情景至今仍然清晰地刻在我的脑海……

与黑豹的深情尚且如此，何况人乎！

第四辑

坦荡襟怀

我不会说话

我这人不太会说话。

每当我这样说，熟悉我的朋友们便调侃我："你还不会说话，那谁会说话？堂堂大律师，三寸不烂之舌能把死牛说活，你要是还算不会说话，那我们都该成哑巴了！"

其实，我真的不会说话。或者说，我不会说讨人喜欢的话，不会说让人听了感觉舒坦的光面话。

仔细一想，好像也不大对，应该是我经常说错话——这样还不完全对，更准确的表述，应该是我常说令人反感、不快的话。

不过得解释一下，我说的这个不会说话，并不包括我在法庭辩论中的发言，也不包括我公开发表的文字文章，仅指在日常生活中与亲朋好友、同事家人之间的交流。

譬如，那天没有一点基础的妻子突然来了兴致，学起了诗歌朗诵。朗诵时她本地方言和普通话混合，我听着觉得像吃了夹生饭，就说了一句："你不适合朗诵。"我还没敢往狠了说，她的脸便立刻拉得尺把长，说："你这么会说话，这么能，中午饭自理吧。"结果那天中午，不会做饭的我真的吃了顿夹生饭。我一边吃一边反省，只怪自己不会说话，打击了人家发展爱好的积极性，活该受罪。

还有一回，在一位朋友儿子的结婚酒席上，看到新媳妇又胖又黑，脸上还长着麻子。但主持人一口一个美女，我忍不住说了句"我看罢啦"，其实我也没往狠了说，还收住了尚未出唇的"不好看"。

邻座的朋友立刻翻白眼，指责我不会说话，满桌人对我冷眼相加，碰酒的时候都主动避开了我。你看，我是不是不会说话？连很多亲人和朋友都认为我不会说话，给我下了情商为零的结论，让我感慨不已。

慢慢地，我也就"认罪"了。但总觉有点冤，我咋就不长记性，学不会说好听的话呢？

我曾一度照镜子研究我的口腔结构，分析是不是和别人的不一样。我甚至和最会说话的鹦鹉巧舌做过比对，但无果。昨晚难眠，细究原因，终于有所醒悟。

我不会说话由来已久。

首先是先天不足所致。请不要误解，我生下来不是哑巴，也不口吃。据母亲说，我十个月大时就会叫妈叫爸。但有记忆以来，我就贪玩调皮，野性十足。先是经常和小朋友们打架，到后来发展到偷吃别人地里的西瓜，用碎瓦片把邻居姐姐划得破了相，留下一寸长的伤疤，还上树偷人家的杏、上人家房揭瓦，等等。

不管我哪次闯祸，父亲都是大声呵斥、责骂。那会儿没有什么顾及自尊心的鼓励式教育，也没有所谓的谈心式教育。从小我就是在父亲的打骂中提心吊胆地长大的。结婚有孩子后，还曾挨过父亲的责骂。一次，幼小的儿子看见后，竟给他外婆学说比画："我爷前两天还在我大身上练拳呢。"这令我面红耳赤，不知如何应答。

在父亲心里始终认为他打骂我都是对的，做错了事就该挨打挨骂，这样才能长记性、才会学好。他觉得打骂就是最有效的教育方法。当然，有个别时候父亲也会觉得他打骂错了，便会把我抱在怀里亲亲，或者给个笑脸，但从不承认他错了。不过那会儿我早就高兴得忘乎所以了，哪顾得上去纠结对错。

在我的记忆里，父亲的话语从来都是命令、指示、批评和斥责式的，是不容反驳的。

我们兄弟姐妹几个，除了小弟，没有人不害怕父亲。从小到大，尤其是学生时代，从成绩上来说，我算得上是比较优秀的孩子了，可因为家里一贫如洗，日子艰难，我那么多奖状都很少能换来父亲的笑容，更不用说赞美和表扬了。

父亲在生产队当过队长、在村里当过贫协主席，他对当时的村民亦是如此做法，但凡对方有八分错，他绝不修饰成七分。为此，他得罪了许多乡亲。但我和弟弟妹妹们没有人埋怨父亲，以至于当爷爷奶奶了，仍然认为父亲的教育方式虽然粗暴，但效果良好，我们兄弟姐妹几人包括一大群孙辈，都是成器的。

但如果按照现今的理念和标准来衡量，父亲肯定也是不会说话的了。我在他跟前耳濡目染，打下了不会说话的基础。

那时候社会上盛行一句话，叫"成绩不说跑不掉，问题不说不得了"，更加强了这个基础。

再后来我当兵、务农，做临时工、副业工，当社务干部、包工头，始终延续着不会说话的风格，及至当了律师，这不会说话的毛病就更厉害了。

律师讲究实事求是，是非分明，逻辑性强。我自己归纳出好律师必须具备三个"子"，即脑瓜子、笔杆子、嘴皮子。嘴皮子就是要能说会道，把自己的观点充分讲出来，说服法官以及当事人。最基本的功夫自然是摆事实、讲道理，实事求是，以理服人。不论啥事，都必须一丝不苟地认真分析，仔细研判然后做出准确的结论。对就是对，错就是错；好就是好，孬就是孬。指明对在哪，错在哪，绝不能含含糊糊，似是而非。

久而久之，我对家人、朋友同事、当事人都是一样的说话模式和风格，就显得有点不会说话了。

当然还有一个最重要的原因，就是社会潮流的趋势，以及它所推崇的"会说话"的标准，更衬托出我不会说话，与世俗推崇的会说话模式格格不入。

所谓看事情要从积极方面去看，所谓鼓励式教育，所谓家庭、亲人之间不能讲理、只能讲情，等等。某个女子明明有点丑，在很多人看来也必须叫美女；孩子玩耍时把花盆打碎了，要微笑着说"碎碎"平安；领导明明在那胡说八道，要说领导见解独特，一定认真贯彻执行。

对此我无比纳闷，叫了美女就能言出法随变美吗？一句"碎碎"平安之后就真能平安，抑或能改变打碎东西这一失误吗？而所谓见解独特，认真贯彻执行，最后一般都是散会之后便当耳旁风了。

在家里更是如此了。不能说不，不能说应该怎么样，不能说别人怎么样之类的话，这才算有涵养、情商高、会生活。我就纳闷了，我们的老祖宗留下的《三字经》《弟子规》都是引导人"夫人不言，言必有中"，教导人说话要中肯。但不知不觉中，一个人会不会说话的标准竟被扭曲到了这种地步。

有人说这是受西方文化的影响。可据我了解，西方文明也不是这样的呀！真为善美之首，真诚是最基本的为人之道，这是东西方文化都认可的。而今我们的社会生活却背道而驰，大家都喜欢听赞美的话，喜欢听言不由衷的假话，久而久之，互相影响，互相欺骗，说实话、真话的人越来越少，甚至成为异类，被人横加指责。

　　大约在 20 世纪，鲁迅先生曾嘲讽过"会说话的人"，并为不会说话的人鸣不平。近百年过去了，鲁迅先生所担忧的那种病却越来越重，已变成一种见怪不怪的事情。一个大家都不习惯说真话的氛围，简直有点可怕了。

　　但我还是老样子，不会说话就不会说话。反正谁也不能把我咋。

关于灵魂的拷问

我这辈子真的喜欢拷问自己的灵魂，而且已经成为习惯。尤其是六旬之后，总会在心有纠结的当口，或者在夜深人静之时，剖析自己的内心，拷问自己的灵魂。展开自我与本我以及超我之间的交流，进入冷静的思考状态，进入否定之否定的循环与斗争中，从而有所觉悟和改变。当然也有可能迟疑或者沮丧，然后凝结成流水账似的记录性文字。

拷问灵魂的前提是直面自己内心深处。这个灵魂既是本我的灵魂，它是纯真的、洁净的、原始的，甚至是带有动物性的，不牵扯法律和道德，也不顾及任何社会关系的影响；同时又是超我的灵魂，它是崇高的、神圣的、无私的，充满了正能量，充满了牺牲精神和悲悯的情怀。

拷问灵魂就是已经被尘世哺养、教育、熏陶、污染、改造、铸就的自我向本我与超我真诚地通报议题，征询意见，并在认识相左时与二者展开激烈辩论，然后说服自我，做出选择，或者是无动于衷地沉默，既不认可本我，也无意向超我靠近。即便如此，每一次对自己灵魂的拷问，绝不是可有可无的，也不是锦上添花，而是对人生意义的深度探索，是思想意识的显著升华。其中不可避免地牵扯到《好了歌》所关注的人生四大根本问题，以及古今中外哲学等社会科学所研究的人生意义。而这样做的目的，无非是想做一个明白人，清醒地活在人世间，当面对现实生活中的大事以及小事时做出相对恰当的选择。

拷问灵魂的用心是良苦的，这并不意味着希望成为哲人或者成为智者，而是极力向真善美靠近，想方设法让自己保持光明磊落、坦坦荡荡。可以平凡，但不能糊涂；可以普通，但不能愚蠢；可以随波逐流，但不能无耻下流；可以任性张扬，但不能骄横猖狂。

拷问灵魂最直接的诱因是自我纠结之时，此刻的本我与超我各持己见，背道而驰，令自我不知所措。这些令人纠结的难题往大了说，是关于人活着的本质意义，婚姻制度的利弊与存亡，科技创新发展对人类福祸之影响；往小了说，是爱情与幸福的关系，情侣间的相处之道，金钱与苦乐年华的关系，等等。

　　人类到了现代，由于越来越重视人权，重视以人为本，故曾经带有动物性的本我，不是被排斥被淹没，而是越来越得到珍视和维护。所谓人性化，所谓返璞归真，都是一个意思。因此才有了本我与自我对话的充分余地。尽管超我有时也会介入，但毕竟是一种过高的向往，故有敬鬼神而远之的疏隔，但这并不排除它在居高临下地进行俯视与关切，自我或多或少会受到它潜移默化的影响。因此每当自我拷问灵魂的时候，往往徘徊于三者之间，进入严肃的思考状态。

期盼诤友　此生无憾

　　人活在世上，谁还没有几个朋友呢！至于朋友多还是少、亲或者疏，则另当别论。

　　可是如今谁能有一个诤友，谁愿意去做一个诤友，已经是非常稀罕的事情了。诤友是什么，为什么就如此稀缺呢？原因也许就在它本身的定义：所谓"诤友"，就是勇于当面指出缺点错误，敢于为头脑发热的朋友泼冷水的人。真正的朋友是一生的财富，诤友之所以可贵，就在于他们能以高度负责的态度勇敢表达自己的观点，对朋友的缺点、错误绝不粉饰，敢于力陈其弊，促其改之。说得更直白一点，诤友就是敢于直截了当地批评你，指出你的错误，规劝你莫犯糊涂的人。这样的朋友你身边有吗？

　　在中华民族的历史上，这样的诤友和与之有关的佳话并不少见。

　　《资治通鉴》里面讲：公元256年，吴国大司马吕岱去世，终年九十六岁。起初，吕岱亲近吴郡人徐原，徐原慷慨大方而有才志，吕岱知道他能够取得成就，就赐予他巾帻、单衣等庶人穿戴的礼服，并与他一起交谈，后来就推荐提拔他，使徐原官至侍御史。

　　徐原性情忠厚豪放，喜好直言，吕岱有时出现失误，徐原就直言进谏争辩，又公然在众人之中议论。有人告诉了吕岱，吕岱感叹地说："这是我看重徐原的原因。"徐原死时，吕岱哭得十分哀痛，说："徐原啊，我的好友，如今你不幸而去，我又从何处听人指出我的错误？"众人都赞美吕岱。

　　这样的典故还有许多，及今知之，顿生感慨。至少我个人觉得，现实生活中已经很少有诤友。似乎并不需要什么教材和老师的引导，各行各业的人都学会了说别人爱听的虚话、套话、假话、恭维话。

　　一段时间由于某些人鼓吹什么鼓励激励教育，致使广大教师在教学过程中，对学生都不敢直接批评，只能任由孩子们随波逐流、自由发展。师生之间尚且如此，同学、亲友之间还会出现诤友吗？

在夫妻关系、家庭关系、亲友关系中，还流行起一种只能讲情不能讲理的歪理邪说，并且愈演愈烈。试想一下，我们几千年的优良传统是知书达理，现在是法治社会，更讲究遵纪守法。可是他们说不能讲理，自然更谈不上讲法律法规，让人情何以堪。在这样的环境下，怎么能孕育出诤友，或者喜欢诤友的人？

笔者再三浏览那些同学战友朋友群，想要找出一个诤友比登天还难。谁都怕一不小心得罪了朋友。我也试着做了几回诤友，满怀善意地提醒和规劝朋友的不是，结果是人家依然我行我素，让我感觉伤了脸面。

最令人失望的是，这些举动还使我与有的朋友有了嫌隙。人家不认为你是诤友，是关心帮助他们。有的认为你的提醒是嫉妒，有的认为你是见不得人家好。这不仅让人啼笑皆非，还有点心灰意冷。

常言道：君有诤臣，不亡其国；父有诤子，不败其家；人有诤友，不毁其身。可见诤友是何等重要，故而我一直期盼能结交到一个真正的诤友，觉得那样的话人生便没有了缺憾。

当然，我更期盼诤友一词变成香饽饽，在社会中受到普遍喜爱。那样的话，全社会肯定会出现一种意想不到的全新景象。

人生最大的敌人便是自己

说实话，年轻的时候不会有这样的感悟。

那时一门心思奋斗，一心一意过日子，只盼着早一天拔掉穷根，让一家老小能够过上相对幸福的生活。其间虽然遇到了数不清的艰难曲折，但都把它们一个一个战而胜之踩在了脚下。也许是由于血气方刚，也许由于一贫如洗，也许由于那个时候的自己还没有任何引以为傲的资本，故而感觉自己像水晶一样透明，是一个完整的、不会内心纠结的、朝气蓬勃的人。

那时候的本我与自我相依相伴，浑然一体。虽然普通，虽然卑微，但也算得上真正的好汉，感觉自己面前没有战胜不了的敌人。

但后来随着人生阅历的增长，随着一个个生活目标的实现，一个潜在的敌人便一天天成长起来，而今已成为这一生中最大的敌人，不断击败自己。

在近十多年里，我越来越觉得自己分裂成了两个自我，这个感觉起先是朦朦胧胧的，而如今猛然醒悟，终于承认人生中最大的敌人竟然还是那个管不住的自己。

在自己身上出现的毛病，自己清清楚楚，却怎么也改正不了；在自己心里所形成的毒瘤，自己明明白白，却任其蔓延发展。这时候的本我与自我已经势不两立，开始殊死搏斗。我已经不再是我自己，一半是天使而另一半就是魔鬼，天使与魔鬼不停在厮杀，让我面目全非。

就此曾经写过一首小诗，表达过自己的不安、无奈与悲伤，但于事无补，于行为无益。我渐渐发现自己似乎已经精神分裂，弄不清楚该何去何从，也不知这个境况会延续到何年何月。

天使与魔鬼的较量，首先出现在麻将场上。记得第一次打麻将，是在故乡阿姑社的老同学家中。那天几个发小都相遇在近邻的老同学家中，他们吵闹着要打麻将，三缺一，非要我凑场子。

那时候我并不会那玩意，一而再，再而三地拒绝，却被他们又是热情又是讥讽地硬拉上牌桌。自此，我便成为麻将桌上的常客，从乡下打到了城里，从一到两块打到了五到十块，从周末偶尔打一次变成隔三岔五打一次。等到2011年的时候，已经上了瘾。饭可以不吃但牌不能不打，下注已经到了一局二百元。

白天打夜里打，打个通宵之后，吃一碗羊肉泡馍接着打。为打麻将已经到了耽误要紧亲戚丧事的程度，因此和老婆吵架致两部手机也跟着遭了殃。

痛定思痛时，两个自己也开始打架，天使下决心战胜这个魔鬼。于是有一日，魔鬼开始放肆，衣兜里装了一千元，从早晨直玩到夜里两点，钱输了个精光，成为名副其实的"宋光祖"！

这是我一生中唯一的绰号，是麻友们戏赠的。好在从此以后，再也没有上过麻将桌，与赌博彻底绝了缘。然而这个坏毛病所持续的时间竟达二十年之久，输掉血汗钱至少以五位数计。但令人庆幸的是，终归是天使的自己战胜了那个魔鬼的自己，真不容易！

要说自己战胜自己，大约只有改掉打麻将这唯一的一回。

接下来的事情就没有那么幸运了。首当其冲的是吸烟。其实抽烟这个坏毛病坏习惯比打麻将开始得更早，程度更深。三十岁以前，我很少吸烟，不是明白吸烟的危害，而是抽不起。开始大量主动吸烟是三十四岁当包工头那一年，因为要公关，招呼公家人，加上有了点钱，所以便提高了档次也增加了频率。

尔后这几十年里，天使的自己便与魔鬼的自己开始鏖战。吸烟的坏处和戒烟的好处是不言而喻的，天使理直而气壮。但烟瘾就是魔鬼，任天使使出浑身解数，魔鬼仍岿然不动。

这些年为戒烟也曾煞费不少苦心，诸如把戒烟的誓言公之于众，甚至向小孙女表决心、跟小孙女打赌，等等，用尽各种办法。但最长的戒烟时间只有三个月，而且仰仗了特殊的方式，此后又开始"吞云吐雾"了。被医生和亲人训斥，被小孙女嘲笑，惹女儿伤心落泪，等等，仍然是一副老嘴脸，难动神色。在这个敌人面前，天使之我落得个一败涂地的悲惨下场。虽然总是不甘心，但别无他法。所以我不得不哀叹，人生最大的敌人就是那个管不住的自己！

其实人生最大的敌人便是那个管不住的自己，已经包含了所有的人。在现实世界里，谁又敢大言不惭地夸耀自己能够完全战胜自己呢？

正是由于自然人本身的弱点、本我的特点，完全可能管不住自己，谁能在金钱美色权力面前镇静自若呢？所以才有了道德，才有了国家的法律，当然还包括党纪以及各个行业的纪律规范的强制性约束。

即便如此，仍然有千千万万的人因为管不住自己而飞蛾扑火，自投罗网。我在上面想表达的只是个人对自己的失望、对自己的无奈以及自我感慨。至于别人能不能管住自己，那是别人的事。如果认同我的观点，或许就是知音；不认同我的观点也不要紧，因为没有伤及别人，故相信不会成为敌人。

人生在世，为什么一定要和自己过不去，为什么一定要管住自己呢？这是天使之我与魔鬼之我二者之间最根本的斗争，也是长期的斗争。

这个不涉及违法犯罪，但是关乎世界观、价值观和人生观。魔鬼之我永远都站在本我一边，鼓励纵容本我，时不时地煽风点火，坚持不懈地添盐加醋。而天使之我总是站在山之巅、云之端谆谆教导，切切关怀于本我，应该怎么怎么，否则就会怎么怎么。

于是乎，这个自我就会经常地陷入困境而难以自拔。大约天使之我总是代表高大上的，代表真善美的，哪怕这些内涵浸透了世俗，甚至未必一定高大上，未必全真都善也未必就一定美，但世人却是那样认为的。

所以那个对立面自然就是魔鬼之我，以及它的所思所想了。那它就是最大的敌人！战胜不了这个敌人，如何做得了完人，成为超我？但是希望战胜这个敌人，与这个敌人浴血奋战，最终还是一败涂地，算不算有志男儿呢？算不算一个好人呢？答案似乎是否定的。

我相信后面这段话会让我的朋友和读者们很失望。他们不能理解我究竟想说什么，而我亦有同感。本来好像是励志的，对自己严苛一些，甘愿自揭伤疤，无非是希望变得更好。可是这后面的一番议论，分明前不着村后不着店，却是为何？这便是天使之我与魔鬼之我关于本文争斗的结果。

天使之我认为：人生最大的敌人便是那个管不住的自己。战胜那个魔鬼之我的自己，严于律己，就会无往而不胜。

魔鬼之我认为：如果把我当作最大的敌人，你活着还有什么劲？也许你就不再是一个有血有肉活生生的人了。你好自为之。

我还真的傻眼了……

坦荡襟怀

我眼中的"犟尿"

　　耀州人所说的"犟尿"，泛指不听他人善意的规劝，硬着头皮一意孤行的人。当然有时也会包含一些个性执拗、刚愎自用的人，但这个人如果认知清楚，善于独立思考，特立独行，只是比较固执，不喜欢人云亦云而已，个人以为这样的人显然不能归为犟尿一类。

　　作者眼里的"犟尿"，便是那些脾气上来时黑白不分、是非不辨，一意孤行的人。譬如说提醒他针扎在手指上会疼会流血，他都不信，偏要亲自挨一针才认可；说这东西是砒霜，千万不能当糖吃，吃下去有可能死人的，但他硬是要尝上一口，结果差点丢了性命；有人明明没有翻墙的本事，偏偏要翻越高墙，身边的朋友提醒他翻不过去，就别丢人现眼了，但他非要去折腾一下，结果摔得鼻青脸肿，还把脚跌骨折了。朋友去医院看望他，本想劝慰一番，没想到他不但不后悔，还告诉朋友他没事，等伤好了他还要再继续，朋友见状便无言以对了。

　　"犟尿"有以下几个特点：

　　一是脑瓜子不甚清楚，说文雅一点就是认知有问题。所谓认知包括两个方面：一方面是对自己的认知不太准确，缺乏自知之明。他掂不来自己有几斤几两，有些什么优势和长处，本事多大，专业性知识有多深。另一方面是对外部的客观世界认识不清，对拟投资、投入的事业和标的物缺乏最起码的了解，却盲目乐观和自信，以为自己稍加努力便可以出人头地，成名成家。"犟尿"与智慧和自信完全是两码事，倒是和愚昧无知沾点亲戚。如果拿耀州的方言来形容，就是"八成"，是差点成色的人。

　　二是顽固不化胆子蛮大。"犟尿"由于认知水平低下，难免瞎话好话分不清，善恶美丑也辨不来个究竟。但"犟尿"一般来说都是艺低又胆大的人。他不仅战略上藐视敌人，战术上也藐视一切对手。他认准的事物，十头牛都拉不回来。

亲人和朋友谁要是指出他的某些错误，或者提出善意的批评和建议，他会怒目圆睁，决不认错。他甚至连别人的本意是什么都没有搞清楚，便出尽洋相地进行辩驳，似乎他是一贯正确的，永远不会出错，即使出了错也是别的原因造成的。那种极端固执和自以为是所导致的后果让人既好气又好笑。故"犟尿"与勇敢、坚强也是两码事，反而是"一条道跑到黑""撞了南墙不回头"的最好注释。

"犟尿"的第三个特点是虚荣心特别强。其实虚荣心人皆有之，但"犟尿"的虚荣心最强。只喜欢别人的赞美和奉承，不认可任何善意的提醒和批评。他特别爱戴高帽子，喜欢别人给他抹眼药，甚至把调侃和讥讽当成了表扬和鼓励，感激之情洋溢，到处宣扬，让许多知情人从内心深处嘲笑他，但他浑然不觉。若不是虚荣心作祟，不是好那点面子，他不会那么固执，不会明知错了还不愿承认，明知无法实现目的还不愿意改弦更张。之所以在人前强硬，终归是无法接受失败的后果，更害怕丢失已经想方设法弄来的名声和所谓的荣耀。因而在那种情况下，宁可活受罪也死要面子，不愿在真理、事实、正确的认知面前低头。当然这样的结局肯定是悲剧的，落了个"犟尿"的名声，本身就已经说明了一切。

那么自己在别人眼里会不会也是个"犟尿"呢？这个也不好说。因而时不时地提醒自己，尽可能地提高认知，努力做到有自知之明；尽可能地避免自以为是，虚心求教，接受各种批评；尽可能戒除虚荣心，看淡虚名。反正一句话：决不能进入"犟尿"之列，辜负了人生的大好时光。

落星塬上的归属感

　　已经晚上十一点了，我抱起小孙女亲了亲，随后告诉儿子儿媳，我要回新区。任儿子儿媳以"这边有地方住""天太晚了，夜里开车不安全"等多个理由再三挽留，也动摇不了我连夜从西安赶回家的决心。儿子实在没辙了，打电话向姐姐求助，看他姐姐能否留住老父亲。没想到他姐姐说："咱爸的脾气你还不知道？每次来西安，只要当天能回去，哪怕半夜三更，从来都留不住。你就甭费神了。西安再好，爸没有归属感。还是让爸回吧，车开慢点就行了。"

　　我下了楼，开车一路向北。我并没有听从儿女们的叮嘱，见高速路上车辆稀少，视野开阔，便加大油门，风驰电掣一般呼啸着返回铜川新区。一路上，我回味着儿女们关于我对省城没有归属感的认识和评价，心里是认可的。按理说，自己年轻时曾发下誓愿，教育引导孩子们一定要好好读书，争取在省城或京城最好的大学就读，然后在那里就业，最好将来落脚在大城市。如今女儿和儿子都在西安成家立业，并在同一个小区居住，而且都有爸妈居住的房间。可是这个当爸的除非逢年过节，或是看病办事必须在儿女家居住几天外，其他情况下都是当天返回，不在西安过夜。

　　省城纵有万般好，我总觉与那个环境不适应，那个氛围自己不喜欢。我最怕人多车多高楼多，还有那种喧嚣和热闹我也受不了。还有，每次下西安，一过瓦头坡，天空顿时便暗淡了许多。这样的感受次数多了，即便空气质量良好，以往的印象仍然难以消除。驾车返回时，一上瓦头坡，顿觉天朗气清了许多。哪怕是夜晚，也会感觉一下子心旷神怡。

　　富平过了，新区马上就在眼前。离开西安城北不到五十分钟，就下了高速公路。眼前是熟悉的街道，熟悉的十字路口，然后就到了金漠西路自己的家门口。尽管我脱衣上床时已近凌晨，但能睡得安稳，也一定能黎明即起。

我就喜欢新区，喜欢自己的这个老窝，很显然，我的归属感就是这里。

算起来，我在新区建房居住已经二十三年了。我的老家在沮河西岸川道上游的阿姑社村，祖上几代人都在那里生息，我的幼年、少年还有青年时期都在那里度过。直到三十八岁时才离开故土，在那一年的清明节搬迁至耀州城里居住。直到1999年，铜川市新区管委会规划了商住一条街，决定有偿出让国有土地七十年使用权，我有幸购买了这块地皮。当年便开始建设，2000年夏季完工，建成了临街的三层楼房。当年冬季即入住，成为商住一条街上最早的居民。我曾经多次寻找准确的定义，自己算不算移民？算不算迁徙者呢？其实我知道这个没有疑义，只是觉得离故乡很近，直线距离不过几公里。可这里分明是市府所在地，而老家现在虽然已归社区管辖，但实际上仍是农村。

晚上睡不着的时候，我会登上后楼的楼顶，环视灯火辉煌的城市夜景。我会感叹新区日新月异的变化，也为自己当初的选择感到欣慰。从1993年新区诞生，至今快三十年了。这个下高埝塬，亦称"落星塬"，从曾经的耀县主要粮仓、耀县人心目中的"白菜心""天心地胆"一跃成为渭北高原上的中心城市、耀眼明珠，前景广阔。我不仅是建设新区的参与者，还是享受新区建设成果的常住市民，对新区无比热爱，对自己的家园更加美好抱有极大的期待，就喜欢生活在这里，在这里我就有归属感，完全彻底的归属感！

劝慰自己莫生气

老人们常说："人活一口气。"不仅如此，也有医学专家断言："人大多不是因病死亡的，而是被气死的！"

这位医学专家所得出的结论，可能有些人不太服气，我倒是心服口服，原因是我聆听了他讲座的全过程，始知他不是胡言乱语，而是基于许多真实数据和科研成果。他所说的"气死的"生活实践和临床结果，泛指成年人甚至包括一些未成年人由于不良情绪因素所导致的疾病和后果。

生气、发怒是所有人类都可能随时随地遇到的事情，大约没有什么人可以幸免。即便是几岁就做了皇上的人，身边前呼后拥，天下人敬畏，同样也有生气的情况发生。何况普通老百姓，每时每刻都可能遇到不顺心、看不惯、忍不住的事情。

人类因为有思想，所以就有了七情六欲，就活在了情绪之中。当然，这限于有正常思维意识的人，那些精神病人和痴呆的人应该除外（但如果考究这些人的致病原因，或许也难逃情绪影响）。正因为人每时每刻都活在情绪之中，情绪自然对人的健康乃至生命最为关键，影响最大。

每个人活在这个世上，不论男女老幼，不论贫富贵贱，都希望自己能够活得滋润、活得快乐。要实现这个除了物质条件、社会地位的需求之外，最主要的是周围的人文环境。就一个个家庭而言，最重要的是身边的亲人。在亲人中间，最重要的便是配偶。其他的亲人包括父母、子女、兄弟姐妹，在正常情况下都不可能超越夫妻。有人说夫妻之间相处得不和谐也可能随时离婚，这个没说错，但许多人离了婚还可能再婚，陪伴最久的仍然是夫妻。更何况离婚未必是一件容易的事情，而选择过独身生活的人少之又少。

情绪的波动和变化直接来源于情感，而情感直接来源于最亲近的人，所以朝夕相处的人影响最大。这个与家庭的物质条件、关系方的社会地位密切相关，但又不是全部，还与双方的三观、性格特点、爱好与品性有关。生活富足的未必就情投意合，未必就能和谐稳定；而贫穷的未必就是每天鸡飞狗跳、百事皆哀。这个涉及各种社会关系，又与两个人自身的适应性和容忍度密切相关。

　　大约一千对夫妻就有一千种生活状态，相对和谐的有一小部分，闹得不可开交，直至分居离婚的也有一小部分。剩下的大多数夫妻则是相互忍让，在矛盾不断产生，纠纷不断化解，相互凑合着过的状态下生活。即便每个当事人都处于这后一种状态，仍然需要不断调整自己的生活状态，尤其是当自己的情绪由于种种原因被惹怒、被激发的时候，必须迅速提醒自己，予以克制，予以转移，找到妥善的发泄和疏导方式，不能憋在心里伤害自己，更不能用粗暴的方式伤害对方。要及时止损，要让负面情绪快速地释放和消散。这个不光对自身是有益的，对整个家庭的幸福与和谐更是十分有利的！

　　还要特别强调的是，莫要用别人的错误惩罚自己！许多人一辈子都记不住这个理，他或她生气，很多情况下都是别人的错所导致的，既然如此，更不应过度生气发怒。否则结果是有错的人没怎么样，却让自己吃了亏，受了伤害。又何苦为难自己呢？而且，这只是你自己的认知，对方或许还认为是你的错呢！那就更不应该生气了。

第五辑

铿锵步履

早出晚归的人

把所有的谈判过程一概略去。

当工伤事故的权利人、义务人就赔偿及善后事宜达成共识，双方谈判代表作为见证人在协议正本上签完字，按过手印，张总派车把我送到家时已经凌晨三点半了。而我这一天的早晨就是接续昨夜，从凌晨开始的。

按理说，我完全可以找个理由拒绝连轴转，休息至天亮之后再工作。但我不会那样，急当事人之所急，受人之托、忠人之事的自律已铭记在心，难以更改。几十年来做律师日积月累养成了职业习惯，为了当事人的合法权益，在紧急关头每每以忘我的精神状态去工作、去奋争。我已经成为不用扬鞭自奋蹄的马。

凌晨四点多才能入睡，而且约好早晨八点必须赶到酒店完成后续一系列工作，留给这个夜晚的睡眠时间大抵也就三个小时。本该赶紧休息，怎奈满脑子与工伤有关的人和事搅成了一团，也不知啥时候才真正进入了梦乡。

这不，七点左右就被张总的电话叫醒了。疲惫的双眼使了吃奶的劲才睁开，困倦的躯体尝试了两三下方才爬起来。我这才领悟到什么叫力不从心。自言自语地骂了一声，也不知想对谁、想发泄什么，便着衣下了床。赶快洗漱，赶紧喝了盒牛奶，然后提醒自己把那几粒西药迅速地吞咽到肚子里，转身下了楼。

周一的早上，所里许多事情需要交代安排。已经到了的人当面说，暂时没到的只能电话里一一叮嘱。如此一番，眼看时针指向八点，一边打着电话，一边拦住一辆出租车，催促的哥向黄州宾馆急驰。一路上，当事人的电话一个接一个。张总的电话终于打进来了，他分明在催我。我告诉他把昨夜打印好的协议交给对方谈判代表，让死者的父母去签字按手印就行了，不必等我。可他希望律师亲自前去，我只能再三解释之后挂上了电话。

到宾馆后，看见张总一行人吃着早餐还在焦急地等，我告诉他已经通过电话把相关事宜安排妥当，应该不会出什么问题，没有什么可担心的。不大一会儿，对方在微信上发来了死者父母在协议书上签字按手印的照片和视频，显示一切都在顺利地进行。张总这才松了一口气，有了聊天的兴致。他由衷地对律师的辛勤付出和敬业精神表示感谢，同时表示这个协商的赔偿额虽然比法律规定高出三十余万元，但自己能够接受，反倒担心对方会不会变卦违约。我当时坦诚而自信地告诉他，这种可能性为零。人心都是肉长的，法律规定的标准也在那里摆着，更何况还有协议关于违约的明确约定，他们怎么可能出尔反尔呢！

此时对方又传来一张照片和提前准备收据的视频，我在观看和转发给张总时忍不住双眼湿润，自知失态。那是因为看见死者双亲签字的悲苦面容而心怀同情，故而对所有在场的人慨叹他们的悲惨遭遇，再一次对赔偿额并不过分做出了肯定性评价。

随后我陪着双方一块去银行，督促张总当场履行了付款义务，双方互相交换了经济手续，然后各持协议书离开。此时已是上午十一点钟，突然想起叔伯兄弟今天在老家为孙女过满月，差点失礼。到宾馆与张总一行道别之后，我匆匆赶往阿姑社。

我可能是酒席上第一个离开的人。挥手与许多亲友提前道别，因为又一个当事人在焦急的等待中，不能耽搁。我驾车顺着沿河公路向南行驶几公里之后向东拐进了区医院。

在医院西门买了看望病人的礼品，我这才向住院部大楼走去。病房里的这个可怜的小姜，此前是我安排年轻律师代理离婚的当事人，好不容易才通过法院调解离了婚。当初她的诉求除了离婚，还有一项是要求抚养四岁的女儿，为此宁可放弃共同财产中属于自己的全部份额。但由于男方坚持如果孩子不归他抚养就坚决不离婚，经我多次劝说后，小姜无奈地放弃了女儿的抚养权，每月承担女儿抚养费八百元。

应该说明的是，小姜对婚姻破裂没有任何过错。她不光是个好妻子好母亲，还是个孝顺的儿媳。不避讳地讲，是她的那个同性恋丈夫破坏了这个家庭的所有美好。所以不论小姜对他以及他的家人有多好，也无法改变丈夫对她的冷漠。自从女儿降生之后，小姜的丈夫觉得二人做夫妻的任务已经完成，再也没有必要与妻子共同生活，这让小姜陷入了悲苦的深渊。

这个男人死要面子，心理扭曲。他虽然不喜欢妻子，不与妻子同床共枕，但却坚决不离婚，不放弃对她的占有。四年多的精神折磨让小姜不得不选择外出打工，并提出离婚诉讼。第一次诉讼离婚，小姜被急于结案的法官连哄带骗撤了诉，不得不在半年之后再次提出诉讼，方才在代理律师的帮助下调解离婚。

小姜疼爱女儿，按照调解书的约定主动要求给孩子支付抚养费，但前夫拉黑删除她的微信与电话，拒绝提供银行账号。不仅如此，前夫一家人竟然拒绝小姜探望女儿。前天下午，小姜前夫的父亲与前来探望女儿的小姜在广场上发生口角，便对小姜拳打脚踢。小姜见势不妙，为逃命躲上了公交车。但因未到发车时间，司机不在车上，她被追上车的父子三人揪着头发又一通拳打脚踢，后又拖下车在水泥路上继续施暴。街上的行人实在看不下去，便拨打110报警。

等到警方赶到现场时，小姜已经处于昏迷状态，警方叫来救护车将小姜送往医院抢救，把打人者传唤至派出所询问。据小姜母亲打听到的消息，前夫父子三人到派出所后依然骂声不绝，并谎称事发原因是小姜探望女儿时辱骂了他们。真是颠倒黑白，恶人倒打一耙。

小姜经过医生一个昼夜的抢救，昨天已转至普通病房。我询问她伤情，她说她浑身上下多处软组织损伤，头皮被扯下的地方有拇指大一块，血迹斑斑，头疼剧烈。

望着她迷茫的眼神和有点青紫瘀斑的脸，我只能安慰她，只要没有其他的伤损已经万幸了，至于事件的处理，就不必过分在意了。尽管他们不仁，但咱不能不义。毕竟是女儿的亲爸亲爷亲叔，他们还要和女儿一起生活。并且如果伤情鉴定达不到轻伤以上标准就很难进行刑事追究，无非是承担一下医疗费，并给予相应的治安处罚而已。并就是否让公安机关处理征询她的意见。

我最后提醒她，此事说明你的前夫虽然同意协议离婚，但他心胸狭隘，对你恨意未消。你接下来应该加倍提高警惕，注意自身安全，尽量避免与对方接触。出于对你未来大半生幸福的考虑，不要因为牵挂女儿非要去探望，应该从原来思念女儿的情绪中迅速走出，追求本应属于自己的生活。要相信血浓于水，等到女儿再大一些，再多尽母亲的责任也不晚。何况前夫那边，亲死亲活的一家人，孩子未必会受什么罪，没有必要担心女儿，以免思念成疾。

也不知这些话她听进去没有，面对面的咨询就算结束了。应该是安慰大于出谋划策。可怜的孩子，实在不希望她没完没了地和前夫一家人继续纠缠。

就在刚走出医院的时候，张总的电话又来了，言说安委会和公安局通知要对死者进行尸体解剖，让我代表他们公司去现场处置。我一听有点火，什么尸体解剖，闲得没事干了？我说不可能，死因如此明确，从高空坠落的，又不是查不清。

过了几分钟，电话又过来了，更正为参与尸检。这个可以理解，应该是事故调查的必经程序。这个程序一走，家属才可以葬埋死者。可是按理说张总的公司去个人就行，怎么让律师参加呢？当初委托事宜里只是协调工伤赔偿，当协议达成并签署之后，律师的工作即告完成了呀！可是张总他们却不那样想，他们希望律师参与处理相关的所有事情，就算是帮忙。没奈何，我就代表他们公司参与一回尸检吧。

约好下午四点还在那个医院，牵头的单位、法医和双方当事人准时到达。我按时到达后，停尸房房门紧锁，便让亲属去医院找管理人员开门，耐心等待官方和法医的到来。我站在那里觉得不舒服，如果不是地上脏，估计会立即倒下去。对方亲属知底，有些不忍心，让我去车上歇息，我在车上还真的睡着了。不知过了十几分钟还是半个小时，人到齐了。法医穿戴齐备，准备尸检。有一个助手竟然招手让我进去抬尸体，我生气地转身离开，直到他们把活干完，各奔东西。我没有心思看他们的尸检过程，他们也没让我在尸检报告上签字。司机再次送我回家的路上，张总询问情况，我说一切顺利。

我到家门口时，大门已锁，单位的同事们已经下班。心想还是绕到后门回家方便，累得不想弯腰开那个卷闸门了。没想到这一绕，遇到了个多年未见的老战友，寒暄几句之后，他说他儿子遇上了麻烦事，给朋友担保贷款被起诉了，将我拉上他的车，一聊就是一个多小时。到后来我连招呼他到家里坐坐的念头也打消了。我谢绝了他请吃晚饭的再三邀请，说困得不行了。这才被放行进了家门，而此时已经晚上八点了。

赢官司也要少打

赢官司也要少打。这是一句古训，即便是到了法治社会的今天，仍然具有它的现实意义。

作为律师，本来就是为当事人提供法律帮助的，通俗点说，好像也可以理解为"专门替人打官司"。那为什么还要提醒当事人赢官司也要少打呢？是因为眼见着诉讼的成本越来越高，许多当事人在胜诉之后感受不到应有的喜悦，反而慨叹早知今日何必当初。

这的确是现实生活中一小部分人的遭遇，但也具有一定的代表性。

在接待当事人、告知当事人诉讼风险的时候，我总是习惯问当事人你能否经受住"三多"。他们问什么是"三多"，我说是花的钱多，跑的路多，最后一个是生的气多。

许多当事人对前两"多"容易明白，知道提起诉讼要交诉讼费，有些案件还涉及鉴定费、评估费、保全费等，而且请律师写诉状、代理、辩护或者提供其他非诉服务时也要交费。要是一个案子遇上了几次审理，花费自然翻番。

其次是来回奔波，去法院、律所、证人家，还有可能是交警队、刑警队、看守所等处。要是事情就发生在居住地，也许不算什么，但如果跨市、跨省呢？这个路跑起来就远得多了，花费自然更多。

最令当事人难以理解的是生的气多。我告诉他们，这个是显而易见的。对方当事人如果不讲诚信，胡说八道，背着牛头不认赃，你说你生气不？如果判决了，对方不自觉履行，要赖皮，你说你生气不？如果你自己认为咋样都是赢官司，可是由于种种原因法院判你败诉了，你是不是非常生气呢？

这只是随便举几个例子，实际上令当事人生气的事情不胜枚举。本来就因为已经存在的纠纷而生气才去打官司，结果越打越生气，有的人甚至想不开气出重病丢了性命。还有的把气撒在对方身上，撒在法官以及律师身上，恶果难以尽述。

告知当事人"三多"的目的就是让他们反复掂量，仔细权衡，不该打的官司千万别打。能和解的尽量和解，要算清通过自己的忍让退让可以较快实现目的的那笔人情账和时间精力的经济账，不要做赢了官司实际上却亏本的傻事。

经常遇到有当事人告诉律师他打官司的目的是争口气，或者出一口恶气，不计较什么诉讼成本，要"一个钱掉井里十个钱捞"。

对此律师更应该告知他风险，或者拒绝代理。说这种话的当事人大多是在气头上，一时丧失理智，故应该规劝他们仔细思量，通过心理疏导让他们正确看待争议和纠纷，不要走极端。告诉他们诉讼结果可能是不光没有达到出口恶气的目的，反而又装一肚子的气，既伤了感情又浪费了金钱。

当然，这并不意味着所有的官司都不该打。依法治国的核心应该包括遇到纠纷无法解决、合法权益受到侵害但利用其他途径难有收效时，通过诉讼依法维护自己的合法权益。此时打官司仍然是正确的选择。

呼唤良知该有多么重要

古人云："人而无信，不知其可。"可见诚信对于做人该有多么重要。但我认为，如果将良知与诚信相比较，良知似乎更为重要。

多少年来，在接待咨询、处理法律事务、办理案件过程中，除了对当事人坚持以事实为依据、以法律为准绳以外，每每还要强调"良知"二字。这已经成为一种习惯，生怕自己的当事人（无论是原告、被告，还是第三人）在聘请律师之后，误以为律师精通法律、能言善辩就可以颠倒黑白、混淆是非。为此我曾发表一篇论文《黑白之辩》，对此进行论述。

作为律师，一方面要严格自律，自觉遵守职业道德和执业纪律，决不能为了多挣几张钞票而出卖灵魂、丧失良知，去干见不得人的勾当，为当事人谋取非法利益，更不能帮助当事人去损害国家、集体和对方当事人的合法利益、合法权益。另一方面要叮嘱并要求自己一方的当事人除了尊重证据事实、尊重法律之外，还要心存善念，不忘良知。

良知是一个人内心深处最美好的精神境界。不仅基于诚信，而且高于道德，甚至超越了法律。提醒、要求当事人在遇到纠纷、涉及诉讼时心存善念、不忘良知，虽然标准有点高，困难亦有不少，而且未必人人都能理解、能做到。但毋庸置疑的是，哪怕有少部分人做到了，社会效果都是良好的。随着这些当事人及亲朋好友的传播、影响，会产生广泛的正能量，起到积极的教化作用。

所谓良知，并不是一句空洞的口号，它与当事人所处的法律地位，所涉及的法律关系，所主张的权利诉求密切相关，尤其是当客观事实和法律事实相冲突、相背离的时候更显得重要。

无论是公检法侦办审理刑事案件，还是法院、仲裁机构审理民商事案件，都强调并认可法律事实而不是客观事实。这二者之间最大的不同就是法律事实是通过证据可以证明的事实，客观事实则是已经真实发生，但却因为种种原因无法复制、无法用证据证实的事实。但就当事人而言，对于客观事实是亲历者，心里最清楚。譬如朋友之间四目相对，张三把十万元现金借给了李四，没有书写借据，没有证人在场。若李四丧失良知，欠债不还，拒不认账，张三打官司胜诉的概率几乎为零。如果律师为李四代理，只图胜诉挣代理费显然也无可厚非。但李四如果把实情告诉了律师，律师不劝说李四基于良知还债，那这个律师便是丧失了良知。李四在律师劝说后坚持不还债，要求律师必须胜诉，显然是李四丧失良知。律师为了李四的所谓合法权益打赢了这个官司，也属丧失良知。正确的做法是完全可以拒绝代理，亦不违反职业道德。虽然不能向张三透露真情或做证，但至少可以对李四施加正面的影响。

上面是个比较典型的例子，但在现实生活中，在诉讼过程中，除了应该按照法定程序、证据规则审理，按照法律规定裁判以外，仍然需要良知的补充。如此，人际关系才能良性发展，社会才能更加和谐。包括律师在内的法律人，都应该在履行职务的过程中呼唤良知、推崇良知。

拒双输大战　让三方皆赢

　　请不要对这个标题有所误解，它与眼下全世界人民关注的话题没有一毛钱关系；也不要将它所涉及的内容与自己或者某个亲友的遭遇对号入座，笔者并不针对某个具体的当事人。

　　所谓双输之战，是指许许多多准备离异或者正在离异的男女双方为了未成年子女的抚养权而掀起的没有硝烟的战争，无论最终争到还是没有争到，这场战争没有赢家，结局都是双方皆输且伤害了孩子。笔者此文，旨在引导双方明白争夺的恶果，从而休战讲和，这样才最利于子女的成长，取得三方共赢的良好结局。

　　笔者之所以为之慨叹，急着写下这篇文章，是有感于最近几年来离异男女为了争夺子女抚养权而产生的争斗日趋激烈，出现了许多令人难以置信的恶性事件。而且许多离婚当事人前来咨询和寻求法律帮助时，把律师能否为他（她）争取到孩子的抚养权当成了重中之重。如果没有这个把握，宁可放弃离婚。还有当事人为争取到孩子的抚养权，甚至希望律师违背职业道德，通过违法手段帮助他们实现自己的目的。

　　这些当事人大多数十分善良，而且是非常疼爱孩子的。虽然与自己的配偶已经水火不容，既不愿同床共枕，也无法在一个锅里搅勺把。但他们对于孩子的爱却有增无减，有的认为自己的离异行为对子女造成了伤害，心怀深深的歉疚，希望通过抚养孩子来弥补。还有一些当事人生怕自己离婚以后孩子跟着对方受罪，更对不起孩子。更有甚者，男方认为已经妻离，绝不能再来个子散，他接受不了那种残酷的现实；女方则认为爱情已死，孩子是精神支柱，是活下去的依靠，所以对孩子志在必得。如此一来，为了争夺孩子的抚养权，各自用尽手段，摆出一副不达目的誓不罢休的架势。一场场发动至亲好友参与的争夺战愈演愈烈……

　　当然，在许多当事人的亲朋好友中，也有明白人在起调解和疏导作用，许多法官在审理此类案件时也会依法依理公正裁决。但真正能做到让当事人心服口服、主动和解的，首先是代理律师。值得自豪的是，笔者这些年劝说当事人放弃抚养权，退出争夺战的例子不胜枚举，积累了丰富的经验。

　　许多离婚纠纷中的女当事人，尤其是三十几岁的年轻女子，都会坚持争取子女的抚养权。除了个别人是冲着争取住房和多分财产故意为之以外，大多数是母子连心，真心实意疼爱孩子，为孩子的未来着想而争取抚养权。对这些当事人，怎么才能说服她们心甘情愿退出争夺战呢？笔者是这样做的：

　　首先还是告诉她们法律规定，无论是过去的《婚姻法》还是现在的《民法典》，抚养权取得的原则永远是谁抚养更有利于孩子的健康成长就判给谁，这是大原则、大前提。在此基础上，自然就要比较父母双方的经济状况和收入状况，还有父母双方的品行以及健康状况等一系列条件。这个十分直观，得出结论并不是很难。如果女方的条件相对较差，就不必多费唇舌和男方去争了。

　　其次告知抚养孩子是重大的责任和义务，不光要具备良好的物质条件，而且要有奉献和牺牲精神。除了能保证给孩子吃好穿好住好以外，还负有让孩子好好读书、茁壮成长的责任，这要付出大量的时间和精力。还有一个安全问题，这个责任也很重大，不必细说。

　　再次是谁抚养孩子都会对未来生活带来巨大的不利影响。带着孩子再婚肯定会非常困难。假若再婚成功，带一个孩子或两个孩子，而对方如果也有孩子，就会有数不清的麻烦和磨难出现，很难保证未来的家庭幸福。

　　最后要说的是，血浓于水，没有争取到抚养权并不影响母亲与子女之间的血缘关系。及时支付抚养费，经常探望，孩子小时给买好吃的、买好衣服，通过互补的优势把双方的爱加倍给孩子。随着孩子长大懂事，给予孩子更多更直接的关爱，母子之情断不会受到多大影响。

　　反过来讲，争取到抚养权的一方肯定需要尽全力去照顾孩子的吃穿住用，而且要花费大量的时间精力去教育培养孩子。如果孩子不好好学习，不遵守学校的纪律，势必要批评教导，方式欠妥时，孩子还可能产生逆反心理，形成尽的爱心和责任愈多，孩子愈是不满的尴尬局面。在孩子成人的时候，你会发现，当初放弃争夺大战的结果比预想的还要好。

　　以上因篇幅所限，只议论了怎样说服离异女方的经验。如果代理男方的话，大的前提不变，同样告诉男方不要强争抚养权，女方坚持的话就给女方，这样对未成年的孩子肯定有利。双方好聚好散，把对孩子的疼爱都调动起来弥补孩子，尽量减轻对孩子的伤害。协商的结果无论如何都比争夺的结果好十倍百倍。如果有朋友还不太明白，可以找笔者一起讨论。

所有的荣耀皆是云烟

因为办公室迁移，我又一次整理了自己的书籍文件。感觉扔不是个扔法、留不是个留法的物品，除了一些文学方面的书籍杂志之外，就是那各式各样，外面包裹着红皮皮、里面还盖着大红印章的荣誉证书了。我手捧这些东西的时候容易走神，有时会沉浸在往事之中，发出一声慨叹，而更多的还是纠结，纠结要不要下决心把它们扔进垃圾桶。

从年轻的时候开始争取和积累这些东西，没有一个来得容易。即使自己曾经走得端、行得正，表里如一，一身浩然正气，也不敢诓嘴说那些国家级的、省级的，还有市县级有关部门给予的荣誉全都名副其实。尽管当时自身的努力确已达到了无以复加的地步，得到这些证书也算心安理得。但当到了如今这个年龄，到了对社会的发展进步心领神会、人生的意义了然于胸时，觉得这些东西真的只属于过去。既然是过去，那么就应该让它逐渐消失。

之所以认为所有的荣耀皆是云烟，不是否定人生的努力和作为，而是充分表达自己淡看"功名"的心态和对追名逐利行为的蔑视。说心里话，这种思想境界并非年轻时就会具备，上面提到的两个决定性因素，一个是客观原因，一个是主观原因，二者缺一不可。

在现实生活中，身边和眼前晃悠着不少人，他们极端地追逐虚名、爱慕虚荣，令人不齿。一种是本来就具有一定的实力，而且一直在不遗余力追求上进，只是过分地在意和看重所谓名气，似乎不分时间地点，不分场合和受众，希望人们都知道他（她）是多么优秀，称谓多么高大上，光环多么耀眼，让众人厌恶而不自知；另一种则是典型的双面人，本身就不是正人君子，一肚子坏水，背地里干尽了坏事，却还要在人前装腔作势，而当东窗事发之后，众人皆知其所有荣誉的取得全是弄虚作假。所谓模范，所谓标兵，所谓先进和优秀全是暗箱操作，是一团豆腐渣。这些人追逐"名"，其实是图升迁，图更大的非法利益。一旦丑行败露，不光自己身败名裂，他那些曾经的吹鼓手，以及背后和上面的帮手、队友也会被追究并丢人现眼。

看淡虚名，拒绝虚荣，不光是一种成熟的表现，而且是人活得洒脱，活得有尊严的标志之一。曹雪芹早已用《好了歌》给世人提醒：世人都晓神仙好，唯有功名忘不了！古今将相在何方？荒冢一堆草没了。凡是读过《红楼梦》的人，哪个会不知、哪个会不晓呢？可总是有人不知疲倦地追名逐利，也许是名利的诱惑太大了。

看透人生，奋勇前行。正常情况下，没有人不盼望成为被别人高看的人，但有了成就的人，更应该自省和自律，不要太张扬。所有的荣耀皆是云烟，迟早都会消散，又何必煞费苦心地去追寻呢！

欣喜之余

没有想到自己能被铜川市人民检察院邀请，作为五名评委之一，参加该院举行的优秀公诉人业务竞赛，在昨天下午的业务答辩和今天上午的业务论辩（模块）环节，参与打分和点评。

那日接到电话邀请，第一反应是不行不行，这不是赶着鸭子上鸡架嘛！我虽然算是资深律师，也是铜川律师界唯一还在执业的高级律师，但满嘴的土语，不会讲普通话不说，年龄大、记性差，能点评个啥？说不定出个丑，惹年轻的检察官笑掉大牙，岂不是影响人家的比赛效果嘛！但是市检察院的领导硬是不依，一番恭维之后笑着问："难道你都不支持我们院的工作吗？""哎呀，不是这个话，工作肯定支持！"我支吾着，知道此事难以推托，只得答应了下来。后嘱咐学生们记下比赛的准确时间、地点，到时候提醒我参加。

放下电话之后，我心里有一点小小的自豪感在悄悄升腾。当律师这么多年，我曾经受邀作为阅卷老师参加过耀州区人民法院组织的法官业务知识考评阅卷；担任过铜川市人大法工委的法律咨询员，受市人大法工委的委派对铜川市中级人民法院的部分案卷进行过评查；还多次受邀参加铜川市政法委组织的疑难案件讨论、市人民检察院组织的疑难案件评议。这些往事一瞬间聚在了一起，令人回味。这至少说明社会各界人士对我的专业知识水平、职业道德是高度认可的。人过留名，雁过留声。好的评价是几十年如一日辛勤耕耘和严于律己换来的。由此而深感欣慰，同时也告诫自己应该谦虚谨慎，不改初衷地坚持下去。即使当一回小小的评委，也要注意形象，用心行事，为律师界争口气。同时更应珍惜这次机会，潜心向年轻的检察官精英们学习，把他们的长处、经验尽可能地汲取并带回所里，传授给年轻律师，也算是一举两得了。

市检察院的公诉人业务竞赛显然经过了精心的组织和准备。参赛选手来自几个基层检察院，还有新区检察室和崔家沟检察院。除了个别选手是中年人外，大多都是年轻人、新面孔。十八个选手之中，女性占了三分之二，这预示着未来的铜川检察队伍里的公诉人大多会是巾帼英雄。就刑事审判的诉辩双方而言，她们将成为刑辩律师的主要"对手"。看到她们一个个在业务论辩中的精彩表现，我既高兴又感到了巨大的压力。这种心情，大概是我这个律师评委特有的吧。我一边聚精会神地听她们侃侃而谈，一边暗自思忖，如果自己是辩方，或者我们所的其他律师是辩方，该如何应对她们，能不能"战胜"她们，会不会败在她们手下？我在评委席上正襟危坐，其实也有开小差的时候。好在主持人一说话，我就又专注起来。

临到最后点评时，主持人安排我第一个发言。一来时针已指向中午十二点，二来还是有点紧张，我便只针对后面三组的论辩情况总体上给予了较高评价，并就论辩的具体内容补充了专业性的看法。由于语速太快，耗时不过两三分钟，便把时间交给了后面的四名评委。后面的四名评委显然比我水平高，他们讲得更有针对性和专业性。但不管怎么说，把差事交了，还学到了不少东西。

在回所里的路上，我开始思考，我们所能不能和市检察院合作，进行一场真正意义上的诉辩对抗赛呢？

可怜天下儿女心

以往我们常常念叨可怜天下父母心，那是出自慈禧的一首诗。

慈禧母亲六十大寿的时候，紫禁城虽距离其母宅邸锡拉胡同咫尺之遥，但她却无法去参加母亲的大寿，就让侍臣给母亲送了很多东西，同时亲笔写了一幅书法，裱好后送去了。这幅书法一直留传了几代人，最后毁于"文革"。那是慈禧写给母亲的一首诗："世间爹妈情最真，泪血溶入儿女身。殚竭心力终为子，可怜天下父母心！"现在有许多人都知道"可怜天下父母心"这句话，却不知道它的出处。尽管想起慈禧的一系列丑事恶行，我会嗤之以鼻，没有一点好印象，但对她这首诗，我不光是感动，而且赞叹不已。这首诗把天下父母对儿女们的疼爱表达得淋漓尽致。

这天下的父母疼爱儿女，的确是"泪血溶入儿女身""殚竭心力终为子"。可以说没有任何附加条件，也没有什么私心。故曰"可怜"，应指无怨无悔。

就拿儿女们的婚事来说，没有父母不为之劳力费神，把心操尽。为了儿婚女嫁，除了把大半生的血汗积累全部无私奉献之外，最揪心的是，儿媳妇是否称心如意、会过日子，女婿是否才貌出众、疼爱女儿。这一切都是未知数，故而生出无数个担心，长出说不尽的忧虑，想替子女把把关还被批评为干涉子女的婚姻自由。这种出力不讨好的事情后来就渐渐地销声匿迹，哪怕离婚率高涨到了离谱的程度。

时代在变迁，许多事情也随之改变。现如今，为儿女们的婚姻担惊受怕、越俎代庖的父母是很少见了，但掺和父母婚姻的子女却日益增多。特别是二婚三婚的父母，这种情况尤其多见。

也许有点凑巧，仅今天一个上午，我就接待了两起为老爸离婚之事前来咨询的子女。一个陌生，一个熟识。但陌生的也罢，熟悉的也罢，当我询问老人为什么不能亲自前来，或者说身体欠安有所不便，或者说人老了脑子不够使唤。当律师的知道，这大多是自编的谎言，只是不便戳穿。他们的老爸一般是有较高退休金的退休人员，二婚三婚找了个小一二十岁的农村妇女，当然也是离过婚或者丧偶的，膝下多有儿孙。咨询离婚的理由多是女方爱钱、对老爸不好、有虐待行为等。此前接待的此类咨询，还有一个共同特征是老爸病重，危在旦夕。这些前来代父母咨询的儿女们最关心的问题是怎样才能较快地离婚，不让后娶的女人把房产、退休金，甚至死后可以领到的那些丧葬费拿去。如果一时半会儿离不了婚，还问有什么办法可以迅速达到这个目的。

也有代表老母亲来咨询的儿女们，刚好与上述情况相反。儿女们首先为母亲的"不幸遭遇"鸣不平，给人家当了十几年"保姆"，如今面对负心汉的离婚之诉，怎样才能更好地维护自身合法权益。还有的是男方已死，面临被其子女赶出家门的窘境，怎么样能争取到房产所有权，怎么样能多分割一些遗产；给母亲出些什么点子可以抢到主动权，在和对方的博弈中多获取一些利益。

或许是他们的运气不太好，怎么都遇上了我这个老律师呢？我似乎不用多问就知道了他们的心思。要么答复让老人亲自来，我亲口告诉他（她），办法有的是。要么告诉他们，还是应该把心思用在行孝上，别"子欲养而亲不待"，将来后悔。

他们十分遗憾地走了，殊不知我也甚觉遗憾。我就纳闷了：天下的儿女心怎么就与父母心不一样呢？！

男孩的微笑

　　早餐还没吃完，我就接到一个中年男子的电话，说他要和妻子离婚，询问能不能请律师帮忙给分割一下财产。我回答："今天是周末，律师们不上班。要咨询的话周一再到所里来。"那男子说"那好吧"，便挂了电话。

　　过了一会儿，一个中年女子又打来电话，言说她和丈夫准备协议离婚，让给她计算一下财产怎么分割。还说她带着三岁的孩子，就在律所门口等待。我说："律师咨询是要收费的，收一百元，把疑问解答清楚。你同意不？"这个女人满口答应，说只要律师能马上接待她。我没理由推辞，便下楼为她咨询。

　　经过一番交流，才弄清前面打电话的男人其实是这女人的丈夫。开始时两个人带着三岁的儿子都在律所门前，丈夫被我拒绝后便趁机返回店里去了。他们夫妻开了两个小商铺，丈夫以回去照看生意为由溜之大吉。妻子却不死心，一直在门口等着。这对夫妻是二婚，男方婚前有两个儿子，一个二十多岁，一个十二岁，都随男方一起生活。女方婚前有两个女儿，已经成年，跟前夫生活。他们二人婚后生下一子，就是带到我眼前的这个十分可爱的男孩。女当事人简要介绍了现有家庭财产以及负债情况之后便询问该怎么分割，还有孩子该由谁来抚养和抚养费怎么确定。我在向她简要解释了相关法律规定之后，有意把重心转移到为什么离婚、该不该离婚的问题上。她一开始有点抵触情绪，说他们二人都商量好了，坚决离婚，律师就不要费心劝和了，只要把财产怎样恰当地分割了，把孩子的抚育约定确定了就行。但作为一个老律师，仅凭自己的粗略观察和不经意地询问，我已经确信这对夫妻的感情并没有完全破裂，只要适当引导，绝不可能离婚。当然，这与我喜欢这个小孩、不愿让他在单亲家庭成长有关。

　　我有意识地询问她家里发生了什么事情，才导致他们决定离婚。她说丈夫是个窝囊废，不能保护她。她被丈夫的两个儿子殴打，被丈夫的外甥殴打，丈夫坐视不管。丈夫还把公公婆婆和两个儿子从老家接过来，住在另一个店里。大儿子是个懒汉，啥忙也不帮，她看见他睡懒觉、玩手机就气不打一处来。她越来越觉得这婚姻没意思，早离早解脱。

我在从她口中得知她丈夫没有什么别的毛病之后，就明确告诉她这个婚离不得，不仅会伤害到无辜的孩子，而且对双方都是一种厄运和苦难；这婚也离不成，因为双方感情没有破裂，法院不会准予。

我们经过反复交流，她慢慢冷静下来，态度不再那么坚决。我趁热打铁，告诉她有什么关键问题，咱解决问题；有什么突出的矛盾，咱解决矛盾。不要用离婚的方式去逃避。话到了这个地步，她便开始打电话叫丈夫到律所来，虽然还是以离婚为由，但口气明显变得温柔了许多。

电话打过之后见那男的迟迟不到，我心里坦然，也不着急，到院子里开始干我的活计，把早前买的一株海南椰子往新盆子里移栽。那个可爱的小男孩跑前跑后地叫着爷爷，又是抚弄椰子叶儿，又是帮我浇水，问这问那的，爷孙俩好开心。待把绿植收拾停当，我把小家伙抱在怀里，一块欣赏花园的花草、小西红柿和无花果，可惜没有成熟的果子给孩子吃，十分遗憾。我问孩子："你爸你妈闹离婚，你同意不？"他仰起脸说："不同意！"我再问："他们谁要离婚我就打谁，行不行？"他微笑着看着我，轻声说："行。"我轻轻地在小家伙额头上亲了一下，心里升腾起一股柔情，打定主意要竭尽全力、使出浑身解数帮孩子守住这个家。

那个男的过来了，他约莫四十来岁，个子中等，胖胖的，脑袋大，脸也阔，黝黑黝黑的。那双眼睛告诉我，他这人纯朴而实诚，但固执又死板，不是很机灵。或许是到了律所这个地方，这婚是非离不可了，既恼怒又无奈，对眼前的律师自然没有什么亲和感。尽管我一开口就对他说："我问过你妻子了，她说你这人心肠好，也没啥坏毛病。你干吗放着舒坦的日子不过，要离婚呢？这婚不能离，你把娘俩接回去吧！"这男的并不领情，他说："那人家闹腾着要离，咱有啥办法！"

我故意当着男方的面问女人："既然跟你男人没有啥大不了的矛盾，为啥非要闹离婚？"女人说："我被他先房的儿子和他亲外甥殴打，他都不管，不向着我，不保护我，我跟他过啥味道？他大儿子二十几的人了，住在眼皮底下，整天不帮家里干活，半早上不起床，就知道玩手机。我取货拿重东西他装看不见，就这我还在老家为他建房子，我图个啥？"

"是这样子吗？你老婆说的是不是实话？咱有啥问题就要有针对性地去解决。"我征询男方的意见。

"你问她人家为啥打她！她嫌我小儿子在家玩手机碍事，让到门外去，我儿子不听，她就一耳光打得我儿子鼻子嘴流血，恰好被我外甥看见了，自然不能忍，认为继母太恶毒，才打了她。你让我咋护着她？还有，她年初把我爸妈叫过来给我们帮忙看店，大儿子跟着过来打工，小儿子在这上学。她现在让我在外面找房子，让我爸妈住外面去。这让我这个当儿子的咋开口？这不是把爸妈往出撵吗？我做不出这事！"

我顿时觉得这男的真的没做错什么，女的是比较能干，但过于强势。于是劝慰她："你是继母，本来就容易产生矛盾，所以先房的两个孩子最好由他爷奶和父亲管教，你没那个义务，别管得太宽，免得生闲气，对不？"她不大情愿地点了点头，接着说："我公公和婆婆人挺好，他们不搬出去可以，必须让那个老大出去另住。我实在受不了，看见他就生气！"

看来最紧迫的事情就是这个了，我考虑到两代人最好别住在一起，何况他们家是这种情况。就对男的说："让大儿子搬出去住，她这个要求不过分，对大家都好。可以回家吃饭，但分开居住。这个事情立马办，行不行？"男的有些犹豫，但还是把劝老大出去住的任务交给一个朋友去完成。他似乎没有直接让孩子搬出去住的勇气。女的在一旁热嘲冷讽："我说得没错吧？他连这个胆子都没有，还当爸呢！"我没搭她的茬。男的终于当场打了电话，不知是让哪个亲友去劝，还补充，租金他出。女的这时先是不屑的眼神，然后又由阴转晴，好像目的实现了一大半，开始把男孩紧紧地抱在怀中。

我见时机成熟，便赶他们回家，笑着叮嘱他们回去好好过，有事说事，别再提离婚两个字！谁知女的却告诉丈夫，咱不是还有几家货款收不回来嘛，你把大致情况说一下，看宋律师有什么好的办法，能打官司不？我心想好精明的女人，没转过身呢，又开始替这个家的生意着想了。也罢，今早上能把一个面临破碎的家给保住，我心里愉悦得很。再帮他们咨询一下诉讼讨债的事情，也算是锦上添花。于是又费了大半天口舌，为他俩指明了下来的路径。他们满意地连声道谢，然后欢欢喜喜地驾车离去。我这才想起来，马上就十二点了，我早上的那顿药还没顾上吃呢！

得寸莫要进尺

做律师久了，总是会遇上得寸进尺的当事人。这大多是一些见识短浅，或者经济比较窘迫的人。

聘请律师的时候，一般来说都已陷入了困境，经过自身和相关人际关系的努力仍然难以解脱，或者将面临潜在的巨大风险。当这些当事人跨进律所寻求帮助时，恨不得给律师磕头下跪，有求菩萨保佑般的虔诚，对律师说话毕恭毕敬，甚至言听计从。

但经过律师对所有证据的分析研判，给当事人一些心理安慰时，他们会突然醒悟，信心倍增，却把律师关于存在一定风险的提示忘得一干二净。他们不仅特别喜欢听律师关于己方有利证据的说明和可能有利于己方的结果的预判，而且迅速把律师的劳动成果转化为自己的认知和判断，反过来约束和指导律师。这样反客为主、外行教内行的行为常常让资深律师啼笑皆非。戳穿他吧，势必伤了面子；默许认可吧，心里又憋屈得难受。于是笑而不答，权当没有听到才是真正的高手。

相对于当事人的上述滑稽行为，更难对付的便是得寸进尺，得陇望蜀了。当律师经过辛苦调查取证，认真研判后制订诉讼方案，在法庭上有理有据地唇枪舌剑，针对性极强地说服合议庭成员，争议的焦点问题逐渐明晰，案件正在一步步向部分胜诉或者全部胜诉推进，或者在调解过程中对方有所妥协，有所承诺时，这些当事人会很快展现出另一副面孔。他们要么把正在争取的成果认定为本来就该是这个结果，要么虚构诉讼之前就可以达到这样的目的，似乎律师所做的全部工作都是徒劳无功的，请不请律师作用不大。

他们这种说法和评价的真实目的是逼律师想方设法在此基础上取得更大更好的成果，完全忘记了当初聘请律师时的初衷。

因此再三提醒所有律师，尤其是刚开始执业的年轻律师，必须在接案时

第五辑

铿锵步履

177

与当事人有较完整的谈话笔录，把当事人当时的预期目的记录在案，并依法告知其风险。如果因为当事人的态度诚恳，或事情紧急忽略了这一环节，随后也要弥补。否则一旦当事人逼着律师得寸进尺的尴尬局面发生时，律师就会陷入被动。

有些当事人之所以会这样，除了其自身的品行和经济地位之外，也有一些情有可原的理由。在和律所的委托合同签订之后，固定的费用已交纳。在支出确定的情况下多争取一些利益，或者少付出一些代价，又何乐而不为呢？但他们容易忽略的是，如果对方当事人也是个百亏不吃的人，你又如何能从猴子手里夺针呢？

你对代理律师提出非分的要求，律师又怎能抛弃自己的职业道德和业务素质去迎合你呢！凡事都要知进退，诉讼也不能例外。奢求损害别人的合法利益来满足自己的欲望显然是不妥当的，也未必能实现！

串串烧

题目是随意起的。

我这个生活上无趣的人，是从来不去这样的店铺，也不吃这种东西的，故对串串烧一无所知。用它做文章题目，实际上与内容关系不大。

昨晚七点多的时候，有人打电话问能否咨询一下。他说已经在律所门前，看到卷闸门全锁着，知道律师们都下班了，但大老远地跑来了，还是心存一线希望。那急迫的口气让我无法拒绝，便开门把他们迎进接待室。

进来的是兄弟两个人，一个满脸络腮胡的抢先说话，他指着另一个脸庞白皙而且英俊的小伙对我说："那是我哥，正准备离婚。我们想咨询一下，根据我哥的情况，看怎么能多争取一些利益。我哥人好，太善良，斗不过我嫂子。"

我仔细瞧了瞧这兄弟俩，心里暗自好笑，感觉他俩对换一下才合适，怎么弟弟比兄长苍老那么多呢？既然是哥哥的事情，那么必须问他本人。

我的目光不再扫视弟弟，而是集中在了哥哥身上："你大概介绍一下你的情况。"哥哥说："我和媳妇过了快十年了，女儿八岁，儿子六岁半。我实在忍受不了她了，我要求离婚，现在正在协商之中。她说要离婚也行，孩子一人抚养一个，房子归我，串串烧门店归她，这些年两个人经营串串烧门店的收入也都归她。她在家是掌柜的，我至今不知道门店的收入有多少，反正钱全在她手里。"

弟弟补充说："我哥嫂买的住房，是我父母交的首付。串串烧门店也是我父母给了十几万元起步的。宋律师，我哥今天来咨询的主要意图就是想要两个娃，另外看父母给的钱能不能要回去，或者有什么办法能让我哥多分些？"

我对那个当弟弟的说："既然是你哥的事，你就少说几句。我先得知道你哥离婚的真实原因，是否下定了决心，再说孩子的抚养和财产分割。你明白吗？"弟弟这才安静下来。

当哥的说："要说夫妻之间也没有什么大不了的事情，只是她总是喜欢陪一些熟悉的客人喝酒，而且上了酒桌就叫不下来。为这事我们两个人经常吵架，偶尔还打架。但事后她仍然我行我素，霸道得不成样子。我每天在后厨非常辛劳，我觉得再也无法忍受了。离婚就是这个原因。"

我笑着问："那你为什么不去陪客人喝酒呢？"

"我不太喝酒，而且一天钻进厨房就忙得不可开交，哪有时间去喝酒。她在外面收钱招呼客人，动不动就上了酒桌，总是叫不下来……"当哥的有些委屈地说。

我再问："串串烧店每天的收入你媳妇也不向你报告？每月每年挣的钱，你也不知道吗？"

当哥的回答："她不告诉我。到底存款有多少我也不清楚，听她说有十几万吧。"

"她喜欢两个孩子吗？平常对你可好？"我接着问。

当哥的说："孩子她肯定喜爱，她是四川人，大大咧咧的。平常对我还算可以，就是不听劝，老爱陪熟客喝酒。"

"喜欢陪熟悉的客人喝酒，是不是为了吸引客人呢？不会是公关的手段吧？"我再问。

"就是陪客人也应该是一两杯意思一下，怎么能坐在桌子上叫不下来呢！"他沮丧地说。

话说到这里，他们兄弟俩所有咨询的问题我都不想再回答了。

我明显感觉当哥的是个好男人，在女强人妻子面前压抑久了，他有点受不了，但夫妻之间的感情并没有破裂。所以一定要想方设法劝他们和好，挽救婚姻。这对于他们和两个幼小的孩子来说比什么都重要。

接下来的话题便不再那么沉重，氛围变得轻松了一些。

我对当哥的说："你一看就是个帅哥，这么多年辛辛苦苦劳作，不就是为了妻子和一双儿女过上幸福的生活吗？如今孩子一天天长大，你妻子成天招呼客人帮你忙生意，你们天天有收入、年年有积蓄。如果她对你能更好一点，一切不就称心如意了吗？这个婚坚决不能离！眼下最要紧的是要使用各种方法和手段，逐步争取自己的权利，提升你在家中的地位。既然她没打算离婚，你回去之后就自己找个台阶下。然后慢慢地、潜移默化地影响她，让两个人都改变。"

当哥的脸上开始出现笑容，当弟的也附和道："那就好好过。""但是再不敢过分宠嫂子了！"临了他又加重语气说了一句。

收了五十元咨询费，我送兄弟俩出门。看着他们高高兴兴地离去，我仿佛看到那个串串烧门店里生意红红火火，两个孩子正依偎在母亲身边。而她，正拿着热毛巾准备给自己忙碌的丈夫擦汗。

生命的价值

我至今还不知道他的准确姓名，只晓得昨天下午他从十多米高的临时厂房顶上掉下来，跌伤了肺部，然后抢救无效，没命了。

这个只有二十八岁、尚未结婚生子的年轻人，如今躺在医院太平间的冰棺里，永久地闭上了眼睛。

他再也不用骑着破旧的电动车去十几里外的工地上班；再也不用在凛冽的寒风中爬上十几米高的房顶高空作业；再也不用啃两个冷馍就当午饭，蜷缩在厂房角落的纸板上休息一会儿，下午继续劳作……

而因为他的离去，父亲母亲已经哭哑了嗓子、流干了泪水，唯有心上那种绝望的痛楚一点也不能减轻；爷爷奶奶，一个呆若木鸡，喋喋不休地念叨着他的名字，一个伤心欲绝，已被送进了医院抢救室。

不到几个小时，他所有的亲戚朋友闻讯都先后赶到医院、赶到家中。

一番合计之后，又安排有头脑能主事的亲友赶赴用人单位登记好的酒店房间，就工伤赔偿与劳务公司展开协商谈判。

该向用人的劳务公司索赔多少呢？或者有什么高招能迫使劳务公司就范呢？有的建议立即咨询一下律师，有的说他们周围就有样，不论是交通事故还是工伤致人死亡，赔偿一般都是百十来万元。咱这家庭三代单传，确实与别人不同，应该赔偿更高。有人建议去工地或相关部门闹腾一下，估计还能赔得又快又多。如果对方不答应咱的要求，咱就把事情往大了弄，让安委会立案调查，督促尽快处理善后事宜。

而用人单位这一方，也因为他的死亡而陷入窘迫的境地。这个工程虽然不小，但劳务公司刚从中标方分包到手，开工没几天，所有的工作还没有理顺，尤其是还没来得及为一线的农民工办理工伤保险。而这个打工的人来工地上班不足四天，便发生了这么大的事故。

公司不光面临巨额的赔偿，还要应对安委会的调查、通报、罚款以及停工整改等一系列难题。公司领导层、工地管理层人心惶惶。他们经过咨询了解，迅速决定在当地聘请律师参与善后事宜的处理。

双方为了各自的利益，都期盼尽快达成工伤赔偿的共识，签订协议并履行。死者家属这一方要价经几次磋商从一百八十万元降至一百五十万元，但劳务公司仍然难以接受。虽然死者亲属一方都听明白了律师所说的法律框架下的赔偿标准最多为九十八万余元，但还在寻找种种理由认为应该多赔偿一些。

双方在较劲，在比耐心，在斗智斗勇。说穿了，都在为了那赔偿金额争多论少、讨价还价。律师明白，双方像拽皮筋一样，快断未断的那个点，双方均不满意但无可奈何接受的那个点才是达成协议的恰当时机。

也许，那便是生命的准确价值，尽管里面还包含了许多的无奈心酸以及痛苦。

如果此刻有人站在云端俯视下面的大地，倾听和窥探到今夜这许多利害关系人的所思所想与所作所为，大概也没想到人生不仅无常，而且终了的结局还会导致如此烦琐的讨价还价吧？

即使钱再多，也买不回逝去的生命。可是没有钱或者钱太少，又如何能让亲人破碎的心得到些许安慰呢？！

生命的价值在这一刻似乎只有用金钱来衡量，不过那个失去生命的人却永远都不会知晓了！

我是一只"饿狼"

我自幼是个急性子，于是就养成了吃饭特别快的习惯。好像是几天没吃上饭似的，不管是粗粮细粮，也不管是白蒸馍还是玉米面馍，总是一口接着一口，还没等上一口嚼碎，下一口就塞进了嘴。母亲多少次疼爱地骂我，斥责我是饿狼扑食，我都记不清了。但是一直想改还是没改过来。

吃饭快这个特点既有不少坏处，也有好的一面。这不，我参军到了部队后，这个习惯就让我受了表扬。

那年月的连队有一个特点，每个班晚上都有条讲评的制度规定，班长要总结表扬这一天之中全班的好人好事、先进事迹。与此同时，对后进者给予批评或帮助。因此，部队上形成了比学赶帮超的浓厚氛围，班上的战友们除积极参加营建劳动，刻苦进行技术训练之外，都争先恐后地去做公益和为全班服务的活计。譬如饭后洗碟子刷碗这件事，很容易就让我抢到了手。全班十二个人同时开饭，我总是第一个放下碗，打来一盆清水，等待后续吃完饭的战友们，从他们手里接过空碗筷子和菜盘子洗刷，全班战友们吃完饭嘴擦干净之时，我也洗完了。仅此一项，我就受到了班长无数次的口头表扬。有几个战友不甘落后，好多次想抢在我前面，无奈吃饭速度太慢不能如愿。但后来他们竟然只吃个半饱就来洗碟子刷碗，这让我知道后心疼不已。几个战友牛高马大的，每天的营建和训练都是重体力劳动，我岂能忍心让他们受饿肚子的罪！于是我有意吃慢点，另寻其他的好事做，不再贪图班长讲评和连排总结时的表扬。

可现如今，我突然觉得自己好像又变成了一只"饿狼"！但不是指吃饭狼吞虎咽，而是对文学知识的学习愈发贪婪。从早到晚，以至于到凌晨一两点，除了必要的律师业务应酬，除了完成每天的写作任务，所有一切可以利用的时间、机会，全都被我用在了看书学习理解思考上。

我特别着急，感到自己需要了解、学习、掌握的文学知识太多太多，时不我待，必须不舍昼夜，必须拒绝一切不必要的交往和应酬，必须争分夺秒，必须全力以赴！

大概这一切都是"学然后知不足"的缘故，都是自己约束自己、不达目的誓不罢休的缘故。做一只"饿狼"，扑向一切可以吞进肚子里的文学知识，尽可能快地消化，尽可能多地储备，尽可能地变成自己的血和肉又有何不可呢！

我不光是有点饥不择食，好像还有点慌不择路。转行的急切和获得知识的紧迫感集于一身，顾不得辛苦，不敢散漫。

回头再看上面的文字，明显有些跑偏，怎么像是写决心书，写加入组织的誓言一般？不禁暗自失笑。但自我安慰，我就是这样的水平和起点，留下一点回头望的纪念吧！

我当了一回原告

当律师三十年了，没想到自己能成为原告，作为当事人在书记员、法官面前签字，尤其是按上大红的指印。书记员那日微笑着特意叮咛，你今天不是代理律师，所以委屈你了，要按上指印。我说这是当然的，按就按嘛，没啥委屈的。但愿这辈子就此一回。

不过结果还是令人欣慰的，经过艰难搜寻，那个逃匿了快三年的被告终于有了音信。他主动加我的微信，以文字的方式对自己的行为表达了深深的歉意。当他转账三千元，并承诺半年之内还清剩余的一万七千元，愿意承担利息及所有诉讼费时，我心头所有的不愉快顿时化作了一阵轻风。

我对他说；"不要什么利息！就按你说的期限偿还就行了。如果你早有今天这番话，或许我就不会提起这个诉讼了。"

我在今日头条发表的文章里，只有一篇爆文，那就是《赢官司也要少打》，阅读量突破三万六千次，点赞量和评论量都创历史新高。奈何自己还要当一回原告呢，说来真是无奈之选择。

记忆犹新的是，那一天我还在西安忙当事人的案子，突然接到他的电话。他语气急切："律师哥，实在不好意思来求你。我女儿急病住院了，需要手术治疗，你借给我两万元，估计孩子半个月就会出院，出院后医保一报销就还给你。求你了，一定要帮这个忙！"

来电话的人很熟，他是某单位的干部。以往我与他打交道，都是公事，因为所里是这个单位的法律顾问，而他是主要的业务联系人，平时办理各类事务、与主要领导的接洽、顾问合同的签订及收取酬金都由他经办。双方在工作上配合挺好，在我的心目中，他的人品应该无可置疑。所以就答应帮他救急，立即转款两万元给他。他打了借条转交给了我。

但令人失望的是，此后近两年半再无他的任何消息。后来见到他单位的领导，他们有点惊愕地说："你怎么会借钱给他呢？他的外欠账多得说不清，整天都有人到单位讨债。你的钱恐怕要打水漂了。"我说他孩子住院了借钱，我总不能见危不救嘛。他们说谁知道他到底干什么用了，反正老是缺钱。我心想身为科级干部、公职人员，怎么会这样呢？再打电话，对方就不接了，直到诉讼时效都快过期了，也不曾收到他任何讯息，更别说一句道歉的话了。后来听说他长期不上班，组织上按自行离职处理了他，我唯一的希望便破灭了。

掂量了好多天，觉得不能这么没名堂地便宜了他，最终决定当一回原告，维护自己的合法权益。

在接到法院的传唤之后，他终于有了讯息，这才有了本文开始提到的场景。

早上书记员询问和解意见，我再次重申不要一分钱利息，他咋承诺还款期限我都同意。我要的是他那个迟到的道歉和真诚。书记员感慨道，宋律师太好说话了。我笑得很灿烂。

天下熙熙

为别人办事呢，不见人家着急，我先急得在那打转转。真是有点犯贱！不由得骂自己一声，转身上楼。

说好今天七点半左右出发去西安，八点都过了还不见郝总的影子。律师职业让我养成了准时准点，宁可让自己等别人，也不能让别人等自己的习惯。这个习惯好也不好，当下就让人有些不太愉快。没办法，咱是为人家提供非诉讼法律帮助和服务的，还是得听人家的。抽空写会儿文字吧，唯有如此，心里才踏实。

依然是合伙纠纷，大小股东之间闹了矛盾，彼此失去了信任。现在大股东把公司账上的所有公款都转走了。人家采取的办法就是把牛先拴在自己的槽上，再说处理办法。郝总虽是法定代表人，但公司出纳是大股东的人，财务大权在大股东手中。要不是郝总顾全大局，这公司早该停业关门了。大股东也真够狠的，一分钱都没给公司留，这公司的日常花销和员工工资怎么办？更别说开展正常的业务了。所以人家大股东掌握着主动权，你不得不和人家去交涉下来该怎么办。

看来继续合作下去的希望已十分渺茫。郝总没那个心思，大股东似乎也没有。但问题终归得解决呀，这就需要反复地磋商。双方目前还没有撕破脸皮，更不敢轻言诉讼。他们都认为打官司会两败俱伤，但在利益面前又各不相让。这个能谈到一块吗，能找到一个双方都不满意但又勉强可以接受的和解方案吗？律师需要揣摩透双方的小九九，确认他们的底线，和他们斗智斗勇，让自己一方当事人的利益最大化。当然还要对方认可，更要合法，这样才能付诸实施。

车已经在高速上疾驰了，穿过三原，向着西安。天上有浓厚的云，不知外面是不是很热。预料之中的唇枪舌剑不知怎样开始、怎样结束。

车里开着空调，凉飕飕的。想让司机关掉，但看见郝总享受的样子，话到嘴边又咽了回去，还是自己忍耐一下吧。这便是相对的小环境，尽管外面的世界可能闷热异常，而我却冷得有点受不了。由此而联想到实际生活中的千姿百态，又何尝不是如此？

这次与上次不同，陈总、袁总和财务总监小胡亲自接待我们。陈总先让财务总监通报了查账的书面意见，相对客气地指出了郝总在合作过程中的两大问题：一是公司开出发票七千余万元的收入应视为利润进行分配；二是把公司五十台车转出成立新公司的问题，应视为离心离德，无合作诚意，已失去合作基础。我问陈总准备怎么办，陈总说公司必须马上注销，现在潜在的风险太大，无继续经营的必要性了。然后就是要小股东把所获利益吐出来按投资比例分割。眼下就是这个焦点问题。他们大股东之所以采取紧急措施，把公司三百七十万资金全部拿走，就是应对郝总的不仁。我说了许多不便在文中公开的话，陈总的傲气一下子丧失殆尽。然后我告诉郝总：我们回吧，考虑清楚了再说怎么办。有些事情可以在电话里沟通，最终达成一致意见时，再形成书面协议。

看来郝总的事情才真正开始，难缠的还在后面。又一个大小股东之间开始斗智斗勇和斗法。合作办企业是为了追逐利益，闹得不可开交，甚至你死我活，同样是为了利益。

快回到家时才发现新区大雨滂沱。都在同一个天底下，而西安却没落个雨星星。

其实标题写了一半，后面四个字读者们可以自己补。

醉翁之意不在酒

不只是二两酒喝得高兴，关键是这一桌子的九个人在宴席上对我表现出的那种由衷的敬佩令我感到从未有过的欣慰和满足。

回家到所之后，我借着酒劲竟情不自禁手舞足蹈地告诉家人和同事，今天这顿酒宴喝得真高兴，觉得律师当到这份儿上这辈子也值了！

原本是一个兄弟的喜庆事，我是去行门户的。提前半个小时打车到了酒店，兄弟在门口接待，特意叮嘱坐包间里去。到四楼宴会厅之后，热情的管事让下三楼。三楼有几个包间，我随便进了一个。

没想到早到的两个人和后来陆续到的客人大都是县上的名人，还有几个是我十多年前、几年前服务过的当事人。由于他们大多是 60 后、70 后，宋哥宋哥叫得那个亲，一个个争着跟我握手问候，弄得人还有点不自在。

坐定之后，菜还没上来，他们就把一瓶五粮春用分酒器倒入各自面前的酒杯里开始喝，有两个还说这是第二场酒了，仍然兴致勃勃。他们给倒酒时我用两只手挡住了酒杯，声明心脏放了两个支架，医生不让喝酒，只能倒少半杯与大家同乐。这些兄弟便不再强迫。他们后来一个个敬酒时，都是自己先喝，叮嘱宋哥随意。即便如此，我"随意"的结果仍然是喝了近二两。他们九个人的酒量一个赛过一个，最后把五瓶五粮春给整了个光净。

我不太说话，趁着他们喝酒聊天的工夫筷子头不停地夹菜，清蒸的深海鱼、虾，和其他的海鲜，还有烤鸭、糖拌腰果等，没少下肚。

有意思的是，酒过三巡，轮到每个人打关的时候，有两个不熟悉的人打问老同志是谁、干什么工作的时，场面有点热烈。其他在座的兄弟异口同声地表示惊讶，说你俩不认识宋大律师？有人说这是迄今为止我打过交道的律师里最好的律师，最有良知的律师。有人说这是我和朋友们最敬佩的律师，唯一不贪钱去出卖良心的好律师！还有一个人声音最大，说你只要和宋律师宋老兄打一回交道，一生都忘不了。不光法律技能在咱这里是少有人可比的，关键是人品端正！一伙人还逼着这两个兄弟过来敬酒。他俩一边连声说久闻大名，一边表达出相见恨晚的感慨。年长的说出他某个表弟的刑事案件是我辩护的，效果非常理想，他二舅和三姨经常把感激的话挂在嘴边。年轻一点的一个说他姑父的房产案子当时就是我代理的，把四个原告都打输了。至今他姑姑还说不要忘了宋律师的恩情，没想到今天在这酒桌上恰好遇到了！还说最近正好遇上件烦心事，改日一定来所里拜访。大家伙闻言在一旁起哄，说你遇到贵人了，只要宋大律师出面，肯定会摆平的，你不用担心钱花了事没办成云云。弄得我连个插嘴的机会都没有，又是一轮敬酒端过来。盛情难却，我只是轻微尝一点表示一下，一两酒估计也下了肚。

最后没有办法，我只好主动端起酒杯，抿了一口，算是给九个朋友的回敬。担心他们再继续，便找了个借口，悄悄溜出了酒店。

此时太阳正露出了难得的笑脸，只觉轻风拂面，心情无比愉悦。这顿酒宴虽无茅台五粮液，但胜似琼浆玉液。知道自己在这些社会名流心中声誉印象尚如此良好，这律师当得真是值了，人生在世充满了自豪感。当然更不忘叮嘱自己，铭记初心，忠实履职，热诚对待每一个当事人，做人民满意的好律师。

受恩莫忘与施惠勿念

早上来了一个当事人，因患恶性肿瘤理赔被保险公司拒绝，请求提供法律帮助。一见到我，便笑容满面地说："宋律师，你多年前给我办过案子还记得不？为修乡村公路的事打官司给我要回了十万元呀！"我端详了他一会儿，仍然想不起来，一点印象都没有。他说肯定没错，那官司打得漂亮，我一辈子都忘不了。我笑了，这样的事情太多，加之时间长了忘性大，记不起来也正常。不过当事人的感激之情溢于言表，还是让我感到十分欣慰。

律师的声誉实际上就是在一个个案件当事人的认可和称道中逐渐积累起来的。尽心竭力办好每一个案子是律师的天职，当事人如约付费，律师圆满完成法律事务就两清了。有些当事人，尤其是得到法律援助的当事人还有"受恩莫忘"的情感，而律师自然是以"施惠勿念"的大爱无私回应了。

当事人记住律所、律师的名字是因为他们也许这辈子只打这一回官司，当时翻肠搅肚的纠结可能铭刻在心，所以对提供法律帮助的律师久久不能忘怀。而律师与医生相似，经历的当事人多了，除非案件重大，或者有特别曲折的经历，才可能印象深刻。去年还有几个当事人见面说我曾给他们办过离婚案子，虽是近一两年的事，但我竟然叫不上姓名，只是觉得面熟。后来提到当时办案的特殊之处，方才有了一些记忆。

"施惠勿念，受恩莫忘"出自《朱子家训·全文》，是指对人施了恩惠不要记在心里，受了他人的恩惠一定要牢记在心。这句话有两层意思。前半句的意思是：如果帮助过他人或给过他人好处，不要老是念叨，更不能要求回报。后半句的意思是：受人滴水之恩，当思涌泉相报，不要饮水忘源，更不能过河拆桥。为什么说要"施惠勿念"？首先，一个人在人世间得到的恩惠要远远大于所施之惠，所施之惠不足挂齿，不值得念记。一个人从襁褓婴儿到成家立业，一路走来，会得到亲朋好友的很多关爱。立身社会，为他人做一点好事，哪里值得被感恩戴德呢？

虽然这句话是古训，但它在今天仍然具有现实意义。做人做事记着它，心存善念和良知，一定会得到相应的福报。

受人之托易　忠人之事难

　　办理民事刑事案件，都是受当事人的委托，或代理维权或给予辩护。通俗点说，应该是受人之托，就要忠人之事。要尽心竭力、想方设法把受托之事办好，达到最佳的效果，取得最好的结果。但作为律师，还要受到法律法规和职业道德以及执业纪律的限制，不能像江湖兄弟朋友之间那样使用一切手段去达到委托人的目的，或者最大限度地维护当事人的利益。

　　本文所指受人之托易、忠人之事难，难就难在律师在正常执业之外始终受到当事人、委托人提出的非分想法和要求的干扰，因而为难。如果不答应，他们会认为你不够尽心尽力；如果答应了他们，被他们鼓动着去做违规违法的事，将面临巨大的执业风险。这个大约是律师忠人之事最大的难关，也是考验一个律师职业道德的试金石。

　　我在办理许多民事案件过程中，曾经不断遇到一些当事人和企业老板，面对证据事实对己方不利时，暗示或强迫代理律师通过不正当手段把法官或者仲裁人员"拿下"。他们以为没有攻不下的山头，只要给有关人员好处，就会一路畅通。当他们的这种行贿想法和做法受到代理律师批评或者拒绝时，总是口服心不服，如果案件处理结果不理想、不遂其心愿，不是埋怨律师没本事没能耐，就是认为律师没尽心没尽力。

　　诚然，会有个别律师甚至是律师队伍里很有声望、很有地位的律所主任、律协会长等，通过行贿和不正当手段与一些掌握裁判权执行权的人进行下三烂的勾连和交易，从而为当事人和自己谋取巨额非法利益，但这毕竟是极少数的害群之马。绝大多数律师还是有职业操守的，胜诉结果的取得靠的是事实和证据，还有对法律的精通和准确运用。相对于其他有国家强制力做后盾的各方而言，律师没有任何权力，只有法律法规和诉讼经验可以依靠。因此，律所律师一旦接受当事人的委托，就把自己的作为和声誉与当事人期待的合法权益，甚至还有罪与非罪的结局捆在了一起。从这个意义上来说，没有哪一个律师敢懈怠、敢不当回事。因为只有忠人之事，竭尽全力才能有良好的结果，不只是收人费用问心无愧，还有不断通过当事人及其亲朋好友扩大宣传，提高声誉，拓展案源的收获在后面。如果不忠人之事，不尽心竭力，不仅不会有后面的收获，而且路会越走越窄，以至逐渐声名扫地。

　　但律师们在任何时候都要保持清醒的头脑，坚守底线，不越红线。有时候宁可解除委托或者拒绝辩护，也不能被当事人或者亲属裹挟着做违法违纪的事情，采取不正当手段去达到维护合法利益甚至是非法利益的目的。如果因为坚持原则不被委托人、当事人理解而感到为难，就要迎难而上，不能退缩。始终铭记忠人之事是在以事实为依据、以法律为准绳的前提下尽心竭力，永远不包括非正当手段和违法违规的行为。如此一来，或许执业也就不是那么难了。

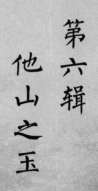

第六辑

他山之玉

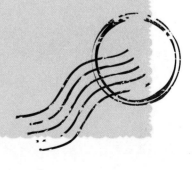

《活着》读后感

　　再一次听《活着》有声版，仔细想想，它的确称得上经典，至少在我心里已经成为经典。因为那个历史背景我十分清楚，除了大部分亲身经历过之外，很多事情也常听父辈们讲。

　　但此前有人认为它是《祝福》的加强版，这个观点显然不对。一是时代背景不同，二是根源不同，三是叙事方式不同。余华写《活着》笔调是冷峻的，似乎置身事外，他不煽情的白描却能让读者深陷其中，悲苦不已。生活在他笔下那个时代的人应该感受最深，知道发生在福贵身上的那些故事是多么真实。后辈也许觉得不可思议，但如果他们肯认真地思考，便会明白这本书的历史意义。曾经活着是多么严酷，多么艰难，而今应该珍惜活着，避免福贵那样的经历。改变活着就是为了活着的活法，让人们活得更有尊严，更加幸福和快乐。

　　我们咀嚼《活着》描写的难以置信的悲苦不是为了流泪和伤心，而是要从中吸取教训。我们和世界上任何一个民族一样，都渴望幸福。我们需要有饭吃、有衣穿、有房住，更希望有尊严地活着。记得我们国家有一位领导人曾经说要让全国人民有尊严地活着。我非常赞成。让福贵那样的生活远离我们而去，永不再现，才是《活着》一书的深远意义。

　　我不同意许多读者对书中主人公福贵的批评，他们的认识是肤浅的。福贵个人的遭遇不是他造成的，也不是他想要的。他的经历是许多老一辈人的缩影，虽然他们未必都有福贵那样的悲惨遭遇，但大多数人都或多或少有过类似的厄运。谁有能力改变自己的命运际遇呢，谁又能逃离当时的现实呢？幸运的人是有的，但少之又少，不能代表大多数普通百姓。

　　如今我们的生活越来越好，正在好上加好。近百年来起伏跌宕超越了全部人类的历史。就物质生活而言，称之为盛世亦不为过。但人的欲望是永难

第六辑

他山之玉

满足的，国与国之间的较量日趋激烈，贫穷与富裕之间的差距越来越大。莫言说人类的好日子不多了，似乎并不是危言耸听。

除此之外，即便是在新冠疫情暴发的情况下，国内离婚率依然大幅上升。可见当人们吃饱穿暖之后，又会有新的欲望。这或许是一种进步，但也充满了悲苦的斗争，只是以另一种形式表现出来而已。

随着脱贫攻坚决战的最后胜利，怎样才能有尊严地活着，怎样才能更幸福更快乐地活着成了人们需要思考的新的问题。

今天从有庆的死一直听到凤霞的死再到家珍的死，我感觉身心俱疲，说句话的力气都没有。我想，如果一个人经历了福贵的人生际遇，在这人世上还有什么困苦不能面对呢？

再读《白鹿原》

一

已经记不清是第几遍了。昨天下午偶然在书柜里看到了这个精装本，封面上"茅盾文学奖获奖经典作品""中国当代小说六十年巅峰之作""二十年风行不衰　权威未删节版"三行字有些吸睛，终于捧在手中，打算仔细地看一遍，也不枉掏三十六元购来。不能让它只是装潢书架子，不知给谁耀眼。这回不紧不慢地读，一字一句地嚼，第一章看完了就歇下，闭目回味，希望加深记忆，像是小学生上完课做作业一样必须搞清楚中心思想，知道写作特点以及其他的重点。

小说开篇第一句有评论家说是模仿马尔克斯《百年孤独》的写法，"白嘉轩后来引以为豪壮的是一生娶过七房女人"。这个有一定道理。借鉴世界名著没错，只要恰当地用到自己的作品里就可以。这一章有一万来字，写了白嘉轩六房女人的嫁娶以及死去。每个女人与白嘉轩的交合方式、死亡状态皆不相同。尽管接连死了六个新婚不久的女人，但都与疾病有关，故而并不血腥，不会令读者厌恶或难以接受。作者借白嘉轩母亲之口，道出了那个年代女人的命运就像窗户上的纸一样脆弱，而男人传宗接代的历史使命高于一切。这一章还死了一个男人，那便是白嘉轩的老父亲。这个人不是人们想象中的地主，作者用一百多个字描写了他的为人处世，结论是"满原都传颂着白鹿村白秉德的佳话好名"。

这让笔者突然记起老父亲在世时曾经多次提起的往事。他十六七岁也曾给人拉长工，那个主家的妇人体恤父亲干重活，往常蒸的白馍只给父亲吃，而把蒸的白面玉米面两搅馍留给自家人吃。每年腊月父亲回家时，主家让父亲骑着骡子或马匹，牲口背上除了米面，还有半扇子猪肉。后来父亲曾担任大队贫协主席，但他从不曾在那些运动中控诉主家，也不说违心的话。他拉长工的那个主家并不在白鹿原，而是在一个叫钟颠的村子。

这一章还浓墨重彩地描述了乡医冷先生。冷先生其实一点也不冷，他不仅有绅士风度，更有一颗温柔的天使般的心，说宅心仁厚恰如其分。他医术高超、医德高尚，在十里八乡"落下了好名望"。近百年过去了，他身上那种不为金钱所动，不下眼瞧穷苦人的品性仍然值得如今的医护人员学习看齐。

白秉德老汉去世了，白嘉轩母亲白赵氏的干练和果决性格立即显现。为了给儿子续弦，为了家族的香火，她舍得一切，变卖所有家产亦在所不惜。只是她身为女人，却视女人为"糊窗子的纸"，觉得破了烂了揭掉再糊一层就是，难免让人唏嘘不已。

二

《白鹿原》第二章大约八千字，主要叙述白嘉轩下雪天偷偷去请阴阳先生，在路途偶遇疑似珍草的植物，无法辨别，于是想到了姐夫朱先生，不禁一悦。小说随即把朱先生推出，进行了一番浓墨重彩的介绍。

此前曾看过一些评论，对朱先生这个人物给予了高度评价。朱先生自幼聪灵过人，中秀才、中举人，虽因为给父亲守灵尽孝耽误了赴京会考，但仍有大好的仕途机会，怎奈他看淡世俗的功名，只愿在乡间操办白鹿书院，传道授业解惑。他是白嘉轩心中的圣人，白嘉轩打心眼里崇拜他。

作者在这一章有一段高论值得人们咀嚼："圣人能看透凡人的隐情隐秘，凡人却看不透圣人的作为；凡人和圣人之间有一层永远无法沟通的天然界隔。圣人不屑于理会凡人争多嫌少的七事八事，凡人也难以遵从圣人的至理名言来过自己的日子。圣人好多广为流传的口歌化的生活哲理，实际上只有圣人自己可以做得到，凡人是根本无法做到的。'房是招牌地是累，攒下银钱是催命鬼。'这是圣人姐夫的名言之一，乡间无论贫富的庄稼人都把这句俚语口歌当经念。当某一个财东被土匪抢劫了财宝又砍掉了脑袋的消息传开，所有听到这消息的男人和女人就会慨叹着吟诵出圣人的这句话来。人们用自家的亲身经历或是耳闻目睹的许多银钱催命的事例反复论证圣人的圣言，却没有一个人能真正身体力行。凡人们兴味十足甚至幸灾乐祸一番之后，很快就置自己刚刚说过的血淋淋的事例于脑后，又拼命去劳作去挣钱去迎接催命的鬼去了，在可能多买一亩土地再添一座房屋的机运到来时绝不错失良机。凡人们绝对信服圣人的圣言而又不真心实意实行，这并不是圣人的悲剧，而是凡人永远成不了圣人的缘故。"

要说普通民众为了活着，活得体面一些，非常辛苦地挣钱置地买房其实无可厚非，并不是有意不遵从圣人的提醒，而是为了自己和后辈们活得滋润一些。倒是那些贪得无厌、靠权力或者坑蒙拐骗发财的人应该反省。如今许多贪官污吏在人前说得天花乱坠，堪比圣人，但罪行败露时始知污浊不堪。圣人的规劝大约最适合他们。

由此笔者还联想到，人们因病住进了医院，或者去参加某些中途夭亡的人的葬礼时，都会感叹健康高于一切，身体不光是革命的本钱，也是人生幸福快乐的最基本前提，但一旦离开医院离开火葬场又不顾一切地投入工作，投入竞争的环境之中。人们总是抱有侥幸心理，认为自己为了名利地位奔波不会立刻倒下，那些贪官污吏也觉得自己不会马上被抓，能多捞一把是一把。

看完第二章，有点不满意的是，笔者觉得作者在刻意把那个在雪地里发现的"宝物珍草"往白鹿上靠，白嘉轩画出长得像鹿的植物实在过于牵强。可能是笔者做律师久了，总是不自觉地考虑文学作品的逻辑性，所以笔者编起故事来非常难。

不管咋说，笔者不是写文学评论那样的文章，只是读后感，有什么想法就直抒胸臆，有些认知也可能与名著要表达的意思相去甚远，请读者和文友们见谅！世间圣人越来越少，还是做一个善良的凡人吧！

三

在第二章的末尾，白嘉轩已经下定决心，要把显现白鹿吉兆的那块土地据为己有，还找了个"按照神灵救助白家的旨意办事"的正当理由。但要达到这个目的必须花一点心计，要"做到万无一失而且不露蛛丝马迹"。这也难为一个涉世未深的年轻人了，但他却很老到，做起事来迅猛而又果敢。

第三章正是他要计谋巧购这块土地的精彩过程。他摆出的面孔、说话的语气和内容，与他的心境正好相反。他装得很像，演得逼真。说此时此刻的白嘉轩是个双面人倒也恰当。不过比起那些人前一套人后一套的贪官来，他似乎不算坏人，因为他在本质上没有损害鹿家的经济利益，当然更谈不上损害其他方面的利益。他只是为了达到自己的特殊目的，不惜使用阴谋诡计而已。他不仅骗过了冷先生和自己的母亲，也骗过了白鹿村与白家势均力敌的鹿家。这个生意在当时看做得很划算，战果很辉煌。白嘉轩的睿智、干练一下子就凸显出来了，这一章也为后面白家与鹿家的争斗埋下了伏笔。

等天字号的水地和人字号的旱地交换完毕，白嘉轩将亡父的尸骨迁至他费心置换来的风水宝地时，已经引起了鹿子霖的怀疑。他的父亲"心里赞赏儿子的分析，嘴上却仍然坚持自己的看法：是瞎折腾"。至少说明鹿家父子也是有心机的人，怎奈木已成舟。但鹿子霖在换地过程中的表现已足以证明他的机敏和能干并不输白嘉轩。如果不读完整本书，仅凭第三章的内容，甚至无法评判二人品性的优劣。

这一章作者在让白嘉轩把亡父的尸骨安置于风水宝地让白鹿精灵去滋润之后就进山去找女人，然后一切顺当。连彩礼都没有提及，就把新娘娶了回来。到底是父辈的交情起了作用，还是白鹿精灵显灵呢？似乎二者都包含在其中。不仅如此，白嘉轩与第七个女人的新婚之夜，中间虽然有点曲折，但终归还是如愿以偿，喜出望外。

第三章看完之后笔者掩卷沉思，作者从第一章开始到此章结束，一共描写了白嘉轩与七个女人的新婚之夜，花费的笔墨并不多，但七个女人各有风采，人物刻画得活灵活现。作者并没有通过大肆描述房事以吸引读者的目光。但笔者仍在心里发问，为什么非要让白嘉轩娶七房女人呢？如果换作娶三房、四房能不能达到作者的目的？是为了达到震撼人心的效果，还是为了一打开书本就牢牢地吸引住读者？如果舍弃了"白嘉轩后来引以为豪壮的是一生里娶过七房女人"这个开场白，是不是《白鹿原》就不会如此精彩？

以上这些疑问和假设已经没有多大意义，也无法得到陈忠实的回答。经典之所以成为经典，就是作品本身是独一无二的。据说这个作品为了顺利参评茅奖，还删除了几万字，笔者至今还不知道是删了些什么内容。

这一章描写白嘉轩为了说服冷先生做中间人去说服鹿家买他的二亩水地，扮出副可怜兮兮的模样，一脸无奈、神色疲惫、声音凄楚地述说家中不幸、哀叹自己穷途末路、命里注定先祖家业要破落在自己手里等，可谓演技高超。把他心里燃烧着炽热的进取的欲火遮掩得严严实实，让人惊叹白嘉轩的城府之深和作者文字功底之精湛。

四

《白鹿原》第四章有两部分内容，较前三章稍长一些。与此相对应，笔者的读后感也可能稍多一点，有更多的话要说，是淡汤凉水，还是一杯酽茶，也就顾不了那么多了。

首先感慨的一句话是从老祖先那里传下来的，叫"马无夜草不肥，人无横财不富"。白嘉轩在水地里种罂粟，就应了这句话。不管怎样，白嘉轩在那个年代种罂粟仍是违法行为，是在挣不义之财，发的是"横财"。尽管他在种植并收获了三年横财之后才被县府派来的禁烟专员朱先生当作了反面典型进行纠正示范，但民族英雄林则徐虎门销烟的壮举应该在先，并早已传扬至民间，鸦片的危害性白嘉轩不可能不知道。从他和长工鹿三的对话中，只说种药材，提罂粟而不提鸦片，足以看出他的处心积虑。更何况他的岳父能用黄货购买种子让他去种植加工，虽未点明种鸦片的暴利，但这东西的贵重程度不言而喻。金子多贵它就有多贵，白嘉轩是明白这点的。

朱先生在翻耕捣毁罂粟地之前，郑重其事地让白嘉轩把门楼上"耕读传家"四个字挖下来，或者用黑布蒙盖上，足以证明种植加工鸦片的行为不仅违法，也与传统文化所提倡的耕读传家思想相背离。种粮种菜种树种花均包含在耕耘之中，唯独罂粟不行。因为罂粟除了具有一定药用价值之外，由它加工成的鸦片大烟是害人的毒品。

朱先生能接受县府的指派，身先士卒下乡毁苗翻地禁种罂粟，并且从妻弟头上动手，与民族英雄林则徐一脉相承，他们都是中华民族的脊梁。在禁种过程中白嘉轩没有反抗，鹿家父子主动效仿，这一切都源于朱先生的教诲与示范作用。朱先生的所作所为，让他的形象更加高大丰满，他不只是神，是圣人，还是优秀传统文化的捍卫者，在他身上闪耀着胸怀民族大义、执法不避亲疏的光芒。笔者认为陈忠实先生在本章节花费大量的笔墨，主要在于塑造朱先生的高大形象，又巧妙地照顾到白嘉轩迁坟后家业的殷实兴旺，让他发横财以便有日后与鹿家对抗的资本。

但作为农民出身的笔者，仔细阅读后却发现本章有一个小小的瑕疵。农村使用牲口犁地耕种时，除在田间地头较短距离移动时犁被农人扶着以外，从家中到田间地头的这段路途都是人扛着犁，绝不会一出家门就上套手扶跟随，那样既不安全，而且容易毁坏道路，还费时费力。想必作者去过田间地头观看和操作过犁，却忽视了往返路途的情景。但瑕不掩瑜，只是一笑而已。

本章还有一出重头戏便是白嘉轩与鹿子霖为争李家寡妇那六分地而打架斗殴，后双方准备诉至县上，却因朱先生的亲笔信而握手言和，最终地归原主，白鹿两家各自周济给李家寡妇一些粮食和银圆的情节。这个事情后来被乡间广泛传播，滋水县令都大为感动，将白鹿村批为"仁义白鹿村"，凿刻石碑，立于白鹿村的祠堂院子里。从此白鹿村也被人称为仁义庄。但追根溯源，真正的仁义之人仍是朱先生。

这个故事让人不由自主地想到"六尺巷"的古老传说。几千年来，神州大地上通过宽容谅解退让化解邻里纠纷、和睦相处的案例数不胜数。尤其是当事人一方依仗的高官贵戚，不但不仗势欺人，反而劝说自己的亲人谦让退让。朱先生便是这样的人，是笔者心中的偶像！

作为一名执业三十年的老律师，在当今法律制度越来越完善、越来越健全的情况下，笔者仍然赞赏朱先生的作为和高风亮节。对于民事纠纷的处理，能够和解处理的笔者绝不怕麻烦，不放弃任何可以利用的时机规劝双方。前年我曾在今日头条发表《赢官司也要少打》一文，阅读量高达三万六千次，数百点赞以及评论支持笔者的观点，令人十分欣慰。

社会和谐关乎国家的长治久安。在当下社会戾气较重的情况下，尤其需要更多和朱先生一样的人，大家共同努力营造和谐的社会环境。

五

第五章的内容比较繁杂，只能按照书中叙事的先后写下对应感想。

作者从白嘉轩严厉管教两个儿子马驹和骡驹说起，在孩子们都该上学读书的时候，他开始谋划，决定给白鹿村创办一所学堂。目的也不全是为了儿子就读方便，还有为乡邻们着想的"立功"之意。同时把学堂选址在旧祠堂然后翻修一新，让自己的名字与祠堂和学堂一样不朽。书中并没有明写他因为种植加工售卖大烟土而发了横财之后平添胆量豪气，才敢兜底修缮祠堂办学堂。当然，这也与第七房女人仙草为他们白家生下了两个儿子，他"两头发慌发松的病症不治自愈"有关，这个在书中倒是写得明明白白。

白嘉轩要翻修祠堂并且在里面办学堂，没有鹿家的支持肯定不行。有意思的是白嘉轩说"大叔，咱们的祠堂该翻修了"，在鹿泰恒那里得到经过一番思忖后"早都该翻修了"的回应，白嘉轩竟当即品出了三种味道：应该翻修祠堂；祠堂早应该翻修而没有翻修是老族长白秉德的失职；新族长忙着娶媳妇埋死人现在才腾出手来翻修祠堂咧！阅读到此，我不由得感叹中文的奇妙，还有作者对语言的巧妙运用。在"该翻修了"前面仅仅加了"早都"二字，就生出三种味道，不光说者有心，听者也明明白白，估计外文不具备这等功能。而这还是我们普通百姓相互交流时的常用语言，在这里突显简洁明了而含义深刻。

这一章还有半页文字所叙述的场景让我感动得落下了泪水，那便是白嘉轩、鹿子霖去白鹿书院找朱先生推荐一位知识和品德都好的先生到白鹿学堂执教一节。白鹿原上乡民敬仰的神人、白嘉轩心中的圣人朱先生竟然向白嘉轩和鹿子霖打躬作揖，并跪倒在地。朱先生的行为和他说出的那番话让我难抑激动，热泪涌流。在历史的长河中，像白嘉轩、鹿子霖这样做善事、办学堂为后世子孙造福的人层出不穷，值得赞扬和铭记。但像朱先生这样有身份的乡贤，能对做善事的年轻人如此表达敬意，却十分罕见。这一跪，不仅不卑微，反而更显崇高和伟大。这才是真正的"男儿膝下有黄金"，朱先生那颗金子般的心闪闪发光。如果我们华夏民族有一大批像朱先生一样的仁人志士，将会更加强大！

在这一章，作者还十分巧妙地通过翻修祠堂这个话题，介绍了白鹿村的历史由来和白鹿两姓原本同祖同宗的传承过程。还把鹿子霖老太爷"天下第一勺"的发家致富之路以及自身遗憾和对后辈子孙的殷切期望进行了重点叙说。字数不多，篇幅不长，但却非常耐人寻味，让人刻骨铭心。

在老辈庶民百姓的心目中，对做官为宦始终是向往的，血脉里总是流淌着读书入仕的渴望。老父亲就曾多次训诫笔者："宁可做公家人去扫厕所，也不要当农民。"他希望我读书上进，能得到国家的统一分配，未果后又想方设法让我当兵以求提干，一心想让我端上铁饭碗，做个公家人。虽然父亲的期望值比鹿子霖老太爷的期望值低，但笔者一生竟然未能实现，好惭愧呀！

言归正传。这一章随着学堂的开设，聘请老师，白鹿两家四个孩子加上鹿三的孩子黑娃入学，书中的主要人物一下子增加了六个。在六个人物中作者似乎重点刻画黑娃。黑娃对冰糖点心的异常感觉和反应，对读书的厌倦，对驴马配驹的兴趣等，作者似在塑造他的叛逆性格，为他日后的遭遇埋下伏笔。

白嘉轩在这一章中的表现，显示了他卓越的组织领导能力。他将这个族长当得有声有色，让白鹿村洋溢着一种友好和谐快乐的气氛，祠堂旧貌换新颜，学堂隆重开馆，加上出资供长工鹿三之子黑娃上学的义举，让白嘉轩的形象愈加丰满，更加高大。

兆鹏兆海、孝文孝武都是少年的同学玩伴，他们先后离开白鹿村学堂到白鹿书院去上学读书。他们的父亲赶着木轮大车相送，对他们寄托着厚重的希望。多年以后，又会得到怎样的回报呢？

六

我大约用了不到两个小时的间歇时间，把第六章读完了。发现了好几个错别字，这么好的纸质和精美装饰，怎么像盗版书？不过影响不大，自己纠错或者按正确的意思去理解来补救吧！读罢这一章感觉难以马上下笔，干别的事情的时候仍在天马行空一般胡思乱想。

第六章叙述白嘉轩的妻子仙草生下了第三个儿子牛犊。在二儿子骡驹和三儿子牛犊之间的六年里，仙草还生过三男一女，四个孩子皆遭厄运死去。他们和其他农家早夭的孩子一样，尸骨都埋在牛圈里化成了粪肥。这些令现代人心碎的历史事实，在当时司空见惯。那时没有计划生育的约束，不管生活多么艰难困苦，能生的总在生，谁也阻挡不住。没有人会因为住房紧张、就医难、抚养教育投资巨大这样的理由惧怕生儿育女。当然，这也足以说明自古以来，夫妻生活与吃饭穿衣一样重要，一样不可或缺。

这一章作者还把白灵出生、庆生的过程和决定给女儿找干爹、拜鹿三做干爹的过程做了详尽的描述。这个决定本来是农村的一个乡俗，但白嘉轩的妻子仙草主动对丈夫说让婆婆选择谁做白灵的干爹就显得贤淑而明事理，而婆婆白赵氏（我戏称为"地主婆"）没有选两代交好且有名望的冷先生，反而选定了长工鹿三，实出乎常人的意料，但也在情理之中。小说中没有明说白赵氏选长工鹿三做孙女干爹的理由，给读者留下了思考的余地。至少她老人家觉得鹿三这个人蛮好，两家的关系绝对超出了一般主家和雇工的情分，非同一般。选择鹿三既不会辱没白家的声誉，也不会留下其他的绯闻闲话。对此，白嘉轩和仙草完全认同，也说明整个家庭对长工鹿三的信任和敬重。

而鹿三虽然是个没有多少文化的粗人，却以自身的遭遇和现实，领悟出了大道理和大哲理。在鹿三看来，他给白家干活就是为了挣人家的粮食和棉花，白家给他粮食和棉花就是为了让他给自家干活。"这是天经地义的又是简单不过的事。挣了人家生的，吃了人家熟的，不好好给人家干活，那人家雇你干什么？反过来有的财东想让长工干活还想克扣长工的吃食和薪俸，那长工还有啥心劲给你干活？"在鹿三朴素的思想意识里没有阶级剥削这个词汇，更不可能与什么资本和剩余价值相联系……

　　鹿三最后答应结下这门干亲，是因为白嘉轩已经开了口，他不能伤白嘉轩的脸！但鹿三的儿子黑娃却眼里泛着泪花，不吭声也不去白家坐席，斜着眼一甩手走掉了。鹿三骂他是个谬种，但也没问其中原因，自然不知究竟。作者在这里卖了个关子，显然是为后来的故事埋下了伏笔。

　　德高望重的冷先生也缺席了白家为女儿拜干爹的庆贺仪式，牵扯出他去城里给亲戚看病，后遭遇了一系列事。因为"反了正了，革命了"，枪声大作，子弹乱飞，他差点回不来。

　　紧接着鹿子霖又说出白鹿原上出现"白狼"的消息。为村上乡邻们的安全，众人在族长白嘉轩的组织带领下修补了堡子残破的围墙，有效阻遏了"白狼"的侵扰。事情虽小，但意义重大。书里说白嘉轩确切验证了自己在白鹿村作为族长的权威和号召力，从此更加自信。

　　第六章后半部分的内容，作者又把笔墨落在了朱先生身上。朱先生凭一张嘴，一句话就斥退了从甘肃反扑过来二十万清军的传闻，经过白嘉轩亲自上门见姐夫得到了验证。朱先生能够为反叛清廷的张总督当说客去说服恩公方巡抚退兵，实为百姓安危着想。这足以说明朱先生虽然传统，但不迂腐更不愚忠。"顺时利世"乃朱先生之信条。后面基于白嘉轩对时势发展的疑虑，朱先生又为白鹿村拟写了《乡约》。

　　这个《乡约》文本放在百年后的农村仍然适用。它与现今农村的乡规民约只是说法上稍有区别，核心内容仍未过时。朱先生对农村治理的理论和实践，闪耀着不褪色的光芒。眼下国家正加大气力进行乡村振兴，良好的民风以及民俗文化，不外乎还是那些内容。

　　这里还提到鹿子霖被任命为白鹿镇保障所乡约，为鹿子霖与白嘉轩的明争暗斗又一次埋下伏笔。

七

早上抽时间先把第七章粗略地看了一遍，不由得一声长叹。这就是百年前的农村，祖先的家园。我的祖辈们说不上是苦是甜，是幸运还是悲哀。清朝覆灭了，军阀们闹腾得很欢。"反了正了""革命了"，庶民百姓平静的生活被打乱。总是有人张狂，有人不满，然后开始争斗，虽没有腥风血雨，但已经开始地覆天翻。

待细看时发现：鹿子霖一上任乡约就施展出非凡的办事能力和组织才能。买下破落户的民房，翻修成了焕然一新的滋水县白鹿仓第一保障所。然后在县府接受了为期半个月的培训，铰了辫子，穿上了制服，还和各仓总乡约、各保障所乡约们、史县长留下了一张历史性的合影。随后隆重地举行了乡保障所创建成功的庆祝活动。很显然，此时鹿子霖的风头已经盖过了白嘉轩，这让白嘉轩不舒服。但梗在他心头的却是"这些人在这儿吃谁的"，他的疑惑随后很快有了答案，羊毛出在羊身上——自然要花乡民的。保障所成立后的第一项工作便是奉县府命令进行土地和人口的彻底清查并逐村逐户核查造册。这件事情本无可非议，个人以为是改朝换代后应做的基础工作。但"一亩一章，一丁一章，按土地亩数和人头收缴印章税"确实不妥。至于印章税收齐后的使用分成，似乎也有一点道理。其是非曲直已经涉及地方政府的治理等深层次制度建设，故只可意会，不可分析了。

但这个政令白嘉轩却无论如何也接受不了，大部分村民也接受不了。徐先生归结为"苛政猛于虎"。于是在白嘉轩的策划组织下，不但徐先生撰写的交农檄文暗地里传遍十里八乡，而且由鹿三、和尚等人领头，上万人带着农具去县城交农，返回途中还对未参与交农的村庄人家进行了惩罚性的打砸。结果是滋水县县长被免职，上面派来了新县长。新政府对交农事件表现出极大的宽容。县府里一位白面书生向前去投案自首的白嘉轩笑着解释："而今反正了，革命了，你知道吧？而今是革命政府提倡民主自由平等，允许人民集会结社游行示威，已经不是专制独裁的封建统治了。交农事件是合乎宪法的示威游行，不犯法的。那七个人只是要对烧房子砸锅碗负责任。你明白了吗？快把麻绳装到褡裢去。你要还不明白，你去法院说吧！"读到这一段时，笔者不由得陷入沉思。那可是一百多年前的事情了，那个没名没姓的白面书生好可爱好可敬啊！

福禄寿

癸卯二月晓楠贺作

可惜白嘉轩却不明白，而且愈加糊涂。他到法院去仍得到同样的礼遇和解释。他为了救带头闹事并打砸不去闹事的农家而被拘押的和尚倒是费尽了心机。不仅背着绳索去投案自首，还找关系走后门，并且向法院院长的太太行贿，终于使和尚获释。看到这里，真不知该说白嘉轩什么好。他的做人行事风格已经复杂化，善恶皆具。

这个不一样的和尚出狱后就不见了，去向成谜。会不会是作者埋下的伏笔呢？过去读小说时没留下印象，故而无法确定作者的用意。

看完这一章，思绪万千。长篇小说《白鹿原》已经进入了宏大的叙事篇章，白鹿原的命运就是当年整个中国农村的命运。几千年的封建统治被孙中山先生领导的辛亥革命推翻了，旧秩序的消亡并不意味着新秩序的成功建立。新政权新制度才进入探索之中。虽然从小说本身还看不出国家的权力机构是谁执掌，但革命正在进行。

我感叹，一个社会历史变迁中的诸多事件，很难用是非曲直、正义与非正义来评价。一个人的善恶好坏也同样难以用是与不是来确定。个体是复杂的，历史和社会的发展与倒退则更为复杂。历史会因为胜者王侯败者寇而由胜利者去按照自己的意志书写，一个人又何尝不是？只有在这个尘世上干下了"立功立言立德"业绩的人，才有资格为后人留下痕迹。

八

在读第八章之前，又把第七章再翻了一遍。觉得昨天写的读后感意犹未尽。

一是"白嘉轩后来引为终生遗憾的是没有听到万人涌动时的踢踏声"。这一句，还是《百年孤独》的味道。白嘉轩作为交农事件的幕后主使，是他让徐先生拟写传帖、让鹿三密送传帖，是他把各乡百姓煽起来去县府闹交农的，但他缺席了那一个重要的时刻。二是"时势和机运却促成了鹿三人生历程中的一次壮举"。一个拉长工的成了交农事件的带头人之一。而他直到死亡都没有想透怎么会产生那样奇怪那么荒唐的感觉。作为读者则浮想联翩，似乎有万语千言埋藏在了心中。

交农事件对白嘉轩、鹿子霖两个人之间的关系影响很大亦很深，应该说已经明朗化。

在第八章里，白鹿原又恢复了素有的生活秩序。只是这一年多时间里，《乡约》的条文松弛了，有些人开始走邪路。白嘉轩于是以族长的身份，用族规惩罚教育赌徒和抽大烟的人，扶助因之致贫的家庭，倒也值得称道。反而显得所谓的新政府基层组织还不如他这个族长有权威有效率有成果。

在这段时间，德高望重的冷先生在维护自身利益的基础上，促成两个女儿与白鹿两家联姻。此举不只为了不得罪任何一家，也有化解白嘉轩、鹿子霖之间因交农事件引起的芥蒂，和睦两家关系之心愿，主观上充满了善意。

下来是何县长登门拜访白嘉轩，请他出任本县参议员，白嘉轩由开始的不明白、不在意到后来答应。

白嘉轩参加了县里第一届参议会，再回到白鹿村时和鹿子霖一样变了模样。时代变了，白鹿原也得变。男人开始剪辫子，女孩子也不再缠脚了。二姐和二姐夫皮匠这对不太重要的角色下乡拜年，他们时尚的穿着打扮和言谈举止开始影响白家人，尤其是白嘉轩的几个子女。孩子们开始向往进城念书，接受新思想新观念，重头戏是女儿白灵，突然失踪去县城上学，连干爹鹿三都对这个干女儿产生了反感和忧虑。这明显也是伏笔。白灵不光长得水灵，而且聪明伶俐，更具叛逆精神，书中通过对鹿三的内心描写，预料白灵或将有更大的危险在后头。而白嘉轩由于过分疼爱女儿还没有意识到危险。他只看到了女儿身上透出的那股豪放不羁的气度，甚至忽然联想到了那只形似白鹿的东西。我此前多次看过本书，也知道白灵后来的发展和遭遇，这次再精读到这里时，难免也想到白鹿，白灵何尝不是白鹿的精灵呢！至于其他的慨叹还是留在后面再细说不迟。

这一章的结尾作者详细叙述了黑娃（鹿兆谦）。黑娃十七岁了，决定出去打工。耐人寻味的是，尽管白嘉轩对他一家人很好，但他却不愿与白家人亲近，更不愿在白家打工。经鹿三再三追问，他竟然是嫌嘉轩叔腰杆挺得太硬太直。这是什么理由？鹿三听了应该没有完全理解，还轻松地笑了。一个人平时腰杆挺得很直很硬，不只是一个习惯，应该与自信有关，与光明磊落有关，是不是还与一身傲骨盛气凌人有关呢？其他人若无偏见或者成见，又何必计较别人腰杆挺得直硬呢？双方之间若没有交集和利益之争，但就是看不惯，究竟是什么原因呢？

黑娃出去打工不久，带着一个女人回来了。鹿三问明其中原委，差点儿气死。进门就抽了黑娃一记耳光，把黑娃和他媳妇赶出了家门。黑娃连夜引着媳妇出门，买下村东头一孔破塌的窑洞安下了家。这要是在如今的年代，能从外面领回个媳妇，或许对一个家庭来说是求之不得、欢天喜地的事情，而且后面发生的事情也不会那么糟糕。可是凡事不能假设。白鹿原上将会因为这个女人掀起多大的风浪，后面的故事随之展开。

应该补充的感想还有：白嘉轩按照乡约和族规惩治赌徒与吸大烟的人，竟然采取了让赌徒两手进开水锅的办法，对大烟鬼采用吃屎的办法，与如今的法规手段相比显得残酷且不人性化。但还是有立竿见影的效果。这算不算一种村民自治方法和制度呢？

九

夜里醒来时，我看看墙上的挂钟才三点半。可是睡意全无，索性穿好一身棉衣，坐在桌前，翻开《白鹿原》阅读第九章。大约只用了一个小时就看完了。躲进灶房打开换气扇接连抽了两根烟，边抽边沉思。待又一次半躺在座椅上准备写下这些文字时，挂钟的时针已经指向五点。此刻屋内的灯光格外明亮，除了灯泡功率大，还有避过了用电高峰期电压稳定的缘故。相对于窗外的万籁俱静，估计没有人能猜出这家灯火通明的主人在干什么事情。

《白鹿原》就翻开在桌面上，页码为第124页。陈忠实先生若有在天之灵，看到一个年近七旬的老人如此痴迷他的著作，深更半夜还在苦读苦思书里的内容，会不会十分欣慰呢？而我却想对他说，你真会折腾人、折磨人，你安然长眠于地下，却让多少活着的人不得安生！

你让十七岁的黑娃去外出打工，落脚到渭北将军寨村的大财东郭举人家，让他和郭举人的二房小女人相遇也罢，怎么能把郭财东用小女人阴道泡枣以求补阳的极端隐私让长工头儿李相知道得一清二楚，还抖落到黑娃的耳朵里呢！这下子热闹了，黑娃成了奸夫，差点被郭举人的两个侄子要了性命；小女人自然就成了淫妇被休回了娘家。

我没有认真比照过，不知道这一章里有没有因为要参评茅奖而删节的片段和文字。但也许是过来人的缘故，看到那些男欢女爱的情景，觉得除了真实流畅，还有自然和美好相伴。那些床上以及与床上有关的事情，哪一个正常的男人女人都会有自己的见地，以至于每一个读者都会有自己的联想和身体情绪的反应。当然，这些行为无论是在当初还是现在都与法律和道德相悖，始终不会被提倡。但它是人的本性。即便道德和法律严酷到可以因此而剥夺人的性命，仍然屡禁不止、绵延不绝。社会越是进步越是发展，它便越肆无忌惮，如洪水之泛滥。因为法律和道德的规定一旦违背人的本性，它的权威和约束力自然就会衰减。曾经看到过易中天先生的一次演讲，他在讲到独立人格和自由意志时最后说，其中最重要的是自由处置自己身体的权利，包括性权利的自由处置。随着时代的发展进步，现今社会的婚姻自由已经最大限度地赋予了青年男女人身自由，避免了与保护婚姻制度的道德和法律的根本冲突，显著减少了人间悲剧的发生。而黑娃他们那个时代的人面临的却只能是厄运。

这一章作者通过黑娃打工以及与小女人私通的遭遇，描述了三个大小财东（地主一类）的为人处世。客观地讲，郭举人似乎并不是坏人。他对几个长工，尤其是黑娃并不差。若不是随后指派两个侄子对黑娃下毒手企图杀人灭口，估计所有的读者都会称赞他的善良和宽容大度，只会记住他的好。至于让小女人泡枣的行为也只是个闲谈的笑料而已。其间还包括正房太太对他与小女人的约束等，让读者知道那个时代一夫多妻制的和谐存在，并非一无是处。

而小财东黄老五的勤苦，极端的吝啬和节俭，给人留下深刻印象。关于饭后舔碗，不光舔自己的碗，还舔雇工黑娃的碗，天底下能做到的恐怕就此一人。他的确爱惜粮食，是优良品质，而且有他对过日子、穷人变富的一套理论指导。舔自己的饭碗，我的上一辈人的确有此习惯。我在少年时代，只要在外公家吃饭，就被外公指教着舔碗，尤其是喝苞谷稀饭小米粥时必须把碗舔得干干净净。如果吃馍吃饭不小心把渣渣掉在了桌上，外公一定逼着我捡起来吃掉，还教导说要养成习惯。故对这个小财东的勤劳节俭我还是赞赏的。联想到现在的扶贫现状，应该给一些懒汉上这样的教育课，如果这些懒汉贫困户都学黄老五的样子，何愁不能致富？

书中还写到了小女人的父亲田秀才，应该也算一个财东。田秀才因女儿干下丢人事被休以致病倒。他为了尽快尽早把丢脸丧德的女子打发出门，像用锹铲除拉在庭院里的一泡狗屎一样急切。让黑娃带走不仅不要彩礼，还倒贴两摞子银圆，让黑娃回家买点地置点房好好过日子。田秀才似乎也十分善良，可是当初怎么忍心把女儿嫁给一个老头做二房呢？！

先写到这儿吧，天已经大亮了。或许和前两章一样，写好发出去了，又想添加几句，那就再添吧。

十

　　看完《白鹿原》第十章，说句心里话，就像中午在宴席上吃多了撑得难受，着急之下也不知怎么督促胃肠去消化。文章该从哪里着手，写些什么令我发愁。我不由得绕着院子里的花园来回踱步，借以捋顺思路，然后开始手指舞。悄悄告诉读者文友们也不怕丢人，我这人至今用不了电脑，所有的文字全靠食指直接在手机屏幕上书写，我美其名曰"手指舞"。但不论是敲击键盘，还是手指挥舞，都得听从大脑的指令。可这会儿头有点大，思绪混乱，都怪陈忠实先生，布下这张难解的蛛网。

　　这一章作者着重写了白嘉轩为大儿子白孝文筹办婚事，除了宴请乡亲丰盛的宴席，还有至关重要的进祠堂叩拜祖宗仪式。又通过鹿三之口，简要叙述了鹿子霖也是在过年时给其大儿子鹿兆鹏完了婚。不过兆鹏不情愿，是被他父亲打着逼着屈从的，勉强回家、勉强进新房、勉强进祠堂，婚礼一完就撇下媳妇跑城里去了。鹿三十分自然地想到自己的儿子黑娃竟然引回来一个小婊子，入不得祠堂拜不得祖宗，没法见父老乡亲的面，成了他的一块心病。即便白嘉轩全力以赴，使出浑身解数，也无法让黑娃丢开那个小女人。故作者把这一对男女的难题暂且抛下，而把白孝文与媳妇、鹿兆鹏与媳妇这两对男女的情爱以及因为婚姻而形成的各自不同的家庭关系和家庭矛盾进行详尽的描述。

　　这三对青年男女是《白鹿原》中的第三代人物，也是白鹿原的未来。黑娃和他的女人虽然因没进祠堂、没拜祖宗，就像没领结婚证的同居关系一样不被乡亲认可，但不妨碍他们爱得死去活来。鹿兆鹏和他的女人虽经明媒正娶，而且进了祠堂拜了祖宗，就像领了结婚证的合法夫妻，可是鹿兆鹏却不爱妻子，抗拒父母包办的婚姻。为了维护鹿家的面子和与亲家的关系，鹿子霖和父亲对鹿兆鹏又是打骂又是下跪，无所不用其极，终于把人拽回家，但仍然难以挽救其婚姻，更不能催生属于夫妻的情爱。白孝文与他的女人倒是既合规矩又相亲相爱，可是却过分贪色以致伤身。让父母担心、祖母着急，在三个长辈的管教之下才有所收敛。

　　这三家人因为儿子的婚姻，各自出现了不同的难处，各自在想办法解决，也形成不同的结局。所有这一切都说明，社会越是落后，婚姻关系的社会属性越是突出，由婚姻结成的那张网越是复杂和牢固。相形之下，个人的自由和独立精神则被禁锢、被弱化。这也是后来进步青年反封建礼教的直接原因。那个时代的休妻就是解除婚姻，但主动权却牢牢掌握在男方手中。休妻的男人可以再娶，但被休的女人似乎难以再嫁。笔者对此并无研究，是根据黑娃的女人被郭举人休掉后才嫁给黑娃，却遭大家诋毁作践推论出来的。

还有关于性描写的认识与评价，国人历来羞于言表，明事只许暗做，嘴上尽量不说，明面上极力掩饰，暗地里无所不做。我谓未必利大于弊。本书作者在第九、第十两章均有一定篇幅的文字描述，但不酽不淡恰到好处。尽管是百年前的社会生活，男欢女爱仍然是人们最重要的精神支柱。没有性的婚姻几乎是不可能的，除非丧失了性能力。

性不是绝对美好的，但性和谐绝对是爱情以及美满婚姻的决定性因素。

笔者注意到本章白嘉轩在规劝黑娃抛弃那个女人无果后的预言："让他瞎碰瞎撞几回，也许能碰撞得灵醒过来，急是没用的。"不仅说明黑娃性格倔强，宁折不弯，而且暗示他要碰钉子撞南墙，至少要经历坎坷磨难。相对应的是，白嘉轩对白孝文说："你要是连炕上那一点豪狠都使不出来，我就敢断定你一辈子成不了一件大事。你得明白，你在这院子里是——长子！"白孝文便听进心里去了，而且立即改了。这算是白嘉轩教子有方呢，还是白孝文知道孰轻孰重，明白是非？

本章最让人同情的是冷先生大女儿的遭遇。鹿兆鹏不要她，鹿子霖、鹿泰恒又不同意鹿兆鹏休妻，她只能苦守活寡，封建礼教和婚姻形成的社会关系要把这个善良的女人一步步逼进痛苦的深渊。

十一

《白鹿原》第十一章，按顺序有这样几个内容：先是一队士兵开进白鹿原，进驻白鹿仓。这些士兵自称是镇嵩军刘军长的队伍。他们通过武力威慑向乡民征粮；下来详述黑娃和田小娥被鹿三撵出家门后这段时间的生活状态；再下来是通过鹿兆鹏找黑娃拉家常、宣扬进步思想，继而与黑娃、韩裁缝商议烧粮台并立即实施的过程；末尾是杨排长调查追责惩处"白狼"并决定烧了再征，还要加码进行的过程。

随着军阀的队伍开进白鹿原征粮，乡亲们的负担加重，有苦难言，但没有人敢反抗。白嘉轩开始还硬气地拒不敲锣，但面对乌黑的枪管，被众人劝着还是敲了锣。这是作者第二次在书中以白嘉轩之口说出"百姓只纳皇粮，自古这样。旁的粮不纳"这样的话。上一次交农事件，就是因为新政府收印章税引起的，那时他也这么认为。这让我印象深刻。

但军阀的队伍征粮，可不像新政府收印章税那样文明，他们不会允许你讲理，不会允许你游行示威。如果不从有可能丢了性命，谁敢反抗呢？白嘉轩也没辙了。

黑娃也乖乖地交了粮。他担心的不是要交一斗麦子，而是怕那些当兵的会糟践他有几分姿色的女人田小娥——这一章小娥的名字才出现，咱就不再称她小女人了。

接下来小说的这一段，描述黑娃收拾破窑洞、安装结实的木门，出门打土坯（关中一带叫打胡基，不仅是技术活，而且是最重的体力活）、当麦客挣钱交给小娥。他们不仅置了点地，还逮了猪娃，修了鸡窝，让小娥养小鸡。黑娃还在窑洞外的塄坎上栽了一排树。"窑院里鸡叫猪哼生机勃勃了，显示出一股争强好胜的居家过日月的气象。"黑娃已经成熟了，小娥与他厮守着，做家务，纳鞋底，喂猪鸡，二人相亲相爱，温暖而又温馨。

许是笔者心软而又多情的缘故，这一章的这几页内容，尤其是看到小娥呜咽着说"我不嫌瞎也不嫌烂，只要有你……我吃糠咽菜都情愿"时，笔者禁不住热泪盈眶。不知当初陈忠实老师写到这里时会不会和我一样，发出黑娃是个好小伙，田小娥也是个好女人的感叹？如果他们能一直不被外界影响和干扰，继续那样平静地生活，过自己的日子，该是多么幸福的一对好夫妻呀！

然而白鹿原不是世外桃源，黑娃和小娥也躲不过尘世的风雨。仅仅因为一席知心话，一番对黑娃自主争取婚姻自由的赞美，加上童年的美好记忆，鹿兆鹏顿时就成了黑娃的世间知己。笔者觉得鹿兆鹏并没有把烧粮台的意义和风险向黑娃说清楚，黑娃就成了同伙，加入并开始行动。这也有点太匆忙、太欠考虑了。尽管二人最终没有被查获，但火烧粮台的效果并不是很好。

这一章中兆鹏对黑娃冲破封建礼教，自己给自己找媳妇的赞美，道出这就叫自由恋爱。而且认为国民革命的目的就是革除封建统治，实现民主自由，其中也包括婚姻自由。或许当初在推翻清王朝之后，孙中山领导的民主革命，实行的"三民主义"就是这个目的。民主自由为所有的革命党人所向往，并不惜为之抛头颅洒热血。但那些军阀所追求的却不是这些。消灭军阀们付出的代价似乎比推翻清王朝还要大，对普通老百姓生活的影响则更为巨大。白鹿原从此将失去安宁，直到崭新的新社会到来。

若是论小说创作的技巧，探索作者的构思布局，人物事件安排，看到第十一章接近三分之一了，我仍然觉得一无所获。由于专业知识的欠缺，逻辑思维的固化，我实在搜罗不出捕捉不到其中可以提高写小说尤其是长篇小说技艺的奥秘。我始终认为长篇小说的创作需要天赋。若无天赋，则难于上青天。就像我到每一个著名的旅游景点参观游览之后一样，只会用一个字或两个字做总结汇报，那便是"好"或者"很好"。《白鹿原》细读至此，好像还是这样。文友们有什么高见，愿闻其详！

十二

《白鹿原》第十二章，一下子进入了敏感区。阅后思绪翻飞，飘得好远。

巴尔扎克"小说被认为是一个民族的秘史"一句话，赫然占据了本书的第一页，自然有它独特的意义。

有点失望但表示理解的是，儿子说他们和比他们更小的年轻人、下一代人，大多不喜欢这样的文学作品。因为时代进步了，现代化、城市化的发展进程让年轻一代以及他们的子女更关注个体的自由与生命本身的价值和意义。

也许在儿孙们眼里，《白鹿原》和我劳心费神写下的这些笔记感想，并不能打动他们，甚至有些不值一提。但他们的漠视却动摇不了我的专注和热情。文友读者们扶摇直上的阅读量以及点赞让我感到无比欣慰。心血没有枉费，贵在有大批的知音。不说了，还是继续进入主题。

在这一章的开头，是"朱先生已不再教学"。他将白鹿书院索性关闭，也辞去了任职不到半年的县立师范学校校长之职。原因是他自知"只能鉴古，于今人已毫无用处"。他经过深思熟虑打算重修本县县志。书中没有说县长是否拨给经费、供给薪俸。朱先生组织了一个九人的编撰小组，自任总撰，就紧锣密鼓地开始了卷帙浩繁的庞大工程。

对此编志壮举，笔者能理解的是朱先生志在为滋水县贡献心力，立言立德。不能理解的是，人常说盛世修志，当年却是时逢乱世呀，这该作何解释呢？

接下来写被乌鸦兵折腾得熬不住了的县长拜访，寻求朱先生预测未来，后又弃职逃走，紧接着刘军长拜访，寻求预测破城吉凶，朱先生与刘军长斗智斗勇的过程，再下来就是镇嵩军攻城不下东逃的情节了。

当那些真正的"白狼"走后，田福贤总乡约在他召集的乡约议事会上重复说，咱们当狗的日子到此为止，这杆子乌鸦兵把人折腾够了。九位乡约再也压抑不住，扯开嗓子嘲骂那一杆子河南蛋全是瞎熊，诅咒他们注定不得好死。我对这段历史很无知，也很忌讳这句话。如果是真实的历史尚情有可原，否则就应该删掉这些带有地域歧视的内容，就称乌鸦兵已经足够，不提地名并不会对作品产生什么影响。

接下来田福贤总乡约的一系列善后重建作为，鹿子霖的统领行为还是蛮正当的，也深得民心。作者这些安排，是不是也有他的特殊用意呢？好像他们比现在一些借赈灾扶贫而贪腐的官员还要强过十倍。

再下来是这一章的重头戏。白嘉轩在乌鸦兵逃离、西安解围后的第五天去城里看望宝贝女儿白灵，带着一家人的牵念和担心。"二虎守长安"是守住了，但代价也挺大，死尸遍地不计其数。白灵安好，却忙着抬埋死尸，清扫街巷里的脏物。她和鹿兆海既是同学，又是革命同志，还有一层重要关系即情侣。白嘉轩看见他们在一起却十分生气，竟称兆海是二货。这个肯定与他和鹿子霖的不睦有关，但不太符合白嘉轩的品性，因为此前鹿兆海并没有什么不当作为出现，凭什么称人家年轻后生为"二货"？这就是陈忠实先生的不对了。

但你白嘉轩不喜欢屁用不顶，你的宝贝女儿喜欢有什么办法？你瞧他们，已经共同成为有志于革命的热血青年，商量着一人加入一个党组织，并用猜抛一枚铜圆的两面来做出选择……

这个极为敏感的默契游戏，不是玩笑，或许更为真实并具有典型的历史意义。谁能让一个爱国的热血青年立即具备一双慧眼洞悉世间人心，有什么理由要求他们具备高瞻远瞩预测成败未来的能力？何况当时的大势是两党合作一致推进国民革命。

那一枚铜元的确珍贵，而抛掷铜圆的游戏不仅刻进所有读者的记忆，也"铸成了她和他走向各自人生最辉煌的那一刻"。但我知道，我心里想说的话还有千言万语，这里省去了十万字。

后面是白鹿仓重建被载入县志、梁县长、岳维山亲临庆祝大会讲话、成立国民党白鹿区分部，鹿家父子二人均为委员的叙述。其中鹿兆鹏既是共产党员又是国民党员，骑了双头马。当时岳维山书记说，两党是同志、是兄弟，共同推进国民革命。不仅把朱先生弄糊涂了，也让白嘉轩心里毛乱草势的，他担心一个槽道拴不下两匹叫驴，一窝蜂里容不得两个蜂王。净操闲心，却不无道理。

末尾是鹿兆鹏的共产党员身份公开后，光明正大落实党的安排指示。说服黑娃去城里接受培训,当作农民中的革命骨干培养。起初黑娃并不想去,却禁不住鹿兆鹏的一番诱导和激将法,终于同意。黑娃受训被白家父子还有田福贤嘲笑,但没想到黑娃培训归来后的行为却让他们瞪起眼睛。

十三

看完《白鹿原》第十三章,如果用一个字来形容,那就是"乱",用三个字来形容就是"非常乱"!有白家宝贝女儿白灵制造的内乱,还有鹿兆鹏、黑娃他们那些人在白鹿原上掀起的外乱,所谓"风搅雪"。白鹿原上掀起了轰轰烈烈翻天覆地的乡村革命,让我这个局外人时隔一个世纪读起来都有点头脑发涨、心惊胆战。

这一章由白嘉轩专心踩踏轧花机开始,听到儿子白孝文神色慌乱地叙说校长领着学生满街刷大字,"一切权力归农协"的消息,却不为所动。他要通过自己的言传身教,为儿子树立过日子的榜样。

过了多日听到白孝文说"黑娃把老和尚的头铡咧",仍然不为所动。他认为"要乱的人巴不得大乱,不乱的人还是不乱""哪怕世事乱得翻八个过儿,吃饭穿衣过日子还得靠这个"。

不知道白孝文是否听进心里去了,笔者却在思考:要乱的人都是些什么人呢?为什么巴不得大乱?大乱有什么好处?如今社会上还有没有这样的人?唉,有点自寻烦恼了,这好像是政治家应该思考的问题。

还是接着说白灵在家里惹的事吧。她自围城以后头一次回家,奶奶和母亲欢喜不尽。父亲虽不失威严,但意识到她已经长大成人。但当她得意忘形地宣布了一个消息后,立刻把屋子里亲昵的气氛扫荡净尽了。

她说"我们"把县长轰下台了,把一块滋水县人民自决委员会的大牌子挂到了县府门口,拿着梁县长的赃证去找省主席告状,然后梁县长就被撤职了……

白灵还忘不了和鹿兆海的情谊,去鹿家捎话、去白鹿镇小学找鹿兆鹏畅叙三民主义和共产主义的共同点和不同点,谈论轰轰烈烈的北伐和各地人民的革命热潮,他们甚至以为所谓的胜利指日可待。

白灵和鹿兆鹏只此一面,就留下一种印象,她认为"鹿兆鹏是一件已经成型的家具而鹿兆海还是一截刚刚砍伐的原木,鹿兆鹏已经是一把锋利的斧头而鹿兆海尚是一疙瘩铁坯，他在各方面都称得起一位令人钦敬的大哥哥"。这个内心评价真是太高了，但也太匆忙了，应该是作者的伏笔吧。

下来的内容是白嘉轩在知晓白灵的大致情况后，开始着手整治女儿。逼婚、关进小厦屋限制人身自由的手段都用上了，怎奈白灵还是跑掉了。白嘉轩在吃早饭的时候威严地向全家老少宣布："从今往后，谁也不准再提说她。全当她死了。"可见宝贝女儿白灵在白嘉轩心里的地位已经一落千丈。他到底是恨女儿不听话呢，还是怨恨女儿所投身的所谓的革命事业？或者兼而有之？

白嘉轩表面上沉静，但他充分预感到了愈逼愈近的混乱，同时也坚定做好应对的策略：处乱不乱。他认为不抢不偷、不嫖不赌，当实实在在的庄稼人，国民党也好，共产党也好，难道连他这样正经庄稼人的命也要革吗？

下来的篇幅便是黑娃一帮受训人按照鹿兆鹏的安排所进行的"风搅雪"浪潮了。每人在各自村子联络十个积极分子参加"农习班"，尽管遇到了困难，有人中途退却，但"农习班"还是如期开班。成立了"白鹿区农协会筹备处"，黑娃当上了主任。不久又在各村成立了农民协会，开始干所谓的大事实事。为了让群众信服，黑娃在斗争会上铡了祸害一方的老和尚。随后又砸烂了白鹿村的祠堂，砸碎了"仁义白鹿村"的石碑。在白鹿村戏楼上，黑娃宣布白鹿原农民协会总部成立，即日起一切权力归农民协会！又是敲锣打鼓，又是放黑火药铁铳，好不热闹。接着又当会铡了为富不仁、蹂躏女人的碗客。开始查田福贤的账、游斗收拾田福贤，差点铡了田福贤。拉开了可能导致两党之争的前奏。

鹿兆鹏和黑娃研究下一步工作，分配土地，组建农民武装，就更是翻天覆地的大事了。白鹿原上真正的乱局已经不可逆转。这一切让朱先生颇伤脑筋，对滋水县乡民"水深土厚，民风淳朴"八个字的评价还能不能使用，也打上了问号。

十四

大约没有什么比坐在桌前反复翻阅《白鹿原》更让我舒心的了。尽管时有泪水落下，心头有五味掠过，仍然手不释卷。

其实逐字逐句看完第十四章，大约只需要几十分钟。但我记忆力差，不得不翻来覆去地看，还要坐着、站着、转着去回味、去思考。

上一章的末尾是田福贤闻知要铡他逃跑了，滋水县县长被革职，党部书记岳维山被调离。岳维山曾很不客气地对鹿兆鹏说："兆鹏同志，你是共产党员，也是国民党员，兼着两个党的重任，你偏向一个歧视一个的做法太露骨了。你把本党的基层干部都游了斗了铡了，国民革命只有靠贵党单独去完成？"尽管是几句话，但国共两党之间的嫌隙已可见一斑。

这一章田福贤、岳维山他们又回来了。不光人回来了，还带着武装。多亏鹿兆鹏机灵，否则就被捕了。可见他明面上骑双头马，实则是真正的共产党员。书中说他转身走进黑暗的旷野，之后二十多年里，他又经历了无数次被盯梢被跟踪被追捕的险恶危机，唯独这一次脱身记忆鲜明，因为从此他成为共产党在白鹿原的地下工作者。

这一切都是因为北伐失败，两党决裂。蒋介石领导的国民党仗着他们手里有枪杆子，便开始屠杀共产党人。总结这些血的教训，鹿兆鹏他们其实已经开始抓武装力量了。最直接最快的办法就是收编土匪武装，进而改建为革命军队，或者组建农民武装。怎奈收效不大时即遭遇驻陕冯司令投蒋反共，形势便直转而下。

田福贤还用一句话概括了他的雄图大略，那就是"这回我们在白鹿原上把鹿兆鹏一类人斩草除根"。他们光明正大地组织民团，恢复保障所，收拾惩治农协会积极分子，辱骂他们是"死狗赖娃"，把他们吊上高杆往死里折磨。硬气而且愤怒的贺老大终被吊在高杆上活活蹾死。跟着鹿兆鹏、黑娃行事的那五个农协骨干和父兄妻女全都发出了求饶声，田福贤才收了手。

此时的白嘉轩倒是镇定自若，既不胆怕，也不打算发泄愤怨，而是有条不紊地精心修复被黑娃砸碎的"仁义白鹿村"石碑，修复乡约碑文，整理恢复祠堂。待修复完毕，还举行了最隆重的祭奠仪式。召集族人的锣就是白孝文在村子里敲响的，祭奠仪式也是他主持的。白嘉轩面对田福贤借用戏楼上演一场报仇雪恨的血腥屠杀时，关上祠堂的大门，阻止白孝文和工匠们前往观看。他站在祠堂院子里大声说："白鹿村的戏楼这下变成烙锅盔的鏊子了！"还对田福贤以一种超然物外的口吻说："我的戏楼真成了鏊子了！"

当初工匠们全瞪着眼，猜不透族长把戏楼比作烙锅盔的鏊子是怎么回事，孝文也弄不清烙锅盔的鏊子与戏楼有什么联系。估计后来他们经的世事多了才会明白这个比喻的准确和精到。

戏楼本是演戏的场所，但却被人们变成了活生生的血淋淋的现实。现实成为历史以后，它又像是一出戏。戏楼上演的戏一出又一出，出出不一样，终归还是戏。

鏊子是烙饼的炊具，烙饼就要在鏊子上不时地翻动，饼才能着色并熟透。但最终只能一个面朝上，另一个面朝下。

所有在祠堂院子里参加祭奠的人里，只有鹿子霖才能完全准确地理解白嘉轩重修祠堂的真实用意，越是这样，他就越是尴尬且痛苦不堪。鹿三也十分自责，承受不了心头的重负，以至于捶打自己的脑袋和胸脯，弄得脸上和胸部都是鲜血。他的悔罪行为是替子受过，也得到了大家的理解和同情。鹿子霖其实也一样，但他不自信，因而和鹿三的心境不一样。

鹿子霖被儿子推上戏楼批判后对生活失去了信心，他辞了长工刘谋儿，也懒得照料苞谷谷子棉花的生长，对过日子意懒心灰。但他又不死心，还是找田福贤理论了一番，最终又官复原职。为了展示忠心和能力，他继续在白鹿村戏楼上折磨农协分部的几个人，包括田小娥。鹿子霖的行为受到田福贤的称赞，但他并不知道田福贤的真实目的和险恶用心。

白鹿村的戏楼前是红火了，但乡民们看的却不是秦腔戏。当我通过小说看到那些情景时，又是在看一出历史剧，只是不同的喜怒哀乐而已。

十五

第十五章天没亮就看完了。早餐之后仍在过来过去地翻看着，就像渴极了面对一个大西瓜，却四处找不来刀，不知如何下爪一样猴急。

自知缺乏文学评论家的能耐，还想把感想感受抒发得准确独到、与众不同，怎能不发熬煎呢？顾不了医生的叮嘱，一边瞪大眼睛仔细阅读，一边吞云吐雾，把文字往手机屏幕上牵。

黑娃远走高飞了，已经成为习旅长最可信赖的贴身警卫。他是鹿兆鹏安排去的。虽然舍不得众弟兄，更舍不得媳妇田小娥，但没有别的法子，只得咬着牙离开。他似乎天生就是拿枪杆子当兵的人，而不是抡镢捉犁的人，很快便在习旅长统领下的这个西北唯一一支由共产党人按照自己思想和建制领导的正规军里干得风生水起。

他曾在习旅长安排下天擦黑偷偷回过白鹿原，看望田小娥，留下安家费，从小娥死劲的箍抱里挣脱出来，天不亮便出了门。在贺老大的墓前留下"铡田福贤以祭英灵——农协五弟兄"的白麻纸条，叩首祭拜之后离开了白鹿原。

他和其他弟兄是顺当地走了，但却在吓唬田福贤的同时，火上浇油，加深了仇恨、提醒了敌对方，让田福贤更加警觉，志在"斩草除根、除恶务尽"，也给当初的农协积极分子，还有他媳妇田小娥带来了灭顶之灾。

田福贤的凶狠和狡猾正在一步步显露。

他用自己的方式阐释"翻鏊子"理论，还假惺惺地感慨冤仇宜解不宜结，应该化干戈为玉帛。要釜底抽薪，让鏊子凉下来；还让当初和黑娃一起的几个弟兄现身说法，把分化瓦解之策运用到了极致。把这帮人和亲属感动得热泪滚滚，一下子征服了白鹿原众人，街谈巷议都是对他宽厚恩德的感叹。

但当民团团丁们因之稍有松懈时，他却及时训话，让他们严防死守，还以赏金巨大予以利诱。

可怜田小娥不知是计，为救黑娃走上了不归路。她因自愧自卑不敢直接找田福贤，却跪倒在了鹿子霖的脚下，还按照鹿家辈分叫了一声"大"。她期盼他能看在自家侄儿侄媳的分上，搭手帮扶黑娃一把，救人于水火之中。谁料鹿子霖却见色起意，乘人之危，在和田福贤暗自商量好之后，第三天夜里敲响了小娥的窑门。

拿现在的法律说，鹿子霖的行为就是通过威胁利诱的方式实施强奸，至少也得判个四五年。从另一个角度说，强奸自家的侄媳妇更是如丧失人伦的畜生一般。如果此前鹿子霖还有点人样，这一夜就彻底改变了模样。

他无耻、花心，为了较长时间地占有小娥，不让黑娃回家，更是对田福贤这个上级的命令阳奉阴违。看到他在田小娥身上撒欢，想到小娥此刻和此后的命运，让人不由得愤恨交加，感慨不已。可怜的田小娥该怎么和命运抗争呢！

那个狗蛋更是可怜，真是"吃饭打碗的薄命鬼"。他碰巧撞上了鹿子霖和小娥的丑事，然后挨团丁一顿暴打，又被白嘉轩安排、白孝文主持领受族规族法挨了四十刺刷，不治而亡。

田小娥也挨了族法四十刺刷，浑身稀烂，血染衣衫。这一回的公开惩治，算是把她"小婊子"的名声坐得实实的了。

但她更大的厄运还在后头。鹿子霖的"关爱""照料"除了是为继续霸占小娥的身子，还有实施教唆田小娥勾引白孝文，以报复白嘉轩的阴谋诡计。田小娥看不透鹿子霖的真实面目，还有点感激涕零。或许只有这一夜的欢悦，才使田小娥动了患难不移的真情，可是却给了人面兽心的畜生。

需要补充的一点是，上一章白嘉轩把翻鳌子、烙烧饼的话说出口，众人有点不大明白。我当时觉得这个话应该由"圣人"朱先生说出才符合本书的逻辑，当时有些纳闷。这一章陈忠实先生借田福贤之口，道出了来龙去脉，始知作者的用意，毕竟这么精到的比喻，未必是白嘉轩这个俗人能率先想到和悟出的。

不料一旁的妻子却对我的评判有些不屑。她说翻鳌子烙烧饼有什么新奇的？农村老辈人常说。更何况还有一句常言，叫"打墙的椽上下翻"，不是一个意思吗？我一时愕然，竟无言以对。

十六

书越看越觉得思绪烦乱，手指舞动也越来越迟缓。

第十六章不光看了几遍。我夜里突然想起了喜马拉雅听书，又听了两遍。知道听众达二十余万，感叹终归是人口大国，年轻人也许不喜欢《白鹿原》，但五〇后、六〇后喜欢的人还多着呢！

不论人们出于什么目的，以什么样的视角看书听书，《白鹿原》已经刻印在那里了，它不会再变。但一万个读者的心中，或许有一万个不同的白鹿原。

不论如今的社会发展成了什么样子，也不论年轻一代变成了什么样子，都是从那个岁月走来并延续着它的精神脉络。尽管一个多世纪过去了，但通过《白鹿原》里的人物和事件，我们依然可以清晰地回望当年，仿佛这一切就发生在昨天，既不陈旧，也不遥远。

从某种意义上说，白鹿原就是旧中国农村的缩影，而《白鹿原》里面的那一群人就是那个年代农民群体的缩影。

作者非常客观地还原了它的真面目，因而具有史诗般的功绩。这样的垫棺作枕之作，足以让他获得安息。他在中国文学史上留下了一座不朽的丰碑。

这一章从各村"忙罢会"起笔，叙说白鹿原上当年的"忙罢会"过得尤其隆重、尤其红火。大村庄搭台子唱大戏，小村寨演灯影耍木偶戏。而形成这种盛况空前热闹景象的原因，除了传统的庆贺丰收，便是平息了黑娃的农协搅起的动乱，"各个村庄的大户绅士们借机张扬一番欢庆升平的心绪"。

我添一句，他们出资筹办，乡民跟着看热闹，倒也乐在其中。

我还想说的是，千人百众，喜好不同。大多数人喜欢安定祥和的生活环境，但也有不少的人追求轰轰烈烈的抗争氛围。也许是现实所迫，也许是生性决定，更多的是"三观"不同，很难用几句话说清。

因为故事的连续性，人物的戏剧性和适应性，在看戏的人群中，田小娥用手段把正人君子白孝文强行拉进了破烂的砖瓦窑。前一刻白孝文还认为台上的酸戏《走南阳》有碍观瞻伤风败俗教唆学坏，绝对不能在他担任族长的白鹿村上演，下一刻却被田小娥利用毁坏声名的威胁和性诱惑软硬兼施，一下子咂住田小娥那无比美好的舌头，双手揽住她的细腰，几乎晕昏过去。即使重回贺家坊戏台之下，脑子里仍然浮现着她那光亮的胸脯和大腿，鼻腔里还残留着她身体里散出的奇异味道。令他在与妻子比较之后发出"甭看都是女人，可女人跟女人大不一样"的感叹。

看到这里时，我好想开玩笑说：那男人不也如此吗？甭看都是男人，可男人跟男人也大不一样。不光白天在人前不一样，晚上在人后就更不一样。而且在外人的眼里，这个男人和心目中的那个男人怎么也完全不一样！

黑娃这个男人也在不停地变换角色。从一心过踏实穷日子的农民先变成"风搅雪"的农协小头目，再变成一名国民革命军人，然后又摇身一变成了土匪。仔细想想，这也不全是黑娃善变，而是社会情势变化太大，他的经历已经不容许他像白嘉轩那样遇险不惊、沉着从容。

不过他当农协积极分子时搅得天翻地覆；当军人时也干得得心应手；当土匪时间不长竟混到了二当家的位置。

虽然惦记着田小娥，但也睡黑白牡丹。还策划实施了对白鹿两家的洗劫，既劫财还杀人伤人，理由竟是为田小娥报仇雪恨。

黑娃走到当土匪这一步，白嘉轩说他开头没有料到，其实这是自自然然的事，但他没有说明其中的缘由。朱先生超然地说："原先两家子争一个鏊子，已经煎得满原都是人肉味儿；而今再添一家子来煎，这鏊子成了抢手货，忙不过来了。"意味深长。

那个习旅长关于"黑心大哥要掐死小兄弟，小兄弟岂能束手待毙"的战前动员令犹在耳边，令人悲怆更令人深思。黑娃在习旅长眼中看见有一缕绝望的柔情和一丝绝望的悲哀掺和着的动人的神光，不知他是怎样看出来的，反正那神光就永久地留在了他的记忆里。但习旅长会不会想到黑娃为自保而做土匪呢？陈忠实先生没有说。

本章的末尾是写鹿兆海与白灵这一对年轻有知识而且有一定城市生活经历的情侣。写他们党派选择的反转和信仰的改变，导致了情感的变化。他们各有各所掌握的现实依据和自以为通晓的理论支撑，互不通融，绝不妥协。鹿兆海对白灵说的那段话，让人记忆深刻。

一个世纪过去了，外部世界关于意识形态、关于社会制度、关于主义的争论随着苏联解体、东欧剧变已不再那么激烈。但国人在自媒体上却唇枪舌剑争得火星四溅。《白鹿原》里许多人物和话语，在人群中不断重复出现。

著名哲学家黑格尔有这样一段名言：人类从历史中学到的唯一教训，就是没有从历史中吸取到任何教训。

每次人为地造成灾祸之后，人们可能会记住一阵，可慢慢忘却，之后还是重犯之前的错误。直到再一次犯错，重复之前的错误，不吸取教训。

十七

作者在这一章描写白嘉轩伤愈后的状况以及所思所想、所爱所恨。不只是浓墨重彩，而且饱含无限深情。

我在看和听这一章的时候，禁不住三次热泪盈眶。

因为白嘉轩的所作所为、所思所想和所爱所恨，让我情不自禁地想起了父亲、想起了祖父辈，进而延伸至千千万万的劳苦大众。他们吃苦耐劳、任劳任怨地洒血流汗，就是为了传宗接代，一辈接一辈过好自己的日子。

白嘉轩自然是那个时代千千万万个农民的杰出代表，陈忠实以饱含深情的笔触，把他对祖辈父辈的热爱、崇敬、同情，甚至还有悲悯全部倾注在了白嘉轩身上。

我在小说这一章里，读出了散文诗的味道。而且身不由己地融入了其中，仿佛走进了当初的白鹿原，成了白家人的一分子。

白嘉轩被土匪打残，虽经冷先生精心治疗伤愈复出，但留下了严重的残疾，以至于村民们差点认不出他来了。原本挺直如椽的腰杆儿佝偻成了个九十度的弯角。手执拐杖前行，但还是"跟着拉牛扛犁的鹿三走出村巷"（看见了吧，作者在这里已经不露声色地纠正了第四章的小失误），而且不顾鹿三的劝阻，亲自扶犁翻地，还吼起了秦腔。

这才叫身残志坚，这才叫百折不挠。别说这个不可能，我白家庄上的一个姨父爷，生来和白嘉轩受伤后的身体一模一样，从我记事起，看到他拉牛垫圈、割麦种谷，从不输给健全的人。

白嘉轩不光意志坚强、乐观向上，他对长工鹿三，对土地、牲畜、农具的那份特殊情谊，对秦腔老戏的挚爱，都让人肃然起敬。

白嘉轩对家人说："你们还不知道我一辈子最怯着啥？我不怯歪人恶人也不怯土匪贼娃子，我不怯吃苦不怯出力也不怯迟睡早起，我最怯最怕的事……就是死僵僵躺在炕上，让人侍候熬汤煎药端吃端喝倒屎倒尿。"一家人默然，只有老母亲白赵氏在炕头动了感情："你是个罪人！"白嘉轩接着说："我是个罪人我也没法儿，我爱受罪，我由不得出力下苦是生就的，我干着活儿浑身都痛快……"

这些话我给儿孙们也说过，有可能人家当耳边风。我也是个罪人，但我乐意，愿意辛苦地劳作，不停地努力。除了为了过日子，那不是还有自己的念想和盼头吗？话虽这样说，白嘉轩此举分明与他的品性有关，也与他的念想有关。

由此笔者又联想到现今的扶贫工作，在党和政府的不懈努力下取得举世瞩目的成就。除了因病因灾因残的贫困户以外，还有一部分因懒惰、因总想坐享其成的人会返贫。故而针对这些人扶贫要先扶志，白嘉轩应该成为这些人的榜样。现在社会环境这么好，同样的条件，你吃了睡睡了吃，怕上地怕打工，单靠政府来救济怎么能心安理得！

还有一些身体健全的人，吃不得苦，也不愿通过自己的辛勤努力去过日子，却希望政策能够均衡财富，妄想不劳而获，有的还幻想一夜暴富，过上花天酒地的生活。

有点扯远了，还是再讲回《白鹿原》吧！

白嘉轩最无法忍受的劫难终于来了。鹿子霖设下的毒计成功实施。尽管白孝文那玩意自始至终都没有在田小娥的被窝里硬起来，但他多次进了"小婊子"的窑门，上了她的炕钻了她的被窝。鹿子霖把这个消息绘声绘色地告诉冷先生，让他转告白嘉轩，做得天衣无缝。冷先生之所以在无比纠结的情况下告知白嘉轩，是因为了解这个亲家的秉性，怕他接受不了这个沉重的打击。

事实上这个打击比黑娃那个致他残疾的打击还要致命。白嘉轩不光是顾及家人的脸面，最主要的是白家遗传下来的立身纲纪。

白嘉轩在孝文事发后有过深刻的思考。他总结后认为，这个家庭没有大起大落、稳定向前的原因在于"文举人老爷爷创立的族规纲纪。他的立家立身的纲纪似乎限制着家业的洪暴，也抑制预防了家业的破败……"。因此必须惩治白孝文这个败家子族长，让二儿子孝武取而代之。白孝武的领悟和决心让他心里卷起一汪热流，激动得热泪盈眶。长子不肖，予以严惩，谁求情都不行。鹿子霖带几个人要心计地跪求也不行。接着便是分家，进一步与长子划清界限。

这一章又写到了朱先生的名言，不过更近乎歌谣："房是招牌地是累，攒下银钱是催命鬼。房要小，地要少，养个黄牛慢慢搞。"

这一章的末尾写出了田小娥的后悔，她一次次在心里呻吟着：我这是真正地害了一回人啦！

她的报复也来得扎实，给出坏主意的鹿子霖真真切切地尿了一脸。这也算是老天给鹿子霖的报应吧！

十八

白鹿原上的年馑来了。过去听老辈人说北方的黄土高原十年九旱，但旱灾太厉害了，就遭年馑。

书中所描述的这个年馑会不会是民国十八年（1929）的年馑呢？作者没有道明。据说那是真正的年馑，当时饿殍遍野，惨不忍睹，人吃人都不是什么稀奇事。

在大自然降下的灾难面前，人类显得束手无策，是那样渺小和卑微。

白嘉轩带领族人们在村上的关帝庙跪求关老爷，走进秦岭峪口上黑龙潭叩头祈雨的过程，虔诚详尽且富有神话传说的色彩。白嘉轩不惜自毁身体，向神灵表达求救黎民的诚挚期盼。但神灵对他和族人的渴望似乎无动于衷，大旱还是依旧。其实所有的敬神祈雨行为只是万般无奈之下人们的一种心理安慰罢了。

年馑给白鹿原上所造成的伤害和损失自然无比巨大。但白嘉轩依然善待长工鹿三："有我吃的就有你吃的，我吃稠的你吃稠的，我吃稀的你也吃稀的；万一有一天断顿了揭不开锅了，咱弟兄们出门要饭搭个伙结个伴儿——"。这种雇主与雇工同甘共苦、不离不弃的情谊不光让鹿三哽咽流泪，也让读者为之动容。

但长子白孝文硬着头皮向父亲提出借粮时，白嘉轩却拒绝了。于是就发生了白孝文为度饥荒开始卖地，后又因吸食鸦片而接着卖房的故事。白嘉轩设法阻止无果后只能哀叹家门不幸，出了败家子。但次子白孝武在阻止兄长卖房无果后，打算在旧址上另建新房的想法让白嘉轩欣喜而振奋。

这一章鹿子霖与白嘉轩借买房拆房斗智斗勇的情节虽然写得极为精彩，但我却有一个疑问：既然鹿子霖买了白孝文的房子，又何必立马去拆呢？如果有心腌臜白嘉轩一家人，自己使用甚至放在那儿不住才能起到最大的效果。拆掉之后不就是一些旧椽檩和砖瓦吗，能值几个钱？故这一情节与生活逻辑、人之常情皆不通。但还是那句话，瑕不掩瑜，也许是为了斗智斗勇时好人必胜，或者是好人败中亦有胜吧！

白孝文与田小娥鬼混在了一起，开始寻欢作乐，而且抽上了大烟，走上了咋坏咋来的道路。

可见人是会变的，甚至会变得面目全非。变化的过程必定有悲有喜，甚至有大喜大悲。

硬不起来的白孝文突然就硬起来了。他的解释倒是耐人寻味："过去要脸就是那个怪样子，而今不要脸了就是这个样子，不要脸了就像个男人的样子了！"只不过是雄性动物的本能而已，这样便称男人还是有损众男儿的声名。

当然，如果让性学家来评价这种现象，应该是人本性的释放。婚姻之外的所有性行为因为受到法律和道德的制约，受到封建礼教的束缚，行为者若是顾及这些所谓"要脸"就会陷入尴尬的境地；如果抛弃或者不顾一切束缚，"不要脸了"，自然袒露出人的本性即动物性，一下子长本事强能力增长了性的欢愉——但也必将为此付出沉重的代价。白孝文哪，瞎了个没值！

这一章中最令我悲伤的便是白孝文媳妇的死。白孝文一边对田小娥爱得发狂，殷勤备至；一边却对结发妻子不管不顾，辱骂毒打，终于导致妻子饿恨而死。这让我从心底深处无法容忍，悲泪横飞。这是我这回读《白鹿原》第四次落泪，泣不成声。对于白孝文这样的人，不论后面他做什么，怎么悔过自新，我都不会原谅他了！因为这个贤惠的女人没有一丝过错，却因为自己的丈夫而遭遇这样不幸的命运，让人无法容忍！故而坚持自己几十年来的信念和呐喊：一个人活在世上，无论贫富贵贱，无论当官还是为民，也无论男女老少，良知高于一切！良知不是什么高调，而是一个人无论在何时何地干何事，都要以善良为根本出发点和落脚点。

有人说善良的人也遭恶报，但这不是常态，也不是规律。相信恶人必有恶报，也许时机未到。

连亲兄弟白孝武都说："哥！你作孽了！""扎你一锥子都扎不出血了！"

但我知道白孝文后来居然当上了县长，我这颗心啊，拔凉拔凉的。但那是后话，后面再说不迟。

十九

人常说一朝被蛇咬，十年怕井绳，我却是一朝看见别人被蛇咬，自己几十年来怕井绳。

翻看着《白鹿原》第十九章，总觉某一根神经末梢有点紧张。或许是我太敏感的缘故。这部经典之作多次加印再版不说，喜马拉雅正在热播，每天有几十万人在听。我到底忌讳担心什么，连自己都说不清。但那种感觉却挥之不去，好折磨人哪！

这一章的前半部分叙说冷先生告知鹿子霖，鹿兆鹏被自己组织内部的叛徒出卖，在学校被田总乡约抓捕，且因他属大案要犯，只在县上打个过身就直接送省城去了，以及冷先生为救女婿设计重金贿赂田福贤，与鹿子霖一同赶上马车把银圆送到田福贤家里的过程；还有后面田福贤、岳维山等人想方设法把鹿兆鹏押回白鹿原、借行刑之机换人调包救出，在白鹿书院休养三天后逃离的过程。

好几个人参与救助鹿兆鹏，但每个人的目的却完全不同。作者把每个人的思维方式和性格特点勾勒得恰到好处。其构思之精妙、艺术手法之高超令人叹服。

先说冷先生，他救女婿鹿兆鹏急切主动，不惜代价。把家里所有的银圆全都装进麻袋送给了田福贤。即便鹿子霖提醒可能是水中捞月也孤注一掷。他似乎比兆鹏的亲爸鹿子霖还要积极、还要不顾一切，竭尽全力去争取救人成功。他把最直接的原因归结为救他就是救自己的女儿，就此而言冷先生真的不冷。但他明知鹿兆鹏根本就不爱自己的女儿，却坚持通过这种办法达成女儿留在鹿家、不嫁二男的最终目的，是以牺牲女儿后半生的自由幸福为代价维护自己的体面，却不能不令人失望和悲怆。在冷先生的心目中，封建礼教和所谓的颜面比女儿的生死还要重要，又说明他是铁石心肠，冰冷至极！

再说鹿子霖救儿子，虽然父子连心，他是真救不假，但因为鹿兆鹏此前的行为表现过于叛逆，给整个家族带来了巨大风险和损失，又担心他是共产党要犯，可能花费巨大的代价却于事无补，又添新的灾难，故而显得迟疑被动。救亲骨肉的过程中，他却成了朱先生的副手。少了干练果决，少了对付白家父子时的阴谋诡计。

至于田福贤，那便是"拿人钱财，替人消灾"，当了受贿之后的勇夫。连鹿兆鹏差点把他铡了的旧恨都置之脑后，他不仅组织各村乡约上省府请愿，还把县长岳维山搬动出面向省上要人，可谓不遗余力。

在田福贤心里，肯定以为他救下鹿兆鹏不光是对得起冷先生的那些银圆，也是鹿家的大恩人了。不过他询问鹿兆鹏如果有朝一日得势会不会饶过他，却没有得到明确答复。这应该是陈忠实先生故意留下的，就像冷先生期待鹿兆鹏能给女儿留下骨血一样，却只有失望了。鹿兆鹏就是鹿兆鹏。

朱先生和他的夫人悉心照料鹿兆鹏，但他的目的肯定与上面的人目的完全不同。对此笔者没有认真考究，料想他是不忍看见杀戮，不忍看见兄弟相残。对于鹿兆鹏让他预测未来的吉凶胜负，朱先生那种形象的比喻，让人在好笑之余陷入无尽的深思。

本章接下来的部分是详述白孝文在大灾之年因为抽大烟导致落魄至极，沿门乞讨被贺耀祖当作败家子的"好师傅"教育家人；饥饿与伤痛交加掉进死人坑，碰巧撞见鹿三遭鄙视，去舍饭场吃舍饭；被鹿子霖从舍饭场拉到赈济会众多成员面前丢人现眼，而后又经鹿子霖提醒总乡约田福贤，举荐他去县保安大队当文员；当文员一个月后骑马回家知悉田小娥此前已遭人杀害的过程。其中穿插了朱先生被郝县长委任为赈灾副总监，督查赈灾，带头吃饭的情景，以及田小娥死亡多日，尸体腐烂于窑洞之中，恶臭浮游村庄，白孝武、白嘉轩等乡民将其窑洞掩埋的情形。

白孝文那日走出窑门时，曾告诉田小娥如讨得食物会返回窑内给她食用。沿门乞讨时、吃舍饭时，曾记起小娥的好，尤其是变得有了点人样后骑马返回看小娥，知其遭杀害还不顾危险，钻进窑洞哭诉不舍的情怀，以致昏厥扑倒在炕边上。醒来后还发誓为田小娥报仇，似乎像个有情有义的男人。田小娥如果泉下有知，或许会得到一丝安慰吧！

不由得赞叹，陈忠实先生把人的两面性、复杂性刻画得真可谓淋漓尽致哪！

二十

田小娥被人杀了，尸体腐烂臭味熏村。虽然被村民掩埋在了她住的窑洞里，但冤魂始终未散。

不仅上一章末尾有白孝文发出要把凶手杀了、割下脑瓜祭田小娥的誓言，这一章一开始便是黑娃回家寻找凶手，为她报仇雪恨来了。

黑娃径直找到鹿子霖的门下。白兴儿一告知小娥被杀的消息，他脑子里第一个想到的嫌疑凶手就是鹿子霖。

鹿子霖真是巧舌如簧。他为表明心迹，甚至说出"我要是想杀小娥还不如杀了兆鹏"那样的假设。即便黑娃明知鹿子霖能说会道，仍然因为鹿子霖的一番说辞心动了，相信杀小娥的人的确不是他。

鹿子霖凭三寸不烂之舌，让自己避过了丧命的厄运。只是可怜那只护院的黑狗已死在黑娃手下。

从扩大的因果关系上来说，田小娥遭杀身之祸的确与鹿子霖的阴谋诡计脱不了关系。不是他为整治白嘉轩，教唆田小娥引诱白孝文，田小娥或许还不会死。

鹿子霖干下的缺德事得亏小娥已亡，死无对证，黑娃是永远无从知晓了。亏他还有脸对黑娃说，黑娃不在家的日子，他不光替小娥在田福贤那里说情，还时不时地给予小娥生活上的接济。如果黑娃知道就里，估计就算要不了他的命，也至少会让他缺胳膊少腿。

接下来黑娃进了白嘉轩的卧室。排除了怀疑对象鹿子霖之后，黑娃断定杀死小娥的人非白嘉轩莫属。他以自己的思维认为"白嘉轩要除掉小娥的因由比鹿子霖更充分十倍，这人又是个想得出也做得出一马跑到头绝不拐弯的冷硬心肠"。两个人唇枪舌剑了几个回合，谁也说服不了谁，白嘉轩也不再辩解，做好了必死的准备。正当白孝武闯进来愿替父一死时，鹿三出现了。鹿三向儿子坦白杀死小娥的人就是自己，既有杀人带血的凶器佐证，又有杀死小娥的充足理由："她害的人太多了，不能叫她再去害人了。"这个意料不及的结局，以及鹿三挺胸愿受一刀的举动，让黑娃以断绝父子情分的表态，结束了报仇雪恨之行。

黑娃从白嘉轩家里出来后，在祠堂门前、自己的窑院里各鸣三枪，表达了他的悲愤之情，应该还有对小娥的哀悼之情。最后他心里涌上一句"至死

第六辑

他山之玉

233

再不进白鹿村"的感叹来。

接下来小说以倒叙的方式交代了鹿三杀死儿媳妇的前因后果和详细过程。

从鹿三杀死儿媳妇小娥的过程看，直接诱因是看到白孝文这个败家子堕落后的丑态，让他联想到了黑娃的叛逆和不肖。他固执地认为这两个人都坏在了贪恋女色上，田小娥就是祸水。他觉得自己杀死田小娥就是去除一个祸害，认为自己是干一件人生大事，与交农一样值得自豪。

我们肯定不能拿现今时代的法律规范和行为准则去衡量鹿三并指责他，但即使在封建社会，他的什么生活信条也不一定完全正确，他杀人的理由也不正当，杀一个无辜的人仍要受到国法的严惩，就连被他救下的白嘉轩也认为他不该杀死田小娥。白嘉轩认为："她害谁不害谁，得看谁本人咋样，打铁还需自身硬；凡是被她害了的都是自身不硬气的人。"至少还讲点理，但也不是客观公正的。男人变坏，怎么总在女人身上找原因？分明是社会地位低才受如此冤枉吧！

在这里我不妨替可怜的小娥说几句公道话。全当胡诌。

在《白鹿原》里，姿色出众、聪明伶俐的田小娥一共与五个男人有过交集。现从头至尾，抽丝剥茧，一一道来：

首先是郭举人。小娥当初嫁给老迈的郭举人做二房系父母之命，肯定情非所愿。她曾忍辱负重、勤苦劳作在郭家。后在日常生活中一来一往，喜欢上了黑娃并行苟且之事，确实有伤风化、有违妇道。但郭举人因此休了她，她已受到应有的惩罚。加之郭举人还有打算杀害黑娃、毁尸灭迹的报复行为，即便未果，他与黑娃和田小娥之间也算怨恨相抵了！

其次是黑娃。小娥与黑娃是真正的有情有义、相亲相爱。黑娃把被休了的小娥娶回家，虽非明媒正娶，程序不规范，但并不犯法也不害人，算不上什么罪过。

再次是鹿子霖。他乘人之危，威逼利诱占有小娥，实乃强奸转为通奸，其无耻和过错在先。小娥孤单一人又生计艰难，虽然有悖伦理、伤风败俗，但情有可原。

还有一个是狗蛋。他是一厢情愿地喜欢小娥，但还没沾上小娥的身子就遭鹿子霖指使团丁暴打致残，后被白嘉轩按族规施以刺刷四十而毙命。同时也坐实了田小娥"小婊子"的名声，使田小娥又挨了四十刺刷。单就此事而言，小娥要多冤就有多冤。只是有冤无处诉无处申而已。

最后一个是白孝文。小娥确实与他在一起共同生活过，而且公开化了。

但这是鹿子霖教唆并精心设计的结果。小娥报复白嘉轩心切，上了贼船。后来因为害得白孝文挨刺刷、丢了族长而十分内疚，有弥补过失之心，田小娥才喜欢上了白孝文，与他一同生活。至于因抽大烟、遭年馑而卖地卖房、沿门乞讨，两个人都有错，责任各半才合情合理。

上述结论是笔者根据那个年代的法律道德乡约族规来衡量，由此来看，田小娥真的罪过不大。

二十一

女人依靠男人活着，而男人是为了女人活着。

细心的读者也许会发现，上一章的读后感是篇幅最长的一篇，接近两千字。但还有近一半的内容，我并没有提及。倒不是那些内容不重要不精彩，而是怕文章太长读者心生厌倦，对下来的文章也望而生畏，便写了一半就打住了。

或许因为这次阅读是一字不漏、细嚼慢咽，越看越觉得《白鹿原》是近现代文学史上最伟大的作品。越看越觉得它是一座文学宝库，除了明面上摆放的那些珍宝，只要你肯挖掘，还有隐藏不深且数不清的珍珠翡翠会适时适地地涌现，让你应接不暇，欣喜若狂。

这一章从黑娃冒雨回到土匪窝子，他无法掩饰愤怒和悲伤，引发了大拇指的关切。

作者通过已经成为莫逆之交的大拇指和二拇指兄弟俩掏心掏肺的一番贴心长谈，全景式地把大拇指此前自认为最重要、最刻骨铭心的生平事迹详略得当地展示在读者面前。

这个唤作大拇指的土匪头目，其实就是那年在滋水县交农事件中挑头的三官庙和尚。（和尚这会儿果然出来了，竟然当了土匪头目。作者前面设伏的疑团终于解开。）

和尚是关中西府人，出生在一个名叫郑家村的农家。因出生在芒种，便取名芒儿、芒娃儿、芒芒儿。他自幼深得父母宠爱，为使他免遭三个哥哥幼年夭折的厄运，父母在菩萨庙里烧香叩头许愿祈求菩萨娘娘保佑，平安长到本命年才解锁。十五岁时被父亲送到太平镇车木匠的店铺拜师学艺。

芒儿乖巧聪明，亦深得师傅一家人喜爱。不仅手艺精进，而且听话明理，但却遭二师兄妒忌并陷害。他和师傅的女儿小翠之间恩恩爱爱，无比美好甜蜜，却结下了巨大的苦果。无奈他遭师傅辞退。小翠也在嫁给杂货铺王家后，于合欢之夜过去的第二天早晨不堪新姑爷穿街越巷的羞辱叫骂竟自缢身亡，师傅一家因之遭受羞辱和横祸。

芒儿为替小翠，也包括他自己报仇雪恨，趁黑夜潜入镇子杀死了杂货铺王家正在另娶媳妇的新郎和正在台下看戏的二师兄。在小翠坟丘前留下杀猪刀和一件扎绣着蛤蟆和红花的蓝布裹肚儿后，就去三官庙当了和尚。他当了土匪后还把杂货铺王家那个自愿守寡守节的新媳妇掳上山，就是前面提到的黑牡丹。

除此之外，这一章还通过大拇指和黑娃二人的交谈，把为啥落草当土匪、当土匪好快活、下来准备咋干一件大活的土匪生活摊开亮明到读者面前。

值得称道的是，陈忠实先生在这本小说里相继描写了鹿兆鹏与白灵、黑娃与田小娥、芒儿与小翠三对情侣的相恋相爱过程，各具艺术特色，他们各自的感情炽热纯真但不落俗套也不淫秽。尤其是这一章写芒儿和小翠的爱恋，仅仅只描写了在灶房里择菜做饭打搅团过程中两个人的言谈举止，就巧妙地袒露各自的心迹。这些以小见大、以微见著的描写手法，来源于生活，又高于生活，但精湛高超的技艺却需要作家自身的天赋才行。此刻我感到卑怯，我能看到天才作家的长处、特点、洞察力等，却学不来丁点。让我用文学语言来夸奖他都有些难。这不仅是书到用时方恨少的问题，还有一个学下了未必用得好的问题。

有趣的是，大拇指在总结他和黑娃的共同之处时强调，根源都是"因为一个女人"。

掩卷沉思许久，我不由得慨叹：他们的世界里其实就两个人，一个是男人，再一个就是女人。女人依靠男人活着，而男人是为了女人活着。

他们为心爱的女人铤而走险烧杀掠抢，总认为是别人的罪恶把他们逼到绝境、上了梁山。他们很少意识到自己的过错和凶残。至少我不会因此就同情他们，也不会宽恕他们的罪恶。

二十二

鹿兆鹏和黑娃都还侥幸地活着。

而他俩之前所在的队伍却屡遭挫败，岌岌可危。黑娃上山当了土匪，鹿兆鹏却屡败屡战，为信仰为组织继续着殊死搏斗。

这一章先叙写鹿兆鹏进了土匪窝子，意图说服黑娃、大拇指加入红军队伍。他以自己的方式坦率地表白说，瞅中他们这些人了，希望与其搭手共事，但却遭到了大拇指的拒绝。

大拇指说："我说的是真话。我明白，无论谁家当朝坐江山，都容不得土匪。而今国民党悬赏捉我，日后有一天共产党把事弄成了，还是要拾掇我。我要是能活到那一天，你兆鹏坐江山拾掇我的时光，能给我一个浑全的尸首就遂心了。"说明大拇指是个有远见卓识的明白人，他知道自己罪恶深重，但并不打算改邪归正，铁了心当他的草头王，只顾眼下的快活，已经置生死于度外了。

黑娃也受了大拇指的影响，心爱的女人已死，又与父母断绝了关系，他甚至比大拇指还了无牵挂："我而今连尸首浑全不浑全都不顾虑。"这便是黑娃对鹿兆鹏的回答。

尽管大拇指和黑娃拒绝了鹿兆鹏加入红军的请求，却保持着与红军井水不犯河水的默契，甚至保持着一种友好的意愿。

当鹿兆鹏后来作为俘虏被大拇指捉上山寨，受到的却是贵宾待遇。大拇指请医生为兆鹏治疗枪伤，如同华佗给关公治疗箭伤一样原始，只是兆鹏不如关云长那般坚强，痛苦得直吼叫，被大先生小瞧。他说这人没彩。这是句关中方言，即不够坚强，忍受不了疼痛。但鹿兆鹏的队伍三起三落，他仍然坚定不移，用他的话说即"啥时候连我也蚀了就不干了"，足见他为了革命事业死也不惧。而且对革命事业的未来充满了必胜的信心。他曾用好强的口气对朱先生说："如果我的老本蚀不了，你老也长寿，我将来要请你老把县志上这个'匪'字改成'军'字。"

本章后半部分，通过鹿兆鹏的回忆，描写了红三十六军在准备不足的情况下，企图攻打西安。中途撤退逃往秦岭深处的章坪镇，在那里被国民党部队四面包围惨败后，他突围成功却被大拇指捉上山的过程。伤愈后，他仍不气馁，说服不了大拇指加入红军，亦不影响他东山再起的计划，"我得再去弄出一个军来"，在挫折面前依旧气势如虹。

鹿兆鹏在黑娃的洞穴住过半月，伤口长平愈合后由黑娃护送出峪口。按理说，为了安全起见，他应该去陌生的地方开展组织活动。但却被作者驱使，回了一趟白鹿书院。这个应该是有意所为，陈忠实先生自有他的道理吧！

只有回到白鹿书院，鹿兆鹏才有可能见到朱先生，才可能看到那篇刊载"三十六军覆灭于本县章坪镇"的新闻报道，才能看到朱先生在《国民纪事》

第六辑 ❀ 他山之玉

237

总栏末尾的记述。才有机会与国民党滋水县党部书记岳维山及跟在他身后、一身县保安队戎装的白孝文巧遇。

既然是仇人相见，自然免不了一场唇枪舌剑，互相诋毁、互相说教，然后再伺机动手或逃窜了。只是他们相遇在白鹿书院，朱先生还有权威平息双方的争斗升级，才给了鹿兆鹏逃走的生机。

当看到岳维山指示白孝文拔出手枪追撵鹿兆鹏时，朱先生没有动身，用铁扦儿拨一拨油灯捻子，站起身背着手说："看来都不是君子！"

朱先生的那句话是本章的结尾，让我感到好笑。你死我活的战场，何来君子之说？当然也不能全怪朱先生迂腐，在先生的眼里他们都是自己的兄弟，兄弟相煎自然不算君子。应该庆幸的是，岳维山没有以通匪之嫌怪罪和收拾他，是他在民众中的威望太高了。岳维山与鹿兆鹏的争斗一直在反复，离最终的胜负似乎还十分遥远。

二十三

这一章几乎是白灵一个人的专场演出了。

尽管从朱先生重新开始因赈灾而中断的县志编纂工作写起，以朱先生的视角简要回顾年馑饥荒在白鹿原上所造成的悲惨景象，叙述了大饥馑随着一场透雨自然结束后乡村生机的恢复。以及广大村民为感念他赈济灾民的恩德送牌匾表示，他婉言谢绝的过程。还有郝县长对他赈灾表现的赞赏，邀他出山担任国民教育科官员，他同样婉拒的过程。

朱先生唯对编纂县志情有独钟，组织人员，查核校勘资料，专注异常。而且还有在白鹿书院坐等见白灵一面的人物使命。

本书看到这里，已知朱先生是老一辈人中的"圣人"级灵魂人物，也是作者在《白鹿原》里最推崇最受爱戴的人物。作者在这一章让他也做了一回配角，以他的视角来迎接、审视、欣赏另一个灵魂人物白灵。

白灵不期而至于白鹿书院，让朱先生惊诧而又喜悦。迎面走来一位"风姿绰约的女洋学生"，朱先生借朱白氏与侄女二人交谈之机，对着白灵的眼睛瞅了又瞅，内心深处有一段极高的评价。而且因为白灵的那双眼睛，产生联想，浮现出自己第一次看见妻子朱白氏眼睛时的情景，紧接着回忆了那件往事。这段插叙看似多余，实则恰到好处。既以朱白氏年轻时赢得他青睐确定婚约的那双眼睛的与众不同丰富朱先生的形象，又衬托出白灵的眼睛更具风采和神韵，透出了"习文可以治国安邦，习武则可能统领千军万马"的凛凛傲气。

这段插叙让人觉得即便是圣人的朱先生也有凡夫俗子的正常情怀。他选择配偶时更注重女人的眼睛，他能从女人的眼光中获得准确无误的重要讯息。另一方面，这段插叙对白灵的评价，以及朱先生貌似算命的预卜，真真假假、假假真真。让人担忧白鹿精灵一般的女子会不会遭受劫难，进入黑洞呢？

后来因姑妈朱白氏关心侄女的婚事，又夹叙了因白灵一封解除婚约的信，导致父亲白嘉轩在王家父子面前抬不起头，不得不加倍退还彩礼并在愤怒中咒骂白灵的过程。白灵惹的祸够大了，但似乎未止步于此。

已经成为共产党员的白灵还有重要任务需要完成。她去县府大院向郝县长递信，然后又见了大哥白孝文，听他讲与鹿兆鹏有关的讯息等。

关系有点复杂，国民党政府的县长是共产党人，亲亲的大哥却是国民党政府的保安队长。而兄妹俩都是有家难归，被父亲白嘉轩拒之门外。

接下来又是白灵的重头戏。书中写她在回城的途中，迫切希望见到鹿兆鹏，想了解他怎样虎口脱险。并回顾了这段时间的革命工作，地下党人所遭受的残害，还有她在教会女子学校有关共产党人遭受残害的所见所闻。最让人动容的是她在最严酷最危难的关头，申请加入中国共产党，是鹿兆鹏介绍她入党并领她宣誓的，向整个世界发出庄严坚定的挑战。

当看到这一节时，我仿佛看到了心中的那个白灵举起右手向党旗宣誓的情景，第五次热泪盈眶。我在思考兆鹏白灵这些先烈，他们放弃安逸的生活，却怀着一腔热血勇敢献身于革命事业，不正是为了推翻国民党政权，建立崭新的社会，让劳苦大众安居乐业、过上幸福生活吗？他们为崇高理想、为后代子孙的献身精神，多么值得我们后来人敬仰和学习！

这一章的内容多，夹叙夹议多，听了两遍、看了两遍，仍觉记忆散乱。不知陈忠实先生当初写到这一章时会不会像我一样乱过头绪。虽然这一章的重头戏是白灵，她的形象也生动逼真地树立起来了，但涉及的事件多，人物关系复杂，很容易导致脉络不清。不过这也与战乱年代的背景相吻合，也与白灵所面临的处境相吻合。

在一章之内，在一定的时空条件下，要把白灵看望姑母姑父、完成组织任务、与王家解除婚约的经过与后果、与兆海志向不同而分手以及与兆鹏牵扯、在什么状态下决意入党、以及怎样入党、又做了什么工作这么多事儿串起来且详略得当地描写精彩，引人入胜，真是太不容易了！

以这样一天一章的阅读速度，我觉得还是有浮光掠影之感，很难既全方位又条理化地理解内容。

二十四

问世间情为何物，直教人生死相许。

看了听了这一章，半天找不到准确的词汇来概括它的内容、它的主题以及艺术手法等。只感到作者在这一章是在畅快淋漓地抒写白灵的"情"。

她在完成党组织交给的任务之后，"心里平静得像一泓秋水，那是圆满完成一项重大而又神秘的工作之后的心理报偿"。但当她一个人坐下来的时候，就躁动不安起来，是"一种孤寂，一种压抑，一种渴盼，一种愤怒交织着的心境"。她为已知和未知的革命同志惨遭杀害感到压抑和愤怒，她痛恨敌人的残暴行为，进而也波及对大哥白孝文的愤怒，真后悔当时没有"抽他一个嘴巴"。可见比起兄妹的手足之情，在白灵心里同志间的革命情谊更为珍贵。

作者描写"白灵简直忍受不了夜的静寂，在门与床铺之间的脚地上踱步，心如焚烧似的急于见到鹿兆鹏。"这一句，就把白灵思念鹿兆鹏这个既是上级领导、是曾经的恋人的兄长，又越来越可能成为心上人的那种急不可耐表现得淋漓尽致。作为读者似乎再找不出其他的词汇能够把它取代。

在这里，白灵与鹿兆鹏建立在志同道合革命情谊基础上的爱慕之情，有可能超越她与鹿兆海之间已有的恋人之情。

在这一章，兄妹之情、兄弟之情、恋人之情交织在了一起。但最终的结果，仍然是建立在志同道合基础上的革命情谊，成为白灵选择心上人托付终身的内在动力和决定性因素。

这就是白灵，一个在战乱岁月与众不同的女青年、女英雄、女共产党员冲破桎梏和世俗，大胆而炽热的爱情。她把自己的革命信仰，为劳苦大众谋未来幸福的追求，一概融进了个人生活。爱得风风火火，爱得奋不顾身，也爱得柔情似水……

爱情是文学永恒的主题，也是人类社会生活中最重要最精彩的内容。陈忠实先生在本章中关于男欢女爱的描写，尤其是白灵对自己与鹿兆鹏那个初夜幸福的回味，堪称经典细节。一样是爱的极致，仿佛山呼海啸；一样是爱的巅峰，熔岩汩汩流淌。在陈忠实先生的笔下，爱情的美妙震撼人心，也让青春的气息散发出耀眼光芒。

　　回过头来仔细想，以组织的名义安排白灵假扮鹿兆鹏的妻子掩护地下党工作，到底是真的巧合，还是作者的故意而为呢？我想肯定是陈忠实先生故意而为。既减少了人物以免节外生枝，又增添了作品的戏剧性和矛盾冲突的复杂和激烈，从而有利于从各个角度更好地树立展示白灵、鹿兆鹏的完美形象。

　　在塑造白灵美好形象的同时，作者也不遗余力打造鹿兆鹏这位在野的地下党的领导干部形象。鹿兆鹏面对此前三起三落的挫败，面对一个个革命同志被投入枯井的严酷局面，信念坚定，不屈不挠，机智勇敢，个人又连续几次化险为夷。正是有一大批像鹿兆鹏一样的革命志士前仆后继，才换来了革命的最后胜利。

　　鹿兆鹏他们想方设法除掉了叛徒，又在白鹿原上圆满组织召开了党的非常代表大会。岳维山他们估计共产党在郝县长被杀害后起码得蛰伏一阵子。没想到鹿兆鹏正是利用了敌人的得意心理，巧妙完成了自己的壮举。

　　看这一章时，我经常会想到故乡铜川市耀州区阿姑社村，那里曾经以"红军窝子"而闻名，是耀州区红色革命策源地之一，耀州区第一支游击队就在这里诞生，第一次党支部会议就在这里召开。

　　我的故乡与照金革命根据地又有着特殊的联系。许多老游击队员、老共产党员都为照金革命根据地的创建和开展游击战浴血奋战过。

　　《白鹿原》所反映的革命斗争历程都能在我的故乡找到现实的影踪。可以告慰先烈们的是，如今的照金革命根据地已经成为爱国主义、红色传统教育、法制教育基地和红色旅游景区。老区人民的生活环境也发生了翻天覆地的变化。

　　烈士们的鲜血没有白流，那雄伟的陕甘边革命根据地英雄纪念碑，气势恢宏、庄严肃穆的照金革命根据地纪念馆，吸引着越来越多的各界人士参观学习，向先烈致敬，继承先烈们的遗志，为中华民族的伟大复兴做出自己的贡献。

二十五

自从那年剪长辫，白鹿原上起烽烟。
年馑过后瘟疫至，小城阴魂也纠缠。

几句顺口溜，聊作一时的感叹。日后有了空闲时间，再仔细斟酌完善。

这一章，作者第一句话便点明主题——白鹿原又一次陷入毁灭性的灾难之中。

接下来先详写个例。第一个就是鹿三的女人鹿惠氏。从她开始出现症状，结果并未引起她和鹿三的在意，后来病情加重，才去冷先生那里医治。医生和病人仍未太在意，直到吃药不见效果，再次去医治，三个人才明白，可能要准备后事了。作者详尽描述了鹿惠氏的病状发展过程直到如何埋葬。

随后作者又叙写了村东头一个中年男人和村西头一个女人的发病过程、临床症状和治疗发展以及死亡安葬过程。冷先生中医堂红火熙攘了一阵又归于冷落，同时各村庄所有庙宇香火突然鼎盛起来，观音、关公和药王神像上披挂满了求祈者敬献的红绸和黄绸作为对疫情危重的暗示。

紧接着作者又列举了一个六口之家死得绝门倒户的惨剧。尤其是最后一个人，甚至连什么症状也没有出现就死掉了，可见瘟疫是多么可怕、多么令人惊恐。死的人太多了，人们悄悄算计的已经不是谁家死过人，而是还有谁家没有死过人。

接下来作者的笔墨开始落在白嘉轩身上。由白嘉轩知晓鹿惠氏开了这场瘟疫的先头，恐惧便与日俱增。白嘉轩显得少有地恐慌无主，又是请教冷先生，又是安排家人去亲戚家躲避。但仍然未能躲过厄运的降临。他的妻子仙草在一家老小出门躲走的第二天就染上了瘟疫，终归还是咽了气。

值得一提的是，作者在鹿惠氏和仙草离开人世的最后一刻，安排她们对自己的丈夫提起另一个女人田小娥。鹿惠氏对鹿三说小娥告诉她，是鹿三拿梭镖头儿把她戳死的，是从后心戳进去的，还让她看了后心的血窟窿。鹿惠氏断气时嘟嘟囔囔："你咋能狠心下手……杀咱娃的……媳妇……"而仙草在咽气时对白嘉轩说的话，也是田小娥闯上门来咧，脱了衫子让她看身上的伤，前胸一个血窟窿，后心还有一个血窟窿……并以此为序幕，拉开田小娥阴魂附在鹿三身上，借鹿三之口当众为自己辩白申冤，提出在她的窑畔上修庙塑身，对她的尸骨重新装殓入棺，否则就将使原上的生灵死光灭绝。不仅如此，还借鹿三之口质问挑衅白嘉轩。

尽管村民乡邻都对田小娥的阴魂感到恐惧，一堆堆黄表纸钱燃起的火焰升腾在小娥曾经住过的窑院前、崖坡上，有众多的男人女人烧香磕头，川流不息。尽管有三位老汉出面请求，连儿子孝武亦为之所动。但白嘉轩意志坚定，决不让步。在请法官捉妖未果之后，把修庙变成造塔，以祛鬼镇邪，彻底扭

转了因田小娥阴魂不散所造成的不利影响。其实造塔镇压田小娥尸骨的主意是朱先生出的，白嘉轩赞同并由白孝武主持建造而成。

我想说的是，众乡亲出于一时恐惧而赞同为田小娥塑身修庙的主张，分明有些幼稚可笑。而朱先生和白嘉轩决定造塔镇妖之举，好像维护了封建礼教的神圣和尊严，其实也具有嘲讽的意味。区区一个弱女子被残忍杀害，还造一座塔去镇压其尸骨阴魂，足见塔所代表的那些权威多么轻贱，大材小用多么不值，故同样可笑之至。

古有《窦娥冤》一剧，窦娥临死曾发下三桩誓愿并一一实现。尤其是楚州三年大旱的剧情，还有法海造雷峰塔将白娘子镇压于塔下的传说，都应该对陈忠实先生产生了巨大影响。《白鹿原》汲取这些宝贵的营养，迸发写作灵感，但又运用了独特的艺术手法描写这一章的故事。

二十六

瘟疫过去了，白鹿原上显示出空寂。

瘟疫是随着冬天的到来自然终止的。人们在悲悲凄凄收完秋再种上麦子的时候，没有了往年收获和播种时的欢乐和紧迫。

田小娥也可以安息于九泉之下了。她已经借瘟疫流行，借鹿三之口，在大庭广众之下为自己鸣了冤；那么多人曾经为她烧香化表叩头祭拜，还兴师动众地收敛尸骨，花费财力物力造塔。而且她可以瞑目的是，杀她的凶手鹿三虽未受到国法的惩处，但其原有的自信和骄傲已被彻底打垮，妻子临终前的埋怨和小娥的哭诉已经让鹿三在心理上、精神上受到了严厉的惩罚。田小娥还有什么可遗憾的呢！

小说毕竟是小说，这一章故事繁多，一个接着一个。写了白嘉轩指教两个儿子和兔娃善待鹿三，写了这三个孩子正在苗壮成长，写了白孝武对自己在重大关头的动摇和失误的自省，以及续写修填族谱的打算。写了鹿子霖与岳维山之间为儿子兆鹏的斗智斗勇，把兆海也牵扯了进来，交代这段时间里他身份地位的变化，以及岳维山、田福贤他们对兆海的背后评价。还有白孝武完成补填族谱神圣使命之后的自豪和喜悦。至于鹿子霖没有参加也比屁淡。

紧随其后的是白嘉轩为三儿子白孝义完婚的过程。白家为孝义娶了个无可挑剔的媳妇，盛大的婚礼鼓舞起整个村庄的热情。又一对青年男女的新婚之夜，在陈忠实先生笔下活灵活现。白孝义在新媳妇身上完成三次探索之后，就由一个傻瓜蛋变成了大丈夫。

这期间还夹叙了白孝文准备回家看望祖母和父亲，为母亲上坟的渴望。他通过姑父来给父亲捎信带话，更多的是做融通工作。尽管捎带着告诉白嘉轩孝文已经升了营长，但白嘉轩仍不为所动。还来一句："他当上皇上也甭想再进我这门。"

过去看小说主要是看热闹、找刺激，这回主要是看门道，欣赏和学习技法。但因为个人的学识经历有限，未必能达到预期目的。回过头来再思考这一章，觉得陈忠实先生的主旨应该是对白鹿两家，包括鹿三的下一代的成长和发展进行浓墨重彩的展现。是继往，也开来，但不是平铺直叙，而是用情节故事、他人之口全方位多角度地去达到自己的目的。

在任何时候、任何情况下，年轻一代都是一个家族、一个村寨、一个国家的未来。他们的所思所想、所作所为将决定社会的发展方向。

这一章除了没有提到黑娃之外，鹿家的两个儿子鹿兆鹏、鹿兆海都有或明或暗、或轻或重的交代；白家的三个儿子白孝文、白孝武、白孝义都有或细腻或简要、或淡或酽的描写。还不忘给鹿三的小儿子兔娃花费笔墨。

鹿兆鹏虽没闪面，但从岳维山、田福贤的口中可知，他仍是当权派的心腹大患。这便是另一种褒奖。鹿兆海当上了国军连长，白孝文当上了国军营长，白孝武坐稳了族长的位子，白孝义成了白家的顶梁柱，而鹿三之子兔娃正在长大。这些年轻人，整体上看已经超越了他们的父辈。至于在历史发展的过程中，他们还会怎样变换角色，怎样实现他们的理想，成为什么样的人，依然处于变化之中、待定状态，这是肯定的，白孝文由一个死皮烂娃当上国军营长便是最好的证明。

二十七

人这一生有悲有喜，有福有祸。喜中藏着悲，悲中把喜孕；福兮祸所伏，祸兮福所倚。

作者在这一章，通过白孝文以及白家人在短时间内所经历的起伏跌宕，时而欢喜、时而惊恐、时而悲伤的故事，真可谓把人生的喜怒哀乐、爱恨情仇、时来运转、福祸相倚写到了极致。用扣人心弦、引人入胜、耐人寻味、发人深省来概括一点都不为过。

那个被父亲赶出家门，住烂窑睡婊子抽大烟卖房卖地，沿门乞讨吃舍饭的白孝文竟然被直接擢升为保安团一营营长，负责县城安全防务，成了滋水县府的御林军指挥。这算是浪子回头了，没人能够预见吧？但作者不是乱造胡编，在那个年代的那个岁月还真有这种可能性。假如放在今天，估计连门都没有。

白孝文打算在父亲允诺后衣锦还乡。他回原上的历史性行程，只有一个目的，就是以一个营长的辉煌彻底扫荡白鹿村村巷土壕和破窑里残存着的人们关于他的不光彩记忆。是谓大喜也。谁料还没来得及成行，他又擒获了土匪头子黑娃，取得上任营长后的第一场大捷，自然是喜上加喜了。但一转身就是悲，大祸临头了。尽管父亲为黑娃求情、想去探监他也不答应，坚持公事公办，但面对大拇指的捆绑、威胁，他扑通一声就跪倒在人家土匪头子的脚下。堂堂营长能给土匪下跪，可见他多么胆怕，多么可悲。从抓获黑娃决定枪决到亲自出马营救黑娃逃出牢房，白孝文可算是有胆识有谋略的人了，但他为了保命，为了一己之私，置律法公义于脑后，心狠手辣，不惜让无辜的人丧命，不仅间接化解了与黑娃之间的私怨，还表演了一场辞官戏，保住了官位。这一通下来，白孝文的喜上加喜，喜中生祸生悲，转而又由惊恐转喜添福，真如过山车一般惊险刺激。只能说这个白孝文真是"了不得"，也"不得了"！

白家整个的命运遭际也与白孝文个人相似，先是当营长的儿子荣耀省亲，白嘉轩从族人的热烈反响里得到一种心理补偿，自然是白家的大喜事。但接下来的军统人员找上门抓捕白灵，亲戚们广受牵连，又成了家门之不幸，自然又是悲。只不过白灵在组织的救助下逃亡，还算不上真正的大悲。

这一章有三个细节让我难忘，且反复回味。

一是白嘉轩搭救黑娃的行动，受到朱先生少有的激情赞扬："以德报怨哦嘉轩兄弟！你救下救不下黑娃且不论，单是你有这心肠这度量这德行，你跟白鹿原一样宽广深厚永存不死！"朱先生的评价这么高，至少也表明了他自己为人处世的原则和价值观念。但白嘉轩对黑娃能以德报怨，为什么对黑娃的媳妇却不曾有一丝容忍呢？难道心肠度量德行的对象还分男女不成？

二是白孝文返城时眺见村东头崖坡上所竖高塔，回首前尘旧事，尤其是流落街头讨饭，在土壕里差点被野狗当作死尸吃掉的那些艰难时刻，他所总

第六辑 ✦ 他山之玉

结出的人生经验："活着就要记住，人生最痛苦最绝望的那一刻是最难熬的一刻，但不是生命结束的最后一刻；熬过去挣过去就会开始一个重要的转折，开始一个新的辉煌历程；心软一下熬不过去就死了，死了一切都完了。"他总结得或许没错，俗话说好死不如赖活，大概就是说他这种吧……

三是白灵面对送她去渭北农村的鹿兆海，在一系列的争辩、解释、兆海再三表白并发下终身不娶的誓愿之后，白灵瞧一眼鹿兆海，闭上眼睛，"感到一种庄严的痛苦正在逼近"，她应允了兆海的那个亲吻。我算是服了，不知除了陈忠实先生，在哪本书里还能找到"庄严的痛苦"这样的描述。或许是人物和情节的需要，只能这样来描写，这样的一句话才能准确表达出白灵的真实心态。白灵在那一刻苦不堪言，她无法拒绝内心深处对兆海因感激和愧疚产生的、基于曾经是恋人的那种爱，但又必须恪守对兆鹏的忠诚。之所以称庄严，是要在灵魂深处分辨清楚这个外在行为所表达的意义和分寸，既给兆海以安慰又不能给他希望，给予就是再次痛下决心，接受就是最后的拒绝。除此之外，我不知选择"庄严"一词还有哪些用意。

二十八

《白鹿原》这部长篇小说，笔者最不忍卒读的便是这一章。

两个身份、气质、才华、地位、命运不一样的女人，几乎在同一时间死去。她俩都是鹿兆鹏的女人呀！前者本已惨不忍睹，而后者更是惨不忍闻！这让我痛苦到心上滴血，而眼中流出的已经不单是晶莹的泪水。

我想骂鹿子霖这个畜生，想骂冷先生这个一根筋的笨猪，还想骂鹿兆鹏这个造孽的东西。他们一个一个都是逼死杀死兆鹏媳妇的凶手，只是主从犯的区别而已！没有人能脱掉干系。

我更恨那万恶的封建礼教，恨那个时代的陈规陋习！有多少良家妇女在那样的社会环境里被压迫被折磨被残害而忍气吞声、忍辱负重、忍垢偷生？兆鹏媳妇只是千千万万个柔弱女子的一个缩影。虽然推翻那样的社会、消灭和铲除那个制度的革命已经在进行，遗憾的是她却没有等到春天的到来，先自行枯萎了。就此而言，兆鹏这个男人作为热血进步的青年志士，有为她另指明路另寻生路的责任和义务。善良乃做人之根本，奈何鹿兆鹏却知而不为。

鹿兆鹏与白灵倒是因革命情谊志同道合而真心相爱，白灵已怀上了他们的孩子，却因把教育部部长一砖头打伤而受到军统的追捕，东躲西藏受尽磨难。但最终夺去她性命的却不是军统，不是敌人，而是自己队伍中的自己人。

最让人痛心疾首的是，白灵这个曾经被朱先生誉为习文可以治国安邦、习武可以统领千军万马的奇女子，这个对革命事业赤胆忠心、无私无畏的热血青年、优秀共产党员，竟然被自己队伍中的蠢猪恶犬怀疑并在无凭无据无章无法的情况下活埋，真是太让人惊诧不已、痛惜不已、愤恨不已！

白灵之死，触动并灼伤着每一位读者的心。

在《白鹿原》里，白嘉轩接连死了六房女人，读者无非一声叹息。年馑和瘟疫夺走不少女人的性命，读者或许习以为常，并不十分在意。鹿兆鹏媳妇惨遭亲爸毒哑，如一只小鸡死去。田小娥死于鹿三之手，乡民们从开始的嗤之以鼻到后来的烧香磕头，愿为其塑身修庙，可见其冤魂不散的影响力曾让白鹿原震颤。但白灵，这个白鹿精灵的化身，带着为劳苦大众谋解放、过上幸福生活的崇高理想，就那样被埋了，岂能不震撼所有人的心！及今思之，仍然撕肝裂肺！

白灵之死，虽属偶然，但亦有必然性存在其中。一个组织、一个机构只要没有健全的制度规则约束，个人权力不受制约，那什么错都可能犯。作者把人世间最美好最珍贵的东西撕碎了给人看，是让所有的读者朋友更加珍惜来之不易的幸福生活，永远铭记血的教训。

白灵是千千万万革命先烈中的代表，她值得子孙后代铭记和敬仰。她的牺牲值得后来人对发生这一幕历史悲剧的根源进行反省和警惕。

此刻阳光明媚，天朗气清。眼前农田里的野草已成片泛绿，耳畔是成群的麻雀正鸣叫不止。我正在步寿源农业产业园区参与资产转让的交接工作。手头仍不忘带《白鹿原》，一有空就打开，边看边写读后感。但突然意识到，这般恬静愉悦的工作和生活是多么来之不易，多么值得珍惜！

至于鹿子霖酒后为老不尊的那些过场，以及他报复儿媳的狠毒，还有儿媳妇因为长期守活寡，却遭阿公猥亵而患上淫疯病最终不治而亡的过程，以及白嘉轩知道的鹿子霖那些丑陋无耻之事，都是现实生活中的烂泥沉渣，永远都存在于人世间。只不过随着社会的发展变迁，另换一批人、另换一种方式存在而已。

至于白嘉轩在大雪之夜失眠又做了一个奇异的怪梦，梦见原上飘过来一只白鹿，在他眼前哭泣，叫一声爸之后又飘然而去，而他的母亲、姐姐也在同一天夜里做了同样的梦。那分明是白灵走在生命尽头时向他们一一告别。这是天意，又是陈忠实先生的巧妙安排。安息吧，白灵！

二十九

大约是《白鹿原》太精彩动人的缘故，不断搅动我的悲悯情怀，让我多次泪如雨下。

表妹看到我昨日在朋友圈发的文章和感慨，禁不住发微信说："哎哟，别人看书高兴，您这是看难过哩！"可见我入戏太深，让一些亲朋好友难以理解。我回微信说，其实泪水可以清洗人的肺腑，同样能达到健身之目的。

我自感耳闻目睹他人身上发生（包括书本上、屏幕上、闲谈过程中知晓的）的事件因我之好恶而伤心难过，或者深受感动而落泪，就像我写文章描述内心的爱与恨一样，只是一种表达方式。这种基于善良而产生的悲伤是对受难者的同情和悲悯，只会给自己增添改变这种状况的勇气和力量，而不会让自己受伤。至于因为真善美的义举而感动得流下泪水，更是对自己心灵的净化，对情怀的滋润，对意志胆识的强化。又何苦之有，何乐而不为呢？这大约就是阅读经典作品最大的益处和收获了！

因此，黎明即起，来不及洒扫清除，就翻到《白鹿原》第二十九章，继续！

这一章从朱先生编写县志遇到经费困难，向县府讨要无果，仍坚持不懈写起，下来是白孝文把一张讣告拿给朱先生看，告知鹿兆海在中条山阵亡的消息，以及十七师和县府决定在白鹿原联合主持召开公祭大会，邀请朱先生到场并讲话。朱先生哀痛不已，愿为兆海守灵。随之回想了兆海临出发前讨字、相互交流、留下那枚铜圆交朱先生保管、朱先生嘱托兆海狠揍日本鬼子并留下毛发作念的过程。还有鹿兆海葬礼的筹备与举行，朱先生带头率七位老先生从提议到准备直到赶赴抗日前线，在渭河渡口被茹师长阻截，知悉鹿兆海死因及十七师已撤至潼关进山"围剿"红军的内情后，又返回白鹿书院的过程。末尾是鹿兆鹏和白孝文分别劝说黑娃离开土匪窝子归顺保安团的一系列情节。

这一章的故事情节甚多，作者力图通过每个人物在重大事件发生发展过程中的言谈举止刻画和丰富人物的内心世界和外在形象。

首先是朱先生。朱先生因讨要编纂县志经费不果，竟然忍不住撂出一句粗话："办正经事要俩钱比尿上割筋还难。"把县长骂得很难听。

当朱先生得知要在白鹿原上为鹿兆海召开公祭大会，灵柩要运回原上时，他不顾长辈之尊，既要去迎灵车，还表示要为兆海守灵，声言民族英魂不论辈分，双手掩面哭出声来。

朱先生此前曾因不晓鹿兆海是去中条山打日本鬼子来求字自勉而袒露自责。后亲自磨墨写下"砥柱人间是此峰"和"白鹿精魂"两幅字以作勉励。还是朱先生叮嘱兆海要带回一撮倭寇毛发作为念物；朱先生为他的学生兆海守灵，兆海捎回的四十三撮念物也在祭礼上焚烧。

是朱先生提出要奔赴战场，并带领七位老先生在公祭仪式上发出抗击倭寇的宣言。

又是他，对老妻朱白氏在离别宴席上"你们八个打死一个倭寇都划得来"的祝酒词表示赞叹，却对鹿兆鹏透露未经证实的消息说兆海不是日本人打死的，是在进犯边区时被红军打死的表示愠怒。对兆鹏代表组织劝说他甭去中条山战场的言辞表达了强烈不满。他认为是中国人就应该到窝子外头去咬，咬死倭寇才是正理。不光谝嘴，他自己先身体力行。

还是朱先生，在去战场的路途中被截阻，茹师长说明缘由、捅破兆海死亡底细之后，悲哀地长叹，对窝里斗感到绝望至极。以致后来的县志卷把"匪"换成了"军"，故意留下漏洞……

其次是黑娃。黑娃在大拇指中毒而亡后，终于接受白孝文的劝降，响应弟兄们的呼声，归顺了保安团。

白嘉轩为鹿兆海公祭仪式、族人祭奠仪式的隆重举行，奔波于人前幕后，付出了大量心血。他视兆海为全族全村的娃娃，务必把后事办好。不仅如此，他提出两条动议：用祠堂攒存的官款给兆海挂一杆白绸蟒纸、一杆黑绸蟒纸；用祠堂官粮招待各方宾客，减轻鹿子霖的支应和负担。白嘉轩为兆海的死亡，仰起的脖颈上那颗硕大的喉疙瘩滞涩地滑动了一下，肿胀的下眼泡上滚下一串热泪。使在场的族人简直不忍一睹，沉默的庭院里响起一片呜咽。

三十

2023年3月16日凌晨，一场久盼的春雨降临铜川大地。此前的天气预报明显失准，小雨变成了中雨，局部还出现了罕见的大雨。人常说春雨贵如油，这下好了，甘霖洒落，遍地流油。

此刻是凌晨四点多，我面前摊开的是《白鹿原》第三十章。这回不是我刻苦勤奋到如此程度，而是我家西邻屋顶四百平方米面积的彩钢瓦新近铺就，雨滴落下来的声音犹如狂风骤雨夹杂着闷雷一般，把我从梦中惊醒。起身穿衣把要紧的地方巡查一遍之后，顿无倦意。昨夜已在喜马拉雅听过的本章内容，现在又一个字一个字地在眼前来回狂奔。

鹿子霖或许已从次子兆海为国捐躯的悲痛中缓过神来，不得不履行保长的征丁征粮职责。却因长子兆鹏是共产党要员而遭受牵连，被五花大绑关进了牢房，遭怀疑、遭审讯、遭训斥，气愤而又委屈，一肚子全是苦水。可谓悲上加悲。黑娃改邪归正得那才叫一个真诚彻底。土匪头目当了保安团炮营营长，娶了贤妻、拜了老师、回了故乡、进了祠堂、拜了祖宗，也认了父亲、安顿了家里。可谓喜上加喜。

这一章除上述一悲一喜的主要情节之外，在开头一句话结束了抗日战争。对中华民国政府开始集中目标，一门心思"剿共"，在农村强行征丁征粮做了介绍，随后又多处穿插了村民对此表达不满的叙述。在本章末尾部分，作者让嘉轩多次劝说鹿三对长子黑娃的浪子回头改邪归正持欢迎态度，希望他振作起来，还像以前的鹿三那样有活力。但令他遗憾的是，他的愿望只得到了回光返照的瞬间美好，鹿三走了，永久地离开了人世。

人常说三十年河东三十年河西，实际上有时候也会十年河东十年河西，甚至今年河东，明年便是河西。这样的例子在现实生活中时有出现，在朝代更迭兵荒马乱的战争岁月就更是如此。本书中的第二代人物起伏跌宕的命运已足以证明这一切。

当然，任一人物的命运除了自身先天的遗传基因和后天的学习实践以及所作所为之外，又无一例外地与家庭环境、社会环境相关。正所谓外因与内因相合所导致的结果。在此基础上演而变之，扩而大之，也就成了一个家庭、一个组织、一个民族、一个国家的命运。

随着民国政府行政机构名称的改换，田福贤从总乡约变成了白鹿联保所主任。他在所辖联、保、甲三级官员会议上的讲话，大概率是从上而下对国家形势的判断分析，以及基层怎样组织实施的政策方针。

岳维山书记连鹿子霖这个保长也不放过，就是儿子兆鹏惹的祸。岳被省上认为姑息养奸而受训斥，逮不住儿子自然得牵连到他爸身上，应验了"逮不住雀儿掏蛋，摘不下瓜就拔蔓"的那句俗语。加之征丁征粮引起所有乡民的反感和诅咒，白嘉轩说："征这么多的粮和丁，我没经过也没见过，清家皇上对民人也没有这样心狠……"朱先生向来说话以近喻远："买卖人有一句话说：心狠蚀本。"已经预示着"大哥"失败的命运不可避免。

这一章里面黑娃归顺保安团，整饬炮营，捆绑自己戒烟，娶妻拜师，回原上拜亲祭祖，改邪归正"学为好人"的一系列情节故事，宛如一缕春风拂面，好似一股暖流涌上心头，耐人深思，令人赞叹。

用"浪子回头金不换"形容黑娃恰如其分。他是真诚而彻底地改过改变，从头开始，学为好人。能让朱先生深受感动，亲自陪伴他回原上、进祠堂、祭祖先、拜高堂，已足以说明其改邪归正。我们可以把白孝文、黑娃两个浪子在回头以后回原上的心情念想和所作所为进行分析比较，其中的优劣、高下、美丑立见分晓。

白孝文是死皮烂娃当上了营长，发达之后回原上显摆。而黑娃是土匪头目当了营长，"学为好人"之后向祖宗先辈、父老乡亲表达愧疚和洗心革面的赤诚之心。他二人的所思所想完全不同，所在意所回味所难忘的故事亦完全不同，就连往返路途的方式方法，以及他们所散发出的味道都截然不同。

细心的读者通过作者笔下的文字，所领悟到的也许远不止我以上所述。文已至此，我不能不长叹一声。人的命运啊，有时并非会遵循白嘉轩在本章总结的那些宝贵经验所指的路径。严于律己、宽以待人，以德报怨、以正祛邪固然值得遵从，却仍然不能排除意外的发生。

三十一

越看《白鹿原》越觉得自己文学专业知识的欠缺。以自己的能力，即使反复地聆听，反复地阅读，都无法提纲挈领地用文学语言来概括本书、本章所包含的内容。

有时候我甚至不无遗憾地认为，只摘抄其中的一些金句，可能就比自己的评价和议论都要简明和精彩。因为它是一座社会百科知识、各式人物生存状态和生活哲理的宝库，凭自己的好恶和欣赏水平完全可能顾此失彼，甚至抓住芝麻而丢掉了西瓜。

有鉴于此，还是踏实跟进为好。陈老师写到哪儿，咱就想到哪儿，学习和领悟到哪儿吧！

黑娃把娶妻时在县城买下的那幢房子卖了，在西安城学仁巷买了旧房搬去居住。怕在丈人家门前营房边晃眼，惹是生非。他甚至有了去乡村教书的退隐之意，对军营生活感到疲惫。妻子稍感意外，以为是朱先生的教诲改了他的气性。但陈忠实先生没有替他说出内心深处的原因，只是让他对妻子动情地说："甭看我有那么多称兄道弟的朋友，贴心人儿还是你一个。"

鹿兆鹏出现在黑娃家里，以告别为由，介绍了好长一段时间的去向、隐匿之地、活动成果，还有下一步的打算，需要黑娃提供可能的帮助等。特别值得一提的是，给黑娃一本小册子，是毛泽东写的书，让黑娃看了给朱先生看。临走时鹿兆鹏特意叮咛黑娃："小心咱们乡党！"并对黑娃回原上跪倒在祠堂表示了自己的遗憾。作者描写这些情景的文字不多，不仅是伏笔，耐人寻味的地方亦甚多。

接下来是关于白鹿原上卖壮丁、征收捐税状况的叙述。只需用小说本身的文字便可以概括：

"联系政府和百姓之间的唯一一条纽带只剩下了仇恨。"

"民国政府在白鹿原征收的十余种捐税的名目创造了历史之最。"

"诅咒的对象由本原的田福贤逐渐升级到滋水县县长和县党部书记岳维山，随后一下子就上升到中国最高统治者头上。白鹿镇街心十字道又一次发现画着蒋介石脸谱的煮熟的鸡蛋，眼睛鼻子嘴巴和耳朵同样扎着一支支钢针……"

"一个靠绳索捆绑的士兵所支撑的政权无疑是世界上最残暴的政权，也是最虚弱无能的政权……"

鹿子霖在监狱里蹲了两年多，终于被释放回家。为了营救他，妻子鹿贺氏表现出了一般男人也少有的果敢和干练。她挖出了珍藏的黄金白银，卖牲畜卖田地卖门楼门房，辞长工，把所有的钱财一次又一次间接或直接送给法院法官、县府的当官的和狱卒。其中只有岳书记把一块金砖退了回来，是一尊吃素不吃荤的真神。对此不光令鹿子霖感到吃惊，笔者也感到吃惊。

至于把门楼卖给白孝文，似乎是陈忠实先生的故意而为。当初白孝文把门楼卖给鹿子霖我就表示怀疑，拆下来的木料砖瓦能值几个钱？这下子又从鹿贺氏那儿买回去，只是捞回面子而已。这一报还一报就是演给众人看，此一时彼一时，世事难料也浅薄。鹿子霖一回牢坐的，对一切国事家事的兴头儿都丧失殆尽。知道妻子还留下了几亩水地倒也悲中有喜。知道自己当乡约和后来当保长的对比以及白鹿村的重大变化，心理上还是有一些安慰。

不仅鹿子霖两口子意想不到，所有的读者估计也料想不到，一个穿着旗袍的年轻女人给鹿家送来了一个亲孙子，那可是鹿兆海的儿子！这当然是鹿家想不到的大喜事，至少后继有人了。孩子离开母亲后的哭号，给了鹿子霖一缕伤情，也给了他一份生机。但兆海曾对白灵发下终身不娶的誓愿，这个意外的改变如果仅仅因为这个女人长得与白灵"像神了"似乎有点勉强。

这个儿媳和鹿子霖一块儿去给兆海上坟，发现兆海半人高的墓碑上竟然有一泡干涸的稀屎流痕，气得鹿子霖在官路上跳骂，诅咒整个白鹿原上的男人女人该当杀尽灭绝。他涕泪纵横着大声说："人还是不能装鳖哇！装了鳖狗都敢在你头上拉屎……"这算是他对人生经验的总结。

为了生活，为了孙子有馍吃，他还得求人谋生计，去了联保所干事，又变得精神抖擞起来。

白嘉轩则比以往任何时候都更加谨慎地经营着自己的家庭。有意思的是，他既想让孝义有儿子，又鄙视冷先生出的主意，不让儿媳去棒槌会。而是自己定下周密计划，让母亲白赵氏实施。白赵氏引导兔娃给孝义媳妇睡觉做伴，做得滴水不漏、严严实实。终于顺利实现了目的，三个月后，孝义媳妇出现了呕吐现象。白嘉轩有意把功劳归于冷先生，既送皮袄又夸赞，还资助兔娃娶妻。他瞒天过海的功夫虽无人能比，但我还是觉得这与他的性格有些不符。所谓的棒槌会，以及白嘉轩的偷梁换柱行为，本与封建礼教格格不入，却能大行其道，令人不解。

本章末尾提到白嘉轩在土地改革查田定产划定成分时突然醒悟，想起姐夫朱先生曾让他辞去长工、撂地给穷人的提醒，感叹朱先生是圣人，真正的圣人。尽管只有一二百字，却意味深长，言有尽而意无穷。

三十二

曾经当过土匪，现在还是县府保安团炮营营长的黑娃，骨子里面还是与鹿兆鹏与共产党人亲近。也许是当初闹过农协，也参加过革命队伍的缘故。

因为陈忠实先生并没有直说，为什么鹿兆鹏、韩裁缝让黑娃干什么黑娃就不折不扣地听从，而且在紧急关头能够超常发挥，不经请示通报就当机立断把那个游击队里出现的叛徒陈舍娃立即处死。

陈舍娃断不会想到，黑娃面对不费吹灰之力就能得到的奖赏、官位不仅不为所动，还会替游击队除了他这个害虫，避免了他投敌可能给共产党人造成的重大损失。

而白孝文在保安团召开最高军务会议，张团长、岳维山书记亲自发出动员令，号召参会官兵投入"剿共"行动，积极立功的当口，装作漫不经心地诘问黑娃有关共产党游击分子投奔的讯息和处理结果，很明显已经对黑娃的所作所为产生了怀疑。应验了鹿兆鹏此前提醒黑娃"小心咱们乡党"并非过于敏感，而是危险随时都可能出现。但黑娃却没有引起足够的警觉。

黑娃仍前进在变好和上进的路上。除了规律的生活习惯，还忘不了诵读，忘不了时不时去朱先生那里讨教。

因黑娃的讨教和送书，这一章又浓墨重彩写到了朱先生身上。先是朱先生与黑娃议论时局，然后引出不久前与他与岳维山讨价还价、斗智斗勇的过程。继而通过他与黑娃的交谈，把他对时局的估计和判断全盘托出。朱先生断然肯定，天下注定是朱毛的，并笑着告诉学生鹿兆谦："这是我今生算的最后一卦。"

朱先生想方设法把凝聚着九位先生多年心血，滋水县最新资料集结的《滋水县志》出版以后，已经预感快走到生命的尽头。当黑娃叮嘱他保重，表示过一段再来看先生时，他半是认真半是玩笑地嗔怒说："免了吧，你甭来了。你再来我就不理识你，不跟你说话了。"

朱先生还对妻子说："你再给我剃一回头。"朱白氏虽然抠了字眼，发现了这句话的含义有点不对，却没有意识到它的真正含义。朱先生要走了，遗嘱在给八位同人送完县志的那一天就写好了。他还雕刻了一块砖头，不准任何人撕开包裹的牛皮纸，连纸一起嵌到墓室的暗室小洞口。

朱先生走了。白鹿原上最好的一个先生谢世了！在白嘉轩的眼里，世上再也出不了这样好的先生了！白鹿原上的乡亲们对朱先生发自内心深处的崇敬怀念惋惜之情，难以尽述。"临到灵车过来时，人们便拥上前去一睹朱先生的遗容。红日蓝天之下，皑皑雪野之上，五十多里路途之中几十个大小村庄，烛光纸焰连成一片河溪，这是原上原下亘古未见的送灵仪式。"

在那么多献给朱先生的诗歌赋文挽联之中，传诵最快最久的却是土匪黑娃的那一阕挽词：自信平生无愧事，死后方敢对青天。这个人一生留下了数不清的奇事逸闻，全都是与人为善的事，竟然找不出一件害人利己的事来。以至于埋葬完毕，最后插上引魂幡时，白嘉轩忍不住对众人又一次大声慨叹："世上肯定再也出不了这样的先生啰！"

说到先生，难免想到他的学生。朱白氏说，先生曾对她说过，黑娃是他最好的弟子。黑娃纠正说，先生说过我是最后一个弟子，没说最好。朱白氏肯定地说："他对我说过，'没料想我最好的弟子原是个土匪'。"

看到以上这些文字时，我又落泪了。既为朱先生，也为他最好的弟子黑娃鹿兆谦！

多少年以后，红卫兵"破四旧"砸烧了白鹿书院的匾牌。再过了七八年，在批林批孔运动中，朱先生的墓被挖掘，还被当作孔老二的活靶子批判。朱先生生前用牛皮纸包裹的那块砖上的刻字、夹层里的刻字都一并见了天日。一面是"天作孽，犹可违"；另一面是"人作孽，不可活"。夹层里是"折腾到何日为止"。在场的学生和围观的村民全都惊呼起来……

三十三

如果在《白鹿原》这部小说里寻找败笔的话，我个人发现这一章里至少有两三处。

这让我在阅读中感到十分别扭和困惑。不知道是不是作者为参评茅奖而不得已删除一部分文字造成的后果。

白鹿两家供着一个祠堂，本是一个先人繁衍的后代。但作者似乎在潜意识里对鹿家存在偏见，鹿子霖自作自受，命运多舛倒也符合逻辑。但作者让白嘉轩用自轻自薄的口吻，恶毒地说："咱们祖先一个铜子一个麻钱攒钱哩！人家凭卖尻子一夜就发财了嘛！"这既不符合本书所述事实，更不符合白嘉轩一贯为人处世的风格。

更令我这个读者感到不舒服的是，炉头大约是百万里挑一的坏师傅了！他的变态无耻下作，他的莫名残忍天下少见，一点也不具有为人师的代表性。只能是坏到极端的人群中的稀罕动物之一，其行为令人发指。但值得商榷的是，炉头对勺娃有恶毒的辱骂；有凶狠的抽耳光、顶胸捶、踢屁股、撕耳朵、捏鼻子、拧脸蛋、咬脸蛋似乎已经足够，所谓的走后门完全可以删掉，改用尿一脸足矣！

而且在勺娃得到炉头的炒菜技艺之后报复炉头时，同样不必给予数倍的惩罚，活生生要了炉头的性命！这一段文字亦应删除，或者更换相对温和、体现报仇但罪不至死的恰当性。现今社会上出现的诸多灭门事件，尤其是张扣扣一案，与勺娃报复炉头、芒娃报复杂货铺儿子和二师兄完全一脉相承，起到了非常消极的示范效应。这也许是陈忠实先生所预想不到的。

还有一点是，勺娃忍辱负重学得手艺后的发家致富，尤其是报仇雪恨之举，和越王勾践卧薪尝胆以图复国没有什么可比性。作者以此作为勾践精神在小人物身上的个性化和具体化亦值得商榷。

这一章作者描写鹿子霖在田福贤手下做了"钦差大臣"之后，捞了一些不义之财，腰包又鼓起来了，便重新雇用长工刘谋儿，又捡了个小长工。家院焕发了勃勃生机，他比以往任何时候都更迫切地要振兴自己的家业。但原动力是小孙孙的不期而至，一下子给衰败的屋院注入了活力。

鹿子霖一块一块赎回坐监期间被女人卖掉的土地，又打算重建门房和门楼，而且要比白家拆走的更讲究更漂亮，这一切都在情理之中。人这一生，辛苦也罢，投机也罢，幸运也罢，把日子过好过滋润，外在的无非是这些。

可是鹿子霖在醉酒之后碰到小伙三娃，有意让三娃骂他打他辱贱他，作者用这种恶作剧的方式，来表达他对祖先经历、教诲的体会，实在巧妙。而且顺理成章地大篇幅回溯了祖先艰难曲折、忍辱负重的发家致富过程等。落点总结归纳为：就是再富有，仍然感到自卑。要供孩子念书，通过科举考试进入上流社会坐一把椅子占一个席位，那才是家族真正的荣耀。勺娃因此立下遗愿，孙子曾孙子谁中秀才中举人或者进士，要到他坟上放炮响铳子，他就知道鹿家出人了。这个奋斗目标一代一代在鹿家接力传递。可见官本位思想在当时根深蒂固，与现今社会的公务员热在本质上如出一辙。

父亲对我的教诲和期望同样是想方设法做个公家人，可惜我没做到。但经我多回解释，他老人家临驾鹤西去之时已经不再遗憾。现代社会最大的进步，应该是官本位意识的逐渐淡化和消失，尽管这很难。

白嘉轩在这一章里似乎有些反常。一改过去温良恭俭让的品性，对鹿子霖活得滋润不仅表现出酸溜溜的妒忌和讥讽，还很恶毒地咒骂人家鹿家先人。说人家凭卖尻子一夜就发财了，着实让人不能苟同。事实上，不光勺娃的"天下第一勺"来自常人难以忍受的艰难困苦、忍辱负重，就是鹿子霖二次发家，也不是一夜暴富。联想到如今的社会现实，类似鹿子霖那样的人物，仍然屡见不鲜。他们有的受到了法律的惩罚，也有侥幸在逃的，还有隐藏很深的，即使受到普通民众的唾骂和谴责，也不会牵涉人家的祖辈先人。

最后想要说明的是，我个人认为本章所存在的败笔，只是一孔之见，未必准确，断不会影响本书的光芒四射。故敬请读者们见谅！

三十四

读完本书的最后一章，目光落在末尾的省略号上。长达数分钟，凝视窗外的天空。

幻想着陈忠实先生如果还活在这个世上，我肯定会想方设法见他一面。但绝非向大师讨教什么长篇小说的写作技能和诀窍，也不希望与他攀谈《白鹿原》获奖过程的前尘往事，而只想与他互诉衷肠。如果他看了我的读后感，我想他不会拒绝我。

再仔细看了一下最后两行小字：1988.4—1989.1 草拟；1989.4—1992.3 成稿。575 页，最后一页标注 526 千字。然后掩卷，久久地沉思。四年时间，五十二万多字，那可是陈忠实先生的垫棺之作啊！获得茅盾文学奖固然让他欣喜，而无数读者的喜爱，更让他死而无憾了！

但我知道他心里的话并没有在小说里倒完，我想说的话也没有在读后感里写尽。而那些话应该才是衷肠，需要倾心相诉，也值得倾心相诉。

此前在不同年龄段、不同环境下多次看过《白鹿原》，也曾为悼念陈忠实先生写过一首诗：

> 早岁究寻世事艰，
> 枕边独放《白鹿原》。
>
> 黑娃悲壮生无望，
> 白灵凄美死有憾。
>
> 翻鳌英雄多智慧，
> 覆巢百姓少平安。
>
> 自从巨著成诗后，
> 多少烟花不屑看！

现在回过头来看，我当时的认知还是比较肤浅。有些过分注重在历史长河中个人命运的起伏跌宕与悲欢离合。这或许不算什么错误，但至少属于目光狭隘，容易因小失大、顾此而失彼。

譬如这最后一章，黑娃为保安团起义确实立下了汗马功劳，避免了一场流血牺牲，加快了滋水县革命胜利的进程。但当新中国成立不久，他却被红色政权当作反革命分子，与岳维山、田福贤一同镇压处死。黑娃的被枪决与白灵的被活埋，怎能不令人痛心疾首！

白孝文那时坐在主席台上，但此后的岁月却未必一路高升，安然无恙。

鹿兆鹏随军转战去了新疆，多年以后或许又是高官，肩负历史重任。这个不是没有可能。鹿子霖在台子下面心里喊出"天爷爷，鹿家还是弄不过白家"的慨叹，其实为时还早，除了不知消息的鹿兆鹏之外，他的小孙孙还没有长大成人呢！沿着白鹿原上以往的风云变幻、世事沧桑，一切还在继续，并没有定论。但广大人民群众总是在社会的发展进步过程中不断得到实惠和幸福。相对于亿万人民而言，个别人的不幸遭遇即使不断出现，又算得了什么？只有依靠国家法制的健全，社会持久安定和谐，才能逐渐得到根本性的改善。

其实这最后一章，陈忠实先生似乎采取了突然落幕、戛然而止的艺术手法。本身要说是圆满的大结局亦可，革命胜利了，新中国成立了，反动派被消灭的消灭、被打倒的打倒了。一个崭新的社会主义国家巍然屹立在世界东方。

但就书中的主要人物而言，白嘉轩挺身而出解救黑娃却未果，因气血蒙目，栽倒在冷先生的门槛上。虽经冷先生抢救保住了性命，却以失去左眼为代价。此后他作为白县长的父亲，在人前表现出一种善居乡里的伟大谦虚来，还是躺在炕上养息眼伤的一月里反反复复反思的最终结果。到头来盯着已经变成傻瓜的鹿子霖还是觉得问心有愧。那句"子霖，我对不住你。我一辈子就做下这一件见不得人的事，我来生再世给你还债补心"和转过身忍不住流下的泪，已经无法感动鹿子霖。

鹿子霖自那日枪毙岳维山等三人被吓傻之后，他的有灵性的生命已经宣告结束，没有灵性的生命却延续到农历入冬季节才离开了人世。

半个多世纪过去了，但白鹿原上这些陈忠实先生笔下的人物却一直栩栩如生，活在千千万万读者的心目中。他们有些是烈士、是英雄，有些是正人君子，有些是土匪孽种。有平庸之辈，有柔弱之身。他们的音容笑貌以及他们每一个人的故事，都因为《白鹿原》这本书而与世长存，甚至于与世相融、与世共进。

忘不了的《白鹿原》，忆不尽的陈忠实！

此后将长久地伴我在魂里梦里。

再读《安娜·卡列尼娜》

一

译者导读之我见

译者导读从一句对托翁的发问开始，那是 1878 年的事情，现在已经过去了一百四十多年。问托翁写作这部小说的念头是怎样产生的？托翁的回答神神秘秘的。说有一个美丽女人的幻影纠缠着他，为了摆脱她，必须给她找个化身，这就是他写作的起因。

别说译者认为创作动机不是那么简单，我也不会相信托翁的话。明显是糊弄人呢嘛，能骗过谁？安娜这个光彩照人的形象也绝非产生于一次偶然的幻觉。

译者认为托尔斯泰创作这部小说着实费了一番功夫，这个我信。洋洋洒洒八十万字，分了八个部分，不要说反复地构思，把它创作成一部世界级的经典名著，就是手抄一遍也够辛苦了。尽管我知道，这里所谓的下一番功夫，指的并不是体力，而是绞尽脑汁，耗费心思。

译者介绍了托翁这部小说的写作时间为 1873 年至 1877 年。当时俄国正处于历史大变动时期，古老的封建地主俄国正受到西欧资本主义浪潮的猛烈冲击。在这场史无前例的大变动中，社会制度、经济结构、风俗习尚、思想意识等无一不受到震撼，无一不受到冲击。在这大动荡中，托翁面对新旧势力搏斗的社会，纵有慈善之心，亦感到惶惑不安，感到无能为力。

托尔斯泰尤其注意的是家庭的变化和妇女的命运。家庭悲剧层出不穷令他震惊和难过。而一个妇女因爱情而卧轨自杀，或许是他创作《安娜·卡列尼娜》的直接原因。

本书写到几个不同家庭的不同遭遇，而安娜和卡列宁的家庭则是全书的主线。安娜在自身婚姻压抑的情况下，又受到西方资产阶级个性解放、恋爱自由的影响，在遇到伏伦斯基后坠入情网，不能自拔，最后演出了一场动人心魄的大悲剧，惨死在火车轮子之下。

托尔斯泰给安娜安排这样一个悲惨的结局，有人责怪他对女主人公处理得太残酷。托尔斯泰的解释说明他严格遵守现实主义方法，忠实表现生活的逻辑，同时也说明了他对安娜的态度。

译者就托尔斯泰对安娜究竟抱什么态度，是同情还是谴责，进行了自问自答。最后的结论是，托翁很复杂、很矛盾。既有谴责，又有同情。托尔斯泰描写安娜确实是怀着满腔激情的，他不仅赞美安娜的外貌，而且充分颂扬了她的为人。作者在书中倾注了对她的无限同情，同时愤怒地控诉迫使她走上毁灭之路的社会。但他对安娜除了爱慕和同情之外，对她的所作所为并不肯定。他认为安娜违背"妇道"，从宗教和伦理道德出发便是有罪的。但他不忍对安娜直接进行批判，也不让人对她说三道四，故其同情多于谴责，还是很有分寸的。译者在最后提到列文对安娜的态度就是托翁对安娜的态度。而列文说，安娜是一个多么奇妙、可爱和可怜的女人。这也可以说是托尔斯泰对安娜的评语，有助于我们对安娜的理解。

读到这里的时候，我突然意识到，这个译者导读似乎有点多此一举了。译者在细说托翁关于安娜的评价之后，还列举了托翁在本书中对卡列宁、伏伦斯基、列文所持的态度，以及译者自己的评论。事实上，这篇导读应该看作译者的译后感，也算精读之后的读后感。我个人以为，将这篇译者导读放在本书的前端未必是一件好事。它或许会让读者产生先入之见。尽管这本书我此前也多次看过，但由于记性太差，好像没什么印象了。但翻开再读时，又有相识之感。为了保证这次的阅读效果，我倒希望啥也不记得，一切从零开始。尤其不希望别人哪怕是文学大咖、评论家影响到我的阅读效果。

我要的是自己发自内心的阅读感受，我要用文字把它记录下来。形成自己完整的见解之后，再和人家的评论文章、读后感去比较。从而发现自己的不足、自己的误区、自己的优势在哪里，也好在以后的创作中扬长避短。

二

第一部一至五章

在本书的目录之前，有一页没标注页码，只有八个字：申冤在我，我必报应。

下面的注释是：来自《新约全书·罗马人书》第十二章十九节，全句为："亲爱的弟兄，不要自己申冤，宁可让步，听凭主怒，因为经上记着：'主说，申冤在我，我必报应。'"本想简要述说，基于对《圣经》的尊重，只能完整抄录。

凝视着这八个字，沉思了好半天。想起这一页的编排在形式上与《白鹿原》完全一致。《白鹿原》的开头也是一句话："小说被认为是一个民族的秘史。——巴尔扎克"，可见这不标页码的一行文字分量还是很重的，至少在作者心里至关重要。

陈忠实先生放这句话的意图很容易理解。但托翁引用《圣经》的话，字面意思好理解，但它与本书、与本书的人物究竟存在什么样的指向和意义却存在很多疑问。

笔者由于知识欠缺，至今还没弄明白这一页应该叫什么。它肯定不是扉页，那么是夹页？还是别的？

今天只阅读了二十页，第一部的一至五章是我添的，好区分一些。这本书的好处是有个附录为各章内容概要。这五章也就几句话：第一章为奥勃朗斯基夫妻吵架。第二章为吵架后奥勃朗斯基的处境。第三章为奥勃朗斯基早晨去官厅以前。接见加里宁上尉遗孀。第四章为奥勃朗斯基同妻子和解失败。第五章为奥勃朗斯基的官职。他在官厅里。列文来访。

这本书开卷第一句，早已成为经典和金句：幸福的家庭家家相似，不幸的家庭个个不同。也有译作"幸福的家庭都一样，不幸的家庭各有各的不幸"的。我阅读的版本译者是草婴，由译林出版社出版。

奥勃朗斯基因为婚内出轨被妻子发现，两个人吵架已经持续了三天。一家老小，个个都感到很痛苦。家里乱作一团，家庭女教师请朋友替她另找工作、厨子、厨娘和车夫都辞职不干了。

可想而知，最痛苦的应该是他的妻子，她把自己关在房子里难过悔恨怨恨不知所措。最难堪、最尴尬、最烦恼的自然是奥勃朗斯基。不要说在那个时代，即使是在现今的中国，已婚且有孩子的男人遇上了这档子事，仍然会是这种处境。除非男女双方，或者任何一方破罐子破摔，横下心离婚，否则就只能是先接受这个后果带来的惩罚，再逐渐适应和改变它。

奥勃朗斯基对自己很诚实，但也够自私的了。他在内心深处并不为自己的出轨行为感到后悔，更谈不上悔恨。他后悔的是早知妻子会如此痛苦不堪，他也许会竭力把罪孽瞒住，不让她知道。事情到了这步田地，只有听老保姆的劝说去向妻子认错了。尽管他态度蛮真诚的，却并没有得到妻子的原谅。但妻子也没有下定决心离婚，或是长时间地离开这个家庭，而是让日常家务的忙碌暂时淹没了痛苦。

作者在这五章里全方位地描写奥勃朗斯基这个人，他在官场的情况，他的性格，以及为人处世的态度和大家对他的印象与评价。作者在第三章通过奥勃朗斯基一边喝咖啡一边翻看油墨未干的晨报这个描写，非常详尽地介绍了奥勃朗斯基的政治态度和生活态度。尽管他对科学、艺术、政治都不感兴趣，但他却需要政治观点，就像需要帽子一样简单。他选中自由派，而不像他周围许多人那样信奉保守派，那并不是因为他觉得自由主义比保守主义更有道理，而是因为自由主义更适合他的生活。以下这段描述实在精彩，让奥勃朗斯基这个人的好恶跃然纸上。

　　自由派说俄国什么事都很糟。不错，奥勃朗斯基负债累累，手头总是很拮据。自由派说，婚姻制度陈旧，必须加以改革。不错，家庭生活确实没有给奥勃朗斯基带来多少快乐，还违反他的本性，强迫他说谎作假。

　　自由派说——或者更确切些，暗示宗教只是对野蛮人的束缚。不错，奥勃朗斯基即使做一个短礼拜也觉得两腿酸痛。再说，他也无法理解，既然现实生活这样快乐，那又何必用恐怖而玄妙的语言来谈论来世呢？此外，奥勃朗斯基爱开玩笑，喜欢作弄作弄老实人。例如他说，若要夸耀祖宗的话，那就不应限于留里克而把人类的老祖宗——猴子忘掉。

　　就这样，自由主义倾向在奥勃朗斯基身上扎了根，他爱读他订的报纸，就像饭后爱抽一支雪茄，因为读报会使他头脑里腾起一片轻雾。

　　他读了社论，社论里说，现在完全没有必要叫嚣什么激进主义有吞没一切保守分子的危险，叫嚣什么政府必须采取措施镇压革命这一洪水猛兽，恰恰相反，"我们认为，危险不在于凭空捏造的革命这一洪水猛兽，而在于阻碍进步的因循守旧"，等等。他又读了一篇论述财政问题的文章，文中提到边沁和穆勒，并且讽刺了政府某部。凭着天生的机灵，他能识破各种各样的讽刺文章是什么人策划的，针对什么人的，出于什么动机。他觉得这种分析是一种乐趣。可是今天他没有这样的心情，因为想到了马特廖娜的劝告和家里的风波。他还在报上看到，贝斯特伯爵已赴维斯巴登，以及根治白发、出售轻便马车、某青年征婚等广告，不过这些新闻广告并没有像往常那样使他觉得有点滑稽。

作者还在第二章提到奥勃朗斯基收到妹妹次日到来的电报，贴身老仆马特维以"赞美上帝！"预料老爷和夫人言归于好的喜讯，可见安娜·阿尔卡迪耶夫娜人未到已被寄予厚望。第五章还写奥勃朗斯基与列文相见过程中的心理活动，两人斗智斗勇，为后续情节的展开拉开了精彩的序幕。

三

第一部六至十一章

今天所里业务似乎特别忙，但我还是抽空看了六到十一章的文字。为了好好地消化，强迫自己不敢再往下读。就这，眼睛都酸涩得受不了了。但你别说，眼睛虽有不适，心情却是十分愉悦的。列夫·托尔斯泰真不愧是伟大的文学巨匠，那些描写吉娣如何完美如何可爱的句子和段落，还有列文对吉娣火山爆发一般浓烈的爱，以及他希望自己求婚成功，担心遭遇失败的内心独白和矛盾言行，作者表达得惟妙惟肖、淋漓尽致。假如想把托翁的这些独门绝技学到手，除非天赋异禀，否则恐怕几十年的磨砺也未必能如愿吧。

经典有时候会让文学爱好者如醉如痴，但同时也让我这样的人望洋兴叹，甚至望而生畏。原来人物的心理可以这样来表达和描述，可是咱啥时候才能学会？原来那么几个小段落竟可以涉及天文地理以至哲学社会科学，咱即便想学，也收集不来，脑袋里装不下呀，更莫说在小说中恰当地发散出来！只能心悦诚服地向大师致敬学习。

你瞧，托翁通过列文求婚的念想，评论吉娣家人："他们家的每个人，特别是姑娘，列文觉得仿佛都披着一重诗意盎然的神秘纱幕，他不仅看不到他们身上有什么缺点，而且隔着这重纱幕，他还感觉到他们都富有最崇高的感情和完善无瑕的品德。"

写列文眼中的吉娣："她的服饰和姿势都没有什么与众不同的地方，但列文一下子就在人群中认出她来，就像从荨麻丛中找出玫瑰花一样。一切因她而生辉。她是照亮周围一切的微笑。"

"他走了过去，像对着太阳似的不敢朝她多望，但也像对着太阳一般，即使不去望她，还是看得见她。"

"他一想到她，她的整个形象就会生动地浮现在他的眼前，特别是在她那少女秀美的肩上灵活地转动着的淡黄色头发的玲珑脑袋，再加上她孩子气的开朗善良的面貌，使她显得格外妩媚动人。她脸上天真无邪的神情，配上她柔美苗条的身材，具有一种超凡的魅力，深深地留在他的心坎里。不过，使他感到惊奇的，往往是她那温柔、安详和真挚的眼神。而最使他难忘的是她的微笑，这笑容每次都把列文带到一个神奇的仙境，使他心驰神往、流连忘返，好像回到童年时代难得的快乐日子里一般。"

还有列文的内心世界："列文认为这件事没有希望，理由是他在她亲戚的眼里根本配不上迷人的吉娣，而吉娣本人也不会爱他。在她亲戚的眼里，他这人已经三十二岁了，却还没有固定的事业和社会地位；他的同辈，有的已是上校和侍从武官，有的当上教授，有的做了银行行长和铁路经理，有的就像奥勃朗斯基那样当上了政府机关的长官。可他呢？（他很清楚他在人家眼里是个什么样的人物）是个地主，只会养养牛，打打大鹬，盖盖仓库，也就是说，是个毫无出息的傻小子。他所干的，照社交界看来，正是蠢材干的事。"

"至于神秘而迷人的吉娣本人呢，她是不可能爱上像他这样相貌不好看而又才能平庸的人的。还有，他认为他一向对待吉娣的态度——他是她哥哥的朋友，因此待她就像大人对待孩子一样——也是他们恋爱上的一个障碍。他认为像他这样相貌不好看而心地善良的人，只能得到人家的友谊，而要获得像他对吉娣那样的爱情，就必须是个相貌英俊、才华出众的人才行。"

"据说，女人往往会爱上丑陋而平庸的人。但他不信，因为平心而论，他自己觉得，他也只能爱美丽、神秘而不同凡响的女人。"

"她肯不肯做他的妻子，这个问题不解决，他简直一天也活不下去。而他的绝望完全是由于他自己的推测，因为没有任何证据表明他将遭到拒绝。他终于下定决心到莫斯科来求婚。"

在这几章里，作者笔下的人物在不断增加，所涉及的家庭关系和社会人文内容不断扩展。有详述的发挥，有简略的概括。既有生活情趣如溜冰吃饭、访亲闲谈的描述，又有重大哲学问题的讨论和争辩。托翁通过多个方向，利用多种手法，一下子把上流社会、城市生活展现在读者面前。还不算宏大的叙事，已经让人目不暇接。

这本书此前虽断断续续地看过，但除了对安娜·卡列尼娜的主要遭遇有点印象之外，对其他人物几乎没有任何印象。因此，关于列文的两个哥哥，关于从哈尔科夫赶来与柯兹尼雪夫讨论重要哲学问题的那个教授，还有奥勃朗斯基提到的那个情敌伏伦斯基究竟在本书中起什么作用，小说情节怎样继续发展下去尚且不知。

奥勃朗斯基和列文都在关心自己认为重要的女人。这两个女人虽是亲姐妹，但在两个男人心目中的地位却完全不同，不光是名义上的关系不同，而且实质上的地位和意义也不同。

他们也忽然发觉，两人虽然是朋友，在一起吃饭，其实各人在想各人的心事，彼此互不关心，或者说并不交心。托翁似乎在不经意间，不断把人与人之间的关系剥光了给读者看。

四

第一部十二至十七章

读托尔斯泰的巨著是一种精神享受。

看了第十二章到第十七章后，我有意停了下来。因为下一章美丽的女主角安娜·卡列尼娜将会乘火车来到读者面前。她的芳容和艳遇应该归属到下一节再读再写。

这回同样是阅读了六章，主要内容是：第十二章为谢尔巴茨基一家。谢尔巴茨基公爵夫人为吉娣的婚事操心。第十三章列文向吉娣求婚遭到拒绝。第十四章谢尔巴茨基家晚会。列文同伏伦斯基见面。第十五章晚会结束后，吉娣父母为她的婚事吵嘴。第十六章伏伦斯基对吉娣的态度。第十七章伏伦斯基和奥勃朗斯基在莫斯科车站等候伏伦斯基伯爵夫人和安娜·卡列尼娜。

　　吉娣出生于公爵家，现在出现了两位认真的求婚者：列文和在他走后立即出现的伏伦斯基伯爵。通过百度查阅，知道了俄国那个时代的公爵、伯爵究竟是什么。伯爵比公爵的地位权力都要低一个档次，有的低两个档次。但终归都是上流社会的人。

　　在公爵夫人看来，如果二者选其一的话，列文远不能与伏伦斯基相比。伏伦斯基他很有钱，又很聪明，家庭出身好，当上了宫廷武官，前程似锦，而且又是个招人喜欢的男人，所以能满足她的全部愿望，是最理想的女婿人选。但公爵夫人也担心伏伦斯基对女儿吉娣的喜爱是一种玩弄。在十二章里，托翁通过公爵夫人大篇幅内心独白、所思所想来刻画人物，把一个母亲对女儿的百般操心、万般疼爱展示给了读者看。

　　在第十三章，作者叙写了晚餐之后晚会之前这段时间吉娣的内心活动，以及列文向她求婚遭到她拒绝的过程。可谓精彩纷呈，金句频出。

　　"她觉得他们两人第一次见面的这个晚会，将决定她的命运。她不停地想他们两个，忽而分开想，忽而连起来想。回顾往事，她愉快而亲切地想起了她同列文的交往。她回忆起童年时代以及列文和她已故哥哥的友谊，这使他们的关系显得格外富有诗意。她相信列文是爱她的，列文对她的爱慕使她觉得幸福和欣喜。她想到列文就觉得愉快。可是一想到伏伦斯基，却有一种局促不安的感觉，尽管他温文尔雅，彬彬有礼。和伏伦斯基在一起，仿佛有一点矫揉造作，但不在他那一边——他是很诚挚可爱的——而是在她这一边。她同列文在一起，却觉得十分自在。不过，她一想到将来同伏伦斯基在一起，她的面前就出现了一片光辉灿烂的前景；同列文在一起，却觉得面前是一团迷雾。"

　　"直到此刻，她才明白问题不仅关系到她一个人——她同谁在一起生活才会幸福，她爱的又是哪一个——就在这一分钟里她将使一个她所爱的人感到屈辱，而且将残酷地使他感到屈辱……"

　　"她眼睛避开他，重重地喘着气。她兴奋极了，心里洋溢着幸福感。她怎么也没想到，他的爱情表白竟会对她发生这样强烈的作用。但这只是一刹那的事。她想起了伏伦斯基。她抬起她那双诚实明亮的眼睛望着列文，看见他那绝望神色，慌忙回答：'这不可能……请您原谅……'"

　　"一分钟以前，她对他是那么亲近，对他的生命是那么重要！可此刻，她对他又是多么隔膜、多么疏远哪！"

　　在第十四章里，作者有意让本书的人物再一次添加。吉娣的朋友，去年冬天才结婚的诺德斯顿伯爵夫人来了。她此前就和列文认识，两个人彼此都极其蔑视对方。到了一块自然就增添了唇枪舌剑的气氛。当伏伦斯基出现，在相互的对话交谈之中自然更少不了明争暗斗的插曲和代表人物性格特征的戏剧色彩。

在第十五章里，公爵与夫人就女儿夫婿的选择发生了激烈的争吵。对于夫人和女儿的选择结果他大为不满。

公爵认为："我不是想，我是知道。对这种事我们有眼光，女人家就没有。我看有一个人倒是有诚意的，那就是列文；我还看到一只鹌鹑，就是那个花言巧语的花花公子。"

吵架的结果是：公爵夫人起初坚信吉娣的命运今天晚上已经决定，对伏伦斯基的诚意无须怀疑，可是丈夫的话弄得她心烦意乱。她回到自己房里，也像吉娣一样对茫茫的前途感到恐惧……

作为读者所产生的疑问是，为什么公爵认为列文是有诚意的，是合适的女婿，而伏伦斯基就是个花花公子靠不住呢？他说的"我们"是指天下的父亲，还是有阅历有见识的父亲？

紧接着的第十六章，作者似乎是在有意回答上述问题。以伏伦斯基的内心表白来回答。伏伦斯基接受吉娣的爱情，尽情享受个中乐趣，但却并没有打算与她结婚。应该采取什么措施呢？"但是可以而且应当采取什么措施，他却想不出来。"

瞧瞧托翁这句话，第一次瞅见。尽管笔者也曾有过相似的句子，却没承想托翁在一百四十年前就公之于众了。

第十七章有点小小的惊异，伏伦斯基对母亲的态度为什么属于"表面上对她越顺从和尊重，心里对她却越不敬爱"的那种人呢？

五

第一部十八至二十三章

大抵是外文翻译的缘故吧，这本书越读越觉得有意思，妙趣横生。

笔者所看纸质书的译者是草婴，但在喜马拉雅听的却是另一个版本，难免在边看边听的时候，不断发现两个版本在翻译成中文后的不同叙述，不仅仅是某一两句话，而是在许多地方出现了差异。

第六辑

他山之玉

267

虽然大致的意思和效果基本一致，但在描写的逻辑顺序、词汇运用上却有很大的差异。语言的准确程度、形容词不同，用字用词的优美顺畅程度自然也不同。

我虽不懂外文原著，亦能从文章本身的内在逻辑关系和故事情节的需要中发现两个翻译版本在每一个细节上的差异和优劣。同样一句话，在语气和遣词造句上的选择不同，自然会产生不同的听觉效果或者是理解和欣赏效果。

有鉴于此，我有意把听和看放在一起进行。一方面是在同一时间段学习了两个版本，另一方面是随时进行比对，既增强了理解的深度，又多掌握了固定状态下不同的叙事描写方法。故而越看越高兴，越听越喜欢，对托翁人物心理活动出神入化的细节描写，简直佩服得五体投地。

今天给自己定的任务是五章，从第十八章到第二十二章，可是一时痴迷，又延伸到了第二十三章。前后翻了翻，发现就该书的内在情节看，恰好比较完整，所以又是六章内容。

这六章内容的概要：第十八章为安娜·卡列尼娜抵达莫斯科。她同伏伦斯基在车厢里相遇。见道工死于火车轮下。他的死给安娜·卡列尼娜的印象。第十九章安娜与陶丽见面，她们谈论奥勃朗斯基的变心，安娜劝说陶丽与兄长和解。第二十章安娜同吉娣相遇。第二十一章奥勃朗斯基夫妻言归于好。伏伦斯基来访。第二十二章为吉娣和安娜在舞会上。第二十三章安娜的成功和吉娣的悲伤。

在第十八章里，伏伦斯基与安娜在车厢里短暂相遇。托翁通过两个人擦身而过的眼神和笑容，以及后来几句话的交流，就把两个人的心灵相通深刻地表达了出来，同时也自然而然地埋下了伏笔。

而道工被火车轧死这个事件的突然出现，看似偶然，实则是为后面的事件留下某种悬念。安娜为之感到悲伤，并对兄长说这是凶兆，意味深长。兄长却站在自己的角度批评妹妹胡说八道。伏伦斯基在听到安娜"不能替她（道工之妻）想点办法吗？"之后，立即去车站捐了二百卢布给那个寡妇。他的目的怎么会仅限于对死者家属的同情呢？这一切都是托翁的安排，都有深意。

在后面的这几章里，安娜·卡列尼娜这个孩子的好姑妈、奥勃朗斯基的好妹妹开始喧宾夺主。她似乎没有花费很多的唇舌和心力，就把嫂子陶丽劝说到了完全原谅哥哥的程度。然后又让来访的吉娣对她佩服得五体投地。加上安娜在舞会上的出色表现，这些内容似乎只有一个目的，就是从多个侧面来描述安娜的善良美丽和雍容华贵。她虽是一个八岁男孩的母亲，但相比之下，就连年轻漂亮的吉娣在她面前都显得逊色。难怪伏伦斯基会有一连串奇异的表现，难怪吉娣能够意识到他对安娜的倾慕和倾情。

在舞会中途，吉娣刹那间感到绝望和恐惧，"她觉得自己彻底给毁了"。而诵读的那个版本是"她的心碎了"。

吉娣的心情像坐过山车一样。参加舞会前的喜悦和兴奋被此刻的沮丧和悲苦代替。任何一个待嫁却遭遇婚变的女人，或是失恋的男人都能切身体会到此刻的那种生不如死的滋味。

托翁伤了吉娣似乎还不够。他还要做足另一篇文章，并借助吉娣的目光和内心活动去完成。

"她看到他们在人头攒动的大厅里旁若无人。而伏伦斯基一向都很泰然自若的脸上，她看到了那种使她惊讶的困惑和顺从的表情，就像一条伶俐的狗做了错事一样。"

"安娜微笑着，而她的微笑也传染给了他。她若有所思，他也变得严肃起来。一种超自然的力量把吉娣的目光引到安娜脸上。安娜穿着朴素的黑衣裳是迷人的，她那双戴着手镯的丰满胳膊是迷人的，她那挂着一串珍珠的脖子是迷人的，她那蓬松的鬓发是迷人的，她那小巧的手脚的轻盈优美的动作是迷人的，她那生气勃勃的美丽的脸是迷人的，但在她的迷人之中却包含着一种极其残酷的东西。"

"吉娣对她比以前更加叹赏，同时心里也越发痛苦。吉娣觉得自己在精神上垮了，这从她的脸色上也看得出来。当伏伦斯基在跳玛祖卡舞碰见她时，他竟没有立刻认出她来——她变得太厉害了。"

"是的，她身上有一种与众不同的像魔鬼般媚人的东西。"吉娣自言自语。

作者在鞭笞伏伦斯基的同时，对安娜进行了诗意般的赞美。这让吉娣痛苦到了窒息。

六

第一部二十四至三十四章

听着一个版本，看着一个版本，在这十一章里，才发现二者之间的区别越来越大。我甚至怀疑我是不是买了本盗版书，怎么除了连续不断的词汇和句子有区别，还有两处两个整页的文字，纸质书有，而诵读版本竟然没有，一跃而过了。

还有"不紧张"与"不匆忙"，"害臊"与"惭愧"，"是一本很出色的书"与"是一本了不起的书"，"该睡觉了，该睡觉了"与"是时候了，是时候了"，"大公寓"与"大房子"，"进行探索"与"加以研究"，"事业上有成就"与"事业上非常卓越"等差异，几乎比比皆是。还有一些语句整个顺序是颠倒的，意思也有比较大的区别。

由于两个译本的差异较大，虽然蛮有趣味，能够学习一些文字表达的方式方法，但也延缓了阅读理解的速度。这不见得是坏事，反正抓紧一分一秒的业余时间，只要有收获，功夫就没枉费。

这十一章的内容概要：

第二十四至第二十五章写列文赴旅馆探望尼古拉哥哥。

第二十六章写列文回到自己的庄园。

第二十七章写列文对家庭生活的幻想。

第二十八章写安娜同陶丽话别。安娜回彼得堡。

第二十九章写安娜在火车上阅读英国小说。一个梦。

第三十章写安娜途中遇伏伦斯基，二人一同抵达彼得堡，在车站遇到了安娜的丈夫。

第三十一章写伏伦斯基遇见安娜后的心情。伏伦斯基同卡列宁在彼得堡车站相遇。

第三十二章写安娜回到家里，见到儿子谢辽查。李迪雅伯爵夫人和安娜另一女友的来访。安娜的心情。

第三十三章写安娜回来后第一天在家。

第三十四章写彼得堡伏伦斯基寓所。

从二十四章到二十七章，托翁把笔墨都放在了列文身上。列文向吉娣求婚遭拒后，有点自怨自艾。他在内心深处为自己申辩，但又把失恋的责任归咎于自己。因此而想到自己的哥哥尼古拉，并去探望他。

作者通过列文对尼古拉既往那些经历的回顾，认为哥哥尽管生活堕落，智力不足，但他的灵魂深处并不比那些蔑视他的人更坏。其实他总是想做一个好人。因此列文希望尼古拉知道自己爱他，也是了解他的。作者对于尼古拉的好与坏，列文的坚强与柔弱，分别用语言、表情和待人接物的方式进行了细腻的刻画。尼古拉粗暴地对待列文，而列文则以诚心温柔地对待尼古拉，真诚期待哥哥到他的庄园去居住。

列文一回到家，听到村里的一些消息和与自己相关的琐碎小事，立马头脑变得清醒，羞耻感和自怨自艾的情绪也逐渐消失了。但时不时地还会被婚姻、家庭和事业的重要性和先后顺序，以及人生的满意程度折磨。托翁利用种种生活中的细节来丰富人物的内心世界和外在形象。从第二十八章到第三十四章小说第一部结束，托翁都在写安娜、与安娜密切相关的陶丽、伏伦斯基，还有她的丈夫卡列宁、儿子谢辽查等人。

安娜跟陶丽说了知心话，告知自己伤害到了吉娣。安娜的脸红和愧疚也许都是真的，尽管她一想到伏伦斯基就心慌意乱、情难自禁。所以本能的善良让她强迫自己提前回家，避免与伏伦斯基再次见面。这完全符合安娜的身份和矛盾心理。如果不走，继续和伏伦斯基缠绵，显然不合常情常理。毕竟她是有丈夫有孩子的贵妇人，也不至滥情到庸俗的地步。

但面对伏伦斯基的紧追不舍，以及他在火车上的表白，甚至大胆地、不卑不亢地出现在卡列宁面前，都让安娜既喜悦又恐惧，既抗拒又期待。这在不知不觉中促使安娜认真审视自己的生活、自己的丈夫还有宝贝儿子，一切似乎都有了新的不同的认识。尽管她还在努力为丈夫寻找优点，为他暗自辩解，但伏伦斯基还是撞开了她的心门，似乎很难关上了。

伏伦斯基所大胆释放出的强烈的爱的信号遭到了安娜的拒绝，他也清楚了背后的主要原因。但他毫不气馁，毫不顾忌，甚至自信十足。他在心里竟然能够断定安娜不爱她的丈夫。而他正精神抖擞地去追求一个崇高的目的。他只知道他对她说了实话，她到哪里，他也到哪里；他现在发现生活的全部幸福，生活的唯一意义，就是看到她，听见她的声音。

托翁的确是圣手，他把一个贵妇人的婚外情，写得如淙淙山泉流淌一般顺畅，而又起伏跌宕。总是有绵绵不尽的情思和细小插曲伴随着本来挺简单的故事，让人难以掩卷，难以平静。

七

第二部一至十章

第二部的第一至第三章，围绕着吉娣的病情展开。谢尔巴茨基家人让医生给吉娣会诊，并决定出国去疗养诊治。吉娣心绪恶劣引起全家不安。陶丽出于对妹妹的关爱专程探望吉娣，吉娣对姐姐的询问情绪激动，无名发火。

看这几章时，作为读者、旁观者我老是想笑。觉得这家人包括家庭医生在内，似乎只有老公爵和陶丽是明白人。而母亲不知是犯糊涂，还是托翁就让她当糊涂人。

吉娣的病情日益加重，病因是什么？不就是因为她对伏伦斯基爱入骨髓，却遭到抛弃吗？失恋令人刻骨铭心，想死的心都有。这一点母亲应该清楚，而且吉娣拒绝列文的求婚她也应该有所觉察，为什么要隔靴搔痒，不从女儿的心病入手，想方设法去治疗女儿的心病呢？所谓名医的腔调，以及必须检查全身的理由，还有反复问诊、分析建议等等，不光令吉娣感到羞辱，让公爵愤怒，也让我这个有一点医学常识的人感到荒唐可笑。所有这一切都是托翁故意而为，是为后续的故事发展埋下伏笔吗？则让人难以理解。

不过实际生活中，这样的事也常见。或许就是当局者迷而旁观者清。还有一点是，托翁通过这些看似多余的人和事，刻画出社会的各色人物。是不是捎带着讽刺一下令他不甚满意的医生亦未可知。

大作大气象、大社会。现实生活千姿百态，各式人物粉墨登场。既与小说的主题有关联，也能从多个方面丰富主要人物的形象。经过医生瞧病这一节，公爵及夫人、吉娣和陶丽的形象会愈加丰满，读者更多地看到了他们的性格特点和特殊情况下的内心世界。

小说第二部第四到第十章，托翁的笔触又回到了安娜和伏伦斯基这两位主角身上。这几章内容概要：

第四章写安娜在彼得堡上流社会的圈子。伏伦斯基同培特西公爵夫人在歌剧院相遇。

第五章写伏伦斯基给培特西讲九品文官以及他两个同僚闹事的经过。

第六章写歌剧结束后在培特西家。众人对卡列宁夫妇的诽谤。

第七章写安娜在培特西家。伏伦斯基向安娜表白爱情。

第八章写卡列宁决定同妻子谈她在培特西家的行为。

第九章写卡列宁同安娜谈话。

第十章写谈话后夫妻关系。

安娜回了一趟莫斯科，或者更确切点说，自从与伏伦斯基邂逅，有了情愫之后，她先是对自己的生活，对丈夫、儿子和家庭也有了些微新的认识。这不，对她原来所处的三个不同生活圈子的看法更是有了转变。

她对自己原先接近的那个"彼得堡社会的良心"圈子产生了反感，感到厌倦和不自在，觉得自己和他们所有的人都在装腔作势。转而喜欢上了真正的社交界，频频进入繁华的交际场所。原因同样只有一个，在那边能更多地遇见伏伦斯基，在会见中可以品尝那种销魂的快乐。她已经明显感到，伏伦斯基的追求不仅没有使她觉得讨厌，反而成为她生活的全部乐趣了。所有这些都说明小说的主人公安娜·卡列尼娜正在伏伦斯基所掀起的爱的狂潮中一步步沦陷。

对于安娜的这些变化，熟悉她的人自然都会觉察到。所以小说里的人物和议论都在不断增加。有人非议她和丈夫卡列宁的关系，有人乐见她和伏伦斯基的隐秘关系能继续发展。直到有一天丈夫卡列宁发现她和伏伦斯基在众目睽睽之下在另一张桌子上热烈交谈，才觉得妻子有失体统，需要想办法予以制止。但安娜却不屑一顾，根本听不进去丈夫的苦口良言。她一点也没有意识到自己的过错和风险，反而认为丈夫的提醒和对她表达的爱意已经迟了。

不论是在一百多年前的俄国，还是在当下的中国，只要从维系合法正当婚姻家庭关系的角度来说，卡列宁似乎都没做错什么。为了提醒妻子，卡列宁在头脑里明确地编好了那晚要对妻子说的话。他一面考虑要说的话，一面又因为家庭问题这么不知不觉地耗费他的时间和脑力而感到惋惜。虽然如此，他的头脑里还是像起草公文一样清楚地组织好了当前这次讲话的形式和顺序。

"我应当说出下列几点：第一，说明舆论和面子的重要性；第二，说明结婚的宗教意义；第三，如有必要，指出儿子可能遭遇的不幸；第四，指出她自己可能遭遇的不幸。"

尽管卡列宁有他的不足之处，令安娜不喜欢他也不爱他，但卡列宁作为合法的丈夫所拟订的谈话提纲，既于法于德有据，又通情达理，而且算是仁至义尽。我们设想一下，如果安娜能够听进去并照着做，或许就不会有悲剧发生了。

可惜没有如果。伏伦斯基的爱火越烧越旺，而安娜出于心安要求伏伦斯基向吉娣道歉悔过求得宽恕的善良之举，更让伏伦斯基坚信安娜的一再拒绝和指责已经无法掩饰她内心对自己的爱。这便无异于两团烈火正在聚拢，火势注定是要蔓延扩大的了！

八

第二部十一至二十四章

当我开始今天的听读时，仍然希望把上一篇章再翻阅一遍。这一翻却翻出了意犹未尽的片段，还是把它记录下来为好。

那个晚上安娜回家时，托翁写道："她红光满面，但这容光不是欢乐的光彩，却像黑夜里可怕的大火。"我不由得仔细琢磨这句话，爱情有时候真的非常可怕，能让整个人开始燃烧。还有卡列宁往常在家里，托翁写道："他知道只要他上床比平时迟五分钟，就会引起她的注意，她就会查问原因。"

"他知道，她不论有什么事，高兴的、快乐的或者是烦恼的，都会立刻告诉他。而现在呢，他却看到她根本不理会他的心情，而且只字不提她自己。这情况使他感到有点反常。他看到，她那一向对他开放的灵魂，现在却对他封锁起来了。"

卡列宁不完全了解背后的真相，但读者知道了原因。如果在现实生活中出现这样的状况，女主人不开口，甚至两个当事人打算永不公开，那么这个秘密有可能被永远埋藏起来。即便人们知道一些公开的表象，但那隐秘的内情，却只能是猜测的，或者是作者东拼西凑幻想出来的吧。

由于当律师的习惯与逻辑思维，笔者这幻想与编造的功夫实在太差。看到托翁大作行云流水一般，便顿生望洋兴叹之憾。

托翁还写道，卡列宁对安娜说："深入捉摸你的感情，我没有权利，而且我认为这是无益的，甚至是有害的。"

他还说："我们挖掘自己的灵魂，常常会挖到没有被发现过的东西。你的感情关系到你的良心，而指出你的责任，那可是我对你、对我自己、对上帝应负的责任。我同你生活上结合在一起，那不是由什么人结合的，而是由上帝结合的。破坏这种结合就是犯罪，犯这一类罪是要受到严厉惩罚的。"

当安娜对他的话采取打岔的办法应对时，卡列宁温和地说："安娜，看在上帝的分上，别这么说。也许是我错了，但你要相信，我这话一半是为自己，一半也是为你呀！我是你的丈夫，我爱你。"

看到这里，我感觉卡列宁作为丈夫是够坦诚、够贴心了。托翁替卡列宁，或者类似的丈夫想得十分周全，已经仁至义尽。但接下来的情况是安娜置若

罔闻，卡列宁束手无策。

今天是清明节，一个人在家专门看书。有意放慢上美篇的节奏，为明天连载提前打好草稿。

这两天所涉的章节概要：

第十一章：伏伦斯基同安娜发生关系，安娜内心痛苦。

第十二章：列文在乡下。春天到了。

第十三章：列文在自己的领地。

第十四章：奥勃朗斯基来访列文。准备打猎。

第十五章：列文和奥勃朗斯基狩猎。列文从奥勃朗斯基嘴里知道吉娣的病。

第十六章：奥勃朗斯基向商人梁比宁出售树林。

第十七章：列文同奥勃朗斯基在打猎后谈心。

第十八章：伏伦斯基的生活；他的社交关系和团里的利益。嗜马成癖。

第十九章：伏伦斯基在团的公共食堂。

第二十章：伏伦斯基在红村营地木屋。

第二十一章：伏伦斯基在赛马；马房看马。伏伦斯基要到彼得高夫看望安娜。

第二十二章：赛马前伏伦斯基在安娜处。安娜告诉他怀孕。

第二十三章：伏伦斯基从当前处境中找出路。

第二十四章：伏伦斯基去赛马场路过勃良斯基家。在马房里和赛马场亭子旁。同哥哥和奥勃朗斯基相遇。比赛开始前的军官们。

关于安娜和伏伦斯基，这次阅听共涉及八个篇章。在第十一章写他俩发生关系之后，穿插了以列文为主要内容的六个篇章。

这第二部的第十一章，应该是本书最为重要的章节。伏伦斯基经过差不多一年的追求、等待和煎熬，终于满足了自己的欲望。如果换作别的作家，也许需要用上万字来描述他和安娜怎样上床和在床上的过程，甚或需要使用方框框代替不少字，让你想象那个颠鸾倒凤、销魂并神往的时刻。可是在托翁这里，只用"这个欲望终于得到满足了"一句话作为给读者的交代。

这也太吝啬了吧。我好长时间都在思索托翁为什么用这种方法来应付读者？肯定不是担心涉黄遭当局审查吧？那么是因为安娜心情复杂，自觉羞愧难当、身心分离，或是半推半就、进退维谷，因而太难描述呢？还是托翁特别高明，故意不写，任由读者展开想象的翅膀去肆意飞翔？反正有点奇怪，我至今仍不明就里。

不管咋说，安娜和伏伦斯基的肉体终归结合了一次，逾越了婚姻的底线。托翁没有介绍她是否得到肉体上的本性上的欢心，只说了她的痛苦和悔恨。她自觉罪孽深重、无地自容。她觉得自己一切都完了，既绝望又恐惧。以至于她觉得不能用语言来表达那种又羞愧又快乐又恐惧的心情。除了伏伦斯基，她说她一无所有了。

此后，伏伦斯基的生活工作表面上还在照常进行，但身边的一些人已经在等着看他俩出丑的笑话，母亲和哥哥均对他的作为表达了反对意见。他只有用赛马的爱好来摆脱恋爱带来的压力和烦恼。即便这样，他仍无法抵挡对安娜的爱恋。安娜的怀孕、环境的压力促使他必须做出决定性的选择。

从第十二章到第十七章，托翁写列文从莫斯科回到家里的情况。列文从向吉娣求婚遭拒的耻辱和痛苦中努力挣脱出来，投入农场和农地的管理之中，生活虽然孤独但还是非常充实。

托翁以列文的个人生活，他的所思所想、所见所闻，展示了整个农村生活，农具种子和作物长势等的田园风光。因为奥勃朗斯基的到来，又扩及林地的买卖，无良商家的狡诈，进而让列文对整个贵族后裔的落败、社会相关阶层的利益冲突等发出愤慨的感叹。

最后又把落点放在了列文的爱情、家庭和未来生活上。奥勃朗斯基知道列文放不下吉娣，甚至不计较列文含沙射影的指责，希望促成列文和吉娣的和好。

在这几章里，列文关于他和吉娣之间的爱恨情仇，特别是知道伏伦斯基抛弃吉娣，吉娣病情严重之后的内心活动的描写，尤其值得咀嚼。

至此，这本书说来说去，终归还是围绕着男女主角之间的爱恋在叙事抒情。女人是因为男人活着，而男人是为了心爱的女人在奋斗。只不过大师把这一切写得生动真切，让人一旦陷入，便如痴如醉！

九

第二部二十五至二十九章

今天的手指舞动与上篇读后感之间相隔了六天。其实昨天我已经翻阅了两章，但由于工作繁忙没能留下文字。这期间曾发表了一篇《看书也是苦差事》，间接表达了自己的心绪。想补充的一句话是，如果带着明确的功利目的读书，就更是一件苦差事，我已经感受到了明显的精神压力。

之所以这回再读托翁巨著感觉到了辛苦，首先是不能走马观花、一目十行，其次是不能光看热闹，喜欢的多瞧瞧，不喜欢的干脆翻过去。最重要的是还要看出个所以然来，这就大幅增加了阅读难度。想达到苦中有乐趣、有甘甜，受苦自然当先，是逃不过的！

眼下这两位主人公伏伦斯基和安娜大约也面临这样的处境，但最终却未必是快乐和甘甜了。

为了阅读和聆听相对轻松一些，这次确定只完成第二十五章至第二十九章共五章的内容。这几章的概要为：

第二十五章：赛马；四里障碍赛。起赛。伏伦斯基同马霍京角逐。伏伦斯基赛马失利。

第二十六章：卡列宁同妻子谈话后夫妇之间的关系。赛马那天卡列宁的活动。

第二十七章：卡列宁和妻子在彼得高夫别墅。

第二十八章：卡列宁在赛马场上。安娜的心情。

第二十九章：伏伦斯基落马时安娜的激动。卡列宁对她的责备。安娜向丈夫承认自己同伏伦斯基的关系。

第二十五章托翁叙写伏伦斯基参加四里障碍赛的全过程。他在即将取胜的最后一道障碍前摔下马来，他虽没有受伤，但他心爱的马儿却因他的不当操作折断了脊梁骨。他觉得自己很懊悔，是自己一手造成了这个无法补救的不幸，并将久久地留在他的心里，成为他一生最痛苦最悲伤的回忆。

作为读者，自己谈不上喜欢赛马这项体育活动，只是觉得如果进行这个小说情节的创作，就必须像托翁这样熟悉这项运动，并且对它的规则技巧，参赛的马儿和骑手的情况了如指掌。对比赛的某些细枝末节也要有独到的细致了解，才能通过自己的文字活灵活现地把赛马比赛向读者精彩呈现出来。否则就不敢描写这样的篇章。而其他一切带有专业性质的创作过程，至少要弄清楚其中的要领和注意事项。这和如今要求作家等文艺工作者深入生活，体验生活是相符的。有意思的是，作家的天赋在于其他人即使每天从事那样的工作，也没有大作家用很少功夫所获得的特殊感受多。托翁便是那具有天赋的文学大师。

托翁把伏伦斯基赛马失利的过程描述得十分细腻完整，但为什么伏伦斯基会犯这个糟透了的无法饶恕自己的错误，作者没有直接说出，故意让伏伦斯基也认为自己不知怎么搞的就出错了。难道这是天意不成？还是托翁有意而为，让安娜惊恐和担心，然后在众目睽睽之下失态，在丈夫面前出丑，好引发她向丈夫"坦白自首"呢？

接下来的第二十六至第二十九章连续四章内容，都是写安娜与丈夫卡列宁之间的夫妻感情和家庭关系。表面上看二人的关系没有什么变化，但实际上就隔一层窗户纸了。

卡列宁虽然还亲自去给妻子送生活费，探望她，在人前保持着对妻子的尊重和维护，但他已经不在乎妻子对他的爱，而只在乎公开场合的体面了。这既让人感到同情，又感到窝囊和不可理解。

而安娜所有的心思已经全部放在了伏伦斯基身上。丈夫身上曾经的所有优点和光环都让她感到厌恶，甚至连丈夫在她手上的吻都令她感到恶心。她对丈夫所说的那些客套话、假话和谎话感到不自在。在丈夫指责她的行为太不检点，希望她今后不再发生这样的事时，她终于忍无可忍，向丈夫摊了牌，坦白了自己爱上伏伦斯基、是他的情妇这些铁的事实，而且愿意接受丈夫的任何惩罚。

托翁写道：她仰靠在马车的一角，双手掩住脸，放声哭了起来。卡列宁一动不动，眼睛仍旧瞪着前方。他整个的脸忽然露出一种死人般僵硬的庄重神色。

"'好吧！在我采取保全我名誉的措施并把它告诉您以前，'他的声音哆嗦了，'我要求您至少在公开场合保持体面。'"

"他先下车，然后扶她下来。他当着仆人的面默默地握了她的手，又坐上马车，回彼得堡去了。"

无论如何，卡列宁还是有些绅士风度的。不管他心里多么难过，他还是理智和冷静的。如果换作现在的青年夫妻来面对这件事，安娜的待遇多半没有那么好。遭受不堪入耳的辱骂是肯定的，估计皮开肉绽都有可能。

有些人对男女任何一方出轨都恨之入骨，根本不想听也不问什么原因，另一方有没有过错，就恶语相向。认为只要出轨，就应一概格杀勿论。从这一点上说，安娜还是幸运的了。

但她没有对丈夫的感激，而只有对见伏伦斯基的期盼。

叹息一声，接着往下看呗！

十

第二部三十至三十五章

这六章全与吉娣有关。他们一家接受了那个医生的建议，一块儿去德国小温泉疗养。这几章内容梗概为：

第三十章：谢尔巴茨基一家在国外温泉疗养。俄国来的旅客。华仑加。

第三十一章：吉娣同华仑加认识。

第三十二章：华仑加在谢尔巴茨基公爵夫人的晚会上。

第三十三章：吉娣认识华仑加后精神上的变化。

第三十四章：谢尔巴茨基公爵赴卡尔斯巴德旅行回来。他同施塔尔夫人、华仑加、画家彼得罗夫认识。

第三十五章：父亲回来后吉娣心情转变。谢尔巴茨基一家回到俄国。

早上看完这六章之后，我好长时间都在掩卷沉思。自己有一个不一定恰当的比喻，如果这部小说是一棵枝繁叶茂的参天大树，那么每一部都是枝干，而每一部里的每一章都是枝叶了。要是没有这些茂密的枝叶填满周围的空间，没有它们摇曳的多姿多彩，这棵大树肯定就没有那么秀丽和伟岸了。

托翁通过吉娣一家去疗养的所见所闻、所思所想，把一个"社会的结晶现象"展现在读者面前。托翁说，在那里，每个社会成员都被安排在一定的位置。谢尔巴茨基公爵、夫人和小姐，根据他们所租用的房子、他们的声望和交往的朋友，很快就在这种结晶过程中被固定在一定的位置。在这个过程中，托翁的大量笔墨还是落在了主要人物吉娣身上。吉娣的品性修养爱好得到了更加细腻丰富的展现。

她生性善良，总认为在人们身上可以发现一切最美好的东西，特别是在素不相识的人身上。吉娣猜测着那些人的身份，他们之间的关系，以及他们是些什么人。在她的想象中，他们都具有极其高尚的品德，她还通过自己的观察加以证实。

在这些人中间，吉娣最感兴趣的是一个俄国姑娘华仑加，并且急切地想同她交朋友。

当看完这几章之后再回过头来思考回味这一切，也许可以这样理解：吉娣在华仑加身上看到了不同的自己，她在内心深处希望改变自己。吉娣感到华仑加小姐对男人没有吸引力，她缺乏吉娣身上特别充沛的那种东西，即被抑制的生命火焰和对自己魅力的自觉。华仑加似乎一直在忙于一项重要的工作，专心致志，而这些正是吉娣现在苦苦追求的东西，就是超脱她所十分厌恶的世俗男女关系的生活情趣和生活价值。

吉娣已视自己厌恶的男女关系为恬不知耻地陈列着等待买主的商品，这显然是失恋之后的过激反应在作祟。但她急于从与华仑加的交往中获得解脱和愉悦，显然对自己有好处，甚至于起到了比任何药物都管用的效果。

当她了解到华仑加的身世以及与她相似的失恋经历，听到华仑加那句"哎，要是大家都像您这样感情脆弱，那还得了！这种事没有一个姑娘没有经历过。何况这一切又都是无关紧要的"时，吉娣惊奇地凝视着她的脸问："那什么才是有关紧要的呢？"

虽然华仑加没有直接回答她，但吉娣已经从各方面领会到了什么是要紧的事，也就更加敬佩和敬重华仑加。

托翁让吉娣和父母去国外的温泉疗养了一趟，最大的收获莫过于吉娣的病情好转。虽然还不像失恋之前那样快活，那样无忧无虑，但已经变得平静，恢复了健康。要说其中的关键因素，还是遇到了华仑加并受到她实在而巨大的影响。

吉娣在同她告别时希望她去俄国看他们，华仑加说："您结婚的时候，我会去的。"吉娣说"我永远不结婚"，但随后又改口了。可见其失恋的痛苦已经缓解。

许多失恋的甚至离婚的年轻女性都曾发誓不结婚，或者口无遮拦地说天底下的男人没有一个好东西。但随着时间的流逝，环境的变化，也许会逐渐改变自己的偏见。

相对于整个动物界，人类大约是最容易见异思迁的了。尽管爱而不得的伤痛有时会伴随终生。

这几章里还想提及两个重要的内容：一个是托翁安排吉娣学着华仑加的样子，希望自己能够忘我，热爱别人就能心安理得、幸福康宁。华仑加主动去帮助彼得罗夫一家，却让她发现丈夫喜欢上了吉娣而醋意大发。当华仑加说明其中的缘由时，吉娣既生气又难过。另外一个是，施塔尔夫人不光送给吉娣一本法文《福音书》，而且通过与吉娣的深入交流，把基督教崇高、神秘、美好的思想感情传递给了吉娣。吉娣想做的人，想干的要紧事，她的新思想和新感情便开始有计划地实施。

许多女性在遭受重大的情感坎坷和危机之后，会有两种不同的选择。有的人从此一蹶不振，要么抑郁，要么走极端；有的人却会在突然醒悟之后精神焕发，变成新的模样，书写人生新的灿烂篇章。吉娣会是后一种人吗？

十一

第三部一至十二章

今天是个特殊的日子——世界读书日。

联合国教科文组织选择 4 月 23 日成为世界读书日的灵感来自一个美丽的传说。4 月 23 日是西班牙加泰罗尼亚地区的"圣乔治节"，传说美丽的公主被恶龙困于深山，勇士乔治只身战胜恶龙，解救了公主；公主回赠给乔治的礼物是一本书。从此书成为胆识和力量的象征。

4 月 23 日是西班牙文豪塞万提斯的忌日，也是加泰罗尼亚地区的大众节日"圣乔治节"。实际上，这一天也是莎士比亚出生和去世的纪念日，又是法国作家莫里斯·德鲁昂、冰岛诺贝尔文学奖得主拉克斯内斯等多位文学家的生日，所以这一天成为全球性读书日"名正言顺"。1995 年，联合国教科文组织宣布 4 月 23 日为"世界读书日"。

世界读书日的主旨宣言为："希望散居在全球各地的人们，无论你是年老还是年轻，无论你是贫穷还是富有，无论你是患病还是健康，都能享受阅读带来的乐趣，都能尊重和感谢为人类文明做出巨大贡献的文学、文化、科学思想大师们，都能保护知识产权。"

当我坐在桌前，打开《安娜·卡列尼娜》第三部开始静心阅读时，难免有一种喜悦在洋溢，甚至还有一丝庄严的感觉。

能静心地坐下来享受阅读经典巨著的乐趣，希望从中感受不一样的异国风情，不一样的人生轨迹，从中汲取文学营养，学习写作技巧，孕育创作灵感，真是这一生中少有的幸福时光。尽管时不时地还要接待当事人，处理一些琐碎事情，但读书听书的事情仍会继续进行。

翻阅了一下内容概要，计划今天阅读第三部的第一章至第十二章。

第一章：柯兹尼雪夫在乡下列文家。两兄弟在看待老百姓上意见分歧。列文关心农活。

第二章：柯兹尼雪夫在列文伴同下前去钓鱼。

第三章：两兄弟为地方自治会的事争吵。

第四章：列文清晨割草。

第五章：早饭以后。割草人的午餐。在马施金高地割草。

第六章：列文割草后归家。奥勃朗斯基来信。两兄弟打算去叶尔古沙伏看望陶丽。

第七章：陶丽和孩子们的乡村生活。

第八章：陶丽带孩子们受圣餐、采蘑菇和洗澡。

第九章：列文在陶丽乡下的家。

第十章：列文同陶丽谈论吉娣。列文辞别陶丽。

第十一章：列文在姐姐乡下养蜂场一个老头儿朋友家。列文同农民分草。伊凡·巴孟诺夫夫妇。

第十二章：列文欣赏农家生活。他决定开始过新生活。吉娣乘车去叶尔古沙伏陶丽家，途中邂逅列文。

中午饭前一共看、听了第一章至第六章。这六章的内容主要是围绕列文和哥哥柯兹尼雪夫怎样看待和对待农民，和以农民为主的普通老百姓的公益事业等展开。

个人觉得托翁对普通老百姓充满了关爱。他在一个世纪以前就已经开始关注俄国的"三农"问题。要不然农民、农村、农业的景象，不会在他的笔下那样了如指掌、亲切自然。他一定是亲自下地割过草，或者是在一旁仔细看过农民割草，否则也不会把列文那一天和农民一起割草的过程描述得那么真实生动。

列文和哥哥似乎都对农民这个底层群体有深厚的感情。但哥哥柯兹尼雪夫是理论家、嘴嘴匠，而弟弟列文却是实干家、践行者。托翁用较多的篇幅来描述他们各自的看法、主张和具体行为，描写他们之间的争论。但作为读者看到列文已经割了四个小时的草回家喝咖啡，柯兹尼雪夫才刚刚起床，而等列文喝完咖啡又去割草，柯兹尼雪夫还没有穿好衣服走进餐室时，便浮想联翩，不再只注意两个人都争论了什么。

一个亲近农民，热爱体力劳动，愿意和普通老百姓打成一片、同甘共苦的"老爷"，或许才能更了解和懂得农民的辛苦和他们的期盼。那种身份上的高低贵贱也会在这个过程中淡化或者模糊了界限。

而柯兹尼雪夫的高谈阔论，尤其是对公益事业的关心，虽然冠冕堂皇，却未必有列文的实际行动更值得可亲可敬。

也许托翁关于兄弟俩的争论和完全不同的作为，是在暗示当时俄国上层人士对"三农"问题的不同主张和社会实践，我这个读者尚不能断定。

从第七章开始，托翁转换笔触描写陶丽带几个孩子和佣人去乡下农村居住的生活状况。不得不佩服大师的巧妙构思，让奥勃朗斯基这个"虽然竭力想做个体贴入微的父亲和丈夫，却总是不能牢记他是个有家室"的人携带家里所有的钱，兴致勃勃地在赛马场和别墅里消磨日子，却让他的妻子到乡下去住以便尽可能节约开支。让小说的情节实现一举多得的功效。

这个旧宅地产既是陶丽的陪嫁，至少姐妹们未嫁之前曾经在这里生活过，自然有难忘的记忆。而它又离列文所在的村子仅五十里地，还说吉娣要来姐姐这里一块儿消夏，显然又为吉娣与列文相互来往创造了条件，埋下了伏笔。到第十二章的时候，吉娣果然来了，又偏偏让列文撞见，怎能不旧梦重拾？

但农村虽有田园风光的优势，居住环境毕竟不如城里，加之丈夫对旧宅的维修还有许多疏漏，陶丽一下子难以适应。好在陶丽和几个孩子在一起，所有的操劳和忧虑很快就不值一提，甚至变成"唯一能获得的幸福"。

当列文前来探望，并愿意提供一些帮助时，陶丽却婉言拒绝了。她不相信列文的农业知识，对列文的母牛是制造牛奶的机器，以及面粉饲料和草类饲料的说法和理论表示怀疑。二人在内心深处最关心的话题莫过于吉娣了，尽管一时还没有谈拢，读者猜想只是时机尚未成熟而已。至少笔者在期盼列文能够顺利得到自己的心上人。

托翁在第十一章和第十二章，有意让列文目睹装运干草劳作过程中一对农村年轻夫妻的相亲相爱情景，还有一群农人、农妇在集体劳动中欢声笑语的场景，让列文激动、让列文遐想、让列文思考。每个人都有不同的活法和自己认为的幸福，列文将会做出怎样的选择呢？

十二

第三部十三至二十二章

这十章内容概要如下：

第十三章：在妻子说出私情后，卡列宁从彼得高夫到彼得堡途中沉思。他决定表面上维持原来的关系。

第十四章：卡列宁写信给妻子要她在避暑季节结束后回彼得堡。卡列宁官场纠纷。"六月二日委员会"。卡列宁要求成立新的委员会。

第十五章：安娜向丈夫坦白后的心情。谢辽查做错事以后。安娜写信给丈夫，决定去莫斯科。

第十六章：安娜对卡列宁来信的反应。她想冲破"谎言的罗网"。

第十七章：安娜走访培特西，希望见到伏伦斯基。培特西同安娜谈论上流社会。

第十八章：棒球小组成员：萨福·施多茨、华西卡、卡鲁日斯基公爵、丽莎·梅尔卡洛娃、斯特列莫夫和"贵客"。

第十九章：伏伦斯基理财。

第二十章：伏伦斯基的生活原则。他为自己同安娜的关系踌躇。

第二十一章：团长设宴欢迎谢普霍夫斯科依公爵。谢普霍夫斯科依同伏伦斯基谈话。谢普霍夫斯科依企图拉伏伦斯基进官场任职。

第二十二章：伏伦斯基同安娜在傅列达别墅花园里相见。他们谈论卡列宁的来信。

看了这十章，最深切的感悟是，自从有了婚姻制度，只要是婚内出轨的人，无论古今中外，也无论什么理由都是一件不光彩的事情。当事人只要陷入其中，再想要摆脱婚姻那张网，除非尝尽人间悲苦，否则似乎是不可能的。

目下托翁笔下的安娜就是这种状态。

从第十三章到第十六章的这十五页内容，已经让我用笔勾画得面目全非。托翁描写卡列宁对待安娜出轨的心理状态和应对之策，以及安娜在向丈夫坦白自己出轨后的心理状态和应对方略，几乎字字惊心、句句精彩，作为写作爱好者恨不得把每一页都铭刻下来。

先看托翁对卡列宁的性格描写：他表面上是一个极其冷静理智的人，却有与他性格格格不入的弱点，一看到孩子和女人的眼泪，他就会手足无措，完全丧失思维能力。所以当安娜哭着向他坦白了与伏伦斯基的关系，他虽然十分生气，但心慌意乱，最后竭力克制，脸上露出"死人一般异样的僵硬表情"。

再说卡列宁的心理状态：安娜的坦白证实了他最坏的猜测，使他心里产生剧烈的创痛。但她的眼泪又加剧了他对她的怜悯。他虽然十分生气，但没有世俗男人的怒火攻心，更没有拳脚相加、致残致死妻子的过激念头。

还有托翁笔下卡列宁的感觉则更为怪异：他在与安娜告别独自一人的时候，竟然觉得"完全摆脱了这种怜悯以及近来常常折磨他的猜疑和妒忌的痛苦"，反而又惊又喜。他的感觉就像"拔掉一只痛了很久的蛀牙"一样突然轻松和幸福了许多。

她无耻，是一个堕落的女人！过错都是安娜的。他现在唯一关心的一件事，就是怎样用最妥善、最得体、最方便，也是最合理的方式洗雪因她的堕落而使他蒙受的耻辱，继续沿着他的生活道路前进。

托翁通过细腻而又与众不同的描写，将卡列宁的内心世界和他所在乎的东西暴露无遗。卡列宁好像不是一个坏男人，但这个丈夫真的爱妻子吗？

接下来卡列宁的对策也似乎在情理之中。他不会为一个自己不爱的人选择与情敌去决斗；也不会选择离婚，去成全妻子与情敌。他选择继续接纳妻子，既给生活费，又希望她回归家庭。

卡列宁给安娜写的那封信，他自己很满意。"既没有苛刻的措辞，也没有责备，也没有姑息。最重要的是为她的归来搭了一座金桥。"从道义上讲，从法律上讲，从常情常理上讲，他都站在了制高点上，来俯视卑微的安娜。

安娜向丈夫坦白出轨之后既觉羞耻，又感到恐惧。对自己接下来的结局、去处、未来生活等问题心慌意乱不知所措。当她收到丈夫的来信时，气恨交加，既沮丧又无奈。她希望离婚，带走儿子，但最终连那封信也撕了个粉碎。她知道她无力冲破任何罗网，无力摆脱现状，不论它是多么虚伪和可耻。她预料一切都会像过去一样，甚至更糟。她怎能甘心继续这样的生活，可是该怎么办呢？她寄希望于伏伦斯基。

从第十七章到第二十二章，便是安娜想方设法与伏伦斯基见面，希望他为自己指明方向，寻找出路了。但托翁没有直截了当地让他俩见面，而是插入了伏伦斯基怎样理财，他对他和安娜未来生活的设想以及知晓安娜向丈夫坦白二人关系之前之后的心理状态。还夹杂了其他与他们之间关系和未来有关的几章文字。

我虽然一章一章地看过了，但此刻才知道，以往快速阅读的毛病还是犯了，那些自认为不太重要的，或者是自己阅读兴趣不高的内容，自然没有留下深刻印象，因而也写不出什么名堂，只能一笔带过了。

我不得不承认，这外国人的名字实在难记，确实增加了阅读和记忆的难度。本想和《再读〈白鹿原〉》一样，一章一篇读后感，现在变成十章一篇了，有点惭愧。这段时间有点忙，只盼能坚持这样看完整部书，也算完满了！

十三

第三部二十三至三十二章

由于诸多原因，阅读中断了两个多月时间。非常感慨的是，读书的确是件苦差事。尤其是打算把一部八十余万字的世界名著一字一句认真看完，还要写出读后感的时候，除非完全进入剧情、进入角色，否则那压力不是一般的大，我甚至有些后悔给自己设定的目标，一点也不轻松，也谈不上愉悦了。至少当下是这样的心情。

今天再次翻开这本书接着看，发现第三部的第二十三章此前已经用笔圈点了许多地方。当时的记忆已经消失，重新再看一遍时，顿时泛起对托翁深深的敬慕之情。

这一章应该是这部小说里篇幅最短的一章，总共也就两千多字，但却把卡列宁和安娜两位主人公各自所在意的是什么，两个人的根本分歧在哪里勾勒刻画得淋漓尽致。

开始一个较长的文字段落，托翁用简洁的语言概括了卡列宁在周一例会上战胜对手，他关于处理非俄罗斯人问题的建议获得委员会通过，成立了三个新的委员会。第二天在彼得堡一定的圈子里大家都在谈论这次会议。卡列宁的成功甚至超过他的预料，以至于他睡醒以后还得意扬扬地想到昨天的胜利。

卡列宁在仕途上风头正劲，他甚至忘记了当天是安娜回家的日子，即便安娜这次回家是他亲自安排接应的。当仆人向他报告她来到时，他仍感到惊讶和不快。

接下来便是两个人关于还能不能继续做夫妻，未来将怎样生活的唇枪舌剑。托翁通过两个人的语言和神情，像一幕经典的话剧一样，把卡列宁的虚伪、阴冷和恶毒，把安娜的真诚、无奈、怜悯和嫌恶一下子展现在读者面前。

卡列宁追求的是仕途辉煌，在意的是自己的脸面和虚荣。他虽不爱安娜，但却不同意离婚，不允许安娜离家。让她不要与那个人见面，"就可以享受一个规矩妻子的权利，而不履行一个规矩妻子的义务"。比起许多男人知道妻子出轨便拳脚相加，甚至刀下见血，卡列宁真可谓是大度异常的丈夫了。如果安娜听他的话，会是一个什么样的结局呢？我们知道安娜终归是会拒绝的，故而那个悲凄的结局似乎已经注定。

从第二十四章到第三十二章列文出国，这九个章节，托翁的笔触都落在另一条主线的主角列文身上。看完第三部后发现，自己应该把第二十三章的内容放在上一个读后感里才更合适。

托翁笔下的列文经营农业，说穿了就是当地主，或者叫农场主，是土地的所有人。他难免与农民、雇工打交道，与这些劳动者之间产生利害关系和利益纠葛。列文对现实情况感到沮丧，甚至丧失了曾经的热情。"他所经营的农业，不仅不能吸引他，而且使他觉得厌恶。他再也干不下去了。"

那时的俄罗斯似乎还没人提阶级矛盾，但地主、农场主、雇主与农民、雇工之间各有各的想法和目的，利益亦有冲突。在列文眼里，这些农民虽然不恨他，但却不关心他的利益，不理解他的事业，只希望干活轻松愉快、无忧无虑。哪怕既折磨马匹，又毁坏田地，"还叫列文不用担心"。列文觉得"他所经营的农业只是一场他同劳动者之间的残酷而顽强的斗争"，而他没有取胜的把握。

看到这里，我不由自主地想到了《白鹿原》里的长工鹿三。大约在同一历史时期，白嘉轩这个地主真是造化大、有福分。尽管如此，神州大地还是经历了打土豪分田地的历史时期。不知托翁这样叙写列文与农业农村旨在何为。

当然，除了事业，列文的心里还装着吉娣。当初他求婚遭拒，二人之间便有了不可逾越的鸿沟。虽然感觉自己还是爱吉娣的，但在她不能成为她所爱男人的妻子时，就要求她做自己的妻子，他又很不甘心，感到委屈和别扭。列文正处于这样的矛盾状态之中，并以不正常的方式来应对两个人的关系。

托翁将他送马鞍给吉娣的过程写得惟妙惟肖。"他写了十次字条，都撕掉了，最后就不附回信，派人把马鞍送去。写信说他会去，那不行，因为他不能去；写信说他不能去，因为有事没工夫或者要出门去，那就更糟。他把马鞍送去不写回信，又觉得做了一件丢脸的事。"好像咋做都不对，因为他内心深处还是在乎吉娣，却抹不下脸面去找她。他何尝不知道陶丽是借要马鞍给他俩相见的机会，但却不能欣然接受她的好意。回过头来看第二十四章的内容，叙写方法与第二十三章完全相似。也是先写卡列宁的仕途事业，再写男人与女人之间的纠葛，只是主角和故事的内容情节不一样罢了！

下来的各章内容分别是：

第二十五章：列文去史维亚日斯基家途中。在富裕的农民家逗留。老农家幸福生活给列文的印象。这个农家的家史，分明是一部穷则思变、奋发图强的家史。一开始租一百二十亩地耕种，后来把这些地买下来，又租了别人三百亩地，把差等地转租给别人，其余的自己耕种，还有自家的雇工。就靠种地，三个儿子娶上了媳妇盖了房子，一家人忙碌中洋溢着欢乐。让列文印象深刻，难以忘怀。托翁开玩笑说很可能与这家少妇的美貌有关，笔者认为既与列文的事业有关，也与吉娣有关，应该是列文向往的生活。

第二十六章：托翁写史维亚日斯基和他的家庭，史维亚日斯基的为人和观点。他们一块儿去打猎失利。晚上喝茶时一起谈论农事，有两个地主也参加了。估计是托翁有意吧，写到了史维亚日斯基那个当教师的年轻姨妹，聊天时她穿一件领口开成梯形的连衫裙，露出了雪白的胸部，让列文心神不定，局促不安，甚至手足无措。他竭力想避免看她的领口，但不论他往哪里看，总是避不开它。无奈只有找借口去桌子的另一头，听一个地主抱怨农民。

仔细回味一下这一章，都与列文最关心最在意的事情有关，托翁信手拈来，都是精心的安排，没有多余的话语。

从第二十七章到第三十二章，叙写两个地主的宗法制农民观点。列文和史维亚日斯基谈农奴制改革、农业经营等问题。他们在史维亚日斯基书房里继续谈话。列文对学校的看法。列文关于地主经营的结论：必须注意俄国农民的特点并使雇工关心收成。列文试图改造原来的农场：实行计划的困难。列文对新的农场安排感兴趣，竭力研究经济规律。列文决定出国考察农业问题。准备出国。幻想建立一种新的科学——农民与土地的关系。不流血的农业革命的思想。尼古拉哥哥来到列文庄园。列文思索死的问题。最后是两兄弟争论列文的经济计划。尼古拉离去。列文出国。

俄罗斯那个时代的农业、农村、农民到底是个啥样子？怎样才能寻求到一种生产效率高的劳动方式？怎样才能调动劳动者的生产积极性？什么样的制度、怎样的计划才有利于农业的发展？所有这一切，都在这几章的内容里有所体现。这既是列文所关心的，似乎也是托翁所关注的。

两个世纪过去了，如今自媒体平台上仍在争论类似的问题。这让笔者惊叹不已。仍然有人说应该走集体化的路子，那是康庄大道，可是绝大多数有经历的人并不认同。同样的土地条件，同样的劳动者，集体经营时年年饿肚子。仅仅允许农民有承包经营权，一年打的粮食几年都吃不完。难道还要走回头路吗？可见"三农"问题至今还是重大的社会课题。由此更觉托翁真的好伟大，对他佩服得五体投地。

十四

第四部一至五章

在喜马拉雅听了一遍之后，感觉这部小说到了最精彩的部分，但到底是不是这样，还得认真再看。听书和看书的结果似乎并不一样。听书对情感的体味更为真切，但看书的整体记忆深刻。毕竟年近七旬，过目即忘，因而比年轻时要花费更多的时间和精力来阅读。有时候看上三遍，写感想时仍需翻来覆去地看。

托翁在第一章写卡列宁和安娜的生活现状。两个人虽同住在一座房子里，天天见面，但彼此完全像陌生人。

伏伦斯基从不到卡列宁家来，有时会在别的地方同安娜见面，这一点卡列宁是知道的。

在托翁笔下，这样的生活使三个人都很痛苦，三个人都希望这种局面能够早一点改变。但各自的期望却不一样。这种局面由安娜造成，因此她比谁都痛苦，她之所以能忍受这样的局面，是她不仅希望而且坚信这件事不久定会解决，一定会有一个结果。与当今世俗不同的是，那个被出轨的丈夫却不是最痛苦、最想一刀两断的人。卡列宁希望的是妻子的婚外恋情能早点结束，大家忘记这件事，他的名声也能保住。而伏伦斯基则是不由自主地服从安娜的意志，也希望能有什么办法一下子把一切苦恼解决掉，并且无须由他负责。写到这里的时候我自己觉得有点好笑，这哪里是读后感，几乎把原文全抄了一遍的同时，还添油加醋加了自己的描述，文字长度甚至超过了原文。于是越发佩服托翁文笔的老到和精练，一个崇拜者竟没有能力来浓缩提炼出小说精华，因为他笔下流出来的这一段原本都是精华。

倒是接下来的部分，可以概括为伏伦斯基负责接待一位来彼得堡游览的外国亲王，陪他参观当向导，安排各种活动。托翁为什么要插入这一段情节呢？细读发现伏伦斯基实际上特别讨厌亲王，他在这位亲王身上看到了自己的影子。所以当亲王离开时他感到高兴，终于摆脱了这种不愉快的处境和这面讨厌的镜子。托翁应该是在多侧面地展示和丰富伏伦斯基的性格特征和内心世界，让读者全方位地认识他。

第二章是伏伦斯基回家后看到了安娜的来信，安娜不顾丈夫的禁令叫伏伦斯基到她家去，他觉得有点奇怪但还是决定去一下。去之前他做了个怪异的梦，而且迟到了一个多小时。结果在安娜家门口，伏伦斯基碰巧见到了卡列宁。这或许是天意弄人，局面糟糕透顶，想不出办法，也得碰撞出个办法。安娜已经忍不住了。

第三章叙述安娜醋性发作，她想到分娩时可能死亡。还讲了自己的那个梦，竟与伏伦斯基做的梦惊人地相似。这到底是巧合呢，还是二人心有灵犀，反正都是托翁故意而为。这两个人还给醋意大发起了个"魔鬼"的称谓。当安娜醋性发作时，自然是魔鬼缠身，这不仅让伏伦斯基恐惧，也使他对她变得冷淡了。他们谈论她的丈夫，伏伦斯基无法理解卡列宁能够这么冷静地忍受常人难以想象的痛苦，他甚至觉得卡列宁很痛苦。但安娜却不那么认为。她觉得丈夫很满足，不苦恼。因为他是一个彻头彻尾的伪君子。她忍不住模仿卡列宁的口气，嘲讽他不是男子汉，不是人，是根木头，"是一架做官的机器"。她甚至带着幸灾乐祸的神情望着伏伦斯基，把所想到丈夫其他可笑的地方伺机全说出来。还是伏伦斯基引开话题说到了她的事情，却让她感到自己的可怜和悲凄，联想到那个令她恐惧的梦，梦里遇见的那个乡下人说她要在生产中死去的场景。

第四章叙述卡列宁面对妻子不顾体面，违反他的禁令在家中会见情人而大为生气，决定惩罚安娜，办法是提出离婚、夺走儿子。这让安娜感到吃惊。卡列宁在强行拿到妻子装有情人书信的文件夹之后与安娜的一番对话，可谓伤骨穿心，两个人毫无顾忌的争吵达到前所未有的激烈程度，是不带脏字的污辱。站在旁观者的角度看，卡列宁始终站在道义的制高点上，安娜自然是辩论的输家。她只能喃喃地说："我什么也不能改变。"而卡列宁提出离婚并夺走儿子的主意坚定。

第五章叙写卡列宁寻找著名律师帮助他办理离婚手续的过程。也许因为笔者也是律师的缘故，感觉托翁对他笔下的著名律师并不赞赏。他通过卡列宁的目光，看到这位律师的"眼神里透露出来的不仅是揽到一笔好生意的欣喜，而且还有胜利和快乐，还有如同他妻子眼睛里所看到的幸灾乐祸的光芒"。如果真是这样一个律师，他的眼里大概只有钱吧！至于接下来两个人的交谈过程，要约和承诺，信任与忠诚已经显得无足轻重。

十五

第四部六至八章

第六章看完之后，觉得卡列宁对待自己的本职工作还是非常尽心竭力的。直到现在笔者尚且没有弄明白他的官职有多大，相当于如今的哪个级别。但觉得这个与自己看书的目的关系不大，故无须花费精力。我欣赏他的是，他做官有与民做主的敬业精神、公仆意识，似乎可以给眼前那些做官不与民做主的人树立榜样。

为了掌握真相、澄清事实，他宣布他要亲自到当地那个遥远的省份去调查，而且在启程之前正式退还政府拨付给他到达目的地的驿马费。这分明是自费去办公差嘛！而不像有些干部公费去旅游，或者在出公差时少花多报侵吞公款。

卡列宁在路过莫斯科的时候，托翁让他恰巧遇上了奥勃朗斯基和他的妻子陶丽。看来妻哥和妻嫂并不了解安娜和卡列宁的近况，他们对卡列宁的冷漠感到不解。他们邀请卡列宁去家里做客并没有得到确定的回答。故事还要继续，这既符合人之常情，也符合思维逻辑。

第七章叙写奥勃朗斯基去大剧院看芭蕾舞排演，给他最近捧场的漂亮舞女玛莎·契比索娃送珊瑚项链，偷偷吻她的美丽脸蛋，还答应在排演结束前再赶到剧院，带她去吃晚饭。奥勃朗斯基是个什么样的人？他对漂亮舞女如此慷慨大方，热情似火，但在上一章当妻子陶丽向他要钱给孩子买衣服时却是那样吝啬和不耐烦，让陶丽去赊账记在他名下。两相比较，他的人品便一目了然了。

奥勃朗斯基喜欢吃喝，更喜欢请客，而且在吃喝和宾客的挑选上都很讲究。看来是个喜欢交际、爱慕虚荣、花钱如流水的主儿。尽管眼下有两件不愉快的事情，一件是他猜测妹妹安娜和卡列宁之间一定出了什么事，另一件是新来的长官是个出了名的可怕人物，让他忧心。但这些不愉快仍然不会影响他宴请宾客的计划和热情。

奥勃朗斯基见到了列文，聊近况，聊出国的感悟，聊生活，尤其是聊到了死亡。

列文这个俄国人在那个时候对死亡的认知和感慨，似乎与国人没有什么大的差异。

"那有什么办法？我还是要想到死。"列文说，"真的，是死的时候了。这一切都很无聊。老实对你说，我对我的思想和工作是很重视的，可是，你倒想想，我们这个地球算得了什么？无非是生长在宇宙里的一小块青苔罢了。可我们还自以为很了不起，什么思想啊、事业呀！其实都只是沧海一粟。"

"老兄，这可是老生常谈哪！"

"是老生常谈，但要知道，等你看穿了，一切就都无所谓了。只要你懂得人早晚总要死，什么东西也不会留下，那就一切都无所谓了！我认为我的理想很重要，其实它同样是无所谓的，即使实现，还不是同包围这头熊一样没意思？因此，打猎也好，工作也好，无非是消磨消磨日子，度过一生，免得想到死罢了。"

奥勃朗斯基听着列文的话，露出微妙而亲切的微笑。

"嗬，说得太妙了！现在你同意我的意见啦！你曾经攻击我生活上追求享乐，你还记得吗？"

"不，生活中确实还有些美好的东西……"列文有点困惑了，"可是我不知道。我只知道我们不久都会死的。"

"为什么说'不久'哇？"

"你要知道，你一想到死，生活就不那么有魅力了，但心里倒会平静些。"

"正好相反，生命越到尽头越是甜。哦我该走了。"奥勃朗斯基一面说，一面第十次站起身来。

至于列文为什么这段时间发出这样的感叹，笔者认为应该与没有得到吉娣的爱有关。失恋的人为什么会走极端？大多是因为生无可恋。人生尽管短暂，但美好的爱情会让人快乐上进，从而忘却终归要死的遗憾。

第八章叙述奥勃朗斯基与卡列宁见面、交谈，邀请他参加家宴。卡列宁告诉他将与安娜离婚，奥勃朗斯基感到吃惊并劝解，坚持让他去家里吃顿饭和妻子陶丽见见面。其间还夹叙了奥勃朗斯基的新长官与卡列宁之间的关系和奥勃朗斯基对新长官的评价。

值得一提或者难忘的是，奥勃朗斯基在极力劝说卡列宁与妻子陶丽相见时说："我妻子在等你。请你去一下吧！主要是同她谈一谈。她是个了不起的女人。看在上帝的分上，我跪下来请求你！"一个丈夫在妹夫面前这样评价妻子，一个浪荡公子在背后这样评价妻子，倒是让我莫名感动。同时也改变了我对他的理解和评价。尽管他拈花惹草，但似乎仍是一个心地善良的人。

另一个有意思的地方，卡列宁在听到奥勃朗斯基评价新长官后所说的话："哦，他的精力用在什么地方啊？"卡列宁说，"用在事业上还是用在改变人家已完成的事情上？我们国家的不幸就在于善于做官样文章，纸上谈兵，他就是一个当之无愧的代表。"

要知道，这可是在那个已经遥远的时代说的，而不是现今哪！

十六

第四部九至十三章

第九章托翁叙写奥勃朗斯基家宴宾客的过程。由于他这个主人回家晚了，客人们都在等，局面显得很尴尬，女主人陶丽愁眉不展，无法使客厅里的气氛融洽些。大家都规规矩矩地坐得"像牧师太太做客"一样。显然都弄不懂来这儿干什么，只是为了避免冷场，勉强挤出一句话来。瞧托翁的精彩描写，卡列宁虽然穿着燕尾服系着白领带到场了，"但从他的脸上可以看出，他来赴宴纯粹是为了践约，他坐在这群人中间是尽痛苦的义务，其实他是奥勃朗斯基到来以前制造冷气，使所有的客人冻僵的罪魁祸首"。

我仔细想想，男主人为什么偏偏要迟到呢？这可是他精心安排的家宴呀！但假如他早早守候在家中，热情迎接每一位客人，即使卡列宁一个人不是很愉悦地来赴宴，也绝不会出现这样的场景。那么上述这些尴尬却十分精彩的描写就无由出现。至少我觉得是托翁故意而为，让男主人晚到，让气氛冰冷，从而突出卡列宁的表现，他是勉强践约的人。当然还有一层，那就是与另一位主要人物列文赴宴的心情状态形成强烈的对比。

人类是宇宙间最敏感最高级的情感动物。卡列宁因为正在与安娜闹离婚，能有什么好心情在妻哥家里吃香的喝辣的？但列文却完全不一样了，他终于在这个家宴上遇到了自己曾经朝思暮想，求爱虽被拒绝，但内心深处依旧眷恋的吉娣姑娘，他的激动和喜悦难以形容。

列文的出现让吉娣成了这个样子："她惊惶、畏葸、羞怯，因此也更加迷人。列文走进屋子的一刹那，吉娣就看见了他。她正在等他。她很高兴，高兴得心慌意乱。以致当他向女主人走去而又瞟她一眼时，她自己和他，还有看到这一切的陶丽，都觉得她会忍不住哭出来。她脸上一阵红、一阵白，木然不动，只有嘴唇在微微哆嗦，等他走过来。列文走到她跟前，鞠了一躬，默默地伸出一只手。要不是她的嘴唇在微微哆嗦，眼睛因为潮润而更加明亮，她说话时的微笑就会显得十分安详。"

"我听说您打死了一头熊，是吗？"吉娣说，竭力想用叉子叉住一只滑溜溜的不听话的蘑菇，因此抖动着她雪白小手的袖口花边，但还是叉不住。"你们那里真的有熊吗？"她向他半侧着美丽的头笑盈盈地又说。

托翁接着写道"吉娣的话似乎没有什么特别的地方，但对他来说，她的每个声音，她的嘴唇、眼睛和手的每个动作，都具有多少不可喻的意义呀！这里有求饶，有信任，有柔情，羞涩而深切的柔情，有许诺，有希望，有对他的爱情——那种他不能不相信，并且使他幸福得喘不过气来的爱情。"对于列文来说，"知道吉娣在听他说话，她很高兴听他说话。只有这件事占据了他的整个身心。在他看来，不仅在这个屋子里，而且在整个世界，只有他——他变得身价百倍了——和她两个人。他觉得自己处在令人头晕目眩的高空，所有这些善良可爱的卡列宁、奥勃朗斯基和整个世界都在遥远的下方"。

大约这便是爱情的力量，神奇而强大，在托翁的笔下诗意一般流淌，让人赞叹，让人过目难忘。这次宴会在物质方面是成功的，在非物质方面也不逊色。气氛非常活跃，甚至连卡列宁都变得活泼了。

从第十章到第十三章的内容是描述发生在家宴上的讨论会。

第十章在座的几个人开始谈论古典教育和现代教育以及妇女解放问题。卡列宁加入其中，并发表了自己的看法，似乎有更加独到的见解。而在谈到英国女人做官时，男主人奥勃朗斯基插了一句嘴："是的，可是叫一个没有家庭的姑娘怎么办呢？"因为他想到了念念不忘的契比索娃。结果招来女主人陶丽怒气冲冲地反驳，大概她猜到了丈夫所说的姑娘是谁。

家宴上的讨论会气氛热烈，但大家各自关心的话题和发言都体现着自己的身份志趣和关注点，耐人寻味。同时也在字里行间展示着托翁宽阔的视野和大手笔。

第十一章主要写列文和吉娣的"神秘交流"。这两个人原本对大家讨论的话题，各自都有浓厚的兴趣，但眼下却因为对方的存在顿时兴致尽失。唯有两个人的谈话既神秘又让自己感到惊喜。这种交流虽然不涉及社会重大课题，但却使他们的心在靠近。虽然表面上还不是直接的谈情说爱，但实际上就是谈情说爱。是爱情让他俩沉醉而忘乎其他的一切。

第十二章写陶丽请求卡列宁宽恕安娜。卡列宁对安娜出轨情况的介绍，使陶丽感到吃惊和怀疑，她不相信那一切都是真的。当陶丽确认是事实时，就只有哀求卡列宁不要离婚了。当她看到卡列宁离婚的态度坚决、势在必行时，她用安娜帮她挽救婚姻的现实结果请求卡列宁饶恕安娜无果后，怯生生地说出"爱那些恨您的人……"这句话。而卡列宁的回答却是："爱那些恨您的人，却不能爱您所恨的人。"这大约是陶丽和安娜都不会想到的结果，可见卡列宁并不是木头，也不是安娜心中那个男人的样子。

第十三章写列文和吉娣在奥勃朗斯基家继续谈心。他们用粉笔书写进行交流，不光冰释前嫌，并且表达了相互的爱意。"他们谈话时什么都谈到了。吉娣说她爱他，她会告诉爸爸妈妈他明天早晨要来。"这分明就是吉娣告知列文，让他立即前往家里求婚嘛！

当卡列宁夫妻正面对离婚之时，另一对历经了巨大坎坷的男女正进入热恋走向婚姻。托翁有意让奥勃朗斯基安排的这场家宴，让列文和吉娣收获了意想不到的惊喜。

十七

第四部十四至十六章

这三章围绕着列文与吉娣谈心后激动的心情以及一系列两人的外在表现

展开，而后便是他求婚，谢尔巴茨基家商量婚礼，他二人筹划结婚，列文让吉娣看他的日记。

过来人也许都能理解列文的那种幸福和激动，但有谁能像托翁描写得如此精彩呢？

你瞧此刻的列文："他觉得烦躁不安，迫不及待地希望明天赶快到来。这样他又可以看见她，可以同她永远结合在一起了。他是那么焦急，害怕哪怕看不到她的未来十四个小时，就像害怕死一样。"

这时最懂他的奥勃朗斯基调侃他，激动地握着列文的手说："怎么样，是死的时候了吗？"列文说："不——不！"列文怎么会想死呢，无与伦比的幸福正缠绕着他，他觉得空气都甜蜜，身边所有的人都善良可亲，包括奥勃朗斯基夫妇，他的哥哥、哥哥的同事，还有这一天他遇到的所有人。甚至对他新认识的赌徒米亚斯金充满了怜爱，眼泪竟夺眶而出，想要与他谈谈，安慰安慰他。正所谓人逢喜事精神爽，满目都是好风光。

"这个通宵和整个早晨，列文一直昏昏沉沉，并且完全摒弃了物质生活。他一整天没有吃东西，两夜没有睡觉，不穿外衣在凛冽的空气中待了几个小时，不仅觉得神清气爽，简直有点飘飘欲仙；一举一动都毫不费力，而且觉得自己无所不能。他自信可以飞上青天，或者推开屋角，如果有必要的话。"

你再瞧，大街上的走过的孩子，空中飞过的灰鸽，飘洒的雪花都是那么好看，窗子里冒出来的新鲜面包味是那么香甜，所有这一切融合在一起，真是美好得出奇。列文不由得笑了起来，快乐得流出了眼泪。所有这一切，都是爱情的神奇功效。

谢尔巴茨基家的大门终于打开了。在林侬小姐转身之后，"镶木地板上顿时响起一阵非常急促的轻盈脚步声。于是他的幸福，他的生命，他自己——比他自己更好，他追求和渴望那么久的东西，一下子临近了。她不是自己走过来，而是被一种无形的力量送到他面前"。

"他只看见她那双明亮诚实的眼睛，像他的内心一样，洋溢着又惊又喜的爱情的光芒。这双眼睛越来越近，爱情的光芒耀得他眼花缭乱。她站在他面前，接触到他了。她的双手举起来，落在他的肩上。

"她做了她所能做的一切：她跑到他跟前，羞怯而快乐地把整个身心交给了他。他拥抱了她，把嘴唇紧贴在渴望他的亲吻的嘴上。"

在这一刻到来之后，公爵夫人激动得先哭后笑，老公爵同列文说话时他的眼睛也湿润了。那都是对吉娣和列文结为夫妻的愉悦和祝福。

第十六章便是订婚，准备结婚嫁妆，以及列文征得老公爵同意，把记录着他的忏悔的日记交给吉娣。他答应向她坦白他的秘密，这在当时是很痛苦的。有两件事使他苦恼：他丧失了童贞和他不信宗教。而吉娣是信教的，但她还是原谅了他。但列文从此以后更觉得自己高攀不上她，在品德上比她卑下，因此也就更加珍惜自己本不配享受的幸福。

　　读到这里的时候，笔者不由得陷入了深思。一是怀疑自己此前的阅读不够细心，可能遗漏或者遗忘了一些内容。列文究竟做了什么事情，直到那个晚上他去看戏以前来到她家里，走进屋子，看见她那泪痕斑斑，由于他一手造成的无法弥补的伤痕而引起的既可怜又可爱的脸时，他才看出了在他可耻的往事和她鸽子般纯洁的心灵之间的鸿沟，他对自己的行为感到十分惶恐。他是在什么情况下失去童贞的尚无印象。二是即便是真，难道有这个坦白的必要吗？愚以为不让吉娣知道似乎更好。善意的欺骗对于夫妻而言，结局肯定比真诚的坦白更好一些。如果吉娣是个特别在乎、始终纠结的女人，那婚后还有幸福可言吗？

　　或许是笔者多虑了。我和小说里所有的亲人一样，都在期盼和祝福列文和吉娣的婚姻能够幸福！

十八

第四部十七章

　　两天来，小说第四部第十七章我已经反复看了三遍。要说内容并不复杂，但太值得咀嚼，以至于开始手指舞的时候，仍然把书摊开在眼前，不住地前后翻阅。我该写下些什么感悟呢？为什么如此犯难？我告诫自己，尽管记忆力很差，感动的地方又太多，但不能老是犯前面的冲动，总想把托翁笔下那些精彩的片段原封不动地抄录下来呈现给自己的读者，明知这种状态应该改变，但遗憾的是，自己的文学素养明显与阅读的感悟以及情感无法匹配，很难把自己的心情十分完美地表达出来。这大约是成千上万个普通读者的共同状况，只是我这个文学爱好者特别在意并甚为焦虑而已。

　　这一章写卡列宁回忆在奥勃朗斯基家宴和饭店的谈话，尤其是陶丽请求他饶恕安娜的谈话令他恼火不快。谁知又收到两封电报，都是坏消息。一封是宣布斯特列莫夫担任卡列宁渴望的那个职位，让他愤怒且无法理解。另一封则是安娜说她要死了，求他务必赶回的电报，这让他有点不知所措。他思前想后，最终还是决定立即到彼得堡去看看妻子。

值得咀嚼的是安娜电文的内容："'我要死了，求你务必回来。如能得到饶恕，我死也瞑目。'卡列宁看完电文，冷笑了一声，扔下电报。最初一刹那他认为这无疑是个骗局，是个诡计。但冷静下来又担心'万一真是这样怎么办？'"他如果拒绝回去，不仅太不近人情，会叫人家都说自己的不是，那自己不是太愚蠢了吗？可见卡列宁不仅善良，更在意、更顾忌人们对他的看法。

但对这封电文，笔者却有自己的看法，觉得这与安娜此前一系列的表现并不合拍，甚至有悖她的思维和情感逻辑。她让丈夫饶恕她，丈夫实际上一直在饶恕她呀！她不顾一切追求和伏伦斯基的爱情，卡列宁一直默许着他俩私下里的来往，只要给他留点面子就行。何况此前卡列宁已经决定离婚，打算遂安娜的愿呀！在生命垂危之际，她心爱的伏伦斯基就守在病床前，她为什么还非要把卡列宁叫到跟前呢？她对这个曾经十分鄙夷的丈夫到底是有点感情还是没一点感情呢？她对自己的出轨是真心悔悟了，还是在特殊情况下的良心发现呢？

安娜顺利生下了女婴，但患上了产褥热。医生说死亡率高达百分之九十九。她整天发高烧，说胡话，不时处于昏迷状态。有时失去知觉，几乎连脉搏都停止了，每分钟都有死亡的可能。当卡列宁赶到现场时，伏伦斯基正在捂着脸哭泣。伏伦斯基看到他十分尴尬，请求卡列宁原谅自己，允许自己能留下来，等安娜清醒。

虽然是看书，但我脑海中的画面感极强。这是一组特写镜头，又是一个令人百感交集的画面。作为读者，久久地沉浸其中，甚至站在三个人不同的角度来体察他们的情感。并与相类似的现实生活进行比较和分析，对安娜、卡列宁、伏伦斯基的表现进行评价。结果应该是，这一刻安娜是任性的也是幸福的，卡列宁是善良而且大度的，而伏伦斯基是悲伤懊悔而又幸运的。

安娜在生产之后患产褥热命悬一线，应了她和伏伦斯基两个人做的梦，是噩梦也是天意，更是托翁的有意安排。因为有了这个危难的发生，才会有这么多的情节发生，才有三个人在特殊情况下的相会，两个情敌才能直接向对方袒露心声。

后面当医生说安娜有希望活下来的时候，卡列宁走进伏伦斯基坐着的房间，关上门，在他对面坐下来。二人敞开心扉相谈。

伏伦斯基感到是表态的时候了，他说："我没有什么话好说，我什么也不明白。您饶恕我吧！不论您多么痛苦，我还是请您相信，我比您更难受。"

他想站起身来，但卡列宁拉住他的手说："我请求您听我说，这是必要的。我应当向您说明我的感情，那以前支配我，今后还将支配我的感情，免得您误解我。您知道，我决定离婚，甚至已开始办手续了。不瞒您说，开头我拿不定主意，我很痛苦；我老实对您说，我有过对您和她进行报复的欲望。收到电报的时候，我是抱着这样的心情到这里来的，说得更明白些：我但愿她死。可是……"他沉默了一下，考虑着要不要向他坦白自己的感情："可是一看见她，我就饶恕她了。饶恕的幸福向我启示了我的责任，我完全饶恕了她，我要把另一边脸也给人打；有人夺我的外衣，我连里衣也由他拿去。我恳求上帝，但愿不要从我身上夺去饶恕的幸福！"他的眼睛里饱含着泪水，他那明亮、安详的目光使伏伦斯基感动。"这就是我的态度。您可以把我踩在污泥里，使人家都取笑我，我可不会把她抛弃，也不会说一句责备您的话，"他说下去，"我的责任让我明白规定：我应当同她在一起，我将同她在一起。要是她想见您，我会通知您的，但现在，我想您还是离开得好。"

卡列宁站起身来，失声痛哭，再也说不下去。伏伦斯基也站起来，弯着身子，皱着眉头，仰望着他。他不理解卡列宁的感情，但他觉得这是一种崇高的，像他这种世界观的人所无法理解的感情。

以上还是一字不漏抄录了两个人的谈话原文，笔者没有能力去概括，托翁实在是文学大师，似乎点滴的修改都可能影响他对人物的塑造和故事情节的描写。故只有继续学习的份儿了。

十九

第四部十八章

第十八章里，同卡列宁谈话过后的伏伦斯基陷入深深的自卑和自责。卡列宁在他眼里不再是一个可怜的人物，他被安娜推崇到了凌驾一切的高度，他并不奸刁，并不虚伪，并不可笑，而是善良、朴实而崇高。相比之下，自己却卑鄙，堕落。这令他感到痛苦，但更令他痛苦的是他认为近来渐渐冷下去的对安娜的热情。他觉得自己此前其实并不爱她，如今了解了她，真正爱上了她，却在她面前受尽屈辱，并将永远失去她，只是在她心里留下了可耻的回忆。最叫他受不了的是，当卡列宁拉开他蒙着羞愧的脸的双手时，"他现出的那种又可笑又可耻的模样。他站在卡列宁的家门口的台阶上，像一个精神错乱的人，茫然不知所措"。

三个晚上没有睡觉的伏伦斯基回家后仍然无法入睡，他眼前既有现在的安娜，有记忆里的安娜，还有卡列宁的那句话："您可以把我踩在污泥里。"以及"安娜热辣辣的绯红面颊和她那双热情地望着卡列宁而不望着他的水汪汪的眼睛"，他觉得与安娜之间的一切从此都完了。怎样才能和好呢？他念叨着胡思乱想。此前的美好时光和刚受过的屈辱一并涌上心头。他觉得自己不会珍惜，不会享受，他怀疑自己疯了、完蛋了。他以前觉得重要的事情，现在都无所谓了。然后就想到了自杀，免得受耻辱，他拿起手枪转动弹膛，冥思苦想几番之后，终于对准左胸扳动了手枪。他倒在了血泊之中，但没有死。

托翁在这一章写伏伦斯基在安娜家遭受刺激之后的所思所想、所忧所愁、所怨所叹，真是动人心弦，摄人魂魄。瞧这个所谓的爱情，曾经给予他多少惊喜和愉悦，如今就给他带来多少耻辱和痛苦。假若那颗子弹打进了心脏，他不是就永久地闭上了眼睛吗？

读者们到底是该同情他呢，还是认为他活该？他到底值得安娜爱呢，还是不值得？他为了与安娜之间的爱情放弃自己的生命，该还是不该，值还是不值？一个人的思维方式、外在情感为什么这么复杂，这么变化多端呢？我在上一章就很纳闷，安娜在生命垂危之际所表达出来的对丈夫卡列宁的那种愧疚，那种悔罪，到底出于什么原因，始终没有搞清楚。难道是因为她觉察到了伏伦斯基对她的爱已经变淡，还是她在弥留之际对自己的错误选择彻底悔悟呢？

从法律和道义上讲，伏伦斯基肯定不应该爱上有夫之妇，但安娜作为有夫之妇也应恪守妇道，不应出轨。但情感这东西又是人的本性所决定的，只有那些责任感和自制力强的人才会克制欲望，拒绝诱惑。现实生活中出现的大量的婚外恋足以说明一切。有大师说婚姻是违背人性的，婚姻制度迟早会崩溃。但这只代表个别人的看法。为追求美好爱情而与婚姻制度进行抗争的人，在安娜之前早已开始，在安娜之后更是遍地开花了。但除了个别国度允许一夫多妻或一妻多夫制以外，百分之九十以上的国家，社会制度和传统道德都提倡一夫一妻制，而反对、禁止和贬低出轨和婚外恋，这是不争的事实。

本来婚姻制度的设立，既包含结婚也包括离婚。夫妻之间感情破裂了，离婚便是最好的解决办法。但事实上，一旦缔结了婚姻关系，尤其是生了孩子以后，就等于融入了一张社会关系的大网，由于种种原因，离婚很艰难和痛苦。在安娜那个时代，更是困难重重。本书所叙故事的发展过程足以说明这一点。

卡列宁和安娜的婚姻一直处于准备解除的状态，发展到最后是否离婚，我此前的记忆全部消失，也没有翻看结果，只是觉得这样子凑合着实在太折磨安娜了！

再说伏伦斯基，如果安娜知道他因为自己而自杀，打算结束自己年轻的生命，她该有多么痛苦，她更应该体会到伏伦斯基有多么痛苦。有许多人认为，出轨和婚外恋的人，是不守本分寻欢作乐，一定是快乐的，殊不知根本就不是那么回事，伏伦斯基的遭遇和痛不欲生就是最典型的例子。除非这些出轨的双方之间没有真爱，仅仅是出于别的目的，在意的是别的东西，那自然谈不上什么痛苦，更不会沦落到痛不欲生的地步。

二十

第四部十九至二十三章

今天我笑自己说，好像进了托翁的迷魂阵，出不来了，那就沉醉其中吧。

看了第十九章，知道托翁还有个特经典的认知，叫享受"饶恕的快乐"。不知道列位看官享受过没有？我自己好像还没有享受过这种快乐。饶恕一个人的罪过，把某些人曾经对自己的伤害忘却，一风吹而不计较，这需要饶恕者的宽容大度、敞亮襟怀。但大多数人可能除了高风亮节，还有顾全更大的利益的可能，甚至是无奈的、辛酸的、痛苦的。饶恕之后还会时不时地想起，并咀嚼那其中的酸苦。

可是这个小说的主人公卡列宁却是个会享受饶恕快乐的人。从这个意义

第六辑

他山之玉

上说，我觉得卡列宁是一个善良的人、值得赞赏的人。

> 他在妻子的病榻旁生平第一次被怜悯心所支配。这种感情是由别人的痛苦引起的，以前他把它当作一种有害的缺点而羞于承认。对她的怜悯，对于希望她死这种心理的忏悔，尤其是饶恕的快乐，这一切不仅使他忽然觉得自己的痛苦减轻了，而且体会到以前从没有体会过的内心的平静。他忽然觉得，原来使他痛苦的事情，现在却变成他精神上快乐的源泉；当他谴责、非难和憎恨人的时候，一切事情似乎是无法解决的，但当他饶恕人和爱人的时候，一切都显得简单明白，什么事情都可以迎刃而解。

> 他饶恕了妻子，为她的痛苦和忏悔而怜悯她。他饶恕了伏伦斯基，怜悯他，特别是在听到他的绝望行为以后。他比以前更加怜爱儿子，责备自己太不关心他。他对新生小女儿的感情更是特殊，不仅怜悯，而且充满慈爱。……要不是他关心，她准会死去。但他自己也没有注意，他是多么喜爱她呀。

但饶恕的结果却未必全是快乐。被饶恕的人也不一定悔过自新或者感恩戴德。包括没有利害关系的外人，也未必有令饶恕者满意和愉悦的看法。

从第十九章至第二十三章，这五章的内容除了上述卡列宁在饶恕安娜之后的心情、对新生女儿的态度，便是培特西看望安娜，为伏伦斯基捎信带话，引发卡列宁与安娜的谈话，安娜又恢复到了病危前的样子，对丈夫大为恼怒，卡列宁甚至容许安娜与伏伦斯基保持那种关系。然后是奥勃朗斯基到卡列宁家，同妹妹谈她的处境，劝安娜同丈夫离婚，说服卡列宁与安娜离婚。而自杀未遂后的伏伦斯基在恢复健康后先是准备去塔什干任职，同安娜见面后却辞去了去塔什干的任命，与离婚未果的安娜一起出国。

笔者看这几章的最大感悟是，安娜在生命垂危之际的忏悔或许是真诚的，但当她转危为安还要继续活下去的时候，她又恢复了原来的面目。该怎么来评价安娜呢？确实令人为难。似乎不能简单地认为她忘恩负义，感情这东西在安娜这个有特殊地位、身份和性格的人身上似乎有合理性，也勉强不得。而如果换作同时代中国的妇女，或许不会这样。有几人敢如此放肆如此作为？

笔者也有些为卡列宁感到不平和困惑，饶恕和怜悯还不如一刀两断，各奔东西。为什么他那么固执？而最终的结局还是一败涂地。

在第二十章里，我们看到的安娜，对丈夫卡列宁说什么都发怒都生气。哪怕他出于善意好意她都可以理解为对她的责备，她现在唯一的愿望是不要看见他，免得使她感到厌恶，甚至哭喊："我的上帝！我为什么不死呀！"让人感受到她的绝望和对丈夫的憎恨。这个曾经让人十分爱怜的女人，怎么突然像个中了邪的泼妇一样？令人难以理解。

在第二十一章里，还没有走出卡列宁家大厅的培特西与奥勃朗斯基相遇，两个人短短的几句交流，就把朋友、兄长对安娜现在处境的看法概括表述得清清楚楚。"他在折磨她""这样可不行，这样可不行……"而当哥哥的摇摇头，露出严肃、痛苦和同情的脸色说："我就是为这事到彼得堡来的。"

奥勃朗斯基和安娜长谈的最终目的只有一个，那就是劝说安娜和卡列宁离婚，他认为只有离婚才能解决一切，他的妹妹才能从痛苦中解脱出来。但安娜似乎觉得这个希望太渺茫，幸福是不可能得到的。她什么话也没有说，但妹妹突然恢复本来美丽的面容，让奥勃朗斯基明白了他该怎么做。

人世间许多事情都有可能是三十年河东，三十年河西。记得美丽的主人公安娜在本书第一次出现，是因哥哥出轨嫂嫂闹离婚去劝他们和好的，她说服了嫂嫂陶丽，让陶丽感念至今，牵挂疼爱她。而这次哥哥专程来家，却是妹妹出轨，他劝两个人离婚，以化解纠缠他们两个人已久的难题。仔细想想，感觉托翁的这个安排真是既神奇又滑稽，既好气又好笑。过来过去就是男人和女人的爱恨情仇，却是如此惊心动魄、有滋有味。

二十一

第五部一至六章

本书八部中的前四部总算看完了，从页码来看应该是过了大半。但"任务"依然艰巨，仍需继续努力。

第五部一至六章，叙写列文和吉娣准备在大斋期之前举行婚礼，各自启动了准备工作。这期间有列文婚前受圣礼；结婚那天单身汉在列文家吃午餐。列文突然怀疑吉娣对他的爱情，两人在谢尔巴茨基家里吵嘴；众人在教堂等候新郎，列文迟到的原因；举行结婚第一部分仪式；举行仪式时在场亲友的品评；进行婚礼第二部分仪式，新婚夫妇回乡下这些主要内容。

第六辑 ❀ 他山之玉

在第一章里，除了写公爵夫人因为婚期嫁妆的安排对列文不满又无可奈何，列文处于神魂颠倒之中，一切准备工作都听任亲友们帮忙料理之外，重心放在了领圣餐、做礼拜祈祷和忏悔的过程上。

对于一个不信教但尊重别人信仰的人而言，参加各种宗教仪式是很痛苦的。列文强迫自己去做，内心深处一百个不情愿，但拿不到忏悔证书就不能结婚的"规定"让他不得不去做这些事情。

托翁通过列文与司祭两个人在教堂的一番对话，把一个不信教而且敢于直抒胸臆表达自己内心看法的人赤裸裸展现在上帝面前。而司祭对列文这种怀疑甚至是亵渎表现出极大的宽容和慈爱。托翁通过很小的篇幅，把基督教的神圣和仁慈展示给广大读者，势必会对列文这样不信教的人产生深刻的心理影响。

当然列文还是那个列文。他高兴地回到家里，"因为结束了那种尴尬的局面，而且不用撒一句谎"。但他空前深切地感到，他的灵魂里有些不明白不干净的地方，今后有机会需要弄个明白。

特别喜欢托翁的这一段描写，人高兴的时候像小狗一样蹦蹦跳跳的比喻实在精妙：那天晚上列文同吉娣一起在陶丽家里度过，感到特别高兴。他把自己的兴奋心情告诉了奥勃朗斯基。"他说他快活得像一头受过训练的狗，终于能领会人家要它做的事，尖声叫着，摇着尾巴，心花怒放地跳上了桌子和窗台。"

第二章托翁叙写举行婚礼那天列文按照风俗事先不跟未婚妻见面，而是同三个单身朋友吃饭。吃饭过程中有单身汉朋友不经意间，抑或是半开玩笑地提醒列文结婚后可能受到约束而丧失某些自由，这番话引起了列文的沉思，一种奇怪的感觉支配了他，他觉得恐怖和怀疑一切。联想到她和伏伦斯基此前的关系，他怀疑吉娣对他不是真爱，以至于无法控制自己的行为，直接去找吉娣把这个担心说透说清楚，方才心里踏实地回到旅馆。

托翁用这种手法，出其不意地描写列文思想反复的过程，表面上看出于偶然，但却有内在的必然性。而且打上了托翁对婚姻和爱情多方位思考和展示的烙印。事实上，男女因为相爱而进入婚姻，势必受到婚姻制度的约束以及另一方的约束和影响，从而丧失诸多单身汉享有的自由。热恋中的男女大多关注的是对方的优点和长处，但婚后的男女更在意对方的缺点和毛病，日常生活中如果三观不同，一方就有可能对另一方经常指责和批评，认为应该怎样不应该怎样，从而发生冲突，演变成凑合着过日子或者走到各奔东西的地步。尽管每一对夫妻的新婚祝词离不开天长地久和白头偕老，但也只是一种美好的愿望而已。托翁让列文在举行婚礼的当天去确认吉娣是否真的爱他，看似鲁莽愚蠢，但具有特殊的意义。

从第三章到第六章，是列文和吉娣以及众亲友在教堂参加婚礼、列文因安排失误发生"衬衫事件"导致婚礼延迟、婚礼顺利举行、众人议论等过程。

值得回味的是，不该发生的小小失误也是精彩的故事。按理说不应该出现这样的失误，但也有在所难免的偶然性，这样才有跌宕起伏的情节发生，才有奥勃朗斯基不慌忙地跟在他后面，笑眯眯地说"会解决的，会解决的""我不是对你说过了吗"的关切，才有吉娣对列文嫣然一笑的那句，"我还以为你想逃走呀"，才有柯兹尼雪夫笑嘻嘻的调侃，"你的衬衫事件真有意思啊！"

婚礼过程中列文和吉娣的所思所想，托翁用了大段落的心理描写。每一个读者都可以想象，或者回味在那个神圣庄严而又喜庆幸福的时刻，男女主人公会思考和联想什么，只是因人因时各有不同而已。但却未必有托翁笔下的主人公那么丰富多彩、引人入胜了！

二十二

第五部七至十三章

从第七章到第十三章，托翁的笔触落在了安娜和伏伦斯基旅居国外的生活状态，直到伏伦斯基中止习画决定回国。

曾让笔者诧异的是，关于安娜跟伏伦斯基私奔国外，是谁的主意，怎样"密谋策划"的，托翁只是在第四部的结尾撂了一句话："一个月以后，安娜没有获得离婚，并且断然放弃了这个要求，她撇下卡列宁父子两个，同伏伦斯基一起出国了。"如果换个小说家，会不会把提议、策划、准备私奔的过程详细地渲染一下呢？

安娜和伏伦斯基这胆子也够大，意志够坚定的了，他们似乎毫不顾忌公开出轨可能产生的所有后果。第七章介绍两个人在欧洲旅行已有三个月，游览了威尼斯、罗马和那不勒斯，又来到意大利的一个小城，准备在那里居住一段时间。伏伦斯基为此还租了别墅，并把偶遇的曾在贵胄军官学校上学的同学高列尼歇夫带到那里去聊天。

这个邂逅或许就是托翁专门安排的。伏伦斯基与高列尼歇夫之间的关系并不十分亲密，但作者要的结果，也是伏伦斯基想要的结果，是他想知道遇见他和她在一起的生人，当然主要是熟人是什么样的看法和评价。而高列尼歇夫正好起到了代表的作用。高列尼歇夫虽不认识安娜，但认识伏伦斯基，也认识卡列宁。"他觉得他理解这件她自己完全无法理解的事情，那就是她抛弃了丈夫和儿子，使丈夫遭到不幸，自己也坏了名誉，却还能这样生气勃勃，感到如此幸福。"这句话里的第一个"她"字，会不会是"他"呢？我寻思了半天，也没敢下结论。但不管咋说，伏伦斯基知道，那些"通情达理"的人都不会直接表达非议和不满，只会抱着彬彬有礼的态度，避免做任何暗示和提出不愉快的问题罢了。伏伦斯基要的就是这个效果。所以他们之间的话题会自然而然地转向其他方面，并由此告诉读者，伏伦斯基开始画画了。安娜快乐地认为伏伦斯基是个很有才气的人。

在第八章，托翁几乎是用散文诗一样的文字，激情澎湃地描述了安娜和伏伦斯基两个人这段时间的心理状态。托翁不愧是心理描写的圣手，把安娜的所思所想、喜怒哀乐，矛盾和纠结、兴奋与幸福，非常真切地展示在读者面前。由于字字珠玑、句句精彩，笔者认为自己没有能力把这些描述概括成自己的文字。只是感受到了安娜对伏伦斯基的情在加深，爱在加重，甚至于有了自卑感，这一切都让她"觉得幸福得不可饶恕"。而伏伦斯基的心理状态却与安娜并不合拍，起初的那种幸福和满足正在减弱。"他很快就觉得心灵里产生了一种最难满足的欲望，一种百无聊赖的情绪。他不由自主地抓住这种刹那间的怪念头，把它当作愿望和目的。"这样的伏伦斯基，就像一头饥不择食的动物，不由自主地忽而研究政治，忽而阅览新书，忽而从事绘画。看来有句话说得对，男人希望征服整个世界，而女人只希望征服自己的男人。

第九章写伏伦斯基和安娜搬进别墅里的生活。起初伏伦斯基有一种愉快的"错觉"，仿佛他并不是一个俄国地主、一个退职军官，而是一个开明的艺术爱好者和保护人，而且还是一位清高的艺术家，为了心爱的女人放弃了社交活动、亲友和功名。他安排了各种得体的活动，在一位意大利美术教授的指导下练习写生，和高列尼歇夫讨论绘画、讨论画家米哈伊洛夫，希望高列尼歇夫能给安娜画幅像，并决定拜访他。

这一章的小小插曲正是因伏伦斯基提议给安娜画像引起的。伏伦斯基此前不光给安娜画过像，还给意大利奶妈画过像，这成了安娜生活中唯一的隐患。伏伦斯基很欣赏意大利奶妈的美丽和中世纪式的风韵，让安娜吃了醋。既然

是托翁有意着墨的小插曲，肯定有它的深意，或许是情趣，或许是伏笔。

第十章以伏伦斯基和高列尼歇夫去拜访画家为由，截取画家米哈伊洛夫的日常绘画工作和家庭生活片段展现给读者。通过这些文字，十分形象逼真地让所有读者既看到了一个生活拮据的画家勤奋工作的专业精神，也看到了他在生活中的狼狈不堪。从他对待安娜的眼神心情举止，更能体现出一个画家的专业素养和人格特征。

第十一章通过米哈伊洛夫引领三位客人参观画室，陆续把自己的得意之作展示出来，尤其是那幅彼拉多训诫基督的画，期待客人的品评。托翁把读者们也一并带进了画室，那么多的专业术语、理论和实践，笔者不懂也没有鉴赏能力，只是看个热闹而已。大约只有对绘画艺术精通的读者，才能够既领略小说的魅力，又欣赏绘画的乐趣，取得双丰收吧！

第十二章叙述安娜和伏伦斯基交换过眼神之后，有意打断高列尼歇夫和米哈伊洛夫的辩论，他们对米哈伊洛夫的另一幅表现两个男孩子的画大加赞赏，并决定把它买下来。这一章的侧重点放在两个方面，画家在来访者走后，自己的联想思索和感悟："最后他才恋恋不舍地放下遮布，又疲劳又幸福地走回家去。"而伏伦斯基他们三个人在回家途中显得特别兴奋和快乐，认为画家有"才气"，"但他的才气因为缺乏教养——俄国画家的通病——而不能发挥"。我想只有托翁这样的大师才敢这样在小说里直言不讳地批评俄国画家们吧！

第十三章写米哈伊洛夫把他的画卖给了伏伦斯基，又给安娜画了一幅肖像。这幅肖像连续画了五次，结果使大家惊叹不止。因为它不仅逼真，而且具有一种特殊的美。这让伏伦斯基自叹不如。而且还引发了三个男人的其他感叹，牵扯到社会地位、对绘画艺术的认知和评价。伏伦斯基对绘画开始厌倦，对在意大利的生活开始厌倦。他们决定回国，打算住到乡下去，在伏伦斯基家乡的大庄园里度过夏天。

二十三

第五部十四至二十章

人世间所有的爱情和婚姻，都难以在琐碎与平庸的日常生活面前始终保持浪漫和激情。

伏伦斯基和安娜不顾那么大的风险双双私奔国外几个月，可谓情深义重吧，但也难免灰心丧气。而列文与吉娣的蜜月也没有他想象中那么甜蜜。

托翁从第十四章开始，细碎而不厌其烦地把列文和吉娣夫妻俩的日常生活、各自所在意的做法和想法，尤其是争吵、吃醋，如何相互适应、体谅对方再次达到和谐与恩爱，进行了详尽的描述。

笔者的深切感受是，相对于伏伦斯基和安娜的贵族生活方式而言，列文和吉娣似乎应该是普通民众的日常婚姻生活。尽管列文也是地主、农场主，吉娣也出自贵族家庭，尽管列文对自己的婚姻曾抱有幻想，但令他想不到的是，他同妻子的生活不仅没有什么与众不同，而且也充满琐碎和平凡。婚前他对这种琐碎的家务曾不屑一顾，如今却显得如此重要并无法回避。他感到惊奇的是，"他那个像诗一样美的吉娣"，已经变成了家庭主妇。

除了爱情，她还在考虑和做别的事情。这同列文原先崇高的幸福观极其格格不入，这也是他失望的一个原因。好在他还觉得她很可爱，情不自禁地加以欣赏，把它看作一种新的赏心乐事。包括夫妻间因为琐事的争吵，他既失望又当赏心乐事地看待。

托翁在这一章里有这样一段描写，笔者特别欣赏。那是列文认为某件事吉娣确实冤枉了他："他很自然地想替自己辩护，向她证明是她错了；但证明她错就会更加激怒她，就会扩大那条成为一切痛苦根源的裂痕。照习惯他想把过错加到她身上；但另一种更加强烈的情绪却要他尽快消除裂痕，不让它扩大。这种莫须有的责难确实使他很难过，但进行辩解，使她痛苦，那就更糟。好像一个人在半睡不醒中感到一阵剧痛，想把身上的痛处剜掉、除去，等到苏醒过来，才明白原来全身都在作痛。除了默默忍受以外，没有别的办法，于是他就竭力克制自己。

"他们和好了。她知道自己错了，但嘴里没有承认，只是对他更加温柔。他们加倍体会到爱情的幸福。但这并不等于说以后再不会发生类似的冲突；冲突甚至发生得更加频繁，而且往往是由于一些意想不到的小事引起的……"

我作为过来人又因为是律师，不光是经常遇到诸多当事人夫妻之间闹矛盾闹离婚，自己年轻时又何尝不是这样？要是人们早一些看到托翁这些文字，学习列文的处理方式，或许许多纠纷会及时化解，或者不至于发展到积怨甚深的程度。现如今有些人提出经营婚姻，夫妻之间只讲情不讲理的理念，在本质上还是宽容大度，小过小非不能过分计较，感情才能加深，婚姻才能长久。

第十五章虽然仍是写列文与吉娣夫妻的日常生活，但重在写两个人的心理。男人都会理解列文的想法，好男儿志在四方。成家后仍要立业，夫妻生活越是和谐幸福，越希望自己有更大的作为。当下的列文就处于这种状态，婚前一段时间，他认为他对农事的关切，他正在从事的阐明他的新农业体制基本观点的著作，同笼罩他生活的阴影比较起来都是微不足道的，而现在却在发生变化。他甚至会因为吉娣不关心他的事业而在心里责备她。但他所不了解的是，吉娣正在积极准备迎接今后繁重的家务，她是妻子，是一家的主妇，还将生产、抚养和教育孩子们，同样重任在肩。故而夫妻之间的了解理解该是多么必要和重要！

　　从第十六章到第二十章，托翁叙写列文知道了尼古拉哥哥病危的消息，决定去看望他，吉娣吵闹着同列文一同前往。吉娣不嫌脏、不怕累，尽心竭力改善尼古拉的居住生活环境和就医护理环境，让他在病情恶化、生命结束的最后关头感受到了亲人的关爱和温暖。列文虽是亲弟弟，有手足之情，尚不及吉娣这个弟媳所散发出来的温度。而吉娣所做的这一切，又都是因为列文的兄弟之情，让他不留遗憾。

　　吉娣的善良贤惠、大方大度和朴实能干，通过这几章内容得到了充分的展现。我为列文能娶到这么可爱的妻子感到欣慰。但同时也为列文的小心眼，总是误解吉娣的善意好意感到遗憾。日常生活中，夫妻之间往往会因为父母的赡养，兄弟姊妹亲朋好友的礼尚往来、经济互助，或者因为拜年过节、婚丧礼仪等发生纠纷和争吵，做妻子的很多时候只在意或者只重视娘家人，对男方的亲友要事漠不关心。像吉娣这样明事理识大体的人可谓凤毛麟角，这为获得男人的敬重、婚姻家庭的和谐稳定奠定了坚实的基础。

　　这几章还叙述了列文哥哥尼古拉病危直至死亡的过程，想必一则这是书中的一个人物，应该有所交代；二则是与其他主人公的人生际遇有所对比。也不知是基于什么原因，本书第二十章有一个字体特大的"死"字。死字放在如此醒目的位置，不知是作者的本意还是译者或者编辑的意思，令笔者端详了许久。大凡是人，终有一死。只不过许多小说家都没有托翁如此细腻的描写，让人如身临其境，感叹活着的不易和死别的痛楚。但即便是这样，活着的人仍要活下去。列文虽对死无可避免地更加恐惧，不过有妻子在身边，他还没有绝望。他觉得自己必须活下去，必须爱。他觉得是爱把他从绝望中救出来，在绝望的威胁下，这种爱就显得更强烈、更纯洁。一边是他的哥哥死了，一边是他的妻子吉娣怀孕了。这就是所谓生生不息，世道轮回吧！

二十四

第五部二十一至二十七章

当列文和吉娣那条线暂时放下的时候，小说的笔墨落在了卡列宁这厢。托翁应该预料到他的读者们已经急不可耐地想知道，当伏伦斯基明目张胆带着安娜奔向国外的时候，那个戴着绿帽子的丈夫卡列宁将会是怎样的惨状，又该怎样去面对众人的议论。

第二十一章的内容就是顺理成章地回答了这些关切。卡列宁"感到惊惶不安""陷入莫名其妙的绝境""怎么也不能把不久前他对患病的妻子和对别人的孩子的饶恕、怜悯和爱，同他现在的处境调和起来"。他落得孤身一人，受尽屈辱嘲弄，谁也不需要他，人人都蔑视他，仿佛这一切就是他饶恕和疼爱妻子所得到的报答。

到了这里，笔者似乎才明白，安娜生下的那个女婴应该是伏伦斯基的。不知是托翁口紧，还是故弄玄虚，安娜从怀孕直到生产下这个女婴，小说从未提及她的父亲是谁。这下才从字缝里捕捉到了"别人"这个让人去猜测的不确定讯息。如果其他有血性的男人遇到了卡列宁的遭遇，可以想象该有多么愤怒和痛苦。因为当初只有他心知肚明！

卡列宁的悲苦还不限于妻子的背叛和情敌的肆无忌惮，就连身边的人，甚至于熟悉的商家店员的态度，也让他感到了"轻蔑和冷酷"的压力。他意识到自己在悲痛中孤立无助，甚至在整个彼得堡也找不到可以一诉衷肠的人，从而越发绝望。

托翁在这时才给读者介绍卡列宁的身世和简历，以及做省长的时候怎么和安娜相识、求婚并成为夫妻。卡列宁从小是孤儿，在中学和大学全都成绩优异，靠叔叔的帮助踏上显要的仕途，从此醉心于功名。看到这些文字的时候，笔者突然有许多感叹顿生。

或许是这个醉心于功名的人毁了安娜一生的幸福，但安娜不是也毁了卡列宁一生的清名吗？至少从托翁的笔下可以看出，卡列宁本质上还是一个清廉正直、可以大有作为的官员。要不然，身在高位的他怎么连个二奶三奶都没有，甚至在危难关头连个表忠心的人都找不到？笔者同情安娜的遭遇，更为卡列宁感到不平。

这不，到了第二十二章，终于有一个连卡列宁也想不到的朋友李迪雅伯爵夫人找上门来替他分忧解愁。李迪雅帮助卡列宁操持家务，照顾谢辽查，最为重要的是给了卡列宁精神上的支持，使他感觉到她对他的友爱和敬意。

到了第二十三章，托翁详细介绍了李迪雅伯爵夫人的过去，她的简历甚至比卡列宁还要长。当然重点是李迪雅喜欢过许多男人，但对卡列宁情有独钟。因为她主动为卡列宁操持家务，所以收到了安娜希望见到儿子谢辽查的法文信，信的内容令她生气，因为她把安娜和伏伦斯基称呼为两个"可恶的人"，所以不论安娜在信里多么谦恭，都被她认为是一种放肆。

进入第二十四章，是一场庆祝会后大家议论卡列宁，既涉及他的妻子和伏伦斯基，也捎带着议论李迪雅伯爵夫人。大家对卡列宁议论纷纷，责难他、嘲笑他，认为他的仕途已经止步，晋升的路子已断。

但卡列宁没有意识到这一点，仍然在努力地工作。李迪雅伯爵夫人刻意打扮之后找到他，寒暄几句之后，告诉他安娜就在彼得堡，她收到了安娜的一封信。希望卡列宁到她家商议对策。"卡列宁一听到妻子就浑身打了个哆嗦，脸上立刻现出死一般僵硬的神色，表示他对这事束手无策。"而"李迪雅伯爵夫人痴情地对他望了望，为他灵魂的伟大而激动得热泪盈眶"。笔者除了原句抄录，似乎啥也说不出来。

卡列宁在第二十五章走进了李迪雅伯爵夫人家的小书房。关于该不该让安娜见到儿子谢辽查，卡列宁认为自己没有权利拒绝。"我饶恕了她的一切，因此我也不能剥夺她心中的爱，对儿子的爱……"李迪雅却以可能伤害到孩子的心灵为由，说服卡列宁同意并写下一封拒绝的法文信。

托翁写道："这封信达到了李迪雅伯爵夫人连自己都不敢承认的阴险目的。它狠狠地刺痛了安娜的心。"但笔者直接的心态是不以为然，现实生活里有多一半当事人会这么做，律师花费大量时间去说服他们，即使离婚，也不影响母子关系，这是法律规定，但很少有人愉快地接受，何况这个安娜已经伤透了卡列宁的心，李迪雅替他打抱不平，也谈不上有多么阴险。即使她想让他俩互相仇视，离婚后自己得到卡列宁也不算过分。然而善良的卡列宁仍对自己的行为感到不安。

第二十六、二十七章是关于谢辽查的篇章。他最爱好的活动中，有一项便是寻找母亲。他不信父亲和李迪雅伯爵夫人告诉他的母亲已死的消息，不相信他母亲会死。

当他无意间从奶妈那里知道母亲并没有死，是因为她不好，所以对他来说等于死了时，他仍在到处找寻她、等待她，祈祷母亲在生日时能回家看望他。

托翁用谢辽查的童心和目光去观察和对待眼前的一切，包括爸爸、教师，还有他们教导他的内容。九岁的孩子有他自己的认知，对于《旧约》、对于人的死亡。他不是个低能的孩子，但学习确实很糟。托翁写道："他知道自己的心灵，他爱护它，就像眼皮保护眼珠一样。没有爱的钥匙，他就不让任何人闯进他的心灵。教师抱怨他不肯学习，其实他的心灵洋溢着求知欲。"他向身边的其他人学习，却不向教师们学习，父亲和教师的希望落空了，就像推动水车的水早就漏掉了，漏到别的地方去了。

在幻觉里，谢辽查见到了母亲，"她俯身站在他旁边，用慈爱的目光抚慰着他"。

二十五

第五部二十八至三十三章

婚内出轨无论对于什么人，也不论出于什么原因，企图得到社会的承认和理解，得到亲朋好友的接纳和祝福都是一件不可能的事情。现在是，一百多年前就更是如此。

伏伦斯基同安娜从国外回到彼得堡以后，专程去看望哥嫂，也见到了母亲。他有一个重要的目的，就是让亲人包括母亲能够认可并接纳安娜成为他的妻子，但事与愿违。他很快就发觉不光社交界的门对安娜是关闭的，母亲对她冷酷无情不说，嫂嫂华丽雅也心存忌惮。那个堂姐培特西在听说安娜的离婚手续没办后，也失去了热情，甚至直接表达出对风言风语的介意。这让伏伦斯基感到无奈和难过。伏伦斯基终于明白，再做努力也是白费，他们在彼得堡只得像在一个陌生的城市里那样再挨上几天，避开原来出入的社交界，免得遇到使他难堪的烦恼和屈辱。

不仅如此，他在彼得堡极不愉快的一件事，就是卡列宁和他的名字无处不在，不论谈什么事都会谈到卡列宁，不论到什么地方都会遇见他。至少伏伦斯基有这样的感觉，好像一个手指受伤的人，动不动就会让这个痛手指撞在什么地方。

伏伦斯基感到他们待在彼得堡很痛苦，还因为他看到，安娜心里总有一种他难以理解的古怪情绪。她时而仿佛很爱他，时而变得很冷淡、脾气暴躁、反复无常。

伏伦斯基不清楚或者不是很在意的是，安娜回国的目的之一就是看望儿子。尽管她清楚以她现在的处境，要同儿子见面是很困难的，但同儿子见面的念头却一刻也没有离开过她。当信差给她带回没有回信的答复时，她觉得自己受到了前所未有的屈辱，且痛苦因为独自承受而显得特别厉害。她不能也不愿让伏伦斯基分担这份痛苦。她知道，虽然他是造成她不幸的主要原因，但她同儿子见面这件事在他看来却是最无足轻重的。她认为他绝不会理解她的痛苦有多深，而他的冷淡语气就会惹得她恨他。这一点恰恰是她觉得天下最可怕的事，因此凡是牵涉到儿子的事，她总是瞒着他。

在第二十九章，安娜收到李迪雅的那封信后大为恼怒，不再自怨自艾，而是愤恨起别人来，并当即决定自己去见儿子。她想好了自己的办法，买了好多玩具，一大早就到了自己曾经住过九年的家，也见到了儿子谢辽查。在第三十章里，安娜与儿子的见面过程引起了家里仆人们的骚动，还有争吵。令人最难忘的句子是："'谢辽查，我的孩子，'安娜对儿子说，'你要爱他，他比我好，比我善良，是我对不起他。等你长大了，你会明白的。'但当卡列宁迎着她走来。他一看见她，立刻站住，低了头。尽管她刚才说过他比她好，比她善良，但当她迅速对他扫了一眼，把他的半个身子和细小地方都看个清楚时，她心里顿时充满了对他的憎恨和因他独占儿子而产生的嫉妒。她连忙放下面纱，加快脚步，几乎像跑步一般从房里出去了。

"她昨天怀着那么深挚的爱和悲伤在铺子里挑选的玩具，竟没有来得及掏出来，就这样又原封不动地带了回去。"

托翁在第三十一章，仔细把安娜对儿子谢辽查和小女孩的情感进行了比较。得出的结论令人有点不解。"这个小女孩是在最痛苦的境遇下生的。可是她倾注在她身上的感情还不如头生孩子的百分之一。"就是说，安娜对谢辽查这个和她不爱的男人所生的头生孩子，倾注全部母爱还觉不够。这也令人难以理解。如果说是因为她今后有可能同他分离的结果无法挽回，并不能令人信服。

这一章还写道，安娜因为拿起相簿比较谢辽查的照片时，瞧见了伏伦斯基的照片，突然想起伏伦斯基就是造成她今天不幸的罪魁祸首，心头禁不住涌起一阵爱情的波涛。紧接着便牵念他，然后又胡思乱想，担心伏伦斯基不再爱她，会不会变心。这些细节以及两个人之间细微的变化，正在给读者一种印象，安娜已经不是那么自信。她在彼得堡很难受，急欲离开，在这一点上，两个人的感受完全一致。

在第三十二、三十三章，因土施凯维奇一句不经意的话，安娜不假思索地决定去听巴蒂的歌剧。对她该不该去戏院看戏，安娜与伏伦斯基发生了明显的分歧，这时的安娜，似乎有一点人来疯的味道，她似乎受到了某种刺激，对自己任性而为可能产生的后果装作满不在乎，故意拒绝伏伦斯基的规劝执意而为。后来的结果自然是被人羞辱，愤怒地提前离席，还要责怪伏伦斯基。这让伏伦斯基既可怜她又有点恼恨她。他觉得他对她的尊敬减少了，但却感到她更美了。他向她保证永远爱她，因为看到现在只有这一点才能安慰她，他嘴里没有再责备她什么，但心里还在怪她。第二天他们完全和好了，就一起动身到乡下去。

在第五部最后这一章里，我用钢笔圈画了不少文字，但认为最精彩的是这么两句：第一句是"有了妻子麻烦，有了情妇更糟"，那是雅希文走出旅馆时想到的。第二句是伏伦斯基在戏院过去向母亲问安："您好，妈妈。我来看您了。"他冷冷地说。"你怎么不去巴结卡列宁夫人哪？"等到索罗金娜公爵小姐走到一边，伏伦斯基的母亲用法语说，"她引得全场都轰动了。为了她，大家把巴蒂都给忘了。"

伏伦斯基妈妈说话的方式和语气，和如今我家乡那些老妇人的腔调简直如出一辙。

二十六

第六部一至七章

缔结婚姻之后的可喜和可怕之处，便是它会以男女主人公为中心立即织就一张网。这张网既包括姻亲，还包括社会关系。它既可能逐渐维护和坚固婚姻，也可能逐渐侵蚀和毁坏爱情。笔者有这样的认识，发出这样的慨叹，主要基于小说内容本身，也来自身边的社会生活所带来的感悟。

现今社会越来越多的年轻人冷淡和厌恶姻亲关系，他们越来越看重自身爱情婚姻的自由和快乐。

在小说进入第六部第一章的时候，主人公列文的家里因为各路姻亲的到来而热闹非凡。列文虽然喜欢这些亲友，但眼看他的小天地和生活秩序受到他所谓'谢尔巴茨基因素'的冲击，不免有点遗憾。但作者并没有把这些当回事，而是在柯兹尼雪夫和吉娣在国外结交的朋友华仑加身上下了点功夫。读者们通过阅读，在字里行间隐约可以猜测出他们之间的故事。

第二章托翁真是以生花妙笔，写出了母女三人期盼柯兹尼雪夫能向华仑加求婚，认为他俩会是称心如意的一对。三言两语便把她们那种成人之美的愉悦和急切表达得淋漓尽致。更令人愉悦的是母女三人各自回想起情定终身时的那些最重要的时刻。两个女儿还逼着妈妈这个公爵夫人谈到她当初与父亲相爱定亲的经历。公爵夫人说："你一定以为你们现在流行的是一套新花样，对吗？其实还不都是一个样：眉来眼去，笑里传情……"这描写真是既中肯又精彩至极！

由此又牵扯到吉娣与伏伦斯基的往事，涉及母亲和陶丽对他们的评价。这些都使吉娣感到恼火，就像再次揭开已经痊愈的伤疤一样令她感到痛苦。还有列文与她们、阿加菲雅与吉娣的对话，看似毫不经意的一两句，却把每个人物的心理活动表达得恰到好处。笔者实在佩服大师的构思怎么这么精妙，于细微之处显博大，于散乱之中见高深，仔细推敲，没有一句话是多余，是可有可无的。譬如这一章写到列文和岳母的关系，"列文从来没有叫过公爵夫人'妈妈'，像一般做女婿的称呼丈母娘那样。这使公爵夫人不高兴。列文虽然很敬爱公爵夫人，却不肯这样叫她，因为他觉得这样会亵渎他故世的母亲。"

第三章叙写怀孕中的吉娣心思似乎变得更加细腻，更加柔情似水。她发现丈夫在走进阳台问她们在谈些什么却得不到回答时，他那善于流露感情的脸上掠过一种苦恼的神色，而她懂得用身体的接近，拐弯抹角的赞美，微笑着的明知故问，进一步加深同丈夫列文之间的恩爱之情。与此同时，还有意识地通过二人对柯兹尼雪夫和华仑加能否成为情侣的评价，借此让彼此逐渐走进对方的内心深处，加深双方的了解，知晓对方的好恶和对未来生活的期盼。

这本书第六部的第四、五两章，是专门留给柯兹尼雪夫和华仑加的。如果把他们两个人的爱比作烧一锅水的话，在第四章里已经烧到了九十九度，但到第五章时，却突然下降到了三十六度以下。笔者难以理解为什么在最后一刻，即将沸腾的那锅水会突然冷却。好像不是两个人故意而为，但又没有一个人主动加温或者阻止降温。这个结果甚至让两个当事人也费劲思忖。不过托翁的解释是："华仑加觉得又痛苦又羞愧，但同时又感到轻松。""柯兹尼雪夫回到家里，反复思考着各种理由，觉得他原先的想法错了。他实在忘不了玛丽。"

在写这两章读后感时，笔者仍然无法理解托翁这样描写的初衷是什么。把这两个大家都看好，既十分般配也有情有义的热恋男女在最后一刻嘎嘣断开，还是有点莫名其妙。难道仅仅是为了应验列文此前对哥哥的评价，或者故意显示他俩对爱情的与众不同、别具一格？

到了第六章，"他们两人共同的感受，就像考试不及格而留级或者永远被开除的学生"，人们就避而不谈了。而列文和吉娣在这时觉得格外幸福和恩爱。但令他俩始料未及的是，原本应该到来的列文喜爱的老公爵没能来，却来了一个完全多余的生人维斯洛夫斯基。他露出特别亲昵殷勤的样子吻着吉娣的手，令列文越发觉得他是个多余的生人。于是列文醋意大发，刚才还兴高采烈的他，瞬间觉得一切都不顺心，看谁都不顺眼，都令他讨厌。最使他反感的是妻子吉娣，连她回报他微笑时那种异样的笑容也令他厌恶。吉娣看出丈夫的异样之后，想找个机会同他单独谈谈，也被他找借口拒绝了。

在第七章里，这个维斯洛夫斯基与吉娣她们的神秘交谈，妻子全神贯注望着他的表情，他谈论起伏伦斯基和安娜的情况，包括"他坐在椅子上又架起腿来"的动作，同女主人告别时"又想吻吻她的手"的这些轻浮的举动，都让列文认为是吉娣的错，即便她拙劣地表示了不愿意，"更是错上加错"。

列文终于爆发了。他竭力克制着自己的感情，但表情仍旧严厉冷酷，下颚抽搐，声音也不连贯。痛苦的神色让吉娣也陷入痛苦的境地。他的妒忌起初使她生气、难过，但接下来的却是她情愿牺牲一切，"只要能使他放心，能使他摆脱痛苦"。

列文是不是心眼太小呢？还是某些人认为的那样，妒忌的根源是太爱一个人，占有欲才会特别强？可是也有人认为，爱的最高境界就是让自己喜爱的人快乐，这又该如何解释呢？

在本书的三对夫妻里面，读者们是不是和我一样，对列文和吉娣寄予厚望，希望他们的爱情能够幸福圆满，奈何新婚才几个月竟一地鸡毛呢？

凌晨五点半的时候，我在医院的走廊里，终于写完了这篇读后感。

二十七

第六部八至十五章

我猜想托翁不光是一位文学泰斗，贵族出身的他应该还是一个好猎手。要不然怎么会把列文、奥勃朗斯基和维斯洛夫斯基三个人打猎的过程写得那么真实，那么跌宕起伏、有滋有味呢？

在阅读本书的印象里，托翁叙写打猎的场景并非首次。但以连续五章的篇幅，叙写三个人两天一夜的打猎过程，可谓全景式"拍摄"。打猎之前有准备。太太们还没起身，双轮、四轮的轻便马车已经停在门口。猎犬拉斯卡一直狂吠乱叫，欢蹦乱跳，接着又坐在车夫的驭座旁，因为猎人们迟迟不到，它紧张而不满地望着大门，期待着主人的出现。当然还有猎枪、子弹带、猎袋的描述，猎人衣着打扮以及马匹的描述。

而主人列文作为打猎的组织者，还有安顿好农事和家务的责任，安排好打猎活动食宿用品的义务。临了还忘不了同受过委屈的妻子单独去告别。第八章，列文兴高采烈地和连襟以及那个多余的年轻人奔向了狩猎之地。

接下来的五章托翁不惜笔墨，描写了三个猎人，还有猎犬在打猎过程中的种种表现，得手者的得意与兴奋，失利者的失落和沮丧。其中还夹杂了不少的见闻和争论，有与农家相关的，还有与国家相关的。奥勃朗斯基和维斯洛夫斯基还有一番夜游被记录在册。列文在头一天经历失利后，次日扭转局面，取得打猎的佳绩胜利而归。但后勤保障不力，另二位只顾自己，致使主人饥饿时无食物果腹的故事或许给读者留下了别样的记忆。

大约受眼前环境和心境的影响，阅读这部分内容和书写感想也显得异常困难。作为文学爱好者，尚无法完全理解托翁耗费较多笔墨叙写打猎场景和过程的必要性和重要性。假若删去这几章内容，或者简略地一笔带过，会对全书，甚或对列文、奥勃朗斯基、维斯洛夫斯基这几个人物的刻画有什么影响呢？列文最近有点烦，似乎被传染，我亦有点烦。所以还是把这几章迅速地翻篇为好！

到了第十四、十五章，打猎回家的维斯洛夫斯基故技重演，他又向吉娣开始献殷勤，从而招致列文怒火中烧，忍无可忍，直到下定决心，不顾其他人的反对和阻拦，将其"赶"出了自家大门。也许其他亲友认为他实在有些过分，完全丧失了绅士风度，但他自己认为，这是最好的办法、最果断的选择，至少可以迅速消除他和妻子吉娣之间核裂变似的痛苦。好像还有人说，他这样爱吃醋，醋意大发时无法自控，今后怎么办？即使旁观者都认为吉娣不会因为诱惑而移情别恋，吉娣本人誓言爱他永不改变，也无法让列文在类似情况下变得心平如镜、泰然自若。

之所以有专家学者认为婚姻是违背人性的，是基于婚姻制度本身要求夫妻双方必须相互忠诚，接受法律和道德的约束并尽可能终生履约。但人的本性并不认可这些。每个人的一生都在不停的变化之中，包括外在因素和内在因素，要想阻止这些变化几乎是不可能的。因此，要求曾经一时恩爱的夫妻白头偕老终生相守的难度系数越来越大。

据说托翁写这本书的关注点就是家庭问题，书中所描述的夫妻关系、家庭生活应该就是当时俄国的现实状况，至今已经过去了一个多世纪，如今的九〇后、〇〇后似乎正在悄然改变着婚姻家庭的根本状态。离婚率大幅度攀升，不婚不育的人群正在扩大，一些新型的婚姻形式也正在探索之中。年轻一代正在用他们的行为改变婚姻家庭的内涵和外延。而《安娜·卡列尼娜》仍然被大量的读者喜爱，这其中更多的会不会是被婚姻制度套牢了的中老年人呢？而广大的年轻读者，会不会是因为喜欢主人公安娜的真诚善良和美丽，钦佩她追求理想爱情的拼搏精神？

二十八

第六部十六至二十章

至今我也没有搞清楚，在托翁的心目中，或者说在他这部巨著里，对陶丽这个人物是如何定位的。但在笔者的心目中，她是一个勤劳善良，识大局顾大体，任劳任怨，甚至有点忍辱负重的贤妻良母。仔细想想，她应该是那个年代，甚至是后来六七代国人中绝大多数妇女的共性形象。她们应该是保持婚姻稳定、家庭和谐的中坚力量。

看了第六部第十六章至第二十章，再回想她在本书前些章节里的往事和言行，陶丽这个出身于贵族家庭的女子，如今在我的眼里就是上述那一种形象。

不管她怎样看轻自己，我虽谈不上欣赏崇拜她，但绝不敢轻视和贬低她。

对于人世间绝大多数的人和家庭而言，生活都是细碎和平庸的，诗和远方只是一种向往，所以需要像陶丽一样的能够适应和忍受这种生活的家庭主妇去操劳去陪伴去牺牲。

这七章托翁通过陶丽去访问看望安娜，在行前、在路途、在伏伦斯基家里的所见所闻、所思所想，对这个人物以及她的家庭生活状态做了既全面深入又细腻生动的描述。而且在这个基础上十分自然地与安娜本人，安娜所处的生活环境，包括伏伦斯基与他的家业进行了或粗或细、由表及里的暗自比较。因为涉的事物比较多，故从某种意义上来说，托翁的《安娜·卡列尼娜》与《红楼梦》一样，所涉猎的范围越来越广泛，真有生活百科全书的感觉。

在第十六章里，陶丽为实现自己的心愿，动身去看安娜。感到抱歉的是这会让妹妹吉娣伤心，让妹夫不愉快。她明白列文一家不愿同伏伦斯基有任何来往是理所当然的。但她还是要去看望安娜，那时她和安娜之间的感情依旧很深，并未发生任何改变。所以她自己想办法去乡下租马准备前往。

但列文知道后还是阻止了她，为她准备了车马，还派了男仆护送。列文知道租一次马要花二十卢布，对于手头拮据的陶丽来说是一大笔开支，他同情她，也为了自己的尊严，必须这么做。

而途中陶丽问一个农妇对夭折的女儿是不是很舍不得时，那个待人和蔼可亲的农妇回答道："有什么舍不得的？老头儿的儿孙多的是。有了儿女就是麻烦，弄得你不能干活，什么事也不能做。只会束缚你的手脚。"陶丽不仅从这句似乎不近人情的话里品出了一点道理，还引发了她对自己婚后十五年生活的回顾和思考。她在回味的基础上胡思乱想，拿自己的状况跟农妇比，跟安娜比，甚至幻想自己在还不算太老的年纪有一点风流韵事。要知道，就连法律也不能制裁思想犯罪，何况谁在内心深处没有对配偶之外的异性产生过那种情愫呢？只是各人的自制能力有强有弱罢了。

这一章具有现实意义的是，那个年代人类没有计划生育的能力，而且无力抚养孩子也不是重大难题，托翁已经注意到了"多子未必多福"的实际问题。现如今年轻人中那些不婚不育的人群，除了他们认为的必须对下一代的幸福高度负责以外，还存在不愿降低自身生活质量的执念。这是一个重大的社会问题，已经关系到了民族兴衰存亡的大计。就没有必要在这里深入探讨了。

第十七章托翁写伏伦斯基和安娜一行出去兜风，观看正在操作中的新收割机。托翁把安娜骑马的优雅风度，她的姿态服饰和举止隆重地展示给了陶丽和广大读者。陶丽看到了从没见过的豪华马车，几匹雄赳赳的骏马还有风度翩翩的贵妇人不禁让她眼花缭乱。但最使她惊讶的还是安娜身上所发生的变化。她在安娜脸上发现了那种只有当女人在热恋时才会出现的昙花一现的美。这让两个人都很不好意思。除了两个人不同的心态风姿，还有马车的新旧差异都是其中的原因。

第十八章则扩展到了佣人房、养马场和马厩，然后是美丽的花园洋房。第十九章是房间里的豪华装饰，侍女的穿戴打扮，小女孩的各种玩具等，伏伦斯基家里不仅富丽堂皇，除了照顾饮食起居的佣人，还有出色的医生，还有建筑师……"这里简直像个小宫廷！"而这一切都体现出主人伏伦斯基的富有和强干。

第二十章是大家一起去参观伏伦斯基投资兴建的医院。用史维亚日斯基的话来说，那将是"全俄国唯一一座设备完善的医院"，已足以让读者想象其奢华程度了。伏伦斯基舍得花这么大血本为当地居民的医疗健康事业提供服务，陶丽觉得他是一个挺善良可爱的人。加上他生气勃勃的英姿如今很让陶丽喜欢，她自然明白了安娜为什么会爱上他。

不过我却想在这里加上几句，陶丽在这样的时刻，会不会为自己的妹妹吉娣感到遗憾呢？由此再延伸至伏伦斯基，把爱他爱得发狂的姑娘吉娣果断抛弃，却苦苦追求一个有夫之妇，不仅受尽屈辱磨难，还差点因此丢了性命，他到底值还是不值呢？

二十九

第六部二十一至第二十五章

不知细心的读者发现没有，笔者这次阅读《安娜·卡列尼娜》并写出自己的读后感，不是随意看到哪一页就写到哪一页，或者看到某一章就写到某一章，而是结合原著的故事情节和人物描写段落，按自己的领悟有节奏、有意识地写读后感。譬如今天要写的这几章的读后感，其实此前已经看完，但觉得不能归入前几章，那样篇幅就会很长，也不好和后面的几章一块儿进行，因为主人公发生了变化。如果放在一篇感想里去写，肯定会有些杂乱。如此一来，大约我写的读后感，从形式上讲，应该是独一无二的了。这也算不得什么值得夸耀的事情，只是在此说明一下罢了。

读过这几章后，我曾反复沉思默想。我甚至和陶丽一样，没有想到伏伦斯基专门同她谈话，是希望她帮忙想办法说服她的小姑子安娜给丈夫卡列宁写封信要求离婚。因为他知道陶丽喜欢安娜，也会帮助她；而安娜也喜欢陶丽，会听陶丽的劝说。

在二十一章里，伏伦斯基为了得到陶丽的帮助，先是套近乎，然后掏心掏肺一般，既向陶丽表达他对安娜的喜爱和忠诚，又毫不掩饰地说出他的痛苦和担忧。尽管眼前很幸福，也有了自己的孩子，今后还可能再有孩子，"可是法律和我们的处境都十分复杂，一言难尽"。而安娜却看不到这情况，也不愿看到。很显然，伏伦斯基对当下他和安娜的关系岂止是不满意、很忧虑，而是有点愤愤不平，甚至忍无可忍了。他把问题的严重性和解决办法和盘托出，把陶丽比作救生圈，当救命稻草使用，希望陶丽说服安娜写一封信给卡列宁，要求离婚。陶丽满口答应去和安娜说说这件事。

笔者觉得陶丽当时的想法和我以及广大读者一样，这个似乎是顺理成章的事情，应该没有什么可为难的。安娜为了自己的幸福生活，应该主动而为才是呀！可是伏伦斯基为什么不能直接和她挑明，要求她立即这样做呢？陶丽对安娜"可是她自己怎么会不考虑呢"的疑问，也是读者的疑问。

在接下来的第二十二章，托翁并没有安排陶丽马上和安娜谈话，而是进入吃饭环节，利用这个环节进一步展示伏伦斯基家里的豪华，以及男主人苦心精到的操持和安排，男主人的自以为是，女主人的从容自信，以及他们之间潜在的分歧和好恶。这些描写或许就是所谓的铺垫吧。有趣的是，托翁还不忘那个维斯洛夫斯基，"他那穿着雪白衬衫的健美身体、汗珠滚滚的红润脸庞和矫捷灵敏的动作给大家留下深刻的印象"。让陶丽躺下睡觉时，"一闭上眼睛就看见了他在棒球场上奔跑的身影"。看来爱美之心，人皆有之，不论男女。

到了第二十三、二十四章，陶丽终于可以履行她对伏伦斯基的承诺了，但估计她也不会想到，谈话会进行得那么艰难，最后竟一无所获。陶丽不仅没有说服安娜，还让安娜的诉说搞得既痛苦又心烦。她满心可怜她，又无能为力。对家庭和孩子的思念突然在陶丽心头翻腾，让她觉得在外面一天也待不下去了，她第二天便坚持回家了。

其实笔者还留在陶丽和安娜的谈话之中。尽管安娜说了那么多，总结一

第六辑

他山之玉

下就是她在世界上只爱两个人，伏伦斯基和儿子谢辽查。"可是他们互相排斥。我不能把他们两个联结在一起。可是把他们联结在一起却是我唯一的愿望。这一点要是办不到，一切也就都无所谓了。"

　　笔者反复研读这两章，长时间地思考安娜的所谓选择，竟然得出一个结论：托翁赋予安娜的这个所谓的理由，根本不能成立。这或许是这部世界名著的一个明显的硬伤。因为无论从哪个角度讲，安娜拒绝给卡列宁写要求离婚的信，都说不过去，于情于理于法均难以自圆其说。笔者以为，首先是安娜能在没有离婚的情况下同伏伦斯基私奔国外并以夫妻名义同居乡下数月，而且自认为伏伦斯基是她最爱的男人，却拒绝写一封要求与丈夫卡列宁离婚的信，明显不符合情理，既不符合她自身的性格特点，也有违她大胆出轨追求理想爱情生活的初衷，也与绝大多数人对这一行为的认知相悖。其次是从大道理上讲，爱伏伦斯基与爱谢辽查是两种不同的爱，互相并不会直接发生冲突，事实上也没有发生什么冲突。安娜没有伏伦斯基几乎活不下去，而谢辽查没有安娜照样可以活得生龙活虎。虽然母子之爱不可或缺，但以安娜以往在家里的做派，也只是一种情感的抚慰，随着男孩的长大，完全可以通过各种方式延续母子之情，并不是生死离别。因而没有安娜预估得那么严重。再次是从法律上讲，离婚并不意味着断绝母子关系，即便是卡列宁把儿子抚养成人，谢辽查仍是安娜合法的儿子，母子之情并不受什么影响，母可爱儿，儿可孝母，又何虑之有？当然还可以说得更绝对一点，如果安娜认为离开儿子就无法活下去，那么当初出轨时就应该明知可能有这个结果，既知今日，又何必当初呢？！

　　第二十五章的结果终归是要来的。当伏伦斯基和安娜想不出解决安娜离婚问题的办法时，只能勉强着继续前行。安娜可以适应这样的日子，而伏伦斯基是不安于现状的。他对她竭力用情网来束缚他，已经感到苦恼，并想挣脱她。越来越多的社会活动，给他提供了这样的机会。他决定借机离家去旅行，计划去参加选举。他思想上甚至做好了同安娜吵架的准备。但安娜却若无其事地平静面对他们同居以来的第一次分手。无论是福还是祸，伏伦斯基都执意而为。他认为"我什么都可以为她牺牲，就是不能牺牲我男子汉的独立性"。我觉得这句话有点自相矛盾。

三十

第六部二十六至三十二章

当我把第六部全部看完，又回过头来写这七章的读后感时，一边理顺自己的思绪，一边不由自主地赞叹托翁是天才的文学大师，他对人物的心理描写、形象刻画简直达到了无与伦比的高度，令人拍案叫绝。

看似直截了当地写两个男人离开自己心爱的女人去干男人们应该干的事情，但两个女人对男人的态度却完全不同。此前伏伦斯基临行前，甚至做好了同安娜吵架的准备。安娜几乎是在无奈的情况下，极为勉强地同意伏伦斯基离开。她对伏伦斯基的爱里面有柔情和不舍，也有操控和占有欲。而伏伦斯基已经下定了冲破这种羁绊的决心。相反，当列文对出门办事犹豫不决时，吉娣却支持他出门，甚至为他定做了一套价值八十卢布的贵族礼服。吉娣对丈夫的爱里面，首先是体谅和理解，更有无私的关爱。列文什么也不用说，读者也不用怀疑他对妻子的爱。

托翁在第二十六章安排列文到卡辛省去，哥哥柯兹尼雪夫在那里拥有田产，很关心那里所面临的选举。他邀请弟弟列文一起去，因为列文在谢列兹聂夫斯克县是享有选举权的，此外他还要在卡辛省替侨居国外的姐姐办理一件有关托管和收取土地押金的要事。在上一章里，托翁已经告知读者，伏伦斯基、史维亚日斯基、柯兹尼雪夫、奥勃朗斯基的田庄都在这个省，十月里卡辛省将举行贵族大选。如此一来，几乎本书中所有男主人公的一场大的聚会和表演都会在选举过程中、在接下来的几章中陆续展现出来。

第二十六章的内容围绕列文叙写，他到卡辛省的六天里天天出席会议，为姐姐的事到处奔走，但毫无结果。说明相关部门的效率低下，而他能冷静对待。书中说他结婚以后人变了很多，他变得有耐心了。笔者理解应该与吉娣有关，也与他更加成熟有关吧。至于这场选举的重大意义与过程，列文有点茫然，笔者也有些不以为然。

在接下来的几章里，列文要么是个看客，要么就是不知所措，或者出洋相。就参加选举而言，柯兹尼雪夫、伏伦斯基、史维亚日斯基、奥勃朗斯基都有不俗的表现，他们都是新的一派，并且最终取得了胜利，得到了想要的结果。

而列文到终了还是没有弄明白是怎么一回事，他感到无聊而又悲哀。尽管笔者坚持看完了这些内容，但也不知如何评价。如果是以往那种看书方式，或许会一目十行地进行，只记下这帮男主人公曾因为一次选举的机会，有过一次大的聚会而已。

但笔者并不认为选举所涉及的内容就可有可无，它涉及国家的治理和政治制度的改革，对于俄国人来说，对关注这方面历史知识以及沿革的读者而言，或许有较高的兴趣亦未可知。

第六部的最后两章，是笔者和大多数读者关注的重点。因为在这一章，托翁让我们看见了伏伦斯基的从政才华和风采，以及他的社会资源和潜在能力。新当选的省首席贵族和获得胜利的新派中的许多人，当晚都在伏伦斯基的住处聚餐，这就是一个明显的标志。伏伦斯基坐在主位上，他的右首坐着年轻的省长——一位侍从将军，一省之主；他的左首坐着年少气盛、相貌阴险的聂维多夫斯基，这足以让他出尽风头。

有点意思的是，我们崇拜的托翁介绍说，伏伦斯基来参加选举是因为他待在乡下无聊，为了表明他在安娜面前仍有自由行动的权利，再有就是为了支持史维亚日斯基的竞选。而最重要的原因是要严格履行他所选定的贵族兼地主这个身份的全部义务。但令他没有想到的是，他对选举一上心，干起来竟然那么得心应手。作为一个崭新的人物一举就获得了巨大的成功。伏伦斯基不光得意扬扬，甚至有了三年后参加竞选的野心。

在这种情况下，托翁还忘不了捎带一句，让伏伦斯基觉得，"除了那个娶了吉娣的狂妄自大的家伙，无缘无故怀着疯狂的仇恨对他胡言乱语一通以外，他所认识的贵族个个都支持他"。让读者在哑然失笑的同时，该有多么佩服托翁文笔的巧妙和老辣。

接下来便是奥勃朗斯基在宴会结束时"乱发电报"的毛病又犯了，他兴致勃勃发电报给陶丽报喜，惹得陶丽叹息那一个卢布的电报费被丈夫浪费。这让我想起某个朋友老是喜欢在酒后没迟没早没完没了找我聊天的趣事，又一次哑然失笑。

当然，最让读者难忘的肯定是伏伦斯基在趾高气扬的高光时刻，收到安娜来信这个情节了。安娜信里说孩子病得很厉害，她手足无措，本想亲自跑一趟，但知道伏伦斯基会不高兴的，因此改了主意，希望回信。伏伦斯基看了信，很不愉快。托翁写道：孩子病了，她却想亲自跑一趟。又是女儿生病，又是这样不客气的口气！

选举是这么欢欣愉快，而逼得他非回去不可的爱情却又是那么沉重难受，两者竟形成这么强烈的对照，伏伦斯基不禁感到惊讶。可是不能不回去。于是他就搭下一班火车连夜赶回家。

　　别说伏伦斯基看了安娜这封信生气，大约换一百个男人，九十九个都会生气吧！

　　在第三十二章里，托翁进入对伏伦斯基和安娜的内心世界的描写。安娜觉得对伏伦斯基那种享有自由行动权利的目光感到屈辱，感到无法接受和适应。她认为这便是伏伦斯基对她冷淡的开始，而她毫无办法改变和阻挡。爱情和姿色的笼络似乎在失效。这时她才意识到让他无法抛弃她的办法就是自己和卡列宁离婚，和他结婚。安娜终归在自己想通之后，写了一封信给丈夫，要求离婚。她和伏伦斯基迁居莫斯科，一面等待卡列宁的回信，好接着办离婚手续，一面像正式夫妻那样定居下来。

　　这一章的情节可以说解开了此前在陶丽劝安娜写信要求离婚遭到拒绝时笔者的疑问。当时没想到后面还有这个进展，说明安娜的心态变了，在没有什么外因的情况下变了。难道这是托翁有意而为吗？

　　事到如今，笔者仍有一点想不通的是，托翁在本书中第二次提到，安娜对她和伏伦斯基所生的女孩安妮没有正常的母女之情。此前曾提到她对女儿的爱不及对谢辽查的百分之一，这次又说"不论安娜怎样勉强自己，也无法爱这个女孩，而她又不会装出爱她的样子"。这令笔者难以信服。这个安娜发的什么神经？与不爱的男人所生的孩子，她爱他胜过自己，与倾心相爱的男人所生的孩子她反倒毫无感情，这个既不符合情理，也不符合思维逻辑。让我这个读者都生气，何况伏伦斯基。

三十一

第七部一至八章

　　离本书的结尾只剩下一百三十五页了，我一大早除把第七部看完，还忍不住把第八部大致浏览了一遍。目光在最后一行字"一八七三年至一八七七年"处停留许久。而托翁在最后一章对列文心理活动的描写，令笔者陷入一种不可名状的忧伤之中。

回过头来想写一至八章的读后感时，还受到负面情绪的影响，竟不知如何下手。

托翁在这几章里连续聚焦列文夫妇在莫斯科的日常生活，并通过这些日常生活的喜怒哀乐来刻画和丰富读者心中主人公的形象。一方面是客观描写，以第三人称的方式进行，其中又夹杂大量主人公第一人称的心理描写，让读者在没有什么故事情节的情况下，仍然能沉醉其中而难以自拔。

第一章写列文夫妇在莫斯科已经住了两个月，吉娣的预产期已过，令医生、产婆和一众亲人特别是丈夫列文感到焦虑，只有吉娣自己觉得十分平静和幸福。为什么呢？接下来便是大段关于她的心理描写。她做母亲的喜悦，她喜爱的人都在身边，个个体贴她，处处令她称心如意。唯一使她感到美中不足的是丈夫不像她以前所爱的那样，不像在乡下那样了。由此又十分自然地牵扯出两个人在乡下生活与城里生活的对比。重点是，两个人在城市生活期间没有因妒忌吵过嘴。这一点他们刚来的时候是很担心的。这方面还发生了一件对两人来说都非同小可的事，就是吉娣曾同伏伦斯基在教母家巧遇，见了一面。吉娣顺利过了这道坎，尽管还激动了几秒钟，但未失礼。她把经过告诉了列文，列文十分高兴。他说下次遇到伏伦斯基这个"世界上莫须有的对头"，一定客客气气待他。可见列文也越过了这道坎。

第二章托翁通过日常细碎生活的花费，对城市生活与乡下生活的成本进行了比较，吉娣对她没能勤俭持家感到歉疚，而列文从开始的很不适应逐渐变得适应，但当存款用光，吉娣提到钱的时候，他刹那间感到很烦恼。试想哪个负债的人会有好心情呢！

接下来的几章，小说叙写列文的多项社交活动。他去卡塔瓦索夫家，同彼得堡学者梅特罗夫见面交谈，还参加了大学的庆祝会，随后又去李伏夫公爵家，讨论儿童教育。列文参加早晨音乐会，同彼斯卓夫就瓦格纳乐派进行争论，列文走访保尔伯爵夫人，去英国俱乐部，遇见土罗甫春、奥勃朗斯基、岳父和伏伦斯基。老公爵讲关于契青斯基公爵的笑话，奥勃朗斯基建议列文去看望安娜。

这几章所涉及的领域和内容，让读者目不暇接，甚至有点望洋兴叹。列文关于农业的著作，"研究农业的主要手段——劳动者"本来就够复杂的了，而大名鼎鼎的梅特罗夫学说就更让人不明就里。还有关于大学问题的争论到底是什么，最终也没弄明白。至于列文连襟李伏夫关于孩子的品德教育，还是能够理解的。妈妈要两个连襟教训教训奥勃朗斯基，也容易理解。

　　至于跟着列文去听音乐会，对《荒野里的李尔王》幻想曲、纪念巴赫的四重奏，我更像列文一样"好像聋子在看跳舞，只是看个热闹"。而去保尔伯爵夫人家里做客，感觉列文就是活受罪。到俱乐部去倒是比较舒心，那种悠闲、舒适和华丽的印象，重新浮上列文的脑海。"他穿过一排几乎坐满人的桌子，打量着来宾们。这里，那里，到处都看见形形色色的人，有年老的，有年轻的，有面熟的，有知己的。没有一个脸上带着愤怒和焦虑的神色，仿佛大家都把烦恼和忧虑连同帽子一起留在门厅里，准备逍遥自在地享受一番快乐的物质生活。来到这里的有史维亚日斯基、谢尔巴茨基、聂维多夫斯基、老公爵、伏伦斯基和柯兹尼雪夫。"

　　列文在这里吃饭喝酒，还兴致勃勃地和朋友们讲笑话和趣闻。最有点意思的是和伏伦斯基亲切地拉家常，既谈良种牲口，又谈到吉娣与伏伦斯基在玛丽雅·波里索夫娜公爵夫人家里的遇见。随后列文又同岳父老公爵谈天，同遇见的熟人打招呼，还周游了各个房间，看有人打纸牌，有人下棋，有人喝酒聊天。还参观了一下"地狱"，那里有一群赌徒聚集。列文在这里玩红弹子、打纸牌感到"心旷神怡"。末了还让奥勃朗斯基挽住了手臂，邀他一同去看望安娜，他答应了。笔者计划将列文后面去看望安娜另写一篇，故到此掩卷歇息。

　　直到此刻，我仍在思考托翁如此不厌其烦地叙写列文的城市生活、所见所闻，他旨在告诉读者什么？他不担心小说太过冗长吗？还是有意而为，是自己的学识浅薄，尤其是文学修养太差，没有更深刻地理解？

三十二

第七部九至十二章

　　托翁笔下的安娜，简直是个下凡的仙女。我之所以这样说，是因为本书的男二号列文，此刻也拜倒在了她的石榴裙下。

　　第九章托翁巧妙安排奥勃朗斯基拉着列文去看望妹妹安娜，大约没有什么充足的理由，但他还是糊里糊涂地跟着去了。由此作者才会让奥勃朗斯基对安娜的为人以及生活现状进行一个概括的介绍，这显然比任何一个人说出

第
六
辑

他
山
之
玉

来都要真实、客观、击中要害并动人心弦。还要通过列文的耳闻目睹发出赞叹、发出同情，并在内心深处产生对她的怜爱。

托翁几近夸张地描写列文看到安娜画像时的内心活动："这不是画像，是一个活生生的迷人的女人，披着一头乌黑的鬈发，光着肩膀和胳膊，长有柔软毫毛的嘴唇上挂着若有所思的微微笑意，并且用那双使人销魂的眼睛扬扬得意而又脉脉含情地望着他。如果说她不是活的，那只是因为任何活着的女人都不可能有她那么美丽动人。"见到安娜本人时："列文在书房暗淡的光线下看见了画里的女人，她穿着一件花纹斑驳的深蓝连衫裙，姿势不同，表情两样，但也像画家在画里所表现的那样，达到了美的顶峰。她本人不像画里那样光彩夺目，却有画里所没有的另一种使人心醉的风韵。"

经过一番短暂的交流之后："列文在这个他十分喜爱的女人身上又发现了一个特点。除了智慧、文雅和美丽以外，她还具有诚实的美德。她不想在他面前掩饰自己艰难苦涩的处境。她说了这话，叹了一口气，面部表情变得像石头一样呆板。这样也就显得格外美丽动人，但这是一种新的表情，完全超出画家在肖像中所表现的那种洋溢着幸福的光辉并且把幸福散发给别人的神态。列文又望望肖像和她本人，看她怎样同哥哥手挽着手走进高大的门里，不禁对她产生了一种他自己都感到惊奇的怜爱之情"。"列文一面聆听这场有趣的谈话，一面欣赏她，欣赏她的美丽、聪明和教养，欣赏她的淳朴和真挚。他边听边说，又不断地思索，思索她的精神生活，竭力捉摸她的感情。他以前曾经严厉地谴责她，如今却以古怪的逻辑替她辩护、为她难过，并且唯恐伏伦斯基不能充分理解她。十点多钟，奥勃朗斯基起身要走（伏尔古耶夫走得更早），列文却觉得仿佛才来了不久。他无可奈何，也只好站起来，心里却还舍不得走。"

这也难怪吉娣从列文的说话和眼神里都能看出，自己的丈夫被安娜这个可恶的女人给迷住了。有人说女人在这种事情上有第六感觉，灵敏而且准确。当吉娣哇的一声哭起来的时候，列文不得不去劝慰妻子，诚恳认错。大约这是普天下男人都容易犯的错误，不，女人也一样。吉娣在见到伏伦斯基时，不也心跳加速、面红耳赤吗？在那个维斯洛夫斯基面前，吉娣和陶丽都有过心的躁动。最近在西安举办的那场演唱会，成百上千的女孩穿着婚纱去追星，则是现今一道怪异的风景。两者相较，列文等一大批男性对安娜的崇拜和喜爱实在算不上什么。

尽管安娜的魅力仍在巅峰，但她已经逐渐丧失了对伏伦斯基的自信。她觉得伏伦斯基对她的爱在减弱、在冷淡。她忽然想到使她获得胜利的那句话："我是多么悲观绝望，我真害怕我自己。"但她懂得这种武器是危险的，下次不能再用了。而除了使他们结合在一起的爱情，他们之间还出现了敌对的魔鬼，她无法把它从他身上赶走，更不能把它从自己心里驱除。

站在第三者的角度，至少我对伏伦斯基追求卿卿我我之外事业的自由权利表示理解。一个有志向的男青年不可能整天拴在女人的腰带上。或迟或早，男人都会对平庸的生活产生厌倦的。安娜不理解这一点，她所追求和向往的那种爱情生活有些过分理想化。

无论古今，完美专一、白头偕老的爱情生活都是一种向往。向往自然没有错，但要真正做到，却是万中无一的概率了。唯有互相理解、互相尊重、互相关爱，宽容而大度，才能有良好的结局。许多被外人羡慕的模范夫妻，实际上也可能是金玉其表败絮其中的。

三十三

第七部十三至十六章

女人分娩这件事，虽然有痛苦，也有风险，在医疗技术不发达的时代和地方，甚至时不时地会有悲剧发生。但人类的繁衍还是势不可当，女人生孩子也就成为一件习以为常的事情。

然而，看了《安娜·卡列尼娜》这本书第七部的第十三章至第十六章，你会觉得对于有些人来说，那可真是一件生死攸关的大事件。我们的列文同志在这几章里面，因为吉娣的过期分娩，致使他失魂落魄一般。他这个不信教的人动不动就向上帝祈祷和求救："啊，上帝赐恩，饶恕我们，救救我们吧！"

列文觉得自己就是罪人，他是造成吉娣痛苦的根源。他悔恨自己昨天怜爱安娜的行为，觉得自己在吉娣面前显得多么卑鄙可耻。在请医生的过程中，他感到每一分钟的迟延都是煎熬，令他无法忍受。伟大的托翁用一个一个的小细节来叙写列文的惊慌失措，描述列文内心的焦虑不安，展示列文的无奈和绝望。令读者身临其境，真实而深切地感受到现场的紧张气氛，还有列文急促的心跳和呼吸。这是笔者迄今为止，看到的最触动人心的作品，它是一首罕见的、难得的女人分娩进行曲。

此前托翁在本书中也曾叙写过一个女人的分娩过程,那个女人便是安娜。但托翁的笔触重在写安娜分娩之后患产褥热,可能失去生命的悲凄场景。而到了吉娣这里,托翁则把笔触的重心放在了分娩之前的紧张焦虑之中。都是女人的分娩过程,由于托翁的巧妙设计,精心策划,细腻描写,既避免了重复,更有利于人物的刻画。把习以为常的生活状态描写得精彩纷呈,不能不让人赞叹和仰慕。

在前两章里,托翁让他笔下的列文五次重复发出"啊,上帝赐恩,救救我们吧"的祈愿之声,层层递进,既非常自然地烘托出现场的紧张气氛,又突出刻画了主人公的人物形象。虽然没有说一个爱字,但列文对妻子安危的担忧跃然纸上,把列文对妻子深深的爱展现得淋漓尽致。对于文学爱好者而言,一字一句如同范文,一章一段都是经典。

在后两章里,吉娣终于顺利产下了男婴,母子平安。但有趣的是托翁的描写还夹杂着玩笑的味道,增添了喜剧色彩。明明是顺利分娩了,医生怎么板着脸,来一句"快完了",差点把我们的列文给吓死。"他把头靠在床栏杆上,觉得心都快碎了。"

还有吉娣,她那断断续续、富有生气的温柔而幸福的声音,低低地说:"全完了。"瞧,这话说得还和医生的话一样让人好笑。因为在这个时候,所有的人能够笑出声来。

托翁接着写道:

> 他抬起头来。她的双臂软绵绵地落在被子上,她的模样异常妩媚娴静,默默地望着他,想笑又笑不出来。
>
> 列文蓦地觉得他从度过二十二个小时的那个神秘、恐怖和怪诞的世界一下子回到了人世间。人世间是他熟悉的,如今可闪耀着简直难以习惯的新的幸福光辉。绷紧的弦全断了。意外的狂喜的呜咽和泪水涌上他的心头,他激动得浑身发抖,半晌说不出话来。
>
> 他在床前跪下来,把妻子的手放在嘴唇上吻着。她那只手微微动着手指来回答他的亲吻。就在这时候,床脚边,在丽莎维塔灵巧的手里像灯上的火花一样跳动着一个生命,那是以前没有的,但从今以后他就有权利活下去,并且懂得自身的价值,还要生儿育女、传宗接代。

"活的！活的！还是个男孩呢！大家都放心吧！"列文听见丽莎维塔用颤抖的手拍拍婴儿的背说。

至于列文对孩子所产生的感情完全出乎自己意料，没有丝毫欢乐，个人认为应该是暂时的。列文所产生的那种难堪的恐惧，是他意识到自己有一方面的软弱无能。这种意识最初十分强烈，是他唯恐这个娇嫩脆弱的小东西将来吃苦。这还不是一种深深的父爱吗？

三十四

第七部十七至二十二章

从第十七章开始，托翁的笔触完全落在了奥勃朗斯基身上。这个浪荡公子入不敷出，确实囊空如洗了。

托翁写到，他的全部薪水只够用作家里日常开支和偿还无法拖延的零星欠款。窘迫的境况，让他很不痛快、很不体面。而陶丽去年冬天又曾公开声明，拒绝在出售她享有产权的树林被丈夫出售最后三分之一而领得款项的协议书上签字，断了奥勃朗斯基的那笔经济来源。看来他还没有过分地埋怨她，只是认为自己的年俸太少，才沦落到这个地步。所以他眼下的目标就是谋个挣大钱的差事。

好在奥勃朗斯基是个正派人，还有渊博的知识和强大的活动能力，已经疏通好了关节，还得亲自到彼得堡去走访一下。同时他在如此的困境之中，还不忘妹妹安娜托说的事情，需要从卡列宁那里取得离婚的明确答复。"他向陶丽要了五十卢布，就动身到彼得堡去了。"

仅上面的这些叙述，托翁就用极少的笔墨把奥勃朗斯基的品行和为人巧妙地展现给了读者。世间人物，皆有复杂性，奥勃朗斯基也不例外。我们很难用好坏、正反来给他定位。

可怜这个奥勃朗斯基公爵，"身为留里克王族的后裔，竟在一个犹太佬的接待室里等了两个小时"，临了还"几乎拒绝了他的要求"。而他还在妹夫面前说谎，说波尔加林诺夫完全同意了他的请求。

即便有上述的尴尬，但奥勃朗斯基为了妹妹安娜的幸福，还是在卡列宁

第六辑 他山之玉

那里竭尽了全力。哪怕到最后还是落于尴尬的境地，读者们都看到了他那颗善良的心，他为了妹妹安娜的自由，也不惜在卡列宁面前忍辱负重，甚至到了无路可退的地步。他似乎是自作主张，答应安娜不再要求自己抚养儿子谢辽查，也没能得到卡列宁同意离婚的承诺。卡列宁称还要向人请教请教，才能正式答复他。看到这里，笔者为安娜感到悲愤，这个还需要什么请教呢？一直以来卡列宁都是很善良的，宽容大度的，也曾答应过离婚的，现在怎么一下子变了，这不是故意报复折磨安娜吗？有些过分了。

当舅舅的这回还见到了外甥，谢辽查已经是个大孩子了。卡列宁提醒内兄不要向儿子提到他的母亲，当舅舅出其不意地询问他："你还记得妈妈吗？"孩子急切地说："不，不记得。"如果安娜知道了这一切，她该有多么的痛苦。

接下来的第二十章，感觉托翁的叙述就像天马行空一般自由飞翔，又像一个魂不守舍的人一样东一榔头西一棒槌地任意挥舞。但仔细回味一下，才知奥妙无穷。托翁通过奥勃朗斯基这个人物在彼得堡看似有点怪诞的见闻，巧妙地对莫斯科与彼得堡的城市生活、典型家庭、典型人物进行了多方面多层次多维度的对比。譬如出轨和对待出轨的问题；子女教育和应该为谁活着的问题；对负债与奢侈生活的看法问题；当然还有传统意识与自由空气的不同效果问题。同样一个奥勃朗斯基，在莫斯科总是提不起精神，愁闷得很，但在彼得堡，"他觉得年轻了十岁"。斯吉邦也有同样的体会，在莫斯科精神萎靡，可是在彼得堡，他觉得自己又是一个精力充沛的人了。

但在第二十一、二十二章，我们这些读者也跟随奥勃朗斯基感受到了彼得堡的莫名其妙。在李迪雅伯爵夫人家里，卡列宁，还有所谓的兰道先生，似乎在念经修道，又好像在装神弄鬼。奥勃朗斯基最后像逃离传染病房那样一口气跑到了街上。当他回忆在李迪雅伯爵夫人家度过的那个黄昏时，他感到丢脸和厌恶。第二天他收到卡列宁斩钉截铁拒绝同安娜离婚的答复时，他明白卡列宁这个决定的依据，就是那个法国人"兰道先生"昨天的梦呓或者假装做梦、信口开河的结果。

这可能吗？不会是卡列宁或是李迪雅在利用那个法国人搞恶作剧吧，或者是他们硬是把安娜的未来幸福扔给一个不相干的人去做游戏？阅读托翁这本书，我最大的感受是，必须一字不漏地认真过目。如果同阅读国内长篇小说那样一目十行地去翻阅，完全有可能连事件的来龙去脉都无法搞清楚。托翁八十万字的长篇巨著我已经看完了，但猛然随意地翻开某一章，每次都要仔细再看，否则就会有一种从未阅读过的感觉。

三十五

第七部二十三至三十一章

伏天似火，我仍然坚持把这九章文字看了三遍。我想告诉读者的是，此刻我的心情好像西邻的铁锅炖一样混杂。这大半辈子看过那么多的小说，从没有一本像《安娜·卡列尼娜》这九章文字这样让我感到沉重和茫然。我甚至无法在两天之内把自己的感悟条理化，归纳成一篇自己满意的文章。

尽管托翁在第二十三章的开头，已经有精辟的箴言概括："在家庭生活中要采取什么行动，要么夫妇感情破裂，要么美满和谐。如果既不属于前者，也不属后者，夫妇关系不好不坏，那就不会有什么行动。

"许多家庭长年累月毫无变化，夫妇双方对生活都感到厌倦，就因为他们的感情既没有破裂，也谈不上美满和谐。"

但我觉得这只是一种客观的描述，对于广大读者而言，缺乏启迪和教育意义。现今社会上大多数夫妻都可能是这种凑合着过日子的状态，却很少能有改善的方式方法。那么从安娜和伏伦斯基的遭遇里，能够给广大读者提供哪些有价值的、有意义的启示，或者汲取什么营养，吸取什么教训呢？似乎如此才不枉自己再读这部巨著，为此花费掉那么多的时间和精力。

笔者认为，托翁写这部小说距今已经一百四十余年，人类社会经历了翻天覆地的变化，但托翁所描写的那些人物的所思所想、所忧所虑的心理活动，一点也不过时。笔者能够深切感受到伏伦斯基、安娜以及其他书中人物的心理活动与现今社会的男男女女没有任何根本性的差别。故这部世界名著之所以伟大，之所以让读者喜爱，就是它历久弥新的历史意义和现实意义。

作者在第二十三章叙述伏伦斯基和安娜对莫斯科尘土飞扬的炎夏生活简直难以忍受。还有一个原因是近来他们的生活已不美满和谐了。安娜认为伏伦斯基对她的爱在日渐减少，伏伦斯基认为安娜不理解他的苦处，不减轻他的苦恼，反而火上浇油，让他难以忍受。他们谁也不提心情恶劣的原因，但都认为错在对方，并且一有机会就竭力指责对方。

具体点来说，安娜断定伏伦斯基准是把一部分爱移到了别的女人身上，心里妒忌一时还找不到对象。她对于伏伦斯基无意中向她说起的母亲竟然劝他同索罗金娜公爵小姐结婚当真并痛苦不已。而且把她在莫斯科等待离婚期间的孤独生活，把她同儿子的永远分离，都算在了他的头上，认为是伏伦斯基的过错。"就连他们难得的片刻温存，也不能使她感到宽慰，因为她在他的温存中看到他心安理得的神气，这是以前没有的，因此引起她的恼怒。"而伏伦斯基对她的日渐冷淡更让她感到失望甚至绝望。

就伏伦斯基而言，他对安娜不喜欢自己的女儿却对收养的女孩视为珍宝不满，对安娜不尊重自己的母亲也极为反感，对安娜一直不给卡列宁写那封要求离婚的信感到不解，还有对安娜的疑神疑鬼、喜怒无常、干涉他正常的社交活动感到难以接受。

如果站在第三方角度客观评价这对情侣，笔者觉得伏伦斯基并没有什么大的错误，而安娜对于两个人情感的不和谐却负有主要责任。至少安娜只爱儿子不爱女儿这一点，所有的男人都不会乐意。安娜长时间不能离婚，受到伤害最大的应该是伏伦斯基。还有安娜在伏伦斯基并没有移情别恋的情况下，疑神疑鬼、喜怒无常，换了谁都难以接受。笔者甚至怀疑，这时候的安娜应该是患上了抑郁症，才会如此地想不开，钻牛角尖，并且逐渐产生自杀想法。

从托翁大篇幅的心理描写来看，安娜已经不是正常人的思维了。她讲的那些所谓的道理也不是真正的道理。这些在伏伦斯基看来，安娜是自讨苦吃、自作自受。伏伦斯基最大的错误大约是他没有意识到他对她的冷漠、轻视、辱贱，已经深深地伤害到了她，她的精神已经彻底崩溃，没有了他对她的爱情，她认为一切全完了。随即变成了一门心思往坏处想，往窄处想，往绝路上走。爱情一结束，仇恨就开始……忽而她又想，生活还是会幸福的，她是多么爱他，又多么恨他呀！假若伏伦斯基在她想不开的最后一刻出现，或许那个悲惨的结局能够避免……

此前数月读《白鹿原》时，我曾多次泪湿衣襟。为书中多个女性的悲惨遭遇伤心难过。但读《安娜·卡列尼娜》及至她被无比沉重的车轮从后背轧过，脑袋被撞得血肉模糊，我却没有落下泪来。对于安娜最终走上绝路，我似乎在听一个遥远但熟知的故事，无法激起心中的波澜。安娜的死令我深表同情，但不是特别悲凄；令我感到遗憾，但不是十分震惊。安娜抱着必死的信念，为了惩罚曾经心爱的男人而扑倒在铁轨上，她是为了她心目中那个神圣的爱情而奋不顾身，也算成全了自己。她用自己的方式，让无数代人，让亿万读者记住了她的名字，并绵延不绝地思考与爱情、与婚姻家庭有关的话题。

安娜走了，"那支她曾经用来照着阅读那本充满忧虑、欺诈、悲哀和罪恶之书的蜡烛，闪出空前未有的光辉，把原来笼罩在黑暗中的一切都给她照个透亮，接着烛光发生轻微的毕剥声，昏暗下去，终于永远熄灭了"。我咀嚼着托翁在第七部最后一章末尾的这句话，至今还不能精准理解它的全部意义，却无处发问并得到回答。我突然想问在九泉之下，或者在天堂里的那个安娜："你后悔吗？你心中那个理想完美的爱情，人世间会有吗？"

三十六

第八部一至三章

大约是笔者历史知识缺乏，对百年前俄罗斯的国情以及国际局势一无所知的缘故，托翁笔下的这三章内容，我有点看热闹的感觉。所谓好读书不求甚解，大概就是我眼下的情状。

在第一章里，作者叙述柯兹尼雪夫花费六年心血写成的《试论欧洲和俄国国家基础和形式》一书正式出版发行，但社会上没有任何反应。"他的朋友、专家和学者有时出于礼貌才提到它。那些对学术著作不感兴趣的熟人根本没有提到过它。"我不知道是否真有这本书或者类似的著作，但一看这书名就望而生畏，不会去看它。看它的那些人应该是革命家、政治家，或醉心于政治和国家治理的少数人吧！

柯兹尼雪夫的著作最终遭到个别并非懂行的人的批评和批判，说它早就受到大家的谴责和普遍的嘲笑。这让柯兹尼雪夫感到特别痛苦，六年的心血完全白费了。

人们在关心什么呢？热点事件呗。在柯兹尼雪夫所属的圈子，除了斯拉夫问题和塞尔维亚战争外，什么也不谈。但在这一章有一段描述堪称经典："他看到在这波澜壮阔的社会浪潮中，冲得最前、叫得最响的都是些郁郁不得志的人：没有军队的司令，没有部门的部长，没有刊物的记者和没有党羽的党魁。从这个问题上，他看到许多东西是轻率可笑的，但同时看到并且承认那种联合社会上各阶级、令人感动的日益高涨的热情。"我不知道读者朋友们会不会和我一样产生与现实生活的诸多联想。各个自媒体平台上，有一大批这样的人在呼风唤雨。

当然也有一件事让柯兹尼雪夫感到高兴，那就是舆论的表现。整个社会明确表达它的愿望，表现了民族精神。他越深入研究这个问题，就看得越清楚，这将是一个规模浩大的划时代事件，他要全心全意投入其中。还准备在全民族最神圣的地方，在偏僻的山村，饱览一下民族精神高涨的景象。因此决定和卡塔瓦索夫一块儿去列文家访问。

托翁在第二章描写柯兹尼雪夫二人在库尔斯克车站与欢送志愿兵的人群相遇的经过。这个场景也是托翁的精妙安排，因此才能与不知名的公爵夫人相遇并攀谈志愿兵的人数，资金的募捐，还有当下的战况以及人们的热情。最重要的是要遇到几个重要的人物，间接传递许多的讯息。这些人物包括奥勃朗斯基、伏伦斯基和他的母亲。

有关伏伦斯基，托翁在第二章里只安排了一个特写镜头："他那张饱经沧桑而显得苍老的脸简直像化石一样。"我估计广大读者和我一样着急，上一部最后一章安娜惨不忍睹地走了，那个世界上最爱她的男人该是怎样地痛不欲生呢？可是托翁却故意而为，事件发生后他第一次在书中露面，仅仅就是这样一幅特写镜头。

在第三章里，托翁通过柯兹尼雪夫、卡塔瓦索夫二人同几个志愿兵的攀谈，以点带面介绍了这些志愿兵的来源、组成和他们的一些经历。竟给卡塔瓦索夫留下了不良印象。他从这些人的外表和谈吐，从他们一路上抱住酒瓶不放的那份酒兴看出，他们都是些该死的兵痞。但他不敢发表这样的意见，尤其不敢指责志愿兵。卡塔瓦索夫回到柯兹尼雪夫跟前时，不由得违心讲了对志愿兵观察后的印象，说他们都是出色的战士。

看来不论是哪国人，哪个时代的人，因为要明哲保身，人们总是在不经意间学会了说谎话。当然，谎言也许在另一种氛围之下，又可能变成真话，变成真实情况。

托翁的作品之所以伟大，是他似乎在不经意间，在生活的河流里就摘到一朵灿烂的浪花。

三十七

第八部四至五章

原来托翁把安娜去世后伏伦斯基的惨状，放在了这两章里给读者展示。

先由他的母亲站在她的立场上告诉柯兹尼雪夫她怎样看待安娜的行为和该行为所产生的恶果，再由伏伦斯基亲自出面告诉柯兹尼雪夫以及全世界的读者。

　　"唉，我这是受的什么罪！您请进来吧……唉，我这是受的什么罪！"她一边叹息，一边让他坐在她旁边的软座上，她重复说。"简直没法想象！整整六个礼拜，他跟谁也不说一句话，要不是我求他，什么东西也不吃。简直一分钟也不能让他独个儿待着。我们把可以用来自杀的东西全拿走了，我们都住在楼下，谁也不能担保他不出什么事。您知道，他为了她已经开枪自杀过一次了。"她说，一想到这事她那苍老的前额又蹙了起来。"是的，她的下场正是她那种女人应得的下场。连死的方式都挑得那么卑贱下流。"

　　"审判她可不是我们的事，伯爵夫人，"柯兹尼雪夫叹息说，"但我懂得这件事对您有多痛苦。"

　　"唉，甭提了！当时我住在我家庄园里，他也在我那里。有人送来一封信。他写了回信，叫那人带回去。我们根本不知道她就在车站上。晚上我刚回到屋里，我的梅丽告诉我有位太太卧轨自杀了。真是晴天霹雳！我知道就是她。我当时就关照：不要对他说。可他们已经告诉他了。当时他的车夫在场，什么都看见了。我跑到他屋里，看见他已经精神失常，那个模样可吓人啦！他一言不发，骑上马往那里直奔。我不知道那里的情况究竟怎样，但他被送回来时已经像死人一样没有知觉。我都快认不出他来了。医生说是'完全虚脱'。后来就有点疯疯癫癫了。"

　　"唉，提他干什么！"伯爵夫人摆摆手说，"那些日子太可怕了！哼，她怎么说也是个坏女人。唉，这种不要命的热情算什么呀！无非让人看出她这人不正常罢了。就是这么一回事。她毁了自己，也毁了两个好人：她的丈夫和我那可怜的儿子。"

　　"她丈夫怎么了？"柯兹尼雪夫问。

　　"他带走了她的女儿。伏伦斯基最初什么都答应了。如今他可后悔把自己的女儿给了人家。可是话出了口，又不好收回。卡列宁来参加了葬礼，我们竭力不让他同伏伦斯基见面。这样对他俩都要好些。她使他自由了，可我那个可怜的孩子完全被她给毁了。他抛弃了一切：他的前途和我，可是她还不肯放过他，存心把他彻底给毁掉。咳，不论怎么说，她这种死法就是一个堕落的不信教的女人的死法。上帝饶恕我吧，我眼看儿子给毁了，没法不恨她。"

"那他现在怎么了？"

"上帝拯救了我们：发生了塞尔维亚战争。我老了，不懂这种事，但对他来说却是上帝的恩典。当然，我这个做母亲的有点担心，再有，据说彼得堡对这事也另有看法。可是有什么办法呢！这是唯一能使他振作起来的事。雅希文，他的朋友，把钱输得精光，也要到塞尔维亚去。是雅希文来看他，把他动员去的。如今这事可引起了他的兴致。您去同他谈谈吧，我希望能使他散散心。他太伤心了。倒霉的是他的牙又痛了。不过，他看见您一定会高兴的。请您去同他谈谈，他就在那边散步。"

笔者之所以大段落地摘录以上文字，是觉得自己没有办法十分精练地概括这些内容，只有用原文来表达才更为精彩。

在第五章里，托翁通过柯兹雪尼夫和伏伦斯基的对话以及伏伦斯基看到煤水车和铁轨时的两次回忆，把伏伦斯基看到安娜尸体时的悲怆、痛悔、撕心裂肺的情景浓墨重彩地展示给广大读者。伏伦斯基现在之所以对生死毫不在意，决心上前线去战斗去牺牲，是因为他失去安娜之后，感觉自己就是个废物。这越发说明安娜的爱对于他是多么重要，多么具有魔力。

但伏伦斯基觉得自己还有点用处，他乐意为别人献出自己的生命。柯兹雪尼夫对他的抉择表示钦佩。他十分感动地说："为了把同胞弟兄从压迫下解放出来，出生入死也是值得的。但愿上帝赐给您战斗的胜利和内心的平静。"

伏伦斯基终归是好样的，在柯兹雪尼夫眼里，伏伦斯基是个从事伟大事业的伟大人物。他有责任鼓励他、赞扬他。

笔者读完这两章，也向伏伦斯基伸出了大拇指。他是俄罗斯贵族的后裔，具有在国家危难关头挺身而出的绅士风度。他能忘记个人的得失，从绝望和悲苦中挣脱出来，走向战场，不愧是俄罗斯的英雄儿男！

三十八

第八部六至十二章

从第六章开始,托翁的笔触又通过柯兹尼雪夫和卡塔瓦索夫的乡下见闻,进入弟弟列文夫妇的日常生活之中。

托翁应该是有意安排列文这时候不在家,从而突出吉娣,让她窘态毕露地招呼客人,给孩子喂奶。继而通过她的心理描写,介绍列文出去干什么,写她对他的埋怨,写她对他的理解和支持。最重要的是站在妻子的立场上,写列文的烦恼,写他不信教,写他的忙碌与爱好,还有他的善良。当姐姐陶丽对丈夫奥勃朗斯基表示绝望,因为偿债要求卖掉她的地产决定同丈夫离婚时,为了帮助陶丽但又不伤她的自尊,列文同意让吉娣把她的一份地产送给姐姐陶丽,这甚至是吉娣怎么也没有想到的。

吉娣因此喜欢这个不信教的丈夫,宁愿他这样。在吉娣的心目中,丈夫不是没有信仰的人。他生着一副好心肠,总是唯恐人家难受,连小孩都不例外!总是替别人着想,就是不想到自己。吉娣在心里默默祈愿,自己的孩子米嘉长大了像他的爸爸一样善良。这分明是对列文最好最真挚的评价。

从第八章到第十二章,托翁用长达五章的篇幅描写列文的心理活动,他的所思所想,他的纠结迷茫与悲观失望,他的豁然开朗和愉悦快乐。笔者可以坦白地说,此前我多少次对这些文字都可能是一目十行,甚或不屑一顾。那时节关心的是故事情节和人物命运。而此刻才真正有兴趣一字一句地读,并且时不时地掩卷沉思,按照托翁的引导,跟随列文对生死、对人活着的意义、对宗教信仰等重大问题进行深入的理解和思考。

事实上,自己从少年时代起,已经开始关心和关注列文所思索和感到困惑的这些重大人生课题,甚至就此写下不少的文字。但和列文有所不同的是,其中关乎宗教信仰的成分却很少。这是时代和政治气候决定的,当然也与自己的家族史和文化传统有关。我这辈子不仅没有加入任何党派,也不曾与任何宗教组织有丝毫牵连。但这毫不影响自己热爱脚下的这片土地,热爱自己的祖国和同胞。

第六辑 ❀ 他山之玉

在托翁笔下，那个时代百分之九十九的俄国人都信教，只有列文是个异类。这让他感到不安和焦虑，总是企图搞清楚其中的原因，故而研究别人，也反省自己。他在妻子分娩时曾经祈祷并信起教来，过后却再没有那样的心情了。但对自己的这种自相矛盾的痛苦却很难摆脱，因而内心受到煎熬。他读了许多著作，研究了许多理论，仍然没有得到满意的答案。不仅如此，还得到一个要摆脱恶势力的控制，唯一的办法就是死的结论，令他产生了自杀的念头。但他终归还是继续生活着，而且在不提不想这个问题时，反倒满怀信心地生活起来。这是不是应了中国一句古话——世上本无事，庸人自扰之呢？好像差不多。如此一来，列文不仅知道他必须做什么，而且知道这一切他应该怎样做，怎样分清轻重缓急。

但即便一时明白了的道理，有时还会反复，会因为现实生活的碰撞，偶然的遭遇或者灵感的获得而反复。托翁甚至让列文在与雇工费多尔在劳动过程的交流中得到启示："活着不是为了欲望，是为了上帝。"他似乎明白，他只能凭他从教养中获得的信仰生活，分清善恶，择善而从……

我知道自己看了这几章内容，未必能全面准确地理解托翁的本意和他想告诉读者什么。尤其是怎样才算服从真理，服从上帝；什么是真正的善，怎样才算为上帝、为灵魂而生活；等等。

联想现如今的社会现实，由于西方文化的影响和自媒体的巨大作用，人们对于人活着的意义有无数种解说和认知，各持己见，各行其道。还有不少人慨叹信仰缺失，个别人的行为逾越道德底线。笔者亦是惘怅中人。越是这样，越感受到托翁这部作品的伟大。书中人物列文对人生美好意义的探寻和追求，仍然能让善良正直的人获得精神力量，勇往直前。而那些损人利己贪得无厌的人，只要还有一丝良知，应该感到羞愧难当、无地自容！

三十九

第八部十三至十六章

尽管在上一章列文明白了生活的意义在于行善和爱人，但他关于人生的思考仍在继续。日常生活中细碎的行为和事件，也会引发他对信仰和人生意义的思考和探索。

孩子们在玩有趣的游戏时，糟蹋毁坏了一些他们赖以生活的物品，被母亲吉娣发现并批评却不以为然的样子，既让列文感到惊奇，同时又引发他的深思。

"好吧，如果丢下孩子们不管，让他们自己去做杯子、挤牛奶，以及诸如此类的事，他们还会淘气吗？不，他们都会饿死的。好吧，如果听任我们放纵欲望和思想，抛弃上帝和造物主的概念，那将会怎么样！或者不懂得什么是善，不解释什么是道德上的恶，那又会怎样！

"好吧，不懂得这些道理，你们去建设建设什么东西看！

"我们往往只会破坏，因为我们精神上是满足的，就像孩子一样！

"那种使我精神平静并同农民一致的使人快乐的知识是从哪里来的？这些东西我是从哪里得来的？

"我从小受的教养要我信奉上帝，我是个基督徒，这辈子充满基督教赐予我心灵的幸福，我的整个身心洋溢着这种幸福并且赖以生活。可是我像孩子一样幼稚无知，不了解它，总是破坏它，也就是想摧毁赖以生活的东西。一旦遇到危急，就像孩子饥寒交迫一样，去向他求教。而且我还不如孩子，他们因为淘气而驯顺地挨母亲的责骂，我却认为我那种幼稚的胡闹对我并没有什么损害。"

列文由此想到教堂和教义，并有了自己的心得。"如今他觉得没有一条教义违反他的主要信仰——作为人类唯一天职的对上帝、对善的信仰。"他为自己的领悟激动得泪水夺眶而出。

在接下来的第十四章里，列文暗下决心用信仰的力量约束并指导自己的生活。"今后我同哥哥再不会像以前那样疏远，再不会争吵了；我同吉娣再不会吵嘴了；不论来客是谁，我都要待他客客气气；我对仆人、对伊凡的态度也会两样了。"但只要一接触现实，他就无法保持良好的情绪。该吵架还是吵架，该生气还是生气。只是他的内心还是很安宁的，他新近觉醒的精神力量也是完整无损的。

在第十五、十六章，列文就志愿兵去土耳其参战，解救斯拉夫弟兄一事的意义以及人民意志的含义、人民意志与政府、宗教组织的关系等重大问题同哥哥柯兹尼雪夫和卡塔瓦索夫展开了激烈的争论。柯兹尼雪夫高度赞扬这些志愿兵的行为，当然也包括伏伦斯基，他不光自己去，还出钱带一个骑兵连去。（托翁在这儿告诉读者们伏伦斯基的讯息，也是他在广大读者面前最后一次出现）但老公爵和列文却对志愿兵去国外参战表达了消极的看法。

非常有意思并让广大读者震惊不已的是，托翁或许也不会预料到，他这部巨著反复提及的斯拉夫人、斯拉夫民族，会在一百多年以后，发生兄弟相残的俄乌战争，还将世界各国牵扯其中。柯兹尼雪夫与列文兄弟的争论，似乎代表两大对立阵营的粉丝在演讲一样，让读者产生无尽的遐想。

> 列文说："我认为：一方面，战争是灭绝人性的残酷行为，任何个人，更不用说一个基督徒了，不能承担发动战争的责任，只有政府才能担负这种责任，它也无法避免卷入战争。另一方面，按照科学和常识来说，在国家大事上，特别是在战争这种事上，公民不得不放弃个人的意志。"
>
> 柯兹尼雪夫和卡塔瓦索夫同时用想好的道理反驳他。
>
> "对了，问题就在这里，老弟，有时政府不能执行公民的意志，社会就起来表示态度。"卡塔瓦索夫说。
>
> 不过，柯兹尼雪夫显然不赞成这种反驳。他听到卡塔瓦索夫的话，皱起眉头，说出不同的意见："可不能这样提问题，这里谈不上什么宣战不宣战，只不过表现人情、表现基督徒的感情罢了。骨肉同胞和同教弟兄遭屠杀。唉，即使不是骨肉同胞和同教弟兄，而只是一般的儿童、妇女和老人，也不能见死不救哇。一旦动了公愤，俄罗斯人就会赶去制止暴行。譬如说，你走在街上，看见醉汉殴打妇女或孩子，我想你一定不会问有没有向这人宣过战，就会向他冲过去，保护受欺负的人。"
>
> "但我不会把他打死。"列文说。
>
> "不，你会把他打死的。"
>
> "我说不上来。要是看到这样的情景，我可能感情用事，但事先我可不敢说。遇到斯拉夫人受压迫，那就不会有这样的感情冲动了。"
>
> …………

"我不需要问，"柯兹尼雪夫说，"我们看到过，我现在也看到，成千上万人牺牲一切，为正义的事业出力，他们从俄国四面八方来，明确表示他们的思想和目的。他们捐出钱来，或者亲自出发，直率地说出为了什么。这到底表明什么呢？"

"这表明，照我看，"列文开始有点激动，说，"在八千万人民中总会有几百个，甚至像现在这样几万个在社会上没有地位的亡命之徒，他们随时准备投奔普加乔夫一伙，奔往基辅，奔往塞尔维亚……"

"我对你说，不是千百个亡命之徒，是最优秀的人民代表！"柯兹尼雪夫十分激动地说，仿佛在保护最后一点财产，"还有捐款呢？这可直接反映了全体人民的意志啊。"

"'人民'这个词的含义太笼统了，"列文说，"乡下文书、学校教师，再加上千分之一的农民，也许知道是怎么一回事。至于其余八千万人，像米哈伊雷奇那样，不仅没有表达他们的意志，他们根本不懂为什么要表态。那么，我们到底有什么权利说这是人民的意志呢？"

书中以上这些内容，乍一看，似乎就是针对眼下这场战争的不同世界舆论。笔者有点惊呆了的感觉。伟大的列夫·托尔斯泰，您也太有先见之明了吧！真让我佩服得五体投地呀！

四十

第八部十七至十九章

此刻我正站在六楼阳台上，手扶栏杆凝望眼前的新区。远处云遮雾罩，只有枫林国际的几幢高楼还能看见大的轮廓。而烂尾的大世界商场和其他建筑都静卧在滂沱的大雨之中。

回头看，摆放在桌面上的那本蓝色封面精装《安娜·卡列尼娜》仿佛明白它的重要任务已经完成，即将回归书柜之上。封面上美丽的安娜那个回眸的眼神似有不甘不舍之意，埋怨奈何如此匆匆。

此前完成的三十九篇读后感，大多是夏天的时候在前二楼办公室写就。今天写这最后一篇时却已是出伏后的秋天了。屋内仍然有些闷热，但室外随着天降大雨，气温陡降，还有点寒气逼人。想在屋内手指舞，感觉烦躁，坐在室外阳台上，又感觉寒冷，不得不回屋披件厚衣服。这种犹豫的心情竟和小说人物列文当下的心情有点相似。只不过人家列文考虑的是大事情而已。

尽管在上一章列文还在为自己管不住自己，无法在现实中坚守信仰而有点羞愧，转而停止了继续争论。但在后面的两章里，列文还是为自己的行为感到自信和高兴。第十七章写他在倾盆大雨到来之际，毫不犹豫地冲向吉娣和孩子米嘉可能有危险的地方。闪电、雷鸣和浑身上下的一阵寒意交集在一起，使他感到极其恐怖，但仍然奋不顾身地前行。当看到孩子安然无恙时，他在欣慰之余怒气冲天地责备妻子的鲁莽，随即又为自己的发火感到悔恨，悄悄地握住吉娣的手表达歉意。这些行为都体现出他发自内心深处对儿子山高水阔般的父爱。

第十八章写列文对哥哥关于获得解放的四千万斯拉夫人应该同俄国一起开辟历史新纪元的新鲜理论很感兴趣。当吉娣叫他去育儿室时，他不知有什么事感到不安。一个人时他又思考早晨所想的事情。他不像以前那样，为了获得愉悦的心情必须自我安慰，并回顾思想的全过程。现在正好相反，快乐和宽慰的心情比以前强烈，而思想却跟不上他的心情。其实吉娣叫他到育儿室，是想告诉他，孩子已经认得了所有的亲人，包括列文这个当爸的。托翁让他也表达对孩子的喜爱，自我纠正他先前对孩子的看法。

人生需要信仰，而信仰更需要现实和行为的支撑和表达。

到了最后一章，列文所孜孜不倦探索的人类各种信仰和神的关系、神关于善的法则，以及他对这些的认知似乎变得简单化，而不是深不可测。

笔者以为，列文这些思考和探索，应该就是作者托翁的思考和探索，实在晦涩难懂。我不知道其他读者如何理解第八部里列文的这些胡思乱想暨托翁的这些苦思冥想。但我相信，绝大多数活在地球上的人都或多或少或深或浅地去思考过。至于是不是"明白人"，反正日子总是要往下过。要么就只能有一种可能，自己结束自己的生命。

八十余万字的《安娜·卡列尼娜》巨著到此就看完了，也把读后感写完了。我自己文学知识浅薄，因而羞于把这些文字归入什么文学评论一类文章。

笔者喜欢这部巨著，阅读过程中曾有过短暂的苦涩过程，但大多数时间都是沉醉其中，拜倒在托翁的笔下，惊叹托翁不愧是国际文学大师。有熟悉的老师对我的深读曾给予鼓励，言说"深读必有大获"，我谓深读是比较认真，大获却是未必。但内心深处还是有些窃喜，希望在今后的文学创作中能有点滴的收获。托翁这本巨著关注的爱情和婚姻以及家庭生活，应该是人类永恒的主题，笔者对此更是兴趣十足，尤其是从今往后，更有意于这方面的思考与探寻，希望能写下自己满意的文学作品。

　　别了，《安娜·卡列尼娜》。但愿为你的这些付出，成为残存的记忆，伴我度过以后的春夏秋冬。

附录

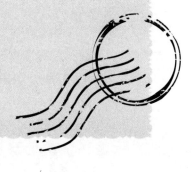

优秀律师宋林科写真

马士琦

律师，在百姓眼中，是正义的化身，是公道的象征。

在我的印象里，中国众多大律师个性突出，神采飞扬——施洋的大义凛然，江平的博大精深，肖金泉的敢为人先，陈子若的慷慨激昂，刘英杰的精明雄辩……是那样的令人倾慕，而又觉遥不可及。

但在我们身边却有这样一位朴实无华的律师——宋林科，他活跃在铜川律师界，也足以让普通百姓感到欣慰。

宋林科律师从1993年执业至今，先后作为发起人、合伙人创办陕西兰天、陕西制衡两家律师事务所并获得广泛的声誉；他每年都被所在所考评为优秀律师，连续三届获得"陕西省优秀律师"称号，取得国家二级律师职称，为铜川市律师界唯一在岗的高级律师，2008年又列铜川市优秀律师榜首；他先后担任政府部门、企事业单位等百余家机构的法律顾问，办理各类刑事、民事、行政、非诉讼案件近千件；他曾受聘担任铜川市人大法律咨询员，当选铜川市耀州区政协委员……

他平凡而又感人的事迹在当地民众中传为佳话。

荣誉村民的背后

从业以来，宋林科律师曾收到过多少当事人赠送的锦旗、牌匾，曾收到过多少封感谢信，连他自己也记不清了。但铜川市新区下高埝乡王岩村授予他的"荣誉村民"称号却让他感到特别欣慰。而代理王岩村讨回公道所经历的艰难诉讼历程更让他难以忘怀。

早在1992年初，当中华大地在大办乡镇企业的基础上又刮起横向联营之风的时候，王岩村原领导班子轻信耀县建筑材料预制厂的承诺，决定拿出十五亩地与之联合办厂。这一行为是为了村子发展，本无可厚非，但后来的事情却让王岩村村民做梦也想不到。先是签订的联合办厂合同显失公平。如企业亏损，王岩村要按投资承担风险，但当企业盈利时，哪怕是一个亿，王岩村却不能取得分文利润。后是预制厂严重违约，十一年来不成立董事会，不建立联营体，不进行核算，单方占有这十五亩土地自行经营和盈利，对村子里的说法是十一年来未有分文收益，却依旧给国家缴纳税赋。广大村民怎能接受这一事实！故从联营开始之日，村民就持续上访、控告，自发组织起来推倒厂方围墙。但问题并未得到解决，广大村民怨声载道，怒气冲天，成为当地最不稳定的因素。2001年初，宋律师受聘担任王岩村代理人，负责处理此事。他先倾心听取王岩村历任领导关于该联营纠纷产生的来龙去脉，随后多次去预制厂了解情况提出调解方案，但遭到拒绝。厂方认为，联营合同合法有效，双方自愿签订，有双方和各自上级部门的大红印章可证，联营体已经成立，就是他们预制厂，未成立董事会和核算的责任在王岩村，合同必须履行，没有和解余地。在此情况下，宋律师意识到将要面对一场艰难的诉讼历程。为了王岩村村民的合法权益，为了公平正义，他必须为王岩村村民讨回公道。经过艰难曲折的调查取证，经过深思熟虑的运作，历经十余年的联营纠纷在两级人民法院历经三审，历时两年半，克服了一系列的曲折和阻力，解决了数不清的疑难和问题后，终于胜诉。铜川市中级人民法院认定该联合办厂合同系名为联营而实为用地合同。判令解除联合办厂合同中除用地条款之外的其余合同内容，由预制厂按同期市场土地使用费向王岩村支付费用，直至合同期满。王岩村因此而去掉了背在身上十二年的沉重包袱，挽回和避免经济损失近百万元。这一喜讯传遍王岩村。他们在感谢铜川市中级人民法院公正判决的同时，对宋律师拍手叫好！村党支部、村委会和村民代表会议为充分表达民心民意，授予宋林科律师"王岩村荣誉村民"称号。

"你是我一家的恩人"

宋林科律师对弱势群体有着特殊的关爱。他尽心竭力地为残疾人、贫困群众、下岗职工提供法律帮助，并减免代理费用。2001年12月上旬，他为耀州区寺沟乡某村患药物中毒性肝炎的阴某提供法律援助。根据阴某医疗差错一案的实际情况和其家庭状况，为避免诉累和达到最佳效果，他三次自费到某医院进行交涉与索赔。他充分运用自己既精通医疗事故处理的法律知识，又熟知中医基础理论的特点，指出该院皮肤科主任医生高某在治疗阴某皮肤病过程中用药不慎，导致阴某患上药物性中毒肝炎，在医疗差错案中存在的严重过错及因果关系。经反复同医院医疗科法律顾问论事、说理、谈法，终于同医院达成和解协议，使阴某很快拿到九千元补偿费。阴某母亲嘱咐孩子永远不能忘宋律师的恩情。

家住耀州区稠桑乡某村的农村妇女阴某，在某区医院做子宫切除手术时，主治大夫误将输尿管切断造成其八级伤残。院方将阴某送到西安交大二附院针对性治疗出院后，撒手不管，对阴某提出的损害赔偿要求置之不理，当事人找到宋律师请求提供帮助。宋律师受理此案后，可谓历尽艰难。他先后十几次同院方交涉，找卫生局做调处，催医疗事故鉴定委员会进行医疗事故鉴定。但在长达一年时间里，院方不理睬，卫生局不调处，医鉴会也不进行鉴定。宋律师只得以不作为对卫生局和医鉴会（合署办公）提起行政诉讼，就在法院开庭后的第二天，医鉴会便对阴某一案进行了医疗事故鉴定，其结论为不属医疗事故。宋律师又让当事人到上一级医疗事故鉴定委员会鉴定，结论仍然不是医疗事故。而此时国务院颁布的《医疗事故处理条例》已经施行。宋律师坚信某医院在诊疗过程中存在过错，又向省医学会申请重新鉴定，但当事人已经承受不起这些巨额费用和诉累，无心进行鉴定，也无信心在法院诉讼。宋律师体谅当事人的苦衷，但他不愿放弃，决心为当事人讨回公道。趁卫生系统深入学习宣传《医疗事故处理条例》的机会，宋律师多次同某医院新一届领导交涉，说理论法，阐明利害关系，动之以情、晓之以义，终于使某医院自愿给付阴某一万四千元赔偿费。

耀州区安里乡农民张某经人介绍到兰州市天庆花园建筑工地打工。临下班收拾工具和剩料时，不慎从吊框跌下摔成重伤。用工单位将其送往兰州医学院一附院救治，花去七万余元，但张某仍落下高位截瘫无法康复。用工单位采取欺骗方法将其送回耀县家中后扬长而去。张家上有老父下有子女，他的不幸遭遇，好比柱折梁塌，使整个家庭陷入绝境。当张某的父亲找到宋律师说明情况后，宋律师拍案而起，决心为张讨回公道。他与张某的亲属一起赶往兰州。到兰州后，该工程已交工验收，项目经理不知去向。经过明察暗访，找到经理后，项目经理却认为，张某系违规操作而导致事故发生，为救张某，他已花费七万余元，是他找最好的医院、最好的医生，才救下了张某的命，他才是张某的恩人。他为此已负债累累，不可能给任何赔偿，并且扬言，就是打官司，他也不怕，他早有安排，拖也拖得你打道回府。面对此情此景，宋律师镇定自若，调查得知对方隐瞒此次事故，便通过新成立的安全生产监督管理局向其施加行政压力，查档得知该项目经理部无法人资格，工地安全制度措施不周，便重新向其上级单位兰州市房建四公司提出索赔要求，但引而不发，促成调解。在十多天里，宋律师住最低档的旅馆，吃最便宜的饭菜，带病操劳，运用他全部的才智同对方周旋，终于使其诚心诚意地坐在谈判桌前，最终同意给张某赔偿五万五千元，一次给付。当张某的父亲从对方手中接到那一沓沓现金的时候，他那布满皱纹的脸上禁不住流下热泪，他深情地握着宋律师的手说："你是我一家的恩人！"

解封铁路专用线

宋林科律师为多家企业和政府机构担任法律顾问，帮他们建章立制，为他们排忧解难，他那严谨朴实的工作作风和卓有成效的业绩，赢得顾问单位的一致赞誉。他帮某厂解封铁路专用线的经历，至今仍在厂干部职工中传为佳话。

2001年4月16日，某厂收到某某铁路运输中级法院一份《民事裁定书》。《裁定书》系为执行该院（2000）民初字第20号《民事判决书》而对被执行人某厂做出。裁定内容为：

（一）查封、扣押某厂财产（详见清单）。

（二）冻结、扣划某厂资金444万元。

（三）封锁某厂铁路专用线。

……

这一民事裁定，尤其是封锁铁路专用线之举犹如晴天霹雳，让某厂的干部职工炸开了锅。铁路专用线是某厂的动脉，被封锁后原料进不来，炼焦炉可能报废，经济损失高达数千万元；产品出不去，工厂不仅要停产，而且会造成一系列的违约索赔。怎么办？一部分老工人、老干部正酝酿着去梅家坪车站拦火车上访。厂领导班子成员个个焦虑万分。危难之际，他们将求助的目光投向了法律顾问。宋林科律师仔细研究了铁路中院的《民事裁定书》后坦言："该裁定封锁铁路专用线于法无据，是一份违法的裁定！我连夜拟写《执行异议书》，咱们明天直接赶往某铁路中院，让他们解封。"宋律师的自信让厂方上下得到平静。次日宋律师与该厂领导一行四人，驱车七个小时，来到某某铁路运输中级法院，经同执行庭办案人员反复论法论理无果后，宋律师走进该院院长办公室，向院长递交《执行异议书》，随后语重心长地指出：该院（2001）执字第1号《民事裁定书》应系违法裁定，可以概括为三个不利于——不利于国有企业生产自救；不利于问题的妥善解决；不利于职工生计和社会稳定。如坚持封锁铁路专用线，其后果将不堪设想。正是宋律师递交的《执行异议书》和诚恳的一席话，引起某铁路中院院领导的高度重视。第二天早上便召集紧急会议，专题研究某厂的执行异议一事，随后立即向相关车站下达了解封某厂铁路专用线的命令。宋林科律师的辛勤努力使该厂在四十八小时之内转危为安！

无私无畏的护法者

在律师执业生涯中，宋林科律师始终牢记"执业为民"的宗旨，一直努力践行着自己"做人民的好律师"的诺言。与此同时，为党政机关不时分忧排难——对其是否依法行政，是否执政为民，领导干部是否遵法守纪给予热切关注。为了社会正义和人民利益，他刚正不阿，不畏权势，不计个人得失。他曾说服省委政法委干部张某某自行纠正其民事侵权行为；他曾对市公安局干警作风提出过批评；他曾代理公民行政复议，撤销过相关政府部门的多个行政处理决定；他曾为工商局的行政许可行为的规范化提出过很好的批评建议，为技术监督局的行政处罚行为规范化辅导示范；他向铜川市人大法工委提出的成立律师义务咨询团的建议也很快得到采纳……然而，最值得一提的还是他约见某县县委书记兼县长的那件事。

在办理某某房产纠纷一案中，宋律师发现某县私房改造遗留问题领导小组所下发的两份文件存在多处违法和瑕疵。当他知道这文件本身就是县委、县政府会同有关部门多次研究后决定、并由人民法院开始执行时，便毫不犹豫地给县委办公室打电话，说明事由，请求约见县委书记。次日早8时，书记在办公室接待宋律师，宋律师简要说明自己对这两个处理决定的看法，引起书记的高度重视，即嘱托宋律师拟写《法律意见书》给县委、县政府参酌。此后，县政府纠正了原来的处理决定。而宋律师的这份《法律意见书》为某县正确处理私房改造遗留问题、保障政府依法行政、维护相对人的合法权益起到了良好的作用。

来自对方当事人的赞叹

宋林科律师在办案过程中，在替自己一方当事人打赢官司的同时，也往往能赢得对方当事人的尊重和赞叹，令同行和涉案法官佩服不已。但宋律师并不回避自己也曾遭遇过对方当事人的不理解、冷嘲热讽，以至谩骂和威胁，甚至一赖账人扬言"要卸他的腿"。但他并未因此而畏缩不前，他坚信，绝大多数当事人是通情达理的，关键是律师个人要恪守职业道德和执业纪律，要提高素质和修养。从而在办案过程中做到既赢官司又能让对方当事人心服口服，树立更加完美的律师形象。他要求自己要光明磊落、诚实守信、有高尚的人格和精湛的诉讼技艺，既要尽心竭力维护委托人的合法权益，又必须尊重案件事实；既要充分阐明自己的主张，又绝不强词夺理；既要追求公平和正义，又必须尊重对方的人格。宋律师在办理宋某某与张某某舞厅承包和侵权赔偿纠纷一案中，代理宋某某赢得胜诉的同时，也赢得对方当事人张某某的赞叹。对宋律师在诉讼中的表现，张某某真诚地说："我心服口服，敬重宋律师的人品，更佩服宋律师的才能。"此后，他多次介绍宋律师为其亲朋好友打官司。在代理宋某某与其弟房产纠纷一案中，宋律师代理其兄宋某某打赢官司，驳回了其弟的起诉，其弟十分愧疚，对亲朋好友说："我后悔没听宋律师的庭前忠告，落得个白花钱又失兄弟情分的下场。你们以后有啥纠纷，就请宋律师。"在代理崔某与电力局蘑菇棚损害赔偿一案中，宋律师代理崔某赢得诉讼，败诉的对方当事人刘某夫妇通过庭审过程，对宋律师的人品和才能深为赞许，此后还几次打电话表达有事要找宋律师代理的意愿。

精诚所至，金石为开。正是宋律师不同凡响的人格魅力，使诸多的双方当事人受到影响和感染，宋律师也因此而成为代理非诉讼调解的行家。他每年办理的非诉讼和解案件达到总办案数的百分之三十，最高时达到百分之六十。在他的执业生涯中，曾使三十余对怒目相对的夫妻和好或平静分手，曾使百余桩纠纷的当事人达成和解协议并圆满执行。为社会和谐发展做出了自己的贡献。

"让宋律师输场官司可真难"

在宋林科律师所办案卷中，一份份人民法院的《判决书》可以印证：他代理民事行政案件作为原告诉讼的，胜诉率高达百分之九十以上；代理被告应诉的，其主张为法院采纳的支持率高达百分之九十。刑事案件担任辩护人时，其辩护观点的人民法院采纳率达百分之九十。以至熟悉宋律师的民事法官开玩笑说："想让宋律师输场官司可真难。"而办理刑事案件的法官也对宋律师给予很高的评价。

近年来，宋律师在当地区县法院承办了多起有影响的刑事案件，取得了良好的社会效果。他承办的李某某涉嫌重大生产责任事故罪一案，由于矿难一次死亡六人，而作为承包人的李某某既未及时报案，又未尽力抢救，却出逃在外，省内多家媒体以《黑心矿主》的大幅标题作了报道。死者亲属悲愤交加，呼吁政府和司法机关严惩李某某。李某某被抓后，当地政法委召集公检法三家主要领导同志会议，督办此案，在此背景下宋律师接受委托担任李某某的辩护人，深感压力巨大。但他并不畏难，而是倾注了全部的精力。他认真查阅案卷，不放过一个疑点，多次到有关部门调查了解，印证案件真实性，向有关专家求教，弄通相关专业知识。庭审中，他慷慨陈词，指出该案的立案、批捕以至起诉和审判存在三大误区：未曾审理已由政法委定罪、错把事故抢险矿当作正常生产矿井对待、错把第三责任人当作黑心矿主惩罚。故应予澄清和纠正。同时此案事实不清，责任分散，应对李某某判处较轻的刑罚。此案后经某人民法院判决，李某某缓刑释放出狱。

在办理铜川市某区近年来职务最高的两起贪污犯罪案中，宋律师先后为某乡原党委书记、某镇原党委书记辩护，宋律师认真取证，精心操作。他提交的证据被全部采纳，在法庭上发表的辩护词，观点明确，论据充分，适用法律准确，层层递进，环环相扣，宛如行云流水。不仅让当事人动容，也让所有的旁听者深受教育。法院最终也采纳了宋律师的辩护观点。第一名当事人被判免予刑事处罚，第二名当事人被判有期徒刑三年，缓期五年执行。对任某涉嫌挪用公款一案的无罪辩护取得公诉机关撤诉的结果。对任某某故意杀人、抢劫一案，认真履行法律援助职责，最终取得刀下留人（判处死缓）的业绩。宋律师用实际行动维护了法律的尊严和正确实施，促成了裁判的公正，也因而获得了广泛的好评。

永做人民的好律师

多年来，宋林科律师的办公室里始终悬挂着"做一个人民的好律师"的座右铭，时时刻刻鞭策着自己。

他不仅在律师执业实践中成就斐然、赞誉不断，在律师理论探讨上也卓尔不群。四千多字的论文《黑白之辩——兼论律师队伍素质的提高》获铜川市律师协会 2002 年西部大开发与律师实务研讨会优秀论文三等奖；他撰写的刑事案件辩护词在全省律师大赛中获奖；2007 年省律协征集律师论文，这位在读高中时就已在全校文才出众的才子型律师以三章一百六十行，题为《我自豪 我是律师》的叙述抒情诗荣获优秀论文二等奖。他还通过办案实践，多次发现现行法律中的缺陷和冲突，在法学理论上加以潜心探讨并向立法机构提出修改意见。他撰写的《建议取消当事人在调解书送达前的反悔权》一文，建议修改《民事诉讼法》第九十一条的相关规定，并呈全国人大常委会。

在多日的采访中，他曾经的当事人、熟悉他的普通百姓、法官、同行、他受聘担任法律顾问的企业领导、打过交道的政府官员等各界人士，都不约而同地称赞宋林科律师是位主持公道、厚德谦和、法律知识渊博、诉讼技艺精湛的优秀律师。

宋林科——这位高级律师，虽在当地声名远播，但他自认为是基层所的普通律师。他说："也许这辈子也办不了惊天大案而成为大律师，但热爱人民，追求社会公平正义，立志做一个让党放心、让人民满意的好律师的初心始终不会改变。"

据悉，宋林科律师个人新创办的铜川市首家个人律所——陕西宋林科律师事务所已在铜川市新区金谟西路 51 号挂牌成立，衷心祝愿他和他的律师事务所为铜川市律师行业的创新和发展做出更多更大的贡献！

2009 年 8 月 28 日草于半杓轩；原载 2009 年 9 月 24 日《铜川日报》政法版头条

作者：马士琦，著名书法家、作家、评论家。高级职称。多次担任全国书法大赛评委。书法被海内外众馆和福建合掌岩、北京八达岭新长城及航天四院等单位广为收藏和刻石。发表文学、评论作品百余万字。

跋

或许是我特别钟情于文学的缘故，我固执地认为，那曾经十分神圣的文学，如今依然神圣，未来将会更加神圣。故在我的心目中，古今中外那些优秀的作家最受我的敬重和爱戴。

我打心眼里赞同诺奖得主莫言"作家不是学出来的"这句话，这与弋舟老师所言文学创作尤其是长篇小说创作需要文学天赋的观点有异曲同工之妙。我以为这不仅是苦口良言，更是至理名言。文学创作这玩意儿，天赋能占七成，而后天的学习和努力最多只能占到三成。说实话，作为一个在文学殿堂外窥探已久的文学爱好者，因为判定自己没有这方面的天赋曾经感到无比的沮丧。好在有身边的老师和文友们宽慰说，要创作出经典的文学作品需要天赋不假，但作为一种爱好，抒发自己的情感，讴歌真善美、抨击假恶丑未必一定需要什么天赋，多看多练多思多想足矣。对此我倒是深信不疑，因而不曾绝望。水平低就努力去提升，难度大就想办法克服。我写我心，写就是快乐，写出的文章有人看就是快乐，如果被某个平台或报刊登载，自然更快乐。

我对文学的喜爱，始于少年时代。五十年前在当时的耀县中学就读时就埋下了种子。我的班主任韩守诚老师，还有带语文课的尚汉华和吕家珍老师，都曾不约而同地叮嘱并期待我，把医学作为终生职业，把文学作为业余爱好，度过这一生。不论三位恩师当时基于什么给我制定了那样的人生规划，可惜出于种种原因，我辜负了他们。

我终归没当上医生，却在三十八岁的时候走进了律师队伍。执业多年以后，我突然悟出，当律师和当医生有许多共同之处，都是救人急难、扶危济困，于是内心释然了许多，不再为职业纠结。可是那个叫文学的业余爱好，开始还时断时续地牵挂，到中年以后便有些无奈地丢弃在了脑后。直到六十岁那一年，由于微信的普及，在一个中意的日子和时刻，我鬼使神差地捡起了对文学的爱好，从此不能自拔。虽然没有什么值得夸耀的佳作出现，但热情蛮高，决心蛮大，时不时地来几句顺口溜，在微信朋友圈发布。后来又陆续加入了漆水雅音诗社和明月诗社，结识了众多的文朋诗友。在繁忙的工作之余，偶尔与他们切磋交流，还有一点小小的收获。若说身边对我影响最深、鼓舞最大的人，当数蒲力民和马士琦，他们都是我高中时低一级的同学。力民当初从政，不但政绩斐然，还捎带着成为著名作家，他不光是我能够成为律师的恩师，还是我向往和热爱文学的楷模。马士琦小弟在警界几十年，劳苦功高不说，还成了著名的书法大家、作家、评论家。我的一个书柜里塞满了与他有关的各种报纸和杂志。他们都是我的良师益友。但我自知只能仰视他们。自己的基础太差，加之逻辑思维方式固化，始终觉得自己不是文学那个犁上的铧，是一个文学圣殿门外的窥探者、观赏者。即便如此，仍然心有不舍，时常牵挂。

此后又有幸陆续结识了赵建铜、吕学敏、陈忠海、何文朝、程亚平等众多作家老师，有机会当面向心中的大咖请教，学习他们的写作经验，听取他们的指点。在简书里坚持日更，就当每天的作业去完成。本书的大部分文章，是当时的随笔。粗浅而又直白，艺术性差，唯独真情实感，不矫揉造作而已。

六十五岁以后，我开始对学习写作倾情倾心。其中有诸多原因，但已故恩师的教诲和期望总是在不经意间起作用。还有一个是我有意从繁重艰辛的律师业务中逐渐退出，希望在晚年实现自己的梦想。我甚至不厌其烦地向儿子这个律所主任发出预告，让他完全挑起大梁，以便我随时轻松地转身。但职业经历和声誉的惯性却不以我的意志为转移，当事人的信任与热情仍然让我时常处于紧张劳碌之中。即便如此，我还是会千方百计地挤时间抢空间来完成每天一千字的作业。我当初给自己制订的目标任务是，七十岁之前这五年都是学习提高锻炼的铺垫过程，待彻底退出律师具体业务，便一心一意从事写作。我的夙愿是创作一部三十万字左右的长篇小说，这个野心有点大，估摸着未必能够实现。但还是希望能写成一本正经出版的诗歌、散文集，而且有人喜欢看，至于能否放在书店的书架上卖几枚铜钱，则完全可以忽略不计。

没有想到我这个所谓的计划不经意间暴露之后，赵建铜老师举双手赞成。他此前曾经鼓励过我出本书，哪怕是个小册子，被我一口回绝了，我焉能不知自己那点能耐，出什么书，不是丢人撂马嘛！但这下子让他逮着个音，便开始煽风点火，怂恿我立马行动。他有点感慨地说，迟出不如早出，计划不如变化。我自然悟出了潜台词是什么，未来是个未知数，谁能保证一定遂心如意呢！况且他觉得我文章还行，都是真情实感，先出了再说，有了经验和积淀，下回提高标准不就行了？见我有些犹豫，他干脆自己做主，开始联系出版社，咨询相关事宜。我阻拦无果，便同意了。所有这一切，都是在闲聊胡诌中便开始付诸实施了。到了晚上睡在床上再回想白天的作为，竟有一种啼笑皆非的感觉。

在不断的忐忑之间，我从简书上自己写的一百五十多万字、一千多篇（首）散文、诗歌里各挑选了大约十分之一分别汇聚成册。我自己分不清哪好哪劣，也无法预知读者会喜欢哪些，无奈之下还是让朋友们出手检索去留。前前后后都得借力师友们的帮助。这正是：此生不屑享清闲，六旬过五再登攀。律坛未曾少战将，文苑却把新兵添。丹心只肯化雨露，贱骨宁愿撒江天。万般辛苦何足道，字里行间是乐园。

有人问我，你书取啥名？我说"我写我心"。说实话，书中所写无非是些普通人的感悟，不就是我写我心、我说我语嘛。假若还能引起读者的共鸣，或者有些许的启迪，我就十分欣慰了。在此，我向热心给拙作作序的蒲力民老师、赵建铜老师、题写书名的马士琦贤弟，还有为此书出版劳心费神的各位编辑老师，深表谢意！

来日方长，但愿你我还能在另一本书里相见。

宋林科

2023 年 7 月 16 日